STACEY MARIE BROWN

MÁ SORTE

Traduzido por Marta Fagundes

1ª Edição

2020

Direção Editorial:	**Adaptação da Capa:**
Roberta Teixeira	Carol Dias
Gerente Editorial:	**Tradução:**
Anastácia Cabo	Marta Fagundes
Arte da Capa:	**Revisão e diagramação:**
Hang Le	Carol Dias

Copyright © 2019. The Unlucky Ones by Stacy Marie Brown.
Copyright © The Gift Box, 2020
Todos os direitos reservados.

Nenhuma parte do conteúdo desse livro poderá ser reproduzida em qualquer meio ou forma – impresso, digital, áudio ou visual – sem a expressa autorização da editora sob penas criminais e ações civis.

Esta é uma obra de ficção. Nomes, personagens, lugares e acontecimentos descritos são produtos da imaginação da autora. Qualquer semelhança com nomes, datas ou acontecimentos reais é mera coincidência.

Este livro segue as regras da Nova Ortografia da Língua Portuguesa.

CIP-BRASIL. CATALOGAÇÃO NA PUBLICAÇÃO
SINDICATO NACIONAL DOS EDITORES DE LIVROS, RJ
Leandra Felix da Cruz Candido - Bibliotecária - CRB-7/6135

B897m

Brown, Stacey Marie
    Má sorte / Stacey Marie Brown ; tradução Martinha Fagundes. - 1. ed. - Rio de Janeiro : The Gift Box, 2020.
    252 p.

Tradução de: The unlucky ones
ISBN 978-65-5636-010-2

    1. Romance americano. I. Fagundes, Martinha. II. Título.

20-64270   CDD: 813
               CDU: 82-31(73)

"Quando a alma sofre demais, desenvolve um gosto pela desgraça."
— *Albert Camus, O Primeiro Homem*

STACEY MARIE BROWN

CAPÍTULO 1

HHT HHH HHH

Não há nada pior do que conhecer a pessoa perfeita na hora errada.

Folhas pinceladas em um vermelho escuro e marrom flutuaram e rodopiaram pelo chão. Elas beijavam a terra em uma morte suave, como se estivessem suspirando de alívio pelo tempo esgotado.

Eu queria ser uma delas. Flutuando para longe em um pacífico esquecimento.

— Devon? — A voz gentil de uma mulher me fez retornar à sala onde me encontrava sentada, mas continuei alheia, sem estar pronta para me despedir desse último instante de serenidade. A realidade atormentou meus limites, alertando-me de que estava prestes a me atropelar como um trem desgovernado. — Devon.

Uma mão tocou a minha, e ergui a cabeça, derrubando o muro entre mim e a devastação que havia mantido afastada. O choque e a tristeza sacudiram minha mente para o ruído ao redor.

— Sei que isso deve ser um choque. Mas estou à sua disposição. Não sinta medo de fazer qualquer pergunta.

Contraí os lábios em rancor para a mulher loira que conhecia por toda a minha vida. Seus olhos castanhos se fecharam em simpatia quando se inclinou para perto de mim, o jaleco branco roçando meus joelhos.

Jocelyn Walters, agora Dra. Jocelyn Matheson, se formou no mesmo ano que minha mãe, se casou com o cara que administrava a única mercearia da cidade. Minha mãe não frequentou os mesmos círculos dela, sendo meio que uma espécie de rebelde, mas todo mundo nesta cidade se conhecia. Não dava nem para mijar sem que todo mundo soubesse.

— Você tem certeza? — resmunguei em um sussurro, ainda que soubesse, lá no fundo, que era verdade. Eu tinha visto os sinais há algum tempo, mas os ignorei, encontrando desculpas para cada surto. Tentava não

MÁ SORTE

pensar em como havia perdido minha avó.

A doutora Matheson se recostou em sua cadeira, as sobrancelhas franzidas em simpatia.

— Sim. Eu sinto muito. — Ajeitou o jaleco. — É extremamente raro acontecer com alguém tão jovem, mas não incomum, ainda mais com o histórico de sua família. Acreditamos que seja uma espécie de doença intitulada Alzheimer Familiar. Na maioria das vezes, alguém tem avós ou pais que foram diagnosticados bem jovens. — Suspirou, parecendo estar sentindo dificuldade também em lidar com isso. — Ela tem o início precoce, o que é bastante incomum. Apenas cerca de cinco porcento dos pacientes com Alzheimer desenvolvem os sintomas entre os 40 e 50 anos.

Olhei para minhas mãos, piscando para afastar as lágrimas, sentindo o peso do recebimento dessa notícia sozinha. Minha irmã mais velha desculpou-se por não poder estar aqui, alegando um mal-estar e fadiga súbitos. Porcaria nenhuma. Ela não estava vomitando as tripas. Apenas não quis vir, deixando a responsabilidade por minha conta, como sempre.

— Tenho alguns artigos a respeito do assunto, para que você saiba o que pesquisar. Como lidar. — Dra. Matheson grunhiu quando se inclinou para alcançar os panfletos que estavam atrás da mesa em seu escritório minúsculo e todo branco. Um porta-retratos de sua família se encontrava na mesa, e fichários imensos se alinhavam na parede atrás da superfície abarrotada de papéis.

Provavelmente, ela devia usar esse escritório só quando precisava dar notícias ruins, em particular. Quando a enfermeira me chamou e me conduziu pelos corredores austeros até essa sala, senti um nó retorcendo minhas entranhas. Lá no fundo, sabia quais seriam os resultados, mas aqueles poucos instantes antes... ainda poderia viver em negação. Ter esperança.

Meus dedos se enrolaram ao redor dos folderes, enquanto meus pulmões lutavam para respirar. Ao pegá-los, era como se estivesse concordando com o que estava acontecendo, com a desolação que estava prestes a lançar minha pequena família ao inferno.

Meu olhar deslizou pelas letras imensas no cabeçalho dos papéis. *Lidando com o Alzheimer.*

Lágrimas arderam em meus olhos.

— Sei que parece assustador agora, mas sua mãe está nos estágios iniciais. — Dra. Matheson enfiou uma mecha de cabelo de volta em seu rabo de cavalo apertado. — Em média, uma pessoa com Alzheimer vive entre oito a dez anos após o diagnóstico, mas há casos em que viveram pouco mais de três anos, assim como aqueles que chegaram a vinte anos. Normalmente, quando se tem um início precoce, a forma é mais agressiva, o que pode levar a um rápido declínio. Mas, Devon, existem tratamentos agora que podem melhorar ou retardar o desenvolvimento, fazendo até mesmo com que ela possa ter uma sobrevida maior.

Sobrevida? É assim que se chama quando sua própria mente é rasgada ao meio?

Olhei para minhas mãos, meu longo cabelo castanho encobrindo minha expressão; uma pontada de dor cruzando meu rosto. Aqueles casos, todos sabíamos, equivaliam a um por cento de um por cento. Minha família não tinha esse tipo de sorte.

Meu pai não estava nem há um ano na sepultura – baleado no cumprimento do dever. Minha irmã mal havia completado seu primeiro ano na faculdade pública antes de acabar grávida e abandonada pelo namorado abusivo. Minha mãe perdeu o emprego na confeitaria alguns meses depois da morte do meu pai. Dinheiro estava sempre em falta; há alguns meses nossa TV a cabo e o aquecedor foram desligados.

Nunca fomos bem de vida, mas também nunca tivemos tantas despesas como agora. No decorrer do último ano, tudo decaiu, especialmente nossa situação financeira. O Cacique Lee, líder da tribo indígena na qual meu pai fora criado, cuidou de todos os trâmites de seu funeral, seu corpo e espírito levados de volta às terras tribais acima das montanhas, mas as contas iam muito além dos custos de seu sepultamento. Por mais generosos que os moradores de nossa cidade fossem, deixar comida à nossa porta não pagaria nossas contas.

Com quase dezoito, e no último ano do ensino médio, tudo recaiu sobre meus ombros para aguentar.

Depois que perdemos meu pai, pensei que o estado de confusão mental e falhas de memória da minha mãe fossem por causa do luto. Por que ignorei algo que já sabia por instinto? Uma parte minha, a mais superficial, queria que os médicos confirmassem minha intuição.

Mas não...

Ela tinha uma doença que aos poucos apagaria cada memória e a maioria de suas funções vitais, fazendo com que definhasse ao nosso lado. Jocelyn disse que a doença poderia ficar sem diagnóstico por muitos anos.

— Sua mãe já sabe, mas eu queria conversar com você a sós. — Jocelyn ergueu a cabeça, irradiando compaixão. Não era segredo nenhum de que eu seria aquela que ajudaria minha mãe. Amelia, apesar de mais velha, nunca foi do tipo responsável ou compassiva. Se pudesse dar o fora sem fazer nada, ela faria. Essas obrigações sempre ficaram ao meu encargo desde que lembro. — É compreensível quão devastadora essa notícia é. E talvez você tenha uma série de perguntas e preocupações que prefira que sua mãe não ouça. Você pode ficar à vontade aqui. Esta doença afeta a todos em sua família. Talvez você esteja se sentindo triste. Confusa. Zangada.

MÁ SORTE

Silêncio.

— Estou aqui, Devon. Neste exato instante, posso ajudá-la com qualquer dúvida que tenha, mas chegará o momento em que a doença progredirá além do que sou capaz de lidar.

Jocelyn era uma médica de clínica familiar. Nossa cidade minúscula não contava com nenhum hospital ou médicos especialistas. Por isso teríamos que ir para a cidade grande.

Os panfletos estavam no meu colo enquanto eu os folheava. Sabia que tristeza, raiva, medo, e um milhão de outras emoções estavam em algum lugar aqui dentro, mas não sentia nenhum deles.

Apenas dormência.

— Quero ir para casa. — Fiquei de pé, amassando os papéis que estavam em minhas mãos. Cada osso do meu corpo parecia pesar o dobro desde que entrei aqui.

— Eu entendo. — Jocelyn assentiu, levantando-se também. Ela era tão pequena que sua cabeça mal chegava ao meu nariz. Eu era um pouco acima da média em altura, com 1,73 m, e meu corpo era esguio e bem-definido. Correr era minha válvula de escape, onde podia me desligar do mundo e esquecer da minha vida. — Assimile tudo e, se precisar conversar, por favor, me ligue. A qualquer hora. Você tem o número do meu celular. Sei que isso deve estar sendo difícil para você e sua irmã... depois da perda do seu pai. — Colocou a mão em seu peito. — Todos nós sentimos muito a falta dele.

Mordi o lábio inferior. *Eu também.* O Xerife Jason Thorpe era daquele tipo que se voluntariava em seus dias de folga; pararia para deixar uma pata e os filhotinhos atravessarem a estrada, bloqueando o trânsito até que chegassem em segurança ao rio. Então, voltaria todos os dias para alimentá-los. Ele era justo, compassivo e sabia que nem todo caso era preto ou branco, levando em conta os erros humanos e as situações que os ocasionaram. Ele se importava com todo mundo.

Nesta pequena cidade, todos o adoravam, mas, às vezes, eu ficava magoada com a profissão que amava. Não gostava de todos os finais de semana em que escolheu cumprir seu dever ao invés de passar tempo com as filhas. Comigo.

Agora que já não estava entre nós, eu o via mais como o homem que a cidade teve. Ele estava em forma e era bonito aos cinquenta anos, o que tornou sua morte muito mais cruel. Ele saiu para atender a uma chamada de violência doméstica, onde o cara estava chapado com uma droga conhecida como "Pó de Anjo", e levou um tiro à queima-roupa quando tentou afastar do abusador a mulher que foi espancada.

O cargo de xerife passou para o irmão mais novo do meu pai, Gavin.

Meu tio, cinco anos mais jovem, seguiu os passos do irmão mais velho. Tio Gavin era um defensor das regras. Para ele, era tudo preto ou branco.

A porta rangeu ao se abrir, e me virei em sua direção. A enfermeira Bea entrou na sala, escoltando minha mãe.

Mamãe havia envelhecido muito neste último ano, apesar de ter apenas quarenta e sete anos. Usando um moletom cinza folgado e um casaco, seu cabelo loiro, que antes era longo e sedoso, agora estava rajado de mechas brancas e cortado acima dos ombros. Ela era da minha altura e cheia de curvas, mas sempre se manteve em forma até a morte do meu pai. Agora, os músculos estavam aos poucos enfraquecendo, os olhos e a testa marcados com rugas, além de apresentar um olhar vazio. Ela havia desistido de quase tudo, exceto das várias taças de vinho que ingeria todas as noites.

— Devon. — Seu rosto franziu todo. — Eu sinto muito...

Seus olhos se encheram de tristeza. Ela cambaleou até mim, envolvendo meu corpo com seus braços. Sua pele pálida contrastava com a minha, mais morena. Minha mãe levava cada traço de suas origens norueguesas. Amelia ficou com a pele e os olhos mais escuros, como meu pai, mas tentava a todo custo se parecer mais ao lado nórdico, descolorindo o cabelo para um tom loiro e sempre reclamando por causa dos olhos castanhos. Eu gostava de me parecer com meu pai. Tinha muito orgulho da minha herança indígena. A única coisa que peguei da mamãe foram os olhos da cor de mel, as sardas e estatura.

Não chore. Não chore. Ela precisa que você seja forte.

— Por que você está se desculpando? — Abracei-a com força, precisando dar e receber consolo. Mesmo que ela não tenha sido presente nos últimos anos, ainda era minha mãe. Era ela quem deveria estar cuidado da minha irmã e de mim, afirmando que tudo ficaria bem.

Agora acabou.

Provavelmente caberia a mim, ainda mais, manter esta família, especialmente com a gravidez de Amelia. A faculdade teria que esperar. Meus sonhos de cursar um semestre como aluna de intercâmbio na Itália, ou algum país na América do Sul, se desintegraram em poeira.

— Porque... isto também está acontecendo com você. — Ela se afastou, as lágrimas deslizando dos cantos de seus olhos. — Serei um fardo em suas costas. Não posso fazer isso com você. — Segurou meu rosto entre as mãos, seu peito devastado em agonia. — E a faculdade? Trabalho? Ai, meu Deus...

Ela se afastou, o medo fazendo com que seus olhos se arregalassem.

— Será que vou reconhecer minha neta quando ela nascer? Será que poderei passear com ela no parque, sem supervisão? Será que verei minhas filhas se casando? Eu vou, simplesmente, esgotar você. Física e emocionalmente.

MÁ SORTE

E quanto ao dinheiro? Não temos dinheiro para custear os cuidados de que vou precisar.

Seus braços se agitavam freneticamente, seus pés fazendo-a andar de um lado ao outro como um animal enjaulado.

— Mãe, pare. — Engoli em seco. A enfermeira se postou atrás dela, tentando acalmá-la. — Você não vai me esgotar. Nós vamos dar um jeito em tudo.

— Dar um jeito? Estou enlouquecendo aos poucos. Em breve, não serei capaz de me lembrar de você, muito menos saberei como comer ou respirar — lamentou, afastando a enfermeira para longe.

— Alyssa, vamos nos sentar. — Jocelyn prontamente se colocou entre nós, segurando as mãos de minha mãe.

— Como você se sentiria, Jocelyn, se soubesse que perderia tudo aquilo que você é? — Medo e angústia se expressaram em seu rosto. — Eu tenho quarenta e sete anos e estou com Alzheimer. Como isso é justo? Já não foi o bastante ter perdido meu marido, meu coração? Mas ter que perder minha lucidez na frente das minhas filhas?

Jocelyn acolheu minha mãe em seus braços quando ela desabou no chão; o corpo tremendo com os soluços. Fios de saliva escorriam dos cantos de sua boca enquanto ela gemia.

Senti a garganta apertada em sofrimento, tendo que ver minha mãe se despedaçando. Por dentro, eu estava caminhando à beira de um precipício, prestes a desmoronar como ela, mas tentei me controlar, sabendo que precisava de mim para manter a calma.

Seja forte.

— Ela precisa de algo que a deixe mais tranquila. — Afagou a cabeça da minha mãe, e vi quando a tensão pareceu sumir de seu corpo. — Você vai levar um medicamento que poderá ser usado como calmante ou sonífero quando isso aqui acontecer. — Jocelyn se virou para me encarar. — Esta reação é muito comum, diante da notícia recebida. As pílulas serão usadas temporariamente, até que todas vocês possam lidar com tudo.

Lidar com tudo? Acho que eu precisava de um frasco dessas pílulas para mim.

卌 卌 卌

A volta para casa foi feita em silêncio. Mamãe olhava vagamente pela janela, e entrou em seu quarto como um zumbi assim que chegamos à nossa casa de três cômodos. A casa fora construída nos anos 70. O tapete encardido da sala estava tão gasto que de forma alguma se parecia a um carpete felpudo; o fogão da cor de abacate ficava entre balcões laminados amarelos e desgastados. Pouca coisa havia sido alterada desde que fora construída, fazendo com que tudo parecesse encardido, não importava o quanto limpássemos.

Os pratos sujos que Amelia deixou na pia ainda estavam no mesmo lugar, mas, é óbvio, ela não estava em casa. Tentei ligar e enviar inúmeras mensagens, mas era como se estivesse desconectada e em seu próprio mundo. Provavelmente estava com Zak. Mesmo que ele tenha deixado claro que não queria nada com o bebê, ela ainda estava agarrada à ideia de que poderia fazê-lo mudar de ideia. Ele era um grande babaca. E eu o odiava com cada fibra do meu ser. Minha irmã podia ser egoísta, mas não era cruel. Já ele, era do pior tipo de egoísta.

Meu namorado era o oposto. Meigo, amoroso, romântico. Cory e eu começamos a namorar no nono ano, ambos capitães de nossas equipes de corrida. Passamos muito tempo juntos e, um dia, em uma competição fora da cidade, ele me beijou. Estamos juntos desde então.

Alto, magro, com cabelo e olhos escuros, orelhas grandes e um sorriso largo, ele era fofo por causa de sua personalidade, mas de modo algum era lindo. Era popular, porque havia algo especial nele, uma boa pessoa que atraía a todos. Sempre feliz, ele tinha aquele sorriso que tornava o seu dia mais leve. Quantas vezes apenas isso foi capaz de me afastar dos piores momentos da minha vida...

Tudo o que mais queria agora era sentir seus braços ao meu redor, sua voz dizendo que tudo ficaria bem, mas ele estava a quatro horas de distância, em uma corrida. Meu treinador nem mesmo me perguntou se eu poderia participar. Neste último ano, minhas atividades extracurriculares foram substituídas por um emprego como garçonete em um restaurante local. Minha amiga, Jasmine, assumiu meu posto de capitã do time.

— Você precisa de alguma coisa? — Ajudei a levantar as pernas trêmulas da minha mãe, ajeitando-a na cama. Ela se aconchegou ao travesseiro enquanto eu a cobria com o cobertor.

— Não. Só quero dormir. — Sua voz soava vazia de qualquer emoção. — Você falou com a sua irmã?

— Vou tentar ligar para ela outra vez.

Mamãe assentiu, partilhando um olhar comigo. Ela sabia como Amelia era.

— Descanse, mãe. Vou ficar aqui.

— Não. — Os olhos castanho-claros e sem vida me encararam. — Eu sei que você ficou de encontrar a Skylar... por favor, vá.

— Mãe, não vou sair daqui.

MÁ SORTE

— Tudo o que vou fazer agora é dormir. — Ela envolveu meus dedos com sua mão. — Por favor, Devon. Quero que vá. Você precisa de sua melhor amiga nesse momento. Prometo que ficarei bem. — Ela sustentou meu olhar. — Vá.

Odiava a ideia de deixá-la ali, mas a necessidade de me afastar também me consumia.

— Ficarei brava se você não for. Faça-me feliz e vá jantar com a Skylar. Ria, converse, chore. Tudo isso estará aqui à sua espera.

Pisquei para afastar as lágrimas. A forma como ela falou, era como se já se considerasse um estorvo.

— Mãe...

— Vá, Devon. *Por favor...*

Assenti, inclinando-me para depositar um beijo em sua cabeça.

— Okay, mas se a senhora precisar de mim para qualquer coisa, mande mensagem ou me ligue.

— Pode deixar. — Acariciou minha mão, pestanejando os olhos antes de fechá-los.

Deixando-a com um copo de água e o celular em sua mesa de cabeceira, subi em meu Toyota decadente, fazendo os pneus cuspirem cascalho quando disparei para o outro lado da cidade. O vento do entardecer soprava pela janela, anunciando que o clima esfriaria em breve. O sol do final de outono mergulhava em direção às montanhas.

Um pensamento passageiro atravessou minha mente para que continuasse a dirigir sem rumo. E nunca mais voltasse. Mas eu não era assim. Não era de fugir. No entanto, se soubesse que nada mais poderia acontecer comigo hoje, ou se fosse esperta e pensasse que ainda havia uma boa cota de azar para mim, teria continuado a dirigir.

CAPÍTULO 2

HH HH HH

Meu carro derrapou até parar perto da pequena picape de Sue, coberta de poeira. Ela era a dona do restaurante, com o nome bem original – Restaurante da Sue –, então, se as luzes estavam acesas, era porque já estava lá. Mordi o lábio inferior, vendo as pessoas em movimento em direção ao estabelecimento. *Esta é uma péssima ideia. Eu não deveria estar aqui.*

O alerta do meu celular indicou a chegada de uma mensagem de Skylar.

> **Tarde demais. Estou te vendo aí sentada, se decidindo.**

Balancei a cabeça e bufei uma risada. Desde que nos tornamos amigas no Jardim de Infância, nunca consegui fugir de nada. Mas acho que se ela soubesse o tipo de notícia que estava prestes a dar, desejaria que eu desse o fora rapidinho. Meu estado de choque me impediu de enviar uma mensagem a ela e Cory, e nós éramos de contar tudo um para o outro.

Bem, nesta cidade, todos saberiam em breve.

Exalei com impaciência e saí do carro, seguindo em direção à entrada. O restaurante estava cheio, com as mesmas pessoas de sempre e alguns turistas espalhados. A única coisa que fazia com que esta cidadezinha entrasse no mapa era porque ficava entre o Colorado e as estações de esqui. Exatamente na divisa. O estabelecimento também recebeu ótimas críticas por causa da comida, mas não éramos nem tão cafonas, nem ponto turístico de interesse histórico. Isso era fácil de encontrar a algumas cidades mais adiante.

O sino da porta do restaurante anunciou minha chegada. Ao trabalhar aqui, comecei a prestar atenção a este som como um cachorro esperando pelo osso, torcendo para que entrassem clientes aos quais pudesse servir e garantir uma gorjeta que ajudasse a pagar a conta de luz.

Várias cabeças se viraram na minha direção, os olhares cravados em mim. Toda a tagarelice cessou, como se as pessoas agora fossem estátuas.

MÁ SORTE

Levou apenas alguns segundos para que os turistas se entreolhassem, confusos com o silêncio que se estabeleceu.

— Ai, meu Deus, Devon... — Skylar disse com a voz embargada, da cabine onde sempre nos sentávamos. Os olhos castanhos marejados. Ela marchou na minha direção com passadas longas e me envolveu apertado em seus braços. Estava usando um de seus vestidos pintados à mão, com espirais alaranjadas, vermelhas, roxas e azuis se espalhando desde o quadril pelo corpo todo como um pôr do sol no meio do deserto. Aquilo era muito Skylar. Autêntica, vibrante e linda. Era filha de dois artistas. O pai viveu e trabalhou em sua loja em Santa Fé, onde vários artistas alugavam um espaço para vender seus trabalhos ali. Era o que ajudava a pagar o aluguel, enquanto pintava telas com as paisagens do Novo México. A mãe vendia joias criadas por ela mesma, de toda espécie de material reciclável. — Eu sinto tanto.

— Como soube? — sussurrei, sentindo o torpor se dissolver no abraço da minha melhor amiga; minhas pálpebras tremulando ante a dor pungente.

— Bea contou para a irmã dela, que contou para a Kelly, que contou para o Alejandro.

Meu olhar se desviou para as portas da cozinha, onde o rosto do *chef* surgiu, mostrando os olhos castanhos tristes. Alejandro era um excelente cozinheiro, razão pela qual recebíamos a visita de tantos turistas de passagem. Talvez fôssemos o único restaurante onde o *chef* fazia toda a comida como se estivesse em um local cinco estrelas.

Eu não deveria estar chocada por todo mundo já saber a respeito da minha mãe. Quase sempre me sentia encurralada pela pequenez desta cidade, mas hoje eu gostaria muito de não ter que falar nada. Poderia simplesmente aceitar suas palavras de consolo e solidariedade.

— Não dá pra acreditar. — Skylar continuou agarrada a mim, seu abraço suavizando as paredes congeladas construídas ao meu redor dentro do consultório médico. — N-não... com a sua mãe.

Afastei-me um pouco, sentindo o nó na garganta, mas ainda não estava pronta para deixar a tristeza me consumir. Se eu permitisse isso, ela se instalaria em cada pedacinho do meu corpo e me afogaria.

Minha melhor amiga desde os três anos secou as lágrimas que desciam pelo seu rosto – a pele de porcelana vermelha pelo pesar –, e colocou uma mecha do cabelo loiro-avermelhado atrás da orelha. No instante em que ela e sua mãe se mudaram para a casa dos avós, no fim da rua, depois de um divórcio atribulado, nos tornamos amigas na mesma hora. Minha casa era a casa dela e vice-versa.

Éramos magras e tínhamos quase a mesma altura, mas as similaridades acabavam aí. A pele pálida e o cabelo avermelhado eram o atrativo para os garotos da redondeza, mesmo que ela só se interessasse pelos caras que estavam de passagem pela cidade. Torcia o nariz para a ideia de um namoro com qualquer um que tivesse crescido aqui. Era o grande prêmio para quem conseguisse ficar com ela. Nossa outra amiga, Jasmine, não ficava atrás, deixando nosso trio singular mais em evidência. Com descendência oriental, ela era miúda com lindos cabelos e olhos escuros. Nós três juntas chamávamos muita atenção, nossas diferenças se destacando por estas bandas.

Skylar esteve comigo quando minha mãe teve alguns surtos logo após a morte do meu pai, ao sentir dificuldade durante uma conversa na hora de encontrar as palavras certas, além de parecer não saber onde estava. Minha amiga sempre falou que nada mais era do que o luto. Agarrei-me com força a esta explicação, mesmo que parecesse estar me iludindo.

— Ah, Devon, querida. — Jennifer ficou ao meu lado, o tecido de seu uniforme de garçonete quase esgarçando quando abriu os braços para mim. Ela era baixinha, com seios enormes que mais pareciam duas crianças brincando de esconde-esconde em seu sutiã. Em seus quarenta e poucos anos, era como uma mãe coruja, sempre com um abraço apertado e um sorriso nos lábios, não importava o que estivesse se passando em sua vida.

Mordi meu lábio inferior. Se eu a deixasse me abraçar, estaria acabada. Pior ainda, já havia uma fila de gente querendo me confortar logo atrás dela. Prendi a respiração.

— Gente, ela já passou por muita coisa hoje. — Skylar entrou na frente de todo mundo, ciente de como estava me sentindo sem que precisasse dizer nada. — Vamos deixá-la respirar.

O grupo de pessoas se afastou. Skylar tinha um jeito especial de conseguir tudo o que queria. Seja com os professores, pais das amigas, colegas – ela conseguia ter todos na palma da mão apenas com um piscar de olhos.

Segurando minha mão, puxou-me para a cabine.

— Obrigada — murmurei, passando os dedos pelo meu cabelo embaraçado.

— Jesus, Dev. — Os olhos dela pestanejaram quando encarou o teto, tentando reprimir as lágrimas. — Não consigo acreditar. Por que não me ligou? Você sabe que teria te acompanhado.

— Eu sei. — Segurei o copo de água à frente. — Eu até gostaria, mas...

— Mas, o quê? — Voltou a me olhar. — Sei que estava sozinha. Vi sua irmã e o namorado babaca indo para as montanhas. Que desculpa ela te deu dessa vez?

Então foi por isso que Amelia não atendeu ao telefone? O sinal naquela área era horrível. Não dava para contar com sua presença, mas ela sempre atendia às ligações. Era a única promessa que cumpria: nunca ignorar uma à outra.

— Mas ela está sabendo?

MÁ SORTE

Balancei a cabeça e encarei a imensa janela de vidro, observando o pôr do sol tingir as montanhas de roxo e vermelho.

Senti dor no estômago só de pensar em contar para minha irmã. Ela surtaria e a pressão por conta de sua gravidez recairia mais ainda sobre meus ombros. Era meu dever manter tudo sob controle: a casa, o pagamento das contas, marcação de consultas, a compra dos remédios.

— Desculpa por não ter enviado uma mensagem...

— Está tudo bem.

— Eu devia saber que as notícias chegariam rapidamente. — Engoli em seco, colocando uma mecha atrás da orelha. — Foi mal por você ter ficado sabendo por outra pessoa.

— É sério que você está preocupada com os meus sentimentos agora? — Skylar segurou minhas mãos, atraindo minha atenção para ela. — Estou preocupada com você, com a sua mãe. Queria ter estado ao seu lado.

Esfreguei suas mãos, o nó em minha garganta aumentando.

— Contou para o Cory? — Skylar se recostou, brincando com o guardanapo.

— Não. — Suspirei. Gostaria que ele estivesse aqui. Não queria falar sobre aquele assunto pelo telefone, mas sabia que sua mãe contaria se eu demorasse. — Vou esperar até um pouco mais tarde. Não quero atrapalhar o treino dele hoje.

— Você é boazinha demais. Coloca sempre os outros antes de você.

Respirei profundamente, sabendo que aquilo era verdade. Não é porque queria ser daquele jeito. Queria mandar tudo às favas e ir para a faculdade, deixar que cada um se virasse. Mas minha família precisava de mim. Minha mãe não poderia trabalhar ou lidar com o estresse extra do pagamento da hipoteca da casa. Eu amava minha irmã, mas de jeito nenhum poderia contar com ela para fazer qualquer coisa, e meu pai estava morto. Não tínhamos mais ninguém. Meus avós paternos eram falecidos, e só o pai da minha mãe estava vivo, mas eles mal se falavam. Ele devia estar com uns noventa anos, e escolheu morar na Dinamarca.

O peso da responsabilidade parecia esmagador. Esfreguei as têmporas com os dedos. *Respire. Respire.*

— Ei. — Ergui a cabeça ao ouvir a voz familiar de um cara.

— Oi, Ant. — Acenei para meu colega de trabalho. Anthony estava no último ano e era o filho mais velho da Jennifer. Ele trabalhava aqui em meio-período. Era baixinho e moreno, e tinha os olhos e o cabelo escuros. Ótimo rapaz, mas, honestamente, péssimo garçom. Sue só o mantinha ali porque era da família.

— Oi. — Deslocou o peso nos pés, segurando um bloco de papel e caneta enquanto olhava de mim para Skylar. Ele umedeceu os lábios ressecados. — Ei, Sky.

A paixonite absurda que sentia por Skylar exalava de todos os poros. Em toda aula que os dois faziam juntos, ele a encarava com um olhar de anseio e um sorriso bobo nos lábios.

— Oi. — Acenou. Ela era simpática com todo mundo, mas respondia de forma mais seca aos rapazes, para evitar que pensassem que estava flertando. Nas festas, os garotos geralmente se envolviam em brigas por causa dela, só por estar sendo ela mesma.

— Hum, sinto muito sobre sua mãe — Anthony disparou, sem me encarar.

— Obrigada.

— O que querem pedir?

— Aquela garrafa de tequila fantástica que a Sue escondeu por trás do balcão. — Skylar olhou para um local perto da máquina de refrigerantes. Em noites especiais, como aniversários, ela pegava a garrafa e compartilhava com a equipe da "maioridade". Uma noite, logo depois da morte do meu pai, ela me deu uma dose às escondidas, ciente de que a tristeza e o estresse não tinham restrição de idade. Sue era maravilhosa, desde que você não abusasse.

Bufei uma risada quando vi os olhos de Anthony se arregalarem, encarando com certo nervosismo o balcão.

— Eu não posso fazer isso. E se eles me pegarem?

— Vamos lá, Ant. — Skylar sorriu para ele. — Você não acha que, num dia como esse, ela merece isso?

— Só um chá gelado. — Entreguei o cardápio, incapaz de pensar em comer qualquer coisa.

— Anthony... — Skylar piscou os olhos. — Por favor.

— Sky, não... — Balancei a cabeça. Isso era meio cruel; dava para ver que ele estava dividido entre seguir as regras ou satisfazer o desejo da sua paixonite.

Ela ergueu o olhar.

— Tudo bem. Também quero um chá gelado. E um sundae enorme com bastante calda de chocolate.

— Que jantar saudável. — Brinquei com meu guardanapo.

— Foda-se o jantar. Precisamos ir direto para a sobremesa essa noite.

Nem mesmo um sorvete parecia apetecível, mas eu preferia que fosse algo derretendo na minha língua ao invés de ter que mastigar comida sólida.

Anthony assentiu e saiu apressadamente.

— Cara, você deixa o garoto nervoso. — Balancei a cabeça.

— Conheço ele desde o jardim de infância, você já devia saber que ele já se acostumou com meu jeito. — Revirou os olhos. — Além do mais, sou trinta centímetros mais alta que ele.

— Um monte de caras gosta de garotas altas.

— Pois eu, não. Gosto deles altos, musculosos e com sorriso sexy... e um pouco mais velhos. — Ela suspirou, sonhadora. — Onde está esse cara?

MÁ SORTE

— Não está aqui.

— Não me diga. — Ela franziu o cenho, perdendo um pouco o humor. — Estou aqui para você...

— Eu sei. Mas esta noite não quero falar sobre o assunto. Por favor, não consigo.

Ela assentiu. Haveria um monte de outras noites à frente para conversar, ficar deprimida e surtar. Mas ainda não estava pronta para me deixar abater. Não ainda.

Ant voltou, colocando sobre a mesa nossos chás e o sundae.

— Aproveitem seus *chás*, senhoritas. — Anthony pigarreou, seus olhos indicando as bebidas.

Sky entrecerrou os olhos e tomou um gole, batendo a mão no peito quando foi acometida por uma crise de tosse.

— Uau. — Seus olhos começaram a marejar, e ela deu tapinhas em sua garganta quando metade do restaurante começou a encará-la. — Desceu pelo buraco errado. — Ela se recompôs. — Mas é um chá realmente muito bom.

Tomei um gole já sabendo que Anthony havia escolhido sua paixonite acima das regras. Senti o fogo descer pela garganta lançando lava no meu estômago. O copo grande tinha muita tequila com apenas uma gota de chá.

— Chá. Muito. Bom. — Minha cabeça já girando por conta da queimação na barriga.

— Obrigada, Ant. — Skylar olhou para ele e tocou sua mão, agradecida pelo gesto. As bochechas dele ficaram rosadas, incapaz de sustentar o olhar.

— Tá. Sem problemas. — Ele se afastou, correndo de volta para a cozinha.

Tomei mais um pouco, adorando a sensação de dormência que correu por meus braços e pernas. Se Ant entrasse em apuros, eu assumiria a culpa. Mas, conhecendo Sue, ela simplesmente faria uma careta e fingiria que não viu. Logo hoje, ela devia saber que eu precisava disso. Skylar estava sendo a melhor amiga perfeita, conversando amenidades, enquanto bebíamos nossos chás gelados potentes e usávamos o sundae como disfarce. A névoa alcoólica rapidamente subiu à minha cabeça, me aquecendo e entorpecendo por dentro.

— Jas me enviou uma mensagem mais cedo. Ela e Cori ganharam o primeiro lugar hoje.

— Sério? — Não consegui evitar uma pontada de ciúmes. Eu queria estar no torneio, fazendo o que amava. Ganhando o primeiro lugar e ficando perto do meu namorado. — Isso é incrível.

— Ele ainda não te mandou uma mensagem de texto?

Acenei negativamente.

— Mas hoje também não é o aniversário de namoro de vocês?

— Sim. — Engoli uma colherada do sorvete. Três anos atrás, neste mesmo campeonato, ele me beijou pela primeira vez. No ano seguinte, nós comemoramos nossas vitórias e o meu aniversário fazendo sexo, também pela primeira vez. Não posso dizer que foi maravilhoso, pareceu mais desajeitado e constrangedor do que tudo, mas com o tempo foi melhorando. Ele sempre foi muito gentil comigo, e eu o amava. — Cory disse que a gente comemoraria no próximo final de semana. Você sabe como ele fica agitado quando está no meio de uma competição.

Skylar ergueu uma sobracelha e tomou outra colherada da sobremesa.

— Não me olhe desse jeito. Sei que você não gosta muito dele...

— Eu gosto dele. — Ela se recostou.

Inclinei a cabeça, sentindo o ambiente rodar um pouco.

— É sério! Ele é um cara *legal*.

— Viu? — Apontei minha colher para ela. — Aí está, a palavra *legal*. Eu te conheço.

— O quê? Ele é legal.

— Não do jeito que você quis dizer. — Suguei um pouco do sorvete com o canudinho. — O seu legal significa chato.

— Não são a mesma coisa? — As bochechas dela estavam rosadas por causa da bebida. — Mas eu ainda gosto dele. Só que, para mim, prefiro um cara que me jogue contra a parede e saiba exatamente o que fazer a partir daí. — Com os olhos embaçados, ela se inclinou sobre a mesa. A mãe de Skylar era extremamente liberal a respeito de sexo. Elas conversavam o tempo inteiro sobre a vida sexual dela. A única restrição que a mãe dela deu foi para que usasse proteção e fizesse apenas o que quisesse. — Seja honesta, você já chegou a ter algum orgasmo? Quer dizer, realmente ver estrelas e gritar o nome dele em voz alta?

Cory e eu não éramos desse jeito. Nós éramos carinhosos. Suaves. E se tivesse que ser bem honesta, sexo não era algo que eu tomava a iniciativa; eu normalmente me sentia obrigada. Era até bom, mas não entendia o porquê de tanta comoção.

— Essa é você, não eu.

— Por favooor. — Ela revirou os olhos. — Não há uma única mulher aqui — ela gesticulou ao redor — que não deseje secretamente um cara que tome as rédeas e realmente a foda com vontade.

Olhei à nossa volta e coloquei meu indicador sobre os meus lábios, silenciando-a. A última coisa que precisava era que alguém escutasse o que estávamos conversando.

— Eu não.

A risada de Skylar explodiu.

— Você é muito mentirosa. Eu te conheço também, garota. Sei quando está mentindo descaradamente.

MÁ SORTE

Meu celular vibrou dentro do bolso e achei que fosse Amelia ou minha mãe.

— Por falar nisso. — Quase esfreguei o celular na cara dela mostrando o nome de Cory na tela. — Ele acabou de me mandar mensagem.

Cory podia ficar bem sentimental, especialmente em nosso aniversário de namoro, e não queria ver suas mensagens com Skylar lendo por cima do meu ombro.

— Vou ao banheiro.

Assim que me levantei, o álcool subiu a cabeça, já que eu estava de estômago vazio. Agarrei a mesa, quase não conseguindo ficar em pé.

— Você está bem?

— Sim. — Assenti, dando um passo de cada vez com cuidado. Meu celular vibrou outra vez, anunciando outra mensagem recebida.

Não queria parecer bêbada com tanta gente me olhando enquanto atravessava o restaurante. Concentrei-me na tela, vendo as palavras embaralhadas de Cory enquanto cambaleava para dentro do banheiro vazio. Fui até a pia, me apoiando sobre ela, tentando me manter de pé.

Meus olhos percorriam cada uma de suas palavras, embora meu cérebro não conseguisse compreendê-las direito. O teor estava estranho. As palavras mais ainda. Ele nunca falava comigo daquele jeito. Pisquei algumas vezes, conferindo se a mensagem era realmente dele. Ao ler tudo outra vez, meu estômago embrulhou na mesma hora.

> Merda, você não sabe o tanto que eu quis ter te beijado mais cedo quando ganhou. Tudo que podia pensar era em meu desejo de lamber cada centímetro do seu corpo. Passaram-se só há algumas horas, mas parece uma eternidade desde que estive profundamente dentro de você. Mal posso esperar para ouvi-la gritar meu nome outra vez enquanto estou te fodendo contra a cabeceira.

Vômito subiu à minha garganta, pontinhos pretos dominando minha visão enquanto eu tentava e falhava em respirar com calma, meu pulmão tentando puxar oxigênio. *Deve ser o número errado. Uma brincadeira. Alguém pegou o telefone dele.* Cliquei na segunda mensagem.

> Eu sei que isso é errado, nenhum de nós quer magoar Dev... mas não consigo parar de pensar em você, Jasmine. Não consigo parar de querer arrancar suas roupas toda vez que te vejo. Eu sei que você se sente do mesmo jeito. Vamos fazer essa noite valer. A noite inteira. Venha até o meu quarto quando receber isso.

Um frio mórbido percorreu minha coluna, bile subiu imediatamente à garganta. Agarrei-me à pia, a cabeça girando, minhas pernas fraquejando enquanto relia suas palavras.

Não.

Não!

Isso não podia estar acontecendo. Não o Cory. Ele não faria isto. Meu namorado por três anos. O garoto que dizia me amar pelo menos duas vezes por dia, e me beijava o tempo inteiro no colégio. Que todos diziam que estava tão domado e que provavelmente me pediria em casamento assim que nos formássemos no ensino médio. O único do qual eu esperava lealdade. Minha rocha. Meu amigo. Ele não era do tipo que traía. Desde a morte do meu pai, eu mal conseguia me segurar, tentando manter tudo sob controle. Hoje, com o diagnóstico da mamãe, meu controle ficou por um fio. Agora Cory simplesmente me empurrou de um precipício.

Estava em queda livre.

Ele estava me traindo. Com uma das minhas melhores amigas. Suas palavras pareciam queimar o meu cérebro. Ele nunca havia *me* fodido contra a cabeceira. Nunca havia lambido cada centímetro do *meu* corpo.

E Jasmine, *minha amiga*, que disse que nós dois éramos fofos juntos, estava dormindo com ele pelas minhas costas. Havia roubado meu lugar como capitã e namorada. Há quanto tempo isto estava acontecendo? Há quanto tempo estavam me enganando?

Lágrimas queimaram meus olhos, sufocadas em minha garganta, e eu mal podia tomar fôlego.

Hoje era *nosso* aniversário, e ele estava em um quarto de hotel com outra pessoa. Beijando outra pessoa. Transando com outra pessoa.

Quase fui capaz de ouvir o som do meu coração se partindo. Os muros que ainda me mantinham de pé começaram a se romper. Por trás do entorpecimento, vieram ondas de fúria.

A injustiça da vida rompeu a represa. Raiva irradiava por todos os poros do meu corpo. Meu pai, minha irmã, minha mãe, minha vida, e agora a traição mais profunda – meu namorado me traindo com uma das minhas melhores amigas. No dia do nosso aniversário de namoro.

O pesar se recolheu escondendo-se da fúria que vibrava pelas minhas veias, disputando uma batalha ao lado da tequila. Era brigar ou beber.

O reflexo no espelho nem mesmo se parecia ao meu. Descontrolada e selvagem, a garota ali desejava derrubar todas as paredes, destruir o mundo que estava sendo tão cruel e continuava a chutar e despedaçar meu coração. Meus olhos se arregalaram, minhas bochechas queimavam e um zumbido horrível reverberou nos meus ouvidos.

Com o grito de raiva que soltei, não ouvi a porta se abrir.

MÁ SORTE

CAPÍTULO 3

HH HH HH

— Humm... — A voz de um garoto soou atrás de mim quando entrou no banheiro, olhando outra vez para a porta. — Acho que um de nós está no banheiro errado.

Pisquei, congelada diante do desconhecido que me encarava, com um sorriso torto e arrogante em seus lábios, os brilhantes olhos azuis-acinzentados sinalizando encrenca na certa.

E eram sexy pra cacete.

O cara fechou a porta. Ele segurava uma mochila e mantinha a mão enfiada dentro, e espiou dentro de cada cabine vazia; depois olhou para a pequena lata de lixo perto dos meus pés e para a minúscula janela que ficava na parte superior da parede do banheiro.

— Merda — murmurou, antes de olhar de volta para mim, nossos olhares conectados. — Alguém está no lugar errado aqui. — Deu um sorrisinho tirando a mão de dentro da mochila e fechando em seguida.

Naquele momento, cada instinto feroz em mim veio à tona. Arrepios deslizaram pelo meu corpo, meu coração martelando. Meu olhar se concentrou nele. Eu podia sentir que ele era áspero e perigoso.

Era tudo o que Skylar poderia desejar e tudo o que Cory não era. Devia ser pelo menos cinco anos mais velho. Alto, com mais de um e noventa, ombros largos, seus braços e peito musculosos perfeitamente demarcados pela camiseta. Usava uma calça jeans surrada que se encaixava muito bem e uma camisa azul, além de coturnos pretos. Uma barba por fazer emoldurava seu rosto, e o cabelo loiro-escuro espreitava de dentro do gorro preto.

— Para sua informação, essa pessoa não sou eu — disse com a voz grossa.

— Hã?

— Quem está no banheiro errado. — Seu olhar intenso me mantinha presa no lugar, como se estivesse me segurando. Minha pele esquentou mais ainda, a tequila fazendo efeito.

Nunca tive uma reação tão visceral assim com alguém. Nem de longe. Quando Cory me beijou pela primeira vez, senti um frio na barriga, mas nada que se assemelhasse a isto. Esse cara emanava *confusão*. Problema. Tudo o que me assustava. Estava acostumada àquilo que me trazia segurança. Doçura. Nada sobre esse garoto era legal. E, neste momento, com as mensagens horríveis de Cory ainda girando na minha mente, gostei de esse desconhecido ser o extremo oposto de Cory. Perigo exalava de seus poros, amortecendo a raiva e a tristeza dentro de mim.

Desejo agitou meu ventre, movendo-se para as minhas coxas.

Cory... o cara em quem eu devia confiar. Amar. Havia me traído. Ele estava neste exato momento, em um quarto de hotel, fodendo minha melhor amiga, enquanto a mente da minha mãe começava a apodrecer. Eu não iria para a faculdade; não deixaria esta cidade. Era como se estivesse amordaçada. Sufocando. Presa. Esta cidade seria a minha vida...

Ressentimento. Raiva. Tristeza. Todos me engoliram de uma só vez.

— Você está bem? — Ele se aproximou um pouco, uma sobrancelha arqueada em curiosidade.

Eu estava bem? Longe disso.

Não conseguia afastar as imagens de Cory gemendo enquanto Jasmine o cavalgava, a cabeça dela inclinada para trás enquanto gritava seu nome.

Eu queria que a dor fosse embora. Que desaparecesse em meio ao prazer. Que me afogasse em raiva e ódio, não tristeza e mágoa.

Esquecer.

Meu coração trovejou no peito, mas meu cérebro enevoado pelo álcool não me deixava pensar. Apenas reagir. Virei-me para encará-lo.

— Você está bem? — Cada sílaba vibrou através de mim, enquanto ele mantinha o cenho franzido. Seja lá o que eu estivesse sentindo, estava escrito no meu rosto. O sorriso atrevido desvaneceu, transformando-se em algo mais.

— Não. — Fui em sua direção, parando a centímetros de seu corpo, e inclinando a cabeça para trás querendo olhar para ele. Cory era da minha altura, então nunca me senti pequena ou protegida. A estrutura física deste cara me tornava minúscula, fazendo-me estremecer. O calor de seu corpo me atingiu, me obrigando a chegar mais perto. Coloquei as mãos em seu abdômen, sentindo a musculatura rígida por baixo das palmas. — Não estou.

— O que você está fazendo? — Ele inclinou a cabeça para o lado, a respiração acelerada por conta da minha atitude, sua língua umedecendo o lábio inferior.

Eu não tinha certeza... mas gostava da ideia de não estar no meu normal,

MÁ SORTE

como se minha raiva tivesse se transformado em determinação e propósito. Eu o queria. Para magoar Cory ou me livrar do sofrimento? Não estava nem aí.

— Namorada?

— Hum...não.

— Esposa?

Uma explosão de riso deixou sua boca.

— Definitivamente, não.

— Bom. — Minha outra mão puxou sua camiseta, expondo o torso esbelto e malhado.

— Quantos anos você tem? — Ele tentou segurar meu pulso, mas consegui facilmente me desvencilhar de seu agarre. Ele não parecia tão empenhado em impedir meus avanços.

— Tenho idade suficiente. — Mais ou menos. Ele não precisava saber que ainda não era maior de idade. Cheguei mais perto, levantando sua camiseta. O corte baixo do jeans mostrava um V profundo e uma trilha de pelos; meu coração disparou. O corpo de um homem. Não o de um garoto. Meus dedos percorreram o abdômen travado, movendo-se mais para baixo.

— Você está bêbada? — Sua voz veio em um sussurro rouco.

É claro que estava. Eu não era assim. Não era atirada desse jeito. Mas alguma coisa nele fez com que me sentisse confortável e selvagem ao mesmo tempo. Provavelmente porque não sabia que tipo de cuecas ele costumava usar quando era criança ou o que ganhou de Natal na terceira série. Não sabia nada sobre ele.

Avistei a imensa ereção pressionando o seu jeans. Não sabia quem era essa garota que havia assumido meu corpo, mas ela queria tocá-lo. Senti-lo.

— Merda — praguejou quando desabotoei o botão, a mão segurando com firmeza meu pulso. — Você é gostosa pra caralho, mas a hora é péssima. Estou com um pouco de pressa...

Suas palavras se perderam quando os meus dedos roçaram a carne rígida, suas narinas inflaram.

— Garota, não acho que você esteja querendo isso. — Seu olhar me incendiava, cheio de advertências e promessas. Eu o encarei de volta. — Não sei o que você está procurando ou quem está tentando punir, mas te garanto que não sou a resposta.

— E por que não?

— Não sou um cara bonzinho.

— Perfeito.

— Eu sou aquele que pega o que quer. — Seus olhos deslizaram pelo meu corpo. — Que arruína.

— Tarde demais. — Eu ri sem achar graça. Empurrei-o até que suas costas se chocaram contra a parede. Lambi meus lábios quando ele observou minha boca. — Preciso de um momento de felicidade antes que a vida me consuma por inteiro.

Pude sentir a mudança, o instante em que percebeu a verdade em minha declaração. A compreensão. Nós nos encaramos, respirando com dificuldade, a tensão cortando o ar e se tornando quase palpável.

Desejo.

Necessidade.

— Foda-se — rosnou antes de segurar minha nuca rudemente, agarrando meu cabelo em um punho. — Você pediu por isso — murmurou antes de sua boca se chocar contra a minha, arrancando meu fôlego.

Desejo correu de cima a baixo no meu corpo. Eu só tinha beijado dois garotos na minha vida, e o primeiro foi só um selinho. Estava acostumada com Cory, que nunca se sentiu selvagem ou como se não tivesse o suficiente de mim. Às vezes, achava que quando dávamos um amasso ou nos beijávamos perto do meu armário no corredor da escola, era só porque os casais faziam isso.

Não estava preparada para o desejo visceral que brotou nas minhas veias, a ferocidade que martelava cada fibra dos meus músculos. Seus lábios se moviam contra os meus violentamente, longe de serem gentis ou suaves. E eu amava isso. Corresponder à sua intensidade com a minha própria. Retribuí o beijo de igual maneira.

Seus dentes mordiscaram meu lábio inferior, arrancando um som da minha garganta que eu tinha quase certeza de que nunca fiz. O som o incitou ainda mais. Ele grunhiu e agarrou meus quadris, mudando nossa posição, imprensando minhas costas contra a parede de azulejos, a língua penetrando meus lábios.

Puta merda. Razão se dissolveu assim que ele pressionou o corpo contra o meu. Eu podia sentir cada pedacinho dele. Ardendo. Ansiando. Um gemido profundo escapou dos meus lábios, minhas mãos se movendo freneticamente em seu jeans. Estava assustada com o desejo que sentia por ele, para sentir deslizá-lo em meu interior. Meus dedos tremiam com intensidade enquanto desabotoava sua calça, as pontas tocando a borda de sua boxer.

Ele interrompeu nosso beijo por um instante, gemendo com meu toque.

— Não esperava por isso quando parei por aqui.

— Não? Uma mulher desconhecida oferecendo sexo para você em um banheiro, não é normal?

— Ah, não. Isso acontece o tempo todo. — Seus dedos seguraram a

MÁ SORTE

borda inferior da minha camiseta, puxando-a pela minha cabeça.

— Ah. — Eu não deveria estar surpresa. Para alguém tão gostoso quanto ele, isso deveria acontecer mais do que eu gostaria de saber.

— Mas nunca com alguém como você.

— O que quer dizer com isso?

— Qual é, Sardentinha... Você não é esse tipo de garota. — Um sorriso sexy curvou um canto de sua boca, as mãos se movendo cada vez mais para baixo no meu corpo. Minhas pálpebras pestanejaram com seu toque.

— Como pode dizer isso?

— A sua calcinha de algodão fofo e seu sutiã branco são uma pista. — Seus dedos deslizaram por baixo da costura do sutiã, puxando o tecido para baixo, a mão espalmando meu seio. Minha cabeça pendeu para trás contra a parede, com o prazer. — Você é do tipo que um cara namora, não do tipo para se foder no banheiro. — Suas palavras cutucaram minha consciência, empurrando aquela parte do meu cérebro que talvez soubesse que isso era errado. Mas estava com mais medo de ele parar e decidir ser o racional. A dor entre minhas coxas, bem como a raiva que percorria minhas veias, não estava disposta a uma negativa.

Desabotoei o fecho do meu sutiã, deixando-o cair no chão. Meus seios eram pequenos, e sempre foram motivo de insegurança, mas ele os encarou como se fossem perfeitos.

— Está falando demais. — Ergui a cabeça.

Seus olhos de aço se fixaram aos meus, e ele assentiu antes que suas palmas voltassem a se mover pelo meu corpo. Inclinou-se, abocanhando um seio, deslizando sua língua. Gemi.

— Ai, meu Deus.

Arranquei seu gorro, percorrendo as unhas por entre os fios loiro-escuros, puxando-o para perto de mim. Em segundos, ele havia me deixado desesperada e necessitada. Eu o empurrei para longe, apenas para retirar minhas botas e a calça jeans, ficando apenas de calcinha. Não tínhamos muito tempo; a qualquer instante alguém poderia entrar no banheiro, ou Sky poderia vir à minha procura.

— Por favor, me diga que você tem uma camisinha.

Eu tomava pílula desde antes Cory e eu transarmos, mas, ainda assim, não conhecia esse cara. Ele pegou a mochila do chão, remexeu em um dos bolsos, e a chutou para a porta. Não impediria a entrada de ninguém, mas talvez dificultasse um pouco a passagem.

Veio em minha direção, os olhos ardendo de desejo. Sua boca tomou a minha outra vez, e sua língua deslizou pelos meus lábios, os dentes me mordiscando. Minha nossa. Esse cara me deixou fervendo em poucos segundos. Nossos beijos se tornaram mais profundos, absorvendo todo o oxigênio do ambiente. Arranquei sua camiseta, e por apenas um instante ficamos separados, até que nossos corpos se chocaram.

Deslizei sua calça jeans para baixo, levando junto a cueca que usava. Atrevidamente, minha mão envolveu seu comprimento, meu coração palpitando com o tamanho. Ele era todo homem. Não havia nada de garoto ali.

Um gemido rouco deixou seus lábios quando os dedos afastaram minha calcinha para o lado, deslizando em seguida para dentro de mim. Perdi o fôlego, a sensação quase me paralisando no lugar. Era tão gostoso que fechei os olhos; comecei a arquejar. Ele foi mais fundo, acrescentando outro dedo.

— Abra os seus olhos, Sardentinha — exigiu, o tom de voz me fazendo tremer. — Quero estes olhos em mim.

Meus cílios tremularam, até que consegui abrir os olhos para encará-lo. Seu polegar circulou meu clitóris enquanto os dedos bombeavam com mais força. Separei os lábios, arfando.

— Agora. Por favor. — Minhas pernas fraquejaram, e senti a vibração pela coluna. Eu havia implorado? Nunca implorei por sexo. Nunca.

Com um sorriso, ele retirou os dedos da minha boceta e os levou à boca, chupando cada um. Em seguida, gemeu com prazer.

— Você tem um gosto muito bom. Pena que não tenhamos mais tempo. — Deu um passo em minha direção e sua ereção roçou meu quadril. Eu o queria com tanta intensidade que praticamente sentia meu corpo doer. Com um braço, ele envolveu minha bunda, me levantando, fazendo com que enlaçasse sua cintura com as pernas. Em um piscar de olhos, revestiu seu pau com o preservativo, afastou minha calcinha para o lado e enfiou a ponta em meu calor úmido. Mordi o lábio inferior quando continuou a me provocar.

— Por favor...

— Diga. — Seu polegar iniciou a tortura outra vez, fazendo com que o prazer me percorresse, arrancando de mim um grito agudo. Meus quadris se chocaram contra os dele. — Se você quer fazer sacanagens dentro de um banheiro, com um estranho, precisa pedir por isso. — Enfiou os dedos mais uma vez dentro de mim. — Se quer viver a fantasia da garota má, então viva.

A maneira como fazia com que eu me balançasse e remexesse contra seu corpo, me faria dizer qualquer coisa, mas eu sabia o que ele queria.

— Me foda — sussurrei com a voz enrouquecida em seu ouvido — com força.

Sem pestanejar, ele me imprensou contra a parede, os olhos azuis ardentes de puro desejo.

MÁ SORTE

— Caralho, você não sabe o que acabou de pedir.

Meu cérebro mal registrou suas palavras antes que me penetrasse, enfiando-se até o talo. Perdi o fôlego, meus músculos se contraindo ao redor de sua espessura, tentando rapidamente se ajustar.

— Porra... — O agarre em meus quadris se intensificou, a pontada de dor aumentando mais ainda o êxtase em meu corpo. — Você é gostosa pra caralho.

Nunca havia me sentido tão completa à medida que ele se retirava e investia outra vez.

— Ai, minha nossa... — Meus dedos dos pés se curvaram ante o ataque do prazer. Ele bombeou mais rápido e, em seguida, pressionou-se mais acima, atingindo um ponto onde não fui capaz de reprimir o gemido. Meus quadris iam de encontro aos dele, em busca de mais. O mundo exterior desapareceu; tudo o que eu podia sentir era o êxtase excruciante. Aquilo me deixou desesperada e gananciosa. — Mais forte. Não se atreva a parar.

— Caramba, Sardentinha. Da forma como você fala, eu poderia te foder para sempre, com a maior satisfação.

Como se sua missão de vida fosse me dar prazer, ele arremeteu contra mim com tanta intensidade que lágrimas deslizaram pelo meu rosto, mas tudo o que eu queria era mais. Nunca fui ruidosa na hora do sexo, mas gemidos altos deixavam meus lábios, como se estivessem vindo de outra garota.

— Acredite em mim, adoro ouvir seus gemidos — rosnou, segurando meus quadris e estocando com mais força —, mas você quer que os clientes do restaurante também ouçam?

Quase não me importei, mas enfiei meu rosto na curva de seu pescoço para abafar meus gritos de prazer.

— Porra... — gemeu quando afundei os dentes. Imprensou meu corpo mais ainda à parede, parecendo ter esquecido de seu próprio aviso para evitar o barulho. Nossos quadris dançavam em um mesmo ritmo.

O fogo que se acendeu em mim começou a deslizar por todas as minhas fibras.

— Ai, meu Deus... — Persegui o orgasmo com mais desespero do que a necessidade do próprio oxigênio. Infelizmente, Skylar não estava errada. Eu gostava de transar com Cory, mas meus orgasmos eram rápidos e medíocres. Sempre me questionei se havia algo comigo, ou se as pessoas superestimavam o sexo.

Isto aqui não se equiparava de modo algum com o sexo que já pratiquei. Era uma coisa de outro planeta. Minha respiração estava entrecortada, minhas pernas apertavam sua cintura mais ainda enquanto começava a sentir-me contrair ao redor dele.

Uma sequência de palavrões foi proferida enquanto ele arremetia contra mim com mais intensidade; prendi o fôlego, meus lábios se entreabrindo com um grito silencioso. Explodi, sentindo os olhos embaçados quando os espasmos sacudiram meu corpo contra o dele. Seu gemido rosnado foi tão profundo, as estocadas tão fortes, deixando-me ofegante. Seu pau pulsou por dentro de mim, arrancando mais um orgasmo que me atravessou. Ouvi seu gemido, mas já estava aérea, perdida em meu próprio êxtase.

Lentamente, me recuperei, ofegando, tentando respirar com normalidade. Músculos e ossos se transformaram em massinha de modelar, flácidos com tamanho prazer.

O corpo dele pesava sobre o meu contra a parede, como se já não fosse capaz de se manter de pé. Nossas respirações se mesclaram enquanto ambos voltávamos à Terra. Seu olhar se fixou no meu. Ainda enterrado dentro de mim, ambos nos encaramos e permanecemos em silêncio.

A realidade se infiltrou em cada fôlego, fazendo com que eu começasse a sentir o peso de todas as coisas das quais queria fugir.

O que dizer depois de algo assim?

Obrigada?

Não queria nem pensar muito sobre os motivos que me levaram a simplesmente transar com um desconhecido no banheiro do restaurante. Só sabia dizer que minha alma e coração estavam sofrendo.

Com os antebraços apoiados ao lado da minha cabeça, observamos um ao outro. Até que, por fim, ele se inclinou o suficiente para permitir que minhas pernas deslizassem pelo seu corpo, e meus pés tocassem o chão quando se retirou de dentro de mim. A onda de emoção que estive bloqueando o dia inteiro ameaçou me engolfar. Naquele nosso breve e maravilhoso encontro, me senti feliz. Leve. Mas, agora, a realidade me atingiu de forma vingativa. Cerrei as pálpebras ao perceber o que havia feito.

Culpa. Vergonha. Choque.

Cory havia se tornado apenas um pensamento fugaz, principalmente porque sabia que este cara havia me arruinado. Não que fosse querer voltar com meu ex-namorado traidor, mas agora nem mesmo podia fazer isso. Meu corpo ainda estava trêmulo, zumbindo com as sensações como se já entendesse o que me faltava.

Ouvi quando ele foi até o lixo e descartou a camisinha, vestindo suas roupas logo depois.

— Você está bem, Sardentinha?

— Não faça isso. — Peguei a camiseta e recoloquei, vestindo a calça na sequência. — Não vamos conversar. E não me dê apelidos como se eu fosse um bicho de estimação.

— Não sei seu nome de verdade.

MÁ SORTE

— Vamos manter desse jeito.

Ele abotoou o jeans, vestindo a camiseta com um sorriso divertido em seus lábios. Pegando o gorro e a mochila do chão, apenas assentiu para mim.

— Tudo bem, então. Tchau, Sardentinha. — Abriu a porta. — Foi um prazer, mas realmente estou com um pouco de pressa.

Assenti de volta, observando-o se esgueirar para fora do banheiro.

Não pense. Não pense.

Corri até a pia, tentando me recompor. Mas para quê? Por mais que tentasse arrumar o cabelo ou ajeitar a camiseta, ainda assim, eu parecia corada e atordoada. Como se tivesse sido muito bem fodida. Skylar sentiria isso exalando de mim mesmo antes de eu chegar à mesa.

— Foda-se. — Se havia alguém que tinha motivos para se rebelar, era eu. Além do mais, ele me deu exatamente o que eu queria. Mas a tristeza começou a sobrecarregar meus ombros, recordando-me da verdadeira agonia que estava tentando afastar. Sabia que ele havia sido apenas uma distração para o meu sofrimento.

Mamãe ainda estava com Alzheimer, exatamente como a mãe dela. Meu pai ainda estava morto. Meu namorado havia me traído.

Encarei meu reflexo, vendo os mesmos olhos cor de mel da minha mãe. E se aquele também fosse meu futuro? E se estivesse apenas alojado ali dentro, à espera para roubar minhas menórias e minha vida até que não restasse mais nada? Tudo o que fiz... sendo apagado como um giz no quadro. Jocelyn disse que havia testes genéticos que podiam mostrar se carregávamos o gene que nos enquadraria com um alto risco de desenvolver a doença. Não tinha certeza se desejaria saber agora.

Luzes azuis e vermelhas piscaram do lado de fora, infiltrando-se através da janela de vidro fosco na parte superior do banheiro; aquilo atraiu minha atenção e me trouxe de volta ao presente.

Mas que porra? Colocando as botas outra vez, saí do banheiro. Quanto mais pensava no assunto, mais chocada ficava por Skylar não ter ido me procurar, ou ninguém ter entrado ali durante todo o tempo em que estivemos lá dentro. Eu geralmente não tinha esse tipo de sorte.

Senti uma dor aguda no estômago, como se algo estivesse prestes a acontecer. Passei pelo corredor e entrei no restaurante, estacando em meus passos na mesma hora.

Uma porção de viaturas estava do lado de fora, as luzes girando enquanto todos os veículos rodeavam um sedan marrom, bloqueando sua fuga.

Medo se alojou por dentro, e segui em direção às portas de vidro.

— Devon! — Skylar guinchou, correndo até mim. — Ai, meu Deus!

Onde você estava?

— O que está acontecendo?

— Os policiais chegaram há uns cinco minutos, cercando o carro. — Ela apontou. — E um cara saiu da área dos banheiros, depois foi para fora com as mãos levantadas — exclamou, os olhos arregalados. — Quase fui atrás de você. E se eu tivesse dado de cara com ele? Quer dizer, o cara é um supergostoso do caralho, mas e se fosse um assassino? Eu poderia estar morta!

Fui até as portas, olhando para a cena sem poder acreditar.

Olhos castanhos como os do meu pai se fixaram aos meus, fazendo uma averiguação rápida, gesticulando para que me afastasse das portas. No entanto, o ignorei, desviando o olhar para o cara que estavam prendendo contra a traseira de uma viatura. Os olhos azuis me encararam de volta. O xerife o algemou com brutalidade, obrigando-o a se mover em direção à parte de trás do carro da polícia.

Antes que o enfiassem lá dentro, o desconhecido olhou por cima do ombro e piscou para mim.

Merda.

Isto estava realmente acontecendo. Esta era a minha vida. Um final perfeito para um dia horroroso.

O cara que me fodeu contra a parede do banheiro havia acabado de ser preso... pelo meu tio.

Eu deveria ter continuado a dirigir sem rumo.

MÁ SORTE

CAPÍTULO 4

||||| ||||| |||||

Cinco anos depois...

— Erin ligou outra vez para dizer que precisa ir embora. — Sue parou ao meu lado, perto da máquina de refrigerantes, e suspirou audivelmente. — É a quarta vez em menos de uma hora...

Mordi meu lábio inferior enquanto reabastecia o copo de Coca-Cola para uma das minhas mesas. A mãe e o pai já haviam tomado três recargas de café, enquanto o filho estava no sexto refil de refrigerante. Acho que faziam questão de garantir o dinheiro gasto. Minha área estava cheia, mas esta mesa em particular era extraordinariamente exigente, solicitando por alguma coisa sempre que eu passava por ali.

Avisei Erin que chegaria em casa às quatro. Isso foi uma hora atrás. O restaurante estava cheio de uma forma incomum para uma quarta-feira, todo mundo se dirigindo para as montanhas para o fim de semana do feriado do Dia do Trabalho, último festejo do verão antes que todas as escolas voltassem às aulas oficialmente. Jennifer e eu estávamos em nosso turno, cada uma em uma área do restaurante.

— Sinto muito, Sue. — Coloquei o copo na bandeja.

Ela recostou o quadril no balcão, suspirando profundamente.

— Devon, você sabe que é como uma filha para mim. Mas isto aqui ainda é um negócio. *Meu* negócio. Não dá para a cuidadora da sua mãe ligar para cá, mais vezes do que os clientes ligam para fazer seus pedidos.

Fiquei cabisbaixa. Sue havia me liberado para sair mais cedo – ou deu o dia de folga por causa da minha situação –, tantas vezes, que já havia perdido as contas durante esses cinco anos. A condição de saúde da mamãe havia piorado. Sue tentava me dar apoio, mas todo mundo tinha um limite. Simpatia e compreensão só iam até certo ponto.

Fui uma funcionária leal pelos últimos cinco anos. Como empregadas, Jennifer e eu estávamos há mais tempo. Jennifer provavelmente trabalharia aqui para sempre. Houve uma época em que quis sair, explorar o mundo, mas não via nenhuma escapatória no futuro próximo. Este emprego em período integral mais se parecia a uma prisão perpétua.

A culpa rapidamente varreu meu corpo quando percebi qual alternativa teria. Eu não deveria me queixar. A razão de estar presa era a mesma à qual me agarrava com unhas e dentes.

Quase todo mundo que eu conhecia foi embora, seja para cursar uma faculdade ou por conta de um emprego em outra cidade maior que a nossa, logo que se formaram. Não pude me dar a esse luxo. Precisava de dinheiro, então trabalhei o tanto que podia, mas estava ficando cada vez mais difícil cumprir um turno inteiro sem que a cuidadora da minha mãe ligasse.

Voltei a olhar para a mesa de clientes exigentes, onde a esposa bebericava seu café como se tivesse todo o tempo do mundo. Eu invejava aquele sentimento. O de não ter lugar algum para ir, ninguém querendo alguma coisa de você.

— Ei — Sue pegou minha bandeja e acenou para a porta —, vá embora. Vou finalizar sua mesa.

— Sue… — Meu rabo de cavalo se agitou de um lado ao outro, roçando minhas costas. — Não posso deixar você e Jennifer. Está uma loucura aqui.

— Damos um jeito — respondeu, a voz firme e decidida. — Sadie e Travis chegarão às seis, de qualquer forma. Vá, Devon. Vai ficar tudo bem.

Eu sabia por experiência própria que não adiantava brigar com ela quando a decisão já estava tomada. Sue tinha a teimosia e determinação de um pit bull. Este restaurante era sua vida, e ela praticamente morava aqui. Não tinha filhos ou animais de estimação, e até mesmo seu marido só a via se viesse aqui para comer. Isto explicava por que estava no terceiro casamento, alegando que seu verdadeiro amor era este lugar.

Assentindo, observei quando passou por mim e foi atender minhas mesas. Outro tijolo de culpa se assentou em meus ombros. Em alguns dias, o peso era tão grande que eu mal conseguia ficar de pé.

Acenei para Alejandro e o restante da equipe da cozinha e peguei minhas coisas do armário, saindo em disparada pela porta dos fundos em direção ao meu carro. O sol escaldante do final do verão ainda seguia a pino, assando meu corpo já superaquecido. Meu carro não tinha ar-condicionado, e eu precisava usar uma toalha para me sentar no banco, ou corria o risco de queimar minha pele. A portinhola da tampa de gasolina ficava fechada com fita silver tape. Na maioria das manhãs, eu cruzava os dedos na esperança de que o carro pegasse de primeira, mas era grata por ainda funcionar. Qualquer dia desses, num futuro próximo, ele quebraria, e eu não sabia o que faria a partir de então. Não tínhamos dinheiro para um carro

MÁ SORTE

novo, já que tudo ia para cobrir as contas e pagar os cuidados com minha mãe e Mia.

Acelerei meu Toyota pela cidade, parando em frente à nossa minúscula casa velha. A grama precisava ser aparada, o telhado refeito, a casa pintada e a varanda reconstruída, só adicionando à imensa lista do que deveria ser feito. Se algum dia tivéssemos um dinheiro extra, por milagre, talvez pudesse executar uma daquelas pendências. Sempre que parecia que teria algum sobrando, alguma coisa dava errado ou o plano de saúde aumentava.

No instante em que fechei a porta do carro, meu celular começou a gritar como um bebê pedindo colo. Avistei o nome na tela e por um momento pensei em ignorar.

— Oi, Amelia. — Suspirei, colocando o telefone entre o ouvido e o ombro.

— Devon, onde diabos você estava? Estou te ligando há horas. — Dava para ouvir a música de fundo que tocava no salão de beleza. Minha irmã havia conseguido um emprego de meio-período ali. As clientes a adoravam, mas ela ainda não ganhava o suficiente para contribuir com as despesas da casa, alegando que tudo o que recebia era destinado aos cuidados de Mia.

Engraçado, porque parecia que era eu que pagava a casa onde moravam, as consultas pediátricas e todos os gastos com as compras do mês, que deveria constar apenas com as comidas aprovadas por Mia. De personalidade forte, como todas as mulheres em nossa família, a criança estava na fase onde só queria comer *nuggets* e batatas fritas.

— Peguei um jatinho para passar um dia no Spa, em Paris. Hoje é quarta-feira. Você sabe que sempre vou a Paris nas quartas. — Fui em direção à casa, passando a alça da bolsa pelo ombro.

Houve uma pequena pausa antes que Amelia respondesse. Ela nunca se ligava no meu humor ácido.

— Você é hilária, Dev. Sério mesmo. — Eu podia jurar que ela estava revirando os olhos. — Erin continuou ligando aqui no salão. Você sabe que pega mal quando o meu celular fica tocando. Tenho que trabalhar. Não dá pra ela continuar fazendo isso.

Uma onda de irritação endureceu minha postura.

— Sinto muito, Amelia, que você tenha lidado com a *cuidadora da sua mãe* te ligando. Deve ter sido horrível. — Rangi os dentes e me afastei um pouco da porta de entrada, sem querer que alguém ali dentro me ouvisse. — Você sabe que também tenho um emprego, não é? Um que realmente paga as contas.

— Isto não é justo — Amelia disse, irritada. — Eu tenho a Mia, minha filha, lembra? E ainda sou meio nova aqui, estou tentando subir na carreira. Você sabe que tenho que passar uma boa primeira impressão. Elas precisam saber que podem contar comigo e que estou lhes dando minha total atenção. Você não entenderia isto. Tudo o que precisa fazer é colocar a comida na frente das pessoas.

Ódio subiu pelo meu corpo, meus dedos agarrando o telefone, ao ponto de doer. A ligação ficou em silêncio enquanto eu tentava controlar minha raiva. Esta não era a primeira vez que Amelia e eu brigávamos sobre o assunto. Ela achava que servir mesas não era um trabalho árduo, embora nunca tenha feito isso. Aqueles que tratavam com pessoas e tinham que servi-los sabiam que era um trabalho ingrato e exaustivo. Lidar com pessoas com fome era quase o mesmo que entrar na jaula de um leão furioso e que não devia ter sido alimentado há dias. Leões que gritavam, reclamavam e te colocavam para correr sem demostrar nenhuma gratidão.

— Me desculpa. Isso foi cruel. — Amelia suspirou, a voz amaciando como manteiga. — Estou um pouco irritada.

Eu conhecia minha irmã melhor do que ninguém; sabia pelo tom de sua voz quando queria algo de mim.

— Estou te ligando porque... — começou a dizer, suavemente.

— O que é, Mel? Qual é o favor? — interrompi e mudei o telefone de ouvido, encarando o quintal do vizinho cheio de carros-velhos e peças. O sol já abaixava, colorindo o céu de tons roxos e marrons.

— Zak ligou…

Cacete.

— Você está falando do babaca traidor e mentiroso? A desculpa patética de ser humano? Este Zak?

— Dev — advertiu. — Ele ainda é o pai dela.

— Sério? Só porque um dos espermatozoides imbecis ajudou a gerar Mia, não o torna um pai de verdade.

Quando Mia nasceu, Amelia achou que Zak mudaria de ideia sobre ser pai. Ele não o fez. Nem mesmo quis um relacionamento exclusivo com ela, alegando que um bebê e uma namorada eram muito restritivos. Mel finalmente ficou mais esperta e seguiu em frente, mas ainda fazia de tudo para que a garotinha maravilhosa que tinha passasse um tempo com o pai filho da puta.

Ele só a pegava porque a cidade criticava tudo o que você fizesse por aqui, e a mãe dele não queria ver o filho rotulado como um pai desnaturado – o que ele era. A maioria de suas promessas para pegar Mia por uma noite ou o fim de semana acabava sendo cancelada de última hora, quando ele dizia que seu trabalho na oficina o havia requisitado.

Claro... Era estranho como tantas pessoas precisavam fazer uma troca de óleo num sábado à noite.

MÁ SORTE

— Eles o chamaram no trabalho de novo...

Minha risada de deboche interrompeu o resto de sua fala.

— Por favor, você não pode ser assim tão idiota.

Eu podia sentir sua frustração pelo telefone, a mágoa que sentia. Às vezes, minha irmã me deixava louca, mas, no fim do dia, éramos família e eu a amava. E amava tanto aquela garotinha, que meu coração se condoía quando via seu rostinho triste sempre que Amelia inventava uma desculpa quando o pai furava um compromisso.

— Ele vai deixá-la aí agora.

— O-kay.

— E eu tenho um encontro.

— Ah...

Esfreguei o rosto, e algumas mechas embaraçadas e gordurosas do meu cabelo escaparam do rabo de cavalo. Estava me sentindo suada e nojenta, e tudo o que queria era um longo banho. Amelia tinha apenas *um dia* – quartas-feiras – para cozinhar e ficar de olho na mamãe e em Mia. Era eu quem fazia isso a semana inteira. Não era pedir muito; eu mal saía de casa. Bebia uma taça de vinho, lia um livro e tinha um encontro com a banheira. Sem nenhuma responsabilidade por *uma* noite só.

— Por favor, por favor, por favor, Devy? — suplicou, naquele tom de voz que meu pai chamava de "encantadora de serpentes".

Amelia sabia fazer isso com tanta perfeição, que ninguém ficava imune, nem mesmo eu. Quando usava aquela vozinha e batia as pestanas, professores, tiras, parentes... todo mundo ia direto para sua teia.

— Eu gosto mesmo desse cara. Ele é diferente. Posso sentir isso. — Tentei conter a risada. Cada cara que ela conhecia era "diferente", para somente depois se mostrar exatamente o mesmo tipo. Ela tinha um péssimo gosto para homens. Não que eu pudesse falar alguma coisa. — Fico te devendo. Por favor, Dev.

Certo. Ela já me devia anos e anos dessa mesma promessa.

— Tá, tudo bem. — Nunca conseguia negar algo para minha sobrinha.

— Obrigada! Eu te amo! — Amelia gritou antes de desligar.

Pneus cantaram no cascalho que se espalhou ao redor. A caminhonete turbinada de Zak, brilhando em um vermelho vibrante, parou. Seu cabelo loiro e espetado estava penteado do mesmo jeito que usava no ensino médio. Ele era o típico estereótipo. E havia inúmeras razões pelas quais esses tipos existiam, e Zak fazia questão de garantir que ficassem eternizados.

— Tia Devy! — Mia gritou assim que pulou para fora da caminhonete. Tive que morder a língua ao ver o babaca jogar a cadeirinha dela no chão sujo, como se aquilo o enojasse. Tudo que poderia arruinar sua "caminhonete ímã de garotas" ou seu "status de homem solteiro" era considerado desprezível.

— Oi, Feijãozinho. — Estendi os braços e ela se jogou contra mim, me abraçando com força. O cabelo escuro e sedoso se espalhou pelos meus braços. Ela era tão parecida com nosso pai, desde a cor dos olhos e cabelo, até o tom de pele mais moreno. Fiquei feliz quando vi que não puxou absolutamente nada da loirice do idiota que tinha como pai. Quando ela era só um bebê, era tão pequenininha que mais se parecia a um feijãozinho, daí seu apelido.

— E aí. — Zak apontou o queixo para mim, a mandíbula cerrada em irritação. Seus olhos estavam ocultos por trás dos óculos escuros, e a expressão inexpressiva quando agarrou a mochila de Mia e estendeu para mim como se fosse uma espécie de contrabando.

Assim que Amelia começou a namorar com ele, o babaca me paquerou e tentou agarrar minha bunda. Eu rapidamente o coloquei no lugar dele com a força do meu punho. Desde essa época, nós agíamos como dois países em guerra que precisavam interagir por causa de um acordo de paz. Mas, a qualquer momento, nosso ódio mútuo poderia vencer e a agressão vir à tona.

Estava a um passo de distância para pegar a mochila, quando ele a jogou no chão sujo dando um sorrisinho convencido.

— É sempre um prazer, Devy. — Sorriu com ironia, entrou no carro e se afastou da calçada, fazendo com que várias pedrinhas de cascalho me atingissem em uma nuvem de poeira. Dava para ouvir sua risada ao longe, o som do carro tão alto que poderia ser ouvido a vários quarteirões de distância.

— Otário — sussurrei, pegando a mochila suja de Mia e indo ao seu encontro na varanda. — Então... o que você vai querer para jantar?

— *Nuggets*!

— Que novidade. Humm, deixe-me adivinhar, batatas fritas? — Destranquei a porta, fazendo com que entrasse.

— Um montão. Estou morrendo de fome. — Ela disparou à minha frente enquanto eu pegava as correspondências. Contas a pagar. A maioria com o selo "urgente" ou "último aviso" impressos no envelope. Suspirei, colocando-as sobre a pilha que já existia sobre a mesinha lateral desde ontem... e de anteontem... e de antes de anteontem.

Eu amava minha família de todo o meu coração, mas algumas vezes parecia como se estivesse revivendo o mesmo dia, um atrás do outro, à medida que minha vida e juventude se esvaíam. Era errado desejar que alguma coisa mudasse? Que houvesse mais do que isso?

MÁ SORTE

CAPÍTULO 5

HHT HHH HHT

— Erin? — gritei, fechando a porta e colocando tudo em cima da mesa. Mia seguiu em frente e entrou na sala de estar. — Sinto muito pelo atraso.

Estava impressionada pela cuidadora não ter saído correndo assim que me ouviu chegar. E, ao pensar sobre isso, lembrei que não havia visto seu carro.

— Erin? — Por favor, por favor, me diga que ela não foi embora deixando minha mãe sozinha.

— Ela já foi — disse uma voz masculina no canto da sala.

— Tio Gavin? — Assim que entrei na sala, o avistei em seu uniforme de xerife. Estava parado perto da minha mãe, que dormia em sua cadeira com um cobertor até o queixo. Por mais que estivesse quente, minha mãe sempre sentia frio.

— *Shinálí!* — *Vovô*. Mia correu para os braços do irmão mais novo do meu pai. A família deles era descendente dos Navajos. Embora não tivéssemos contato com sua tribo, meu tio queria que Mia entendesse sua herança.

— *Bitsóóké.* — *Netinha.* Um sorriso imenso se espalhou pelo rosto do meu tio, assim que a ergueu no colo.

Ele a tratava de um jeito diferente do que me lembrava da infância. De início, disse ter se sentido incomodado ao ser chamado de "vovô", como se estivesse tirando esse título do meu pai, mas Gavin era o único avô que Mia conhecia. Nós contamos para ela a respeito de seu avô verdadeiro, mas o tio Gavin merecia o título. Ele sempre esteve aqui por nós, nos ajudando quando eu não conseguia pagar todas as contas do mês ou cuidando da mamãe em um de seus raros dias de folga.

— Seu *bis-gode* faz cosquinha. — Ela começou a rir quando ele esfregou a barba grisalha contra sua bochecha.

O estresse do trabalho e a responsabilidade que sentia por nós estavam impressos em cada ruga de seu rosto. Ele colocou Mia no chão depois de dar-lhe um beijinho.

— Posso assistir alguma coisa? — Ela olhou para mim, usando a mesma voz meiga de encantadora de serpente que sua mãe usava.

— Pode, mas só até o jantar. Depois acabou. Okay?

Ela assentiu, correndo até a TV ultrapassada, ligando o DVD mais rápido do que qualquer criança da sua idade seria capaz de fazer. Não tínhamos TV à cabo, então ela assistia aos mesmos desenhos infantis uma vez atrás da outra. E parecia não se importar com isso.

Assim que se acomodou, me virei para o meu tio.

— Onde está Erin? — Apoiei a mão em meu quadril. — Ela não ligou para o senhor na delegacia, não é?

— Não fique chateada com ela, Dev. Ela não sabia mais o que fazer. Seu filhinho está gripado. Ela estava desesperada.

Suspirei audivelmente quando relanceei o olhar para minha mãe, que dormia tranquila. Sua aparência jovial de outrora havia se esvaído drasticamente nos últimos cinco anos. Totalmente grisalha agora, seu rosto estava vincado com rugas, e seu corpo frágil a fazia parecer mais velha do que seus cinquenta e dois anos, mesmo com sua herança genética norueguesa.

No início, ela ainda tentou cuidar de seu visual, mas à medida que a doença gradualmente se instalava em sua mente, coisas como pintar o cabelo já não pareciam ter tanta importância. Eu sabia que éramos sortudos por ainda termos os momentos em que ela nos reconhecia, e à Mia. Mas estavam ficando cada vez mais escassos.

— Obrigada por ter vindo. Estava uma loucura lá no trabalho. — Dei a volta e fui em direção à cozinha, retirando uma jarra de limonada da geladeira.

— Não precisa me agradecer de forma alguma. Você é minha família. Quisera eu poder fazer mais.

— Você já faz o suficiente. — Servi dois copos e empurrei um deles pelo balcão para ele.

— Não, eu não faço. E odeio ver que assumiu tudo isso. Você deveria estar na faculdade com suas amigas. Se divertindo.

— Você quer dizer minha única amiga. — Bufei uma risada, tomando um gole da bebida refrescante e azeda, que desceu maravilhosamente bem pela minha garganta seca.

Depois daquele momento horrível, quando descobri que meu namorado e minha ex-melhor amiga estavam transando por mais de um mês antes de ele enviar uma mensagem indecente por engano, aquela "amizade" acabou. Eles ficaram juntos pelo resto do ano, esfregando o romance meloso

MÁ SORTE

na minha cara todos os dias. Sky me disse que terminaram pouco depois de entrarem na faculdade. Jasmine o traiu com um de seus colegas de fraternidade. Não derramei nenhuma lágrima por nenhum deles.

A pessoa de quem mais sentia falta era Skylar. O pai dela havia conseguido um trabalho para ela com um artista local em Santa Fé, onde ela agora estava amando viver e "desfrutar" da companhia do cara tipo alma atormentada que ela curtia. Nós nos falávamos uma vez por semana, mas era sempre ela que me contava suas histórias. Nada de novo acontecia nessa cidade, e era meio deprimente falar sobre o constante declínio da saúde da minha mãe.

— Ela estava realmente nervosa e assustada quando cheguei. Estava gritando com a Erin, dizendo que não a conhecia. — Sua voz falhou e ele encarou o copo de vidro, girando-o em círculos pela mesa. — Ela não me reconheceu a princípio. Tive que dar um pouquinho do seu remédio em um copo com água. Ela não aceitou o comprimido, dizendo que estávamos tentando envenená-la. Então foi por sorte que aceitou beber água.

Pisquei para afastar as lágrimas, sentindo a garganta seca.

— Talvez já seja a hora, Dev.

— De colocá-la em uma casa de repouso? Onde ela não conhece ninguém? Não. Não vou fazer isso. Ela ainda se mostra muito lúcida. Não vou deixá-la em uma clínica. — Engoli o nó na garganta. — Ainda não.

— Ela está começando a dar muito mais trabalho. Você sabe disso. Erin não vai durar muito tempo. Ela não tem experiência em lidar com o que sua mãe está passando.

Suas palavras ecoaram a mesma coisa que a Dra. Matheson nos disse em nossa última consulta. *"Lembra quando eu disse que chegaria o momento em que a doença de sua mãe progrediria para além do que sou capaz de tratar? O momento chegou, Devon."*

— Sua mãe devaneia em um piscar de olhos. — Era verdade. Já havia passado inúmeras noites dirigindo pelas ruas para cima e para baixo quando encontrávamos sua cama vazia. — Ela tentou roubar o carro do vizinho semana passada.

— Um carro sem motor — indiquei, como se aquilo fosse uma justificativa.

Nós a encontramos em um dos carros velhos do vizinho, e ela pensava que estava dirigindo até um mercado.

— *O bebê precisa de leite* — ela disse

— *Que bebê?* — perguntei a ela.

— *Devon* — ela respondeu, e tive que abafar um soluço. Sua mente sempre confundia as lembranças do passado com o presente. Sua consciência a respeito dos acontecimentos recentes estava quase perdida agora.

— Não é essa a questão, Devon. — Tio Gavin inclinou a cabeça para o lado, e apoiou a mão no quadril, fazendo quase o mesmo que meu pai fazia. — Poderia ter sido o seu carro ou o de Amelia. Ela não está se tornando um risco só para si mesma, mas para as pessoas dessa cidade. — Ele acenou para o lado de fora da janela. — Chegará o dia em que a segurança dos outros irá se sobrepor à sua escolha.

Virei-me e coloquei a jarra dentro da geladeira.

— Pelo menos pense nisto — suavizou o tom de voz. — Você sabe que só quero o melhor para ela. Amo vocês demais. Mas também sou xerife aqui, e não posso fazer vista grossa só porque são minha família.

— Eu sei.

Encarei as fotografias que decoravam nossa geladeira. Imagens de uma época boa também revestiam a parede; quando a morte e a doença ainda não haviam tocado nossa família. Queríamos rodear nossa mãe com rostos familiares, até mesmo o do meu pai. Em alguns dias, era a única pessoa que ela reconhecia. Em outros, perguntava quando ele chegaria em casa, onde estava cada dia, esquecendo-se que ele já não estava mais entre nós.

— Vou pensar sobre o assunto. — Recostei-me no balcão, encarando meu tio. — Mas não hoje.

— Tudo bem. — Um sorriso triste curvou seus lábios. Ele veio na minha direção, com os braços abertos para mim. — Odeio colocar esse peso em seus ombros, mas sua mãe tinha um motivo quando colocou você encarregada de tudo, e não Amelia. Amo sua irmã, mas não suporto ver como todas as coisas recaem somente sobre você.

Ele deu tapinhas suaves nas minhas costas e se afastou. Nunca diria abertamente que Amelia era egoísta e mimada, mas nós sabíamos disso. Até mesmo ela sabia. Mas, se não precisasse ter nenhuma responsabilidade com nada, para ela estava tudo bem.

— Obrigada mais uma vez por ter vindo.

— Claro, tudo bem. — Ajustou o coldre, mas não saiu do lugar, pigarreando.

— Tem algo mais?

— Não, na verdade, não. — Encarou as botas pretas.

— O que foi? — Ele parecia estar duelando sobre me dizer alguma coisa.

— Nada. — Gesticulou com a mão. — É só o arquivo de um caso que chegou à minha mesa um dia desses, e me fez pensar naquele cara que foi preso do lado de fora do restaurante anos atrás. Você deve se lembrar.

Meu corpo se aqueceu inteiro. Se eu me lembrava? Você diz aquele cara que inundava minhas fantasias toda vez que eu fechava os olhos? Nas incontáveis vezes em que fingia que eram seus dedos me tocando ao invés

MÁ SORTE

43

dos meus? Cinco anos depois, e eu ainda pensava naquele criminoso, mas não importava o quanto tentasse desviar meus pensamentos, ele era o único que fazia com que o meu corpo se acendesse, desesperado para senti-lo outra vez.

— Humm. Sim. Mais ou menos. — Agarrei o copo e me virei de costas, escondendo meu rosto vermelho de vergonha.

Finn Montgomery.

Descobri seu nome quando fui chamada à delegacia. Skylar achou tudo muito excitante, por termos estado tão perto do criminoso gostoso, alegando que aquela era a coisa mais emocionante que já tinha acontecido nesta cidade. Tudo que eu queria era sair correndo dali. Nunca contei a ninguém o que aconteceu, querendo esquecer meu erro *enorme*. Felizmente, nunca precisei ir ao tribunal, mas todos nós tivemos que reconhecê-lo em meio a outros suspeitos. Havia sido a última vez que vi aqueles olhos azuis e lábios carnudos. Tentei não pensar sobre suas mãos no meu corpo ou a sensação de sua boca em minha pele. Mas nunca fui capaz de esquecer o orgasmo que ele havia me dado naquele banheiro.

Meu tio quis me manter fora do assunto, mas descobri que Finn e seu parceiro – que escapou – haviam roubado a farmácia de um hospital, provavelmente para vender os medicamentos nas ruas pelo triplo do preço, e renderam o caixa de uma lojinha de conveniência em busca de dinheiro. Embora não houvesse impressões digitais na arma, Finn foi capturado com ela em seu poder, o que foi mais do que o suficiente para conectá-lo ao crime. Meu tio sempre disse que posse de arma já valia a sentença por si só.

Era difícil aceitar a realidade de que eu havia transado com um traficante em um banheiro. Aquela não era eu. Apesar das incontáveis vezes em que sua lembrança havia me feito gozar desde aquela época, realmente tentei esquecer tudo sobre ele.

— O que trouxe esse assunto à tona? — Mantive a voz neutra, apesar de a simples menção do nome *Finn* parecer me transformar em algo transparente, onde qualquer pessoa poderia ver o que realmente havia acontecido entre nós.

— Ah. — Gavin se moveu inquieto, a boca abrindo e fechando como se estivesse travando uma batalha interna.

Olhei por cima do ombro para ele.

— É sério. Não é nada. — Ele balançou a cabeça. — Recentemente soube algumas novidades sobre ele, e fiquei pensando em como este caso era estranho. Ainda não consigo entender o que o fez parar num restaurante e por que permaneceu lá dentro por tanto tempo. Não encontramos nenhuma droga ou armas no local.

Aja com tranquilidade, Devon. Não mostre seu nervosismo. Concentrando-me em respirar com calma, organizei os trabalhinhos de arte de Mia e as revistas espalhadas sobre a mesa.

— Não faço ideia. Lembra? Eu só o vi através da janela. — Engoli a teia de mentiras que ficou entalada na minha garganta.

Ouvi que as testemunhas do restaurante disseram aos tiras que ele havia dirigido até ali, foi até o fundo onde os banheiros estavam localizados e ficou lá por cerca de vinte minutos antes de sair do estabelecimento, onde se rendeu à polícia. Pelo fato de a arma e os medicamentos ainda estarem dentro de sua mochila quando o prenderam, a polícia ficou intrigada sobre o que esteve fazendo naquele intervalo. Fiquei tensa durante semanas, achando que Finn fosse me entregar, confessar que esteve transando com uma garota de cabelo escuro, cheia de sardas, no banheiro. Pela lógica, a descrição bateria com a minha, mas isto nunca aconteceu. Na delegacia do meu tio, agora corria uma piada interna de que Finn Montgomery teve a dor de barriga mais inconveniente do mundo.

— É só muito estranho. Pesquisando seu histórico, ele e seu parceiro estiveram envolvidos em roubos por um longo tempo. Nunca haviam sido pegos. Quase impossíveis de capturar, como se fossem fantasmas. Nenhuma impressão digital, nem um único deslize. Isso não fazia o menor sentido.

— Estranho. — Dei de ombros, levando meu copo sujo até a pia. Anos sendo a filha de um policial me ensinaram a manter a calma sob pressão, manter a respiração e o ritmo cardíaco regulares.

— Sim... — Gav balançou a cabeça. — De qualquer forma, é melhor eu voltar para a delegacia. Venho para o nosso café habitual dos domingos. — Foi em direção ao corredor. — Tchau, *Bitsóóké.*

— Tchau, *Shináli.* — Mia olhou para cima rapidamente e acenou, voltando a atenção imediata para seu filme. Ele me lançou um último sorriso antes de desaparecer pelo canto. A porta suavemente se fechou quando saiu.

Assim que me deixou, meu coração martelou no peito, enquanto eu encarava o chão, sentindo a adrenalina tardia por conta da culpa e do medo. Não gostava de mentir, especialmente para o meu tio, mas depois de cinco anos, não esperava tocar no assunto a respeito de Finn Montgomery outra vez.

Meus dedos se curvaram ao redor da pia, mantendo-me de pé. Quando meu tio disse seu nome em voz alta, só fez com que o tornasse mais real ainda. Finn Montgomery estava impresso no meu corpo. Aparentemente, eu não conseguia impedir que sua lembrança dominasse minha mente, e não conseguia esquecer a sensação de tê-lo me possuindo.

Um fantasma.

Era assim que ele se parecia. Um fantasma que nunca deixou de me assombrar.

MÁ SORTE

CAPÍTULO 6

HHT HHH HHH

— Mia, por favor, coma suas cenouras. — Bati o dedo na pequena porção que coloquei em seu prato, suor escorrendo pelas minhas costas, deixando a pele mais grudenta ainda por causa do calor na cozinha.

— Não! — gritou, irritada, cruzando os braços e chutando a cadeira com raiva. A maior parte do tempo, ela era uma garota meiga, mas ainda assim era uma Thorpe. Nós éramos incrivelmente teimosas.

— Mia, por favor. Só uma.

— Nãooo! — Chutou com mais força a cadeira.

— O que é isto? — Minha mãe perfurou um pequeno pedaço de *nuggets* de frango, fazendo uma careta. Tenho andado tão cansada que só fui capaz de assar os *nuggets*, as batatas fritas e cortar as cenouras em conserva para todos.

— É frango empanado, mãe. Você já comeu antes. — Esfreguei a têmpora, empurrando o prato de cenouras para Mia outra vez. Ela o empurrou para longe, virando a cabeça para o outro lado, com um resmungo irritado.

— Eu não quero isso. — Minha mãe derrubou seu garfo, agitando os ombros como uma criança birrenta.

Ótimo. Seria uma daquelas noites.

— Mãe, você precisa comer. — Ela viveria de M&M's se pudesse, mas nas últimas vezes em que surrupiou um deles, acabou se engasgando. Como uma criança pequena, tínhamos que cortar sua comida em pequenos pedaços. Na maioria das vezes, eu fazia para ela purê de batata e peito de frango cortado em tiras macias, mas esta noite eu estava exausta.

— Não. — Ela bateu no prato outra vez, com a testa enrugada. — Você está tentando me envenenar. Não sou boba. Você está tentando me matar — sibilou. Então ficou de pé e arremessou o prato de *nuggets* na geladeira.

— Mãe! — Observei quando o prato com resto da comida de Mia

também se chocou no chão. O barulho do prato de plástico ecoou e a comida se espalhou por todo lugar.

Um instante de silêncio surpreso retumbou pela cozinha antes de Mia explodir em um choro assustado, que deixou minha mãe mais agitada ainda. Ela cobriu as orelhas, gritando mais alto do que a criança.

Pegando minha sobrinha em meus braços, apoiei-a sobre meu quadril, curvando sua cabeça em meu ombro.

— Mãe, pare. — Tentei manter a voz o mais calma possível, mas meus nervos estavam em frangalhos, e eu sentia como se meu peito estivesse prestes a se partir.

Ambas continuaram a chorar, até que a exaustão tomou conta da minha mãe, fazendo-a se sentar de volta na cadeira. Sua respiração estava agitada, e ela encarava ao redor como se não tivesse a menor noção de onde estava.

— Mia, shhh, queridinha. — Eu a embalei em meus braços, beijando sua cabeça. Ela se acalmou, espreitando um olhar para sua avó.

— O que tem de errado com a vovó? — Mia fungou no meu ouvido. — O que eu fiz?

— Nada, Feijãozinho. Você não fez nada. Ela fica confusa às vezes, lembra? Já falamos sobre isso antes.

Mia assentiu, enfiando o rostinho mais ainda no meu pescoço. O corpo finalmente começando a relaxar.

— Okay, acho que todo mundo vai dormir mais cedo hoje à noite.

Normalmente, Mia relutaria em fazer isso, mas nem ao menos se mexeu quando comecei a seguir em direção ao quarto que dividia com Amelia.

— Mãe, não saia daí. Vou colocar Mia na cama. — Toquei o seu braço, ajeitando minha sobrinha em meu quadril.

— Mia? — Mamãe ergueu a cabeça. Estava lúcida por um momento. — Oh, *barnebarn*, boa noite. — Mamãe usou o apelido norueguês para a neta e com a mão trêmula tocou as costinhas de Mia, que limpou as lágrimas de seus olhos.

— Boa noite, *Enisi* — ela disse, baixinho, ainda incerta.

— Fique aqui — ordenei outra vez, antes de passar pelo corredor e vestir o pijama em Mia. Tão rápido quanto pude, escovei seus dentes, li uma historinha e acendi a luz noturna em formato de estrela.

— Tenha bons sonhos, Feijãozinho. — Beijei sua cabeça e ela se acomodou em sua cama pequena, se aconchegando com os inúmeros bichinhos de pelúcia.

— Te amo, titia Dev.

— Te amo mais. — Fechei a porta, meus ombros curvados em tristeza.

Felizmente, minha mãe ainda estava em sua cadeira, o rosto coberto de

MÁ SORTE

47

lágrimas, soluçando com tanta força que mal conseguia respirar.

— Mãe. — Corri até ela, agachando-me ao seu lado. — Shhh... está tudo bem. — Estava ficando cada vez mais difícil fingir que as noites boas superavam as más.

— Não. — Ela balançou a cabeça. — Não... eu-eu... na-na... — Ela lutou com os pensamentos, deixando-os perdidos em sua mente. Envolvi meus braços ao redor dela, ninando-a como fiz com Mia. Mordi meu lábio para conter minha raiva e o sofrimento. Como isso poderia ser justo para acontecer com ela logo depois da morte do meu pai? Por que a vida sempre dava um jeito de te colocar de joelhos e ainda te chutava quando você estava caído? Levou tudo o que eu tinha para não perder o controle exatamente assim, mas ela dependia de mim para sustentar esta família de pé.

Depois que se acalmou, me levantei, segurando seu braço com suavidade para atrair sua atenção.

— Você precisa tomar seus remédios, mãe.

Ela negou com um aceno de cabeça.

— Por favor. — Minha voz vacilou. Eu lutava para não despedaçar, mal conseguindo segurá-la. — Faça isso por mim.

Seus olhos cor de mel se conectaram aos meus, me acolhendo. Por um segundo, ela se pareceu com minha mãe, não a concha em que se transformou por causa da doença. Ela piscou, e minha mãe se foi, os olhos perdendo a vivacidade. Ela estendeu a mão em silêncio para que eu entregasse os comprimidos, e os tomou com um gole de água. Indiferente. Inanimada. Às vezes, eu odiava esse seu lado, muito mais do que o lado feroz, assustado e selvagem. Sua versão fantoche era o oposto de quem fora em vida, e me deixava devastada vê-la assim.

Ela não disse uma palavra ou se debateu quando vesti seu pijama. Apenas se curvou roboticamente na cama enquanto a cobria com seu cobertor.

— Boa noite, mãe. — Beijei sua testa.

Silêncio ecoou meu sentimento, mas não levei aquilo para o lado pessoal. Minha mãe já não estava em "casa".

Recostei-me contra a porta assim que a fechei, encarando o pequeno corredor, onde a parca luminosidade revelava a pintura desgastada e os carpetes manchados.

Aos vinte e dois anos, eu me sentia com o triplo da idade. O fardo era pesado demais para carregar todos os dias.

Meu peito se agitou com um soluço silencioso, e pude sentir mais um milhão de outros vindo logo em seguida. Sem querer acordar ninguém, corri para o banheiro e comecei a encher a banheira. Disfarçar minhas lágrimas em meio à água do banho não era incomum para mim. Meu corpo exausto ansiava por mais do que uma chuveirada, e me decidi pelo banho

STACEY MARIE BROWN

de imersão, já que todos já haviam ido para a cama.

No momento em que afundei na água morna, os soluços irromperam. As lágrimas não eram simplesmente por mim ou minha mãe, ou nossa dificuldade financeira, mas por tudo. Eu sabia por que Mia fazia birra e ia dormir mais cedo toda vez que Zak a pegava. Ela compreendia, bem lá no fundo, que ele não a queria. E tentava tanto agradá-lo, mas por mais quieta ou boazinha que se comportasse... nunca o deixaria feliz.

Chorei até que não tivesse mais nenhuma lágrima a derramar.

Recostei a cabeça contra a borda, fechei os olhos e suspirei, deixando tudo de lado.

O sono me envolveu como um abraço acalentador e me arrastou dali antes mesmo que me desse conta.

MÁ SORTE

CAPÍTULO 7

卌 卌 卌

Um grito agudo ressoou pela casa. Meus olhos se abriram de supetão, e o coração quase saltou pela garganta. *Mas que porra...?*

A confusão me arrancou do sono profundo, refrescando meus pensamentos. A água fria da banheira espirrou para todo lado quando me sentei de repente. A percepção de que havia algo errado alfinetou meu peito como se tivesse recebido uma injeção de adrenalina. Eu havia adormecido durante o banho.

O alarme continuou a soar pela casa, agredindo meus ouvidos. Consegui me levantar e peguei o roupão. No segundo em que abri a porta, minha visão ficou turva, os pulmões sendo tomados pela fumaça. Óleo de gordura queimando chamuscou meus sentidos.

— Ai, meu Deus. Não...

Senti o nó na barriga quando corri em direção à cozinha, onde a névoa se tornava mais espessa a cada passo. Quando passei pelo canto, avistei as chamas altas no fogão, ondas escuras de fumaça se curvando em direção ao exaustor. Minha mãe estava parada em frente, tentando apagar o fogo com um pano de prato queimado, espalhando cinzas e fagulhas ao redor sempre que sacudia o tecido. Com a outra mão, ela jogava água, fazendo com que as chamas aumentassem cada vez mais. A última coisa que você deveria fazer quando o óleo pega fogo, era jogar água.

— Mãe! Não! — gritei, vendo as revistas sobre a mesa já pegando fogo. O incêndio se alastrou rapidamente pela mesa e pelos tecidos das cadeiras. — Pare!

Ela continuou a bater no fogão, alheia à minha presença. Corri em sua direção e a empurrei para o lado. Estendi as mãos para os botões, sentindo a pele crepitar com o calor. Agarrei os pegadores de panela ali perto e tentei desligar o fogo. Meu coração trovejava no peito enquanto eu tentava afastar a panela para o lado.

O ruído ensurdecedor do alarme de incêndio estava me dando nos nervos. Estava vagamente ciente dos gemidos amendrontados da minha mãe, e da vozinha apavorada de Mia gritando por mim. O incêndio estava se espalhando. Eu precisava contê-lo agora, ou perderíamos nossa casa, e possivelmente, nossas vidas.

— Mia! — gritei por cima do ombro, tentando afastar a fumaça. — Vá para o gramado na frente de casa e ligue para a emergência! Você sabe o número, não é? — Esperava que meus constantes alertas superassem seu medo. — Mãe, vá com ela!

Pela minha visão periférica, vi Mia correr para o lugar onde meu celular estava carregando na sala, e disparar em direção à porta de entrada.

— *Enisi!* — chamou minha mãe entre as tossidas secas, mas ela parecia hipnotizada pelas chamas, como se estivesse em outro mundo. — *Enisi!* — Pânico escorria de Mia, que estendeu a mão para a avó.

— Vá, Mia! Preciso que ligue para a emergência agora!

Ela assentiu e saiu de casa.

Minha sobrinha de cinco anos era a única a quem poderia pedir ajuda. Ela entendeu a gravidade da situação e tomou uma atitude. Atrás de mim, minha mãe se balançava para frente e para trás, confusa e com medo, tossindo e choramingando, mas sem se afastar das chamas ardentes, o que me obrigou a empurrá-la com mais força. Com minha experiência no restaurante, eu sabia que lidar com óleo fervente não era tão fácil quanto parecia, e que o fogo podia se alastrar rapidamente. Fermento ou um extintor de incêndios eram o melhor caminho.

Dando a volta, corri até o armário no corredor e peguei o extintor, cobrindo minha boca quando meus pulmões pareceram congestionar por conta da fumaça. Esguichei em tudo o que via pela frente. A grossa espuma branca cobriu o fogão, mesa e cadeiras, o fogo crepitando por trás do intenso jato, sem querer desistir da batalha. Descarreguei todo o conteúdo, sufocando cada chama enquanto lágrimas, por conta do medo e da fumaça, escorriam pelo meu rosto.

Quando o último jato de espuma espirrou e o cilindro ficou vazio, abaixei os braços, olhando tudo ao redor. O crepitar das labaredas extinguidas e a fumaça negra tomavam conta do ambiente com um sentimento sinistro de medo, como se o fogo tivesse queimado qualquer fagulha de esperança que eu pudesse ter, e tivesse me deixado com um espaço oco por dentro.

Ao longe, ouvi as sirenes dos bombeiros soando.

— Mãe, vamos — disse, sufocada, segurando-a pelo braço e acelerando nossos passos rumo ao ar fresco. Minha pele se encontrava coberta de fuligem e suor. Assim que saímos pela varanda, vi Mia perto de uma árvore, que, quando nos viu chegar até o gramado, correu em nossa direção.

MÁ SORTE

— Nã-não sei o-o que aconteceu. — A voz rouca e baixa de minha mãe soou quando se recostou em mim. — E-eu queria fazer o-o café da manhã para minhas g-garotinhas. Achei que ia ser divertido preparar a refeição para elas levarem p-para o pai, no Dia dos Pais.

Lágrimas ziguezagueavam pelo meu rosto, embaçando as luzes vermelhas e brancas que subiam pela nossa rua, seguida de viaturas policiais.

O fogo havia arruinado nossa cozinha, mas suas palavras destruíram meu coração.

$$\text{卌 卌 卌}$$

A brigada de incêndio entrou e saiu de nossa casa, as luzes dos caminhões, da ambulância e da polícia fazendo com que os vizinhos deixassem suas casas, encarando tudo como se estivéssemos em um programa de televisão.

Sentei-me na parte traseira de uma ambulância com Mia em meu colo e enrolada em um cobertor, enquanto os paramédicos averiguavam nossos sinais. Mamãe gritou e se debateu, obrigando-os a sedá-la. Até que, por fim, ela se curvou sobre a maca e adormeceu, sem dar-se conta de que tudo aconteceu por causa dela.

Meu rosto estava coberto de fuligem, e meu robe branco agora estava imundo, como se eu tivesse rolado na lama. Meus pulmões ardiam, e minha garganta parecia ter sido serrilhada. Por outro lado, estava bem. Felizmente, Mia e mamãe já haviam sido atendidas e passavam bem, embora todos estivéssemos sujos como moleques de rua.

— Devon. — Tio Gavin veio em minha direção, o cenho franzido. Ele fez questão de saber se estávamos bem, antes de dar início aos seus deveres.

Observei-o em silêncio, enquanto segurava o corpo adormecido de Mia em meus braços. Ele parou a alguns passos, coçou a cabeça e olhou para a casa atrás de si.

— Isto poderia ter acabado muito mal.

— Eu sei — resmunguei, baixinho.

— Muito, muito mal. — Voltou a me encarar. — Você entende o que poderia ter acontecido aqui esta noite?

— Sim — respondi, entredentes. Eu ainda nem havia fechado meus olhos, mas o pesadelo de um desfecho trágico repassava uma vez atrás da outra em minha mente. Abracei Mia mais apertado, precisando me assegurar de que ela estava bem.

STACEY MARIE BROWN

— Sabe mesmo? — Gavin ralhou, antes de respirar profundamente, suavizando sua irritação ocasionada pelo medo. — Isto apenas solidificou minha decisão. Quando minha neta é colocada em perigo, quando *você* é colocada em perigo, não há mais alternativa. Pela minha família. Por esta cidade. Farei de tudo em meu poder para manter todas vocês em segurança.

Pisquei rapidamente, olhando para a casa. Eu sabia o que viria a seguir, e já sabia disso há algum tempo. Mas sempre havia o amanhã. Um amanhã onde eu poderia lidar com aquilo.

O amanhã havia se tornado hoje.

— Isto não é uma coisa que vai melhorar com o tempo, Devon. Você sabe disso. O estado dela só tende a piorar. Fiquei quieto até agora, esperando que você tomasse a decisão por conta própria. Mas não dá mais. Ela precisa ir para uma clínica, onde as pessoas saibam como cuidar dela.

O nó em minha garganta ficou mais apertado. Entender sua opinião não tornava as coisas mais fáceis de serem aceitas. Ela era minha mãe. Eu teria pouco tempo com ela, de qualquer forma. E, no fundo da minha alma, sabia que, no instante em que a colocasse em um asilo, era como se tivesse acabado. Que teria que lhe dizer adeus em breve.

Franzi os lábios, contendo as lágrimas.

— Tudo bem — sussurrei.

O rosto de meu tio suavizou em compaixão, e ele se inclinou para apertar meu ombro.

— Sei que isso é difícil. Acredite em mim. Eu também a amo. Ela fez parte da minha vida pelos últimos trinta anos. Mas ela também já não é a mesma mulher. Você sabe que em seu juízo perfeito, ela gostaria que você tomasse essa decisão. Alyssa não gostaria de se tornar um risco para suas filhas e neta. Este é o melhor a se fazer. — Afastou a mão. — Vou ajudar no que puder.

Tudo o que podia fazer era assentir. Minhas vistas estavam embaçadas tamanho o meu sofrimento.

— Mia! — O som de pneus guinchando ecoou. Ergui a cabeça e vi um Jeep parando na calçada. Minha irmã desceu do banco do passageiro, o rosto tomado de pânico e terror. — Ai, meu Deus! Onde está minha garotinha? Mia!

Mia despertou na mesma hora em que tio Gavin chamou Amelia, já que fui incapaz de gritar por causa garganta.

— Amelia! Aqui. Ela está bem. — Gavin acenou.

— Mia? — Amelia avistou a filha em meu colo e correu em nossa direção.

— Mamãe! — Mia deslizou do meu colo, correndo para a mãe com os bracinhos abertos.

MÁ SORTE

53

Minha irmã a pegou no colo, um grito aliviado deixando seus lábios assim que abraçou apertado sua filha, acariciando sua cabecinha. Seus olhos estavam fechados, o amor materno exalando por cada poro de seu corpo ao ver que Mia estava bem. Amelia podia ser um pé no saco, e extremamente fútil, mas quando via o amor que sentia pela filha, como poderia virar o mundo de ponta-cabeça por ela, essas coisas se tornavam facilmente esquecidas.

Quando a colocou de volta no chão, ela percorreu o corpinho de Mia com o olhar, averiguando se tudo estava realmente bem. Seus olhos se alarmaram ao vê-la tossindo.

— Tô bem, mamãe.

Minha irmã disparou o olhar para mim.

— O que aconteceu? — Marchou em minha direção, olhando a comoção ao redor. — Onde está nossa mãe? Você está bem?

— Elas estão bem, Amelia. Alyssa está dormindo ali — tio Gavin respondeu por mim, indicando o interior da ambulância. — Houve um pequeno incidente. Um incêndio. Mas todo mundo está bem.

— Pequeno incidente? — Amelia ergueu o tom de voz. — Não parece nada pequeno para mim. — Gesticulou para os caminhões e ambulâncias que estavam parados em frente de casa. — Por que ninguém me ligou?

— Eu tentei. — Gavin cruzou os braços, arqueando uma sobrancelha. — Talvez se você estivesse com o celular ligado...

Ao ver o cabelo desgrenhado e os lábios inchados, não tive dúvidas do que ela devia estar fazendo ao invés de atender ao telefone.

Seu rosto ficou vermelho de vergonha, o sentimento de humilhação rapidamente se transformando em raiva. Meu pai também era incrivelmente meigo, até que ficasse bravo. Todos nós tínhamos o temperamento forte, mas Amelia parecia ter o pavio mais curto do que o restante.

— Diga-me o que aconteceu. — Sua expressão agora irritada. — Você devia estar cuidando da minha garotinha. Confiei em você para mantê-la segura.

— É sério isso, Amelia? — Uma risada sarcástica explodiu pela minha boca, fazendo minha garganta arder. — Você realmente está me criticando nesse exato momento?

— Eu saí por *uma noite*, e minha filha quase morre em um incêndio. Sim, estou te criticando, Devon. — Ficou cara a cara comigo.

Fúria subiu pelo meu corpo, fazendo com que eu me colocasse de pé.

— Uma noite? Faça-me o favor, você só fica em casa *uma* noite na semana. Sou eu que fico em casa com a sua filha e a mamãe no restante dos dias. Eu! Você está tão desesperada para encontrar um homem que tome conta de você, que não deve nem mesmo se importar em perguntar o nome do sujeito, não é? Talvez você só se interesse pelo extrato bancário...

— Como você se atreve? — Amelia gritou, me empurrando.

— Opa! Opa! — Tio Gavin se colocou entre nós duas, tentando nos afastar. — Parem com isso agora mesmo! Isso não ajuda em nada.

Amelia me deu mais um empurrão antes que Gavin a afastasse para longe.

— Pare, Amelia! Sua irmã não é a culpada aqui. Foi um acidente. Não transforme o seu remorso e medo em raiva contra a sua irmã. Ela está fazendo o melhor que pode.

Ela deu um passo para trás, cruzando os braços, e olhando para o chão enquanto respirava profundamente.

— Se quer colocar a culpa em alguém, coloque em você mesma.

— Por quê? O que eu fiz? — Ergueu a cabeça, entrecerrando o olhar para o nosso tio.

— Porque a Mia é *sua* filha, e aquela mulher ali é *sua* mãe também. — Apontou para o corpo adormecido dentro da ambulância. — Não sou idiota ou cego, Amelia. Estou bem ciente de quem paga as contas aqui e mantém um teto sobre a sua cabeça.

— Eu trabalho! Tenho uma carreira, na verdade, que estou construindo. Trabalho duro.

— Amelia. — Gavin tocou seu braço, dando-lhe um olhar de advertência. — Pare.

Ela bufou, irritada, abaixando a cabeça outra vez.

— A situação é outra agora, e vocês duas vão precisar uma da outra mais ainda. Tudo vai mudar, e vocês, meninas, precisarão se apoiar uma à outra, sem brigas.

— O que quer dizer? — Toda a raiva pareceu ter sido drenada de Amelia, fazendo-a hesitar com preocupação.

— Quer dizer que, como um membro da família, e como xerife, não posso permitir que Alyssa continue aqui. Ela precisa ir para uma casa de repouso. Um lugar seguro para ela. E todos ao redor.

Sabíamos que não havia um lugar como este aqui na cidade. Isso significava que a mamãe precisaria ir para uma cidade maior, onde haveria clínicas que lidariam com a sua doença. Eu não a abandonaria simplesmente. Já era hora.

— O que isso quer dizer? — Ela se virou para mim, como se eu fosse a encarregada pela decisão. — Devy?

E aquilo me atingiu como um raio. O que aconteceria? Algo que sempre desejei, por muito tempo, mas não dessa forma; no entanto, ainda assim, me fazendo chegar à mesma conclusão.

Engoli em seco, encontrando o olhar da minha irmã.

— Estamos indo embora daqui.

MÁ SORTE

55

CAPÍTULO 8

HHH HHH HHH

— Mia, por favor, venha aqui me ajudar. — A voz de Amelia vibrou logo atrás de mim enquanto eu olhava pela janela de nosso novo apartamento. A cidade agitada logo abaixo. O lugar era minúsculo, de apenas dois quartos e não ficava em um dos melhores bairros, mas eu não conseguia impedir o sorriso tomando conta do meu rosto.

Estava morando agora em Albuquerque, o que significava muito para mim. E era como um passo gigante, levando em conta a cidadezinha de onde viemos.

Tio Gavin nos ajudaria financeiramente até que Amelia e eu arrumássemos emprego; o valor do aluguel era quase o mesmo que o da hipoteca que estávamos habituadas a pagar. Gavin ficou com nossa casa. Ele alugava uma garagem que havia sido transformada em moradia, quando se divorciou de sua "esposa vadia", Lisa, dois anos atrás, e não viu a hora de fazer daquela casa a sua própria.

Então, conseguiu um lugar só para ele, e nos livramos de uma casa que dificilmente conseguiríamos vender e de uma hipoteca que quase não conseguíamos pagar. Só que ele acabou ficando com uma casa que precisaria de inúmeros reparos, especialmente na cozinha, mas não parecia se importar. Agora era tudo dele.

Com o pouco que tinha, pagou nosso primeiro mês de aluguel, enquanto a venda do carro de Amelia cobriria o resto. Eu odiava sentir o peso de sua bondade. Ele não podia bancar isso mais do que nós mesmas. Eu o pagaria de volta assim que tivesse a chance, mas a clínica onde mamãe foi internada levaria a maior parte do meu contracheque. Ela estava qualificada para receber o benefício do Governo por conta de sua incapacidade física, até mesmo porque trabalhou tempo suficiente para contribuir com o sistema. Recebia uma pequena quantia mensal, que já ajudava bastante. No entanto, a primeira coisa que eu faria amanhã seria procurar um emprego.

— Mia! — Amelia gritou outra vez, limpando o suor da testa. — Cacete, está quente aqui.

Havíamos crescido próximo às montanhas ao nordeste do Novo México. Albuquerque ficava em uma região mais alta e desértica, e, na metade de setembro, era como se estivéssemos em uma sauna.

Virei-me e vi a pequena cozinha acoplada à sala de estar abarrotada de caixas, o que já indicava o quanto o lugar era pequeno, já que não tínhamos tantos pertences. Tio Gavin deixaria todas as fotos de família e algumas lembranças na garagem da casa velha. Eu tinha poucas caixas de roupas, sapatos e itens pessoais. Noventa e cinco porcento de toda a mudança eram coisas de Amelia e Mia.

Minha sobrinha saiu trotando do quarto que dividiria com a mãe. Graças a Deus, fiquei com um só para mim. Tecnicamente, eu tinha um na antiga casa, mas, pelos últimos seis meses, quando mamãe estava piorando em seu estado de lucidez, acabei tendo que dormir em seu quarto, garantindo que ficasse ali. Não possuía um lugar só para mim já há algum tempo.

— Leve esta caixa para o nosso quarto. — Amelia entregou uma embalagem pequena e cheia de brinquedos. Minha irmã e eu havíamos discutido por uma semana, sendo que ela alegava que não podia abandonar seu trabalho e suas clientes, mas, quando percebeu que eu me mudaria com ou sem ela, mudou de ideia.

Sabia que não conseguiria arcar com um lugar por conta própria e cuidar de Mia ao mesmo tempo. Tio Gavin foi gentil e a convidou para ficar na casa, com ele, mas ela admitiu que estava mais aterrorizada de ficar sem a minha presença do que a necessidade de ficar. Eu sabia que ela gostava mesmo era da babá embutida. Nosso tio trabalhava muito, e não poderia cuidar de sua filha.

— Você tem uma entrevista de emprego amanhã? — Retirei os pratos de uma caixa, colocando-os sobre uma prateleira.

— Sim. Você pode deixar a Mia em sua nova creche? Realmente quero ter tempo para me arrumar para essa entrevista.

A creche era, na verdade, a senhora de idade que morava dois andares abaixo de nós, e que disse que adoraria cuidar de Mia, às vezes. Minha irmã pegou essa oferta com unhas e dentes, e, antes que a mulher pudesse piscar, viu-se obrigada a cuidar de Mia durante a semana.

A "entrevista" era em um salão da filha de uma de suas antigas clientes. Era mais uma visita do que uma entrevista profissional, onde Amelia daria uma passada e perguntaria se havia alguma vaga disponível, usando o nome da mãe da dona, alegando ter cuidado do cabelo da mulher toda semana.

Franzi os lábios, engolindo minha resposta.

— Claro.

MÁ SORTE

57

Meus currículos estavam impressos e dentro da bolsa, prontos para minha ida em busca de trabalho. Amanhã eu iria a todos os restaurantes no centro da cidade. Não sairia dali até conseguir um emprego ou pelo menos, uma entrevista. Não tinha outra escolha.

— Depois de acabarmos por aqui, vamos levar o jantar para a mamãe. — Guardei o último prato na pilha, relanceando um olhar para Amelia.

Mamãe devia estar assustada. Ela até ficou bem quando passeamos pelo lugar, mas quando realmente percebeu que a clínica seria seu novo lar, e que a deixaríamos lá, as coisas ficaram tensas.

Ela já havia dado birras antes, mas aquela havia sido a mais violenta e selvagem.

Tentei contê-la, mas as enfermeiras me afastaram dali, dizendo que eu devia deixá-las fazer seu trabalho. Elas agiam com bastante naturalidade, e eram carinhosas e eficientes.

Esperei sentir alívio, não sendo mais a responsável pelos cuidados da mamãe, mas, ao invés disso, me senti estranha. Inútil. Culpada. Como se ela fosse um bichinho de estimação e que a estivéssemos jogando cruelmente nas ruas.

Abandonando.

Aquilo me quebrou em milhões de pedacinhos.

$$\text{卅 卅 卅}$$

Meus sapatos machucaram meus pés, meus dentes se cravaram em meu lábio inferior enquanto fingia que não estava morrendo de vontade de tirá-los e andar descalça. O sol tostava minha cabeça, fazendo com que minha aparência ajeitadinha começasse a derreter como um sorvete num dia de verão.

Já passava das quatro e meia da tarde, e o sol ainda estava alto no céu. Pelas duas últimas horas, caminhei por todo o lugar e ouvi tantos "agora não" ou "vamos guardar seu currículo", que daria para encher o Rio Grande. As aulas nas faculdades haviam começado algumas semanas antes, e com o fim do verão, ou os estudantes já tinham fisgado todos os empregos, ou os restaurantes estavam fazendo corte de pessoal até que chegasse a temporada de férias.

Seja lá qual fosse a razão, eu estava recebendo um monte de negativas o dia inteiro e em todo lugar. Não ajudava o fato de que só havia trabalhado em um lugar. Embora cinco anos no mesmo emprego mostrasse lealdade, apenas uma linha no currículo não parecia ser o suficiente. Tentei encher linguiça e preencher com todas as atividades que desempenhei no restaurante de Sue, mas não era difícil ver que não tinha experiência alguma fora do ambiente de serviço como garçonete.

Olhei para o celular e avistei a mensagem de Amelia dizendo que havia conseguido o emprego no salão. Senti a onda de irritação me assaltar.

— Não posso ir para casa ainda. Vamos para mais um — falei comigo mesma, dando um apoio moral.

Cansada, com sede, com fome e mal-humorada, obriguei-me a seguir para a última área da Cidade Velha, ousando ir em mais um lugar antes de desistir naquele dia.

O último restaurante era uma sofisticada e elegante churrascaria que cheguei a pensar em entrar três vezes, antes de desistir por achar o lugar muito chique para o meu currículo patético. Mas o desespero me forçou a entrar. O lugar estava tranquilo, agora que a freguesia do almoço já havia saído. Uma coisa que eu sabia que nunca devia fazer, no que se relacionava a um emprego em restaurantes, era que você nunca, jamais, deveria entregar um currículo no meio da hora do almoço ou jantar. Eu já tinha a sensação de que estava entrando muito perto da loucura da hora do jantar.

Assim que entrei no lugar, fui saudada pelo ar-condicionado que refrescou minha pele superaquecida. O ambiente escuro e sensual, adornado com lustres brilhantes, piso em madeira e assentos macios de couro, me atraiu com as possibilidades de boas gorjetas que poderia obter aqui. Eu trabalhava com afinco e aprendia muito rápido. Se me dessem uma chance.

— Oi. — Forcei um sorriso luminoso em meu rosto, diretamente para a recepcionista. Ela olhava para o celular, parecendo entediada. — Sabe me dizer se estão contratando?

Ela me relanceou um olhar bem-delineado com a maquiagem e a boca revestida de uma camada grossa de gloss rosa. A garota não devia ter mais do que dezoito anos.

— Talvez.

Era o primeiro 'talvez' que havia recebido durante o dia.

— Sério? Será que posso falar com o gerente? — Mostrei meu currículo.

— Ele está ocupado. — Ela suspirou, voltando a dar atenção ao celular outra vez.

— Você pode entregar isso para ele? — Coloquei o papel cobrindo seu telefone. Ela ficou irritada, mas pegou o currículo e deu uma olhada rápida.

— Você está falando sério?

— Como assim?

— Você só trabalhou em um lugar antes — debochou. — Tenho mais experiência que você. — Entregou o papel de volta.

— Você poderia, por favor, entregar para o seu gerente? — Tentei manter o tom agradável, mesmo sentindo a raiva rastejando pela minha nuca.

— Estou tentando ser legal com você. Economize seu papel. E o seu tempo.

— Como é? — Eu podia sentir meu rosto queimar tamanha a raiva.

— Só estou dizendo que talvez seja melhor você adquirir um pouco mais de experiência. Em uma pequena cafeteria ou num McDonald's. — Ergueu uma sobrancelha, com deboche. — Meu gerente vai simplesmente jogar isso fora.

As palavras dela atingiram cada uma das minhas terminações nervosas. De repente, tudo o que podia sentir era a dor nos meus pés, a cabeça pulsando, a garganta seca e o estômago roncando. Eu não era uma universitária procurando por um dinheirinho extra para gastar em maquiagem ou sapatos. Isto aqui era sobrevivência. O que precisava fazer para poder manter minha mãe na clínica de repouso. Era como poderia ajudar a manter Mia alimentada e vestida. Com um teto sobre nossas cabeças.

Minha mão começou a amassar o papel, mas parei na mesma hora. Outra onda de ressentimento me engolfou. Eu não podia me dar ao luxo de desperdiçar um currículo; não tinha impressora em casa. Precisava imprimir tudo fora, e isso custava dinheiro.

Aquela adolescentezinha teve a coragem de me menosprezar? A vida tinha uma maneira vil de me socar a cara; com meus sapatos apertados e a blusa suada, esta garota estava me olhando de cima. A amargura começou a corroer meus ossos.

— Para dizer a verdade, muito obrigada — disse, entredentes. — Você me poupou de trabalhar com pessoas babacas como você. — Dei a volta e saí marchando do lugar, o calor me atingindo na mesma hora. O sol parecia mais maligno. Queria me esgueirar lá para dentro daquele lugar sombrio e refrescante, e me deitar no banco da área de espera.

— Foda-se — murmurei para mim mesma, meus pés se movendo sem destino certo. O ódio ainda mantinha todos os meus músculos retesados, fazendo com que meus pés doloridos mais se assemelhassem a blocos de tijolo.

Meu celular apitou com o sinal de uma mensagem recebida e enfiei a mão dentro da bolsa para pegá-lo.

> Crissy do salão me ligou, dizendo que quer que eu comece o mais rápido possível. Meu treinamento começa na quinta-feira. Vou levar a Mia ao parquinho. Vejo você mais tarde. Vamos comemorar?

Estava feliz por ela, mas sua vitória apenas salientou meu fracasso. Ficou por conta de Amelia arranjar um emprego em nosso primeiro dia em Albuquerque. Ela tinha esse tipo de carisma que as pessoas amavam.

Havia sido um dia de merda, e eu não tinha conseguido um trabalho desde cedo. Enquanto ela queria comemorar, eu só queria me afogar em mau humor. Queria uma bebida para escapar da espiral descendente onde estava agora.

Normalmente, eu iria direto para casa. Minha mãe sempre fora razão mais do que suficiente para querer voltar o mais rápido possível, ao invés de sair com as amigas. Não que tivesse tantas assim, salvo Skylar. Às vezes, a equipe do restaurante ia para um barzinho depois que fechávamos, mas nunca pude ir.

Cheguei a uma conclusão que me fez estacar em meus passos.

— Puta merda. — Pisquei.

Eu não tinha nenhum motivo para ir para casa. Ninguém precisava de mim esta noite. Visitar minha mãe seria a coisa certa a fazer. Eu deveria conferir se ela estava bem. Pela primeira vez, em anos, não queria fazer a coisa certa, não queria ir para casa. Não queria ter que fingir estar animada para a minha irmã.

Olhei para a placa rústica acima da minha cabeça. Gravado com um maçarico, em madeira, estava o nome Brothers & Thives[1] Bar.

Havia uma porção de bares por esta área, mas somente este nesta rua. Eu precisava de um drinque e, *ta-dam!*, meu desejo havia acabado de ser realizado.

Sem hesitação, empurrei a imensa porta de madeira e ferro, entrando no lugar fresco e parcialmente iluminado. O design acolhedor me fez sentir confortável. Tinha um visual meio espelunca e meio elegante, dando as boas-vindas a todos os estilos de pessoas. Alguns clientes estavam sentados no bar e nas mesas, variando entre idades e tipos.

Adentrei mais ainda e olhei ao redor. O bar tinha o mesmo revestimento em ferro e madeira, com um aspecto rústico do lado de fora, mas era enfeitado com luzes em arandelas e arte descolada. Barris e contêineres reciclados foram remodelados em mesas e luminárias.

— Ei, você — uma mulher chamou por trás do balcão do bar. Ela era uma latina bem mais baixa que eu, mas cheia de curvas, e devia estar por volta dos trinta e poucos anos. Usava um batom vermelho e o delineador bem marcado acima dos olhos, muito similar à moda antiga das *pin-ups*. Uma regata preta apertada deixava à mostra suas inúmeras tatuagens que revestiam ambos os braços, e o cabelo escuro estava preso em um coque no alto da cabeça.

---

1 Em tradução livre, irmãos e gatunos.

MÁ SORTE

Bonita, porém, intimidante, ela parecia ser extremamente autoconfiante. Forte. Para alguém como eu, que mais parecia flutuar sem uma base sólida, esta mulher era como um espelho se chocando contra o meu rosto, revelando todas as minhas fraquezas e inseguranças.

— O que vai querer, docinho? — Seus lábios se abriram em um sorriso caloroso, dissolvendo a impressão assustadora em um piscar de olhos. De repente, tudo o que mais queria fazer era correr até ela e chorar em seus ombros.

Deslizando sobre uma banqueta, minha mente deu um branco total. Não sabia o que pedir, já que não costumava ir a bares. Na verdade, eu sequer bebia.

— Não sei. — Pendurei a bolsa no gancho do balcão, espiando as fileiras de garrafas e impressionada com as opções.

A bartender se inclinou no balcão, os olhos focados em mim.

— Do que você gosta?

— Tequila. — Era a única bebida que já havia tomado além de cerveja. E esta última não era forte o suficiente para aliviar o dia que tive.

— Meu tipo de garota. — Sorriu com um aceno orgulhoso. — Você quer apenas uma dose ou talvez uma margarita? Eu faço a melhor da cidade.

— Foda-se. — Encarei-a de volta. — Os dois.

Ela riu, se afastando do balcão.

— Um dia daqueles, é?

— Uma vida daquelas.

— Você não parece velha o suficiente para ter esse tipo de vida.

— As aparências enganam.

— Sei como é, garota. — Balançou a cabeça. Depois de conferir minha identidade, ela começou a preparar meu pedido, acenando para um dos clientes que estava saindo. — Te vejo amanhã, Rick.

O homem mais velho deu uma risadinha, piscando antes de deixar o bar. Sua saída fez com que apenas outros cinco clientes ficassem no local, acomodados em sofás no canto mais distante.

— Aqui está. — Ela colocou as bebidas sobre um guardanapo à minha frente.

— Obrigada. — Peguei a dose de tequila em uma mão, e pressionei o outro copo contra minha testa.

— Dizem que bartenders são bons ouvintes. — Ela inclinou o quadril contra o balcão, colocando alguns limões perto do meu copo. — E muito mais baratos do que terapeutas.

— Depende de quanto tempo vou ficar esta noite. — Enfiei a bebida alcoólica na minha boca, mordi a fatia do limão, que imediatamente amenizou a ardência na garganta.

— Olha, sei o que é ter uma vida dura, acredite em mim. A minha também não foi lá essas coisas, mas...

— Não pareço o tipo de garota que já passou por *todo* tipo de dificuldade? — terminei sua frase. Eu já tinha ouvido aquilo antes. Podia jurar que era culpa das sardas. Um rosto cheio de sardas parecia saudável e meigo. Se você as tinha, então sua vida devia ser despreocupada e alegre.

— Já vi todo tipo de gente aqui. Há um ar inocente em você, como se ainda sentisse esperança, mas, ao mesmo tempo, um abatimento. Como se estivesse tentando carregar o peso do mundo.

Bufando uma risada, tomei um gole da margarita.

— Uau, isto aqui é realmente muito bom.

— Obrigada. — Seus ombros se aprumaram, com orgulho. — Agora, desembucha...?

— Devon.

— Natalia, mas você pode me chamar de Nat. — Ela apertou minha mão em um cumprimento.

— Bom, Nat. Você realmente quer ouvir minha história?

— Você quer outra bebida? — desafiou.

— Pegou pesado...

— Bartenders têm todo o poder. — Piscou, brincando.

Inclinei-me sobre o balcão, com um suspiro.

— Tudo se resume a... seis anos atrás meu pai foi morto em serviço. Um ano depois de sua morte, minha mãe foi dignosticada com Alzheimer, e minha irmã ficou grávida do babaca abusivo com quem namorava, e que agora é um pai desnaturado para a filhinha de cinco anos. Tivemos que nos mudar da nossa cidade, pois a minha mãe tentou incendiar a nossa casa, e não estou conseguindo arranjar um emprego para me ajudar a pagar a clínica de repouso onde ela precisa ficar.

— Puta merda. — Nat ficou boquiaberta. — Eu sinto muito.

Dei de ombros, tentando não me debulhar em lágrimas por conta da minha confissão. Alguns dias realmente me derrubavam.

— Merda. Você esteve lidando com uma baita maré de azar. — Deu uns tapinhas no meu braço, os olhos se erguendo para alguns clientes que vinham em direção ao bar.

— Aqui tem serviço de mesa? — O cara apontou para o sofá atrás dele, onde estavam seus amigos.

— Você está vendo mais alguém além de mim? — ela retrucou.

— Não.

— Então, provavelmente não há serviço de mesa. — Piscou, dando um sorriso falsamente tímido. Putz, ela era boa. Flertava e dava um coice

MÁ SORTE

ao mesmo tempo. — O que você deseja?

Ele pediu várias bebidas e cervejas. Ela preparou o pedido e ainda reabasteceu minha dose de tequila. Tomando de uma só vez, senti tudo por dentro se aquecer, afastando o fardo daquele dia ruim.

A porta se abriu e mais um grupo de pessoas entrou, acomodando-se em uma aréa inteira. O lugar estava ficando cheio, e até onde via, ela era a única bartender em serviço.

— Quando o restaurante abre? — Uma mulher acenou com o cardápio na direção de Nat.

— Às seis. — Afastou uma gota de suor sobre a sobrancelha, ajeitando os copos para o próximo pedido.

— Tem mais alguém vindo para te ajudar, não é? — Olhei ao redor, compadecida com sua situação. Eu ainda tinha pesadelos recorrentes sobre ter muitas mesas para atender e não conseguir dar conta de todas. Acho que a maioria da galera que servia o público se sentia assim.

— O dono vai chegar um pouco mais tarde, mas, por enquanto, sou só eu. O outro bartender está de folga esta noite, e Lincoln não está muito disposto em contratar outra pessoa para atender às mesas. Só temos uma garçonete durante os fins de semana.

Levantei a cabeça, a tequila em minhas veias aquecendo minhas bochechas, as palavras pulando da minha boca sem pensar.

— Posso te ajudar. — Engoli em seco. — Era o que estava fazendo o dia inteiro. Indo de restaurante em restaurante, implorando por um trabalho como garçonete.

— Você tem experiência? — Ela arqueou uma sobrancelha perfeitamente delineada.

— Cinco anos. — Assenti. — Em um restaurante bem movimentado.

Enxugando sua testa outra vez, ela colocou as mãos nos quadris e retorceu os lábios, pensando.

— Nós realmente precisamos de ajuda extra. Os finais de semana são tumultudados por aqui, e os dias de semana estão começando a ficar movimentados demais para que só eu dê conta do recado — considerou em voz alta.

— Por favor. Faço qualquer coisa. — Ajeitei-me mais alto na baqueta, minha ânsia escorrendo pelo balcão. — Sou esforçada e de confiança. — Ainda mais agora que não precisava correr para casa para ficar com a mamãe.

— Quer saber de uma coisa? — Ela inclinou a cabeça para mim, a porta do bar se abrindo mais uma vez com a chegada de outras pessoas; a multidão ficando cada vez maior com clientes impacientes. — Ele que se foda. Deu-me o cargo de assistente de gerência, e estou dizendo que pre-

64 STACEY MARIE BROWN

cisamos de um serviço de mesa. Ele pode encher o saco e brigar o quanto quiser, mas não estou nem aí.

Tentei engolir a onda de nervosismo que tentava obstruir minha garganta.

— Então, o que me diz?

— Está contratada, Devon. Pode começar amanhã.

— Sério? — gritei, empolgada.

— Sério — respondeu, categoricamente, desviando o olhar para a fila de clientes no balcão. As pessoas gritavam por ela, enquanto ela serpenteava por trás do bar, tentando preparar todos os pedidos. — Eu preciso de você.

— Você não quer dar uma olhada no meu currículo antes?

— Deixe aí, para que eu possa contatar você, mas realmente.... não estou nem aí. Nós precisamos de ajuda, e você precisa de um emprego.

— Obrigada. — Coloquei meus dedos sobre meus lábios, tentando não chorar, e colocando a folha sobre o balcão. — Você não sabe o quanto isso é importante para mim.

— Acho que sei. E é por isso que preciso mais ainda de você aqui. — Pegou seis garrafas de cerveja da geladeira, usando os dedos como tentáculos de um polvo para segurar todas, e as colocou em frente de um cliente. — Venha amanhã, por volta das três e vamos começar o treinamento. Você vai poder conhecer o dono, Lincoln Kessler. Isso está bom para você?

— Sim. Muito obrigada. — Desci da banqueta, sentindo a necessidade urgente de ir para casa contar a novidade à minha irmã. Além do mais, era estranho estar sentada aqui, bebendo como um cliente, quando viria aqui amanhã para trabalhar. Deixei algumas notas sobre o balcão.

— Não. — Ela negou com a cabeça. — Esses são por conta da casa.

— Não posso acei...

— Pense nelas como bebidas de "boas-vindas".

Assentindo, agradecida, coloquei a alça da bolsa sobre o ombro.

— Te vejo amanhã, Nat. E, mais uma vez, muito obrigada.

— Não me agradeça agora. Você ainda não conheceu o dono.

— Por quê? O que quer dizer?

— Lincoln é um verdadeiro filho da puta. — Sacudiu uma batida em uma mão. — Só pra você saber.

Desde que o dinheiro entrasse na minha conta bancária, para que ajudasse minha mãe, eu poderia lidar com qualquer coisa.

Até mesmo com um chefe babaca.

MÁ SORTE

CAPÍTULO 9

Duas horas depois do meu primeiro turno, minha cabeça girava tentando guardar todas as informações que circulavam ao redor. O lugar era bem diferente do restaurante de Sue. Eu era acostumada a servir refeições, mas não tinha nem mesmo que pensar a respeito da sistemática da coisa toda. Agora, estava de volta à estaca zero, aprendendo a mexer com o programa de computador e a localização de todos os itens, tentando absorver tudo o mais rápido que podia.

A equipe de cozinha já estava preparando tudo quando cheguei, mas não abriria até as seis, e tudo o que serviam eram petiscos e aperitivos.

— Antigamente tínhamos uma cozinha completa, mas quando Lincoln assumiu, ele reformulou tudo e reduziu. Queria que aqui fosse mais como um bar do que um restaurante, para que o foco fosse em preparar excelentes bebidas. E tenho que admitir que ele nos salvou. Não tínhamos mesas o suficiente para transformar isso aqui em um estabelecimento lucrativo com o jantar. A comida sairia mais cara do que cobraríamos.

— E quando ele assumiu?

— Cerca de cinco meses atrás, acho. — Nat perambulou por trás do bar, cumprimentando um cliente que reconheci da noite anterior – Rick, eu acho –, então se virou para mim. — O irmão dele era o dono aqui antes, mas vamos dizer que ele não é muito bom nos negócios. O bar estava prestes a falir.

— E o irmão ainda está por aqui? — Enfiei as mãos dentro do avental, brincando com as poucas moedas que encontrei ali. Não precisávamos de uniforme. Podíamos usar qualquer peça de jeans – short, saia ou calça –, e uma regata preta com a logo do bar nas costas. Era muito melhor do que usar a saia e blusa de botão de polyester do restaurante da Sue.

— Não. — Nat negou com a cabeça, servindo cerveja para um cliente que nem sequer chegou a fazer o pedido, o que indicava que devia ser regular ali. Já passava das cinco da tarde e o lugar estava ficando cada vez mais cheio. — Não sei o que aconteceu, mas, um dia, James tinha desaparecido e Lincoln chegou. E aqui vai um aviso: nunca mencione o nome do irmão. Na verdade, esqueça que te falei sobre esse assunto.

— Por quê? — Avistei um novo grupo entrando e peguei minha bandeja.

A boca dela se abriu e fechou na mesma hora, a cabeça gesticulando para algo atrás de mim, assim que a porta dos fundos bateu com força.

Talvez tivesse sido o aviso de Nat ou algo assim, mas senti meu estômago dar um nó. Eu tinha certeza de que meu novo chefe estava bem atrás de mim. Um formigamento subiu pela coluna quando percebi isso, fazendo com que a minha pele se arrepiasse inteira. Era estranho, mas, mesmo sem vê-lo, pude sentir sua presença dominando o ambiente.

Girei a cabeça rapidamente, e olhei para o homem que carregava dois engradados de cerveja. Seus olhos se conectaram na mesma hora com os meus.

Tudo parou. A bandeja em minhas mãos caiu no chão com um ruído surdo.

Perdi o fôlego, como se tivesse recebido um soco no estômago, e um estranho *déjà vu* fez minha cabeça girar, fazendo-me recuar.

O homem devia ter um pouco mais que 1,90 de altura, com o cabelo castanho e os braços musculosos tatuados; o peito largo estava marcado pela camiseta, como se ele vivesse em uma academia... O que me deixou intimidada pra cacete. Ele parecia estar perto dos trinta anos. A barba cheia definia a mandíbula forte e o rosto áspero. Sexy não era palavra suficiente para descrevê-lo, mas a sensação de calor e frio que subiu pelo meu corpo, em contrapartida, gritava pavor e familiaridade.

Ele estacou em seus passos, o maxilar cerrado, totalmente inexpressivo, porém seu olhar estreitou e as narinas inflaram. O músculo de seu pescoço se contraiu, deixando uma tatuagem à mostra bem ao lado. Olhos castanhos se encontraram com os meus.

— Oi, Lincoln. — Nat sorriu, apoiando uma mão no quadril, como se estivesse à espera de uma objeção.

— Quem diabos é ela? — rosnou. Seu timbre de voz vibrou através de mim, fazendo com que meu coração acelerasse de pavor e minhas coxas se esfregassem uma à outra, ao mesmo tempo. Tive um monte de aventuras de uma noite nos últimos cinco anos, mas apenas um homem fez meu corpo reagir com desejo instantâneo, como agora. Um que tentava arduamente esquecer.

— Devon Thorpe. Ela é nossa nova funcionária — Nat respondeu, veemente, e em um tom de desafio. O que quer que tenha dito sobre ele, ainda assim, ela não parecia nem um pouco intimidada.

Não consegui desviar o olhar nem por um centímetro. Meu peito apertou por conta das inspirações curtas que eu tomava. Suor escorreu pela

MÁ SORTE

minha nuca, deslizando até a parte inferior da coluna.

— Não, ela não é. — Sua voz era como cascalho, rouca e profunda. Sexy pra caralho. Assim como o homem, mesmo assustador. Ele me deixava desconfortável.

— Sim, ela é. Precisamos de ajuda e você me promoveu a assistente na gerência deste lugar por uma razão. E eu tomei a decisão.

Ele finalmente afastou o olhar intenso de mim, suavizando um pouco a irritação quando se virou para Nat.

— E eu posso te tirar do posto. — Colocou as caixas no canto.

— Pelo amor de Deus. — Ela revirou os olhos, voltando a misturar a batida do drinque. — Você não consegue cuidar disso aqui sem mim.

— Quer me testar? — murmurou, os punhos cerrados.

— Acha que consegue me assustar? — Ela inclinou a cabeça como se estivesse conversando com uma criança pequena. — *Cabron*, por favor. Cresci com cinco irmãos, sendo que três deles fazem parte de gangues. — Balançou a cabeça. — Este lugar está ficando cada vez mais popular. Você tem uma atendente para o final de semana e dois bartenders apenas. Estamos atolados aqui.

A mandíbula dele contraiu e relaxou, enquanto os punhos eram flexionados em igual medida.

— Eu faço as contratações aqui. Não você.

— Tudo bem. A partir de agora, só você faz isso. — Nat piscou para mim.

— Não. Antes dela, eu já fazia. Você ao menos perguntou se ela já trabalhou em um bar antes?

— Aqui está o currículo. Pode até entrevistá-la, se quiser, mas já está contratada de todo jeito. — Nat pegou o papel detrás do balcão e acenou à frente de seu rosto.

Seu rosto ficou mais fechado ainda à medida que lia o conteúdo do papel. Por um segundo, vi suas pálpebras se fechando com força, os dedos apertando a ponte do nariz, até que afastou a folha.

— Demita a garota. Ela não tem experiência o bastante.

— O quê? Não. Ela é perfeita. Aprendeu mais rápido do que qualquer um que já treinei antes.

— Você está demitida — Lincoln disse. Dessa vez, percebi que falava comigo. Os ombros dele estavam tensos com a raiva. *Mas que porra?* — Vou contratar outra pessoa na próxima semana.

— Não... — disparei, o medo se alojando em minha barriga. Eu não podia perder esse emprego.

— Não? — A cabeça dele girou na minha direção com tanta rapidez que cheguei a recuar um passo. — Como é que é?

— Por favor, eu preciso desse emprego. Farei qualquer coisa. — Eu odiava o tom desesperado que se entremeou em minhas palavras. Consegui uma vaga aqui ao acaso, mas não podia perdê-la. A primeira fatura da clínica de repouso da mamãe já estava em cima do balcão da cozinha, esperando apenas para ser paga.

— Você não pode ficar. — Ele respirou profundamente, quase como se estivesse agoniado.

— Ela *fica*, Lincoln. — Nat cruzou os braços, o queixo erguido. — Ou você também vai me perder.

— O quê? — Ele ficou boquiaberto. — Você nem a conhece e está arriscando seu trabalho?

— Sim. — Ela me olhou por um instante, mas eu podia ouvir cada palavra que não havia dito. Ela estava fazendo aquilo pela minha mãe. Pela minha sobrinha. Ela entendia o quão desesperadamente eu precisava deste emprego. Meu peito parecia prestes a explodir com o calor que me dominou, ao ver que abriria mão de seu posto ali por uma estranha. Isso fez com meus olhos ardessem com lágrimas de emoção. — Agora, me diga o que vai ser. Você pode manter duas mulheres extraordinárias trabalhando aqui, dando duro e fazendo com que fature com esse bar, ou pode perder duas empregadas no mesmo dia.

— Nat — disse, irritado.

Ela inclinou a cabeça para o lado, um sorriso em seu rosto, como se tivesse visto a mudança em seu comportamento que nem cheguei a notar.

— Foi o que pensei. — Piscou para mim outra vez, voltando para o bar.

O rosto dele estava contorcido pela raiva, mas seu olhar se concentrava somente nela, até que saiu pelo corredor e fechou a porta de seu escritório com um baque.

Fiquei encarando o espaço vazio. Nat parou ao meu lado, sorrindo abertamente.

— Não acredito que você fez isso. E se tivesse perdido seu emprego?

— Ele não consegue fazer isso aqui funcionar sem mim. Administro esse lugar melhor do que ele. — Pegou uma garrafa da prateleira e serviu as doses nos copos. — Eu sei disso, e ele sabe disso também.

— Você colocou seu trabalho na reta por mim. — Coloquei minha mão sobre o coração, balançando a cabeça, devagar, admirada. Ninguém nunca havia feito algo parecido por mim.

— Gosto de você, Devon, e sei o tanto que precisa trabalhar. Sei o que é ter contas para pagar para sobreviver. Sou mãe solteira e, até o final do ano passado, estava cuidando da minha avó à beira da morte. — Seus olhos castanhos se fixaram aos meus, cobertos de compaixão. Ela deu de ombros, encerrando aquele momento. — Além do mais, adoro deixá-lo

MÁ SORTE

puto. Embora esteja totalmente perdida sobre o porquê ele não te querer aqui. Você é *lindíssima*; os clientes, a maioria homens, vão te adorar. Fora que você é esforçada. Parece óbvio para mim.

Talvez estivesse imaginando coisas, mas Lincoln não queria somente que eu não *trabalhasse* aqui; era como se ele não *gostasse* de mim de forma alguma. Quer dizer, a maioria das pessoas esperava ao menos me conhecer para só então me odiar.

— Eu já não tinha te avisado que ele era um filho da puta? — Ela riu. — Sexy pra caralho, mas, por experiência própria, aprendi a ficar longe de caras como ele. São sempre problema. Especialmente, para o coração. — Nat apontou com o queixo para a porta da frente. — Agora volte ao trabalho. Tem mais gente chegando.

Ainda vermelha de vergonha, peguei a bandeja do chão e fui em direção às mesas. Lincoln era um babaca, gostoso, sem dúvida, e me lembrou um pouco o único que já me fez ir à loucura.

Tive minha experiência com um *bad boy*, e aprendi a lição, jurando nunca mais fazer aquilo outra vez.

$$\text{卌 卌 卌}$$

Até a hora em que o bar fechou, meus pés já latejavam dentro dos sapatos, e meu corpo estava grudendo de suor e cheirando a álcool. Mas eu me sentia feliz por ter um emprego.

— Desculpa, acabou que o dia de treinamento se transformou em um onde te joguei de cabeça no trabalho para ver o que conseguia fazer. — Nat enxugou a bancada do balcão e depois se sentou na banqueta, dando um gemido.

Depois de limpar a última mesa, me arrastei até ela para me sentar ao seu lado. Eu trabalhava duro no restaurante. Estava acostumada a ralar, mas isto aqui parecia como um dia tumultuado lá, acrescido de mais de dez doses de café expresso. Mal consegui dar conta dos pedidos de bebidas e aperitivos.

— Como vocês faziam sem uma garçonete? — Girei meus ombros retesados por ter carregado um número infinito de bandejas abarrotadas.

— Não tenho a menor ideia agora. — Nat alisou o cabelo para trás. — Hoje à noite pareceu mais louco do que o normal. E era por isso que vivia falando para o Linc que precisávamos contratar mais funcionários. Desde que reabrimos o bar, ele parece estar ganhando mais popularidade. Uma hora ou outra, vai acabar enxergando isso e vai colocar outro bartender para ajudar. Pelo menos nos finais de semana.

Meu olhar se desviou para a porta do escritório no final do corredor, sabendo que ele estava ali dentro. Mais cedo, o lugar havia ficado tão cheio que ele se postou ao lado de Nat, detrás do balcão, atendendo aos pedidos dos clientes enquanto ela preparava as bebidas de uma das minhas mesas. Em nenhum momento, olhou para mim ou pareceu notar minha presença. Eu, por outro lado, estava tendo dificuldade em fazer o mesmo; não conseguia evitar observá-lo. Ele era gentil e fazia piadas com os clientes conhecidos, mas era mais reservado com outros. Não houve uma mulher por ali que não o tivesse paquerado. Ele era sexy e misterioso, e atraía hordas de mulheres até o bar, dispostas a ver quem seria aquela que conseguiria arrancar um sorriso, ser paquerada de volta ou receber o convite para que a levasse para casa.

Será que ele tinha alguém? Esposa? Namorada?

— Qual é a história dele? — Espreguicei o corpo, ainda encarando a porta como se pudesse ver através dela.

— Eu realmente não sei. Como te disse, ele apareceu do nada um dia. Eu nem mesmo sabia que James tinha um irmão até Lincoln dar as caras. Ele é bem discreto sobre si, não fala de sua vida, mas é até um cara bacana depois que você consegue ultrapassar algumas de suas camadas.

— Como assim?

— James era do mesmo jeito, então acho que os dois tiveram uma infância difícil ou algo assim, e ele tem sérios problemas em confiar em alguém. Uma vez que deixa você se aproximar... e, quando digo isso, não estou falando sobre se tornarem camaradas, longe disso. Mas dá para ter alguns vislumbres de seu outro lado. Levei quatro meses para conseguir arrancar alguma coisa levemente pessoal dele.

— E o que era? — Ergui as sobrancelhas, ansiosa em saber um pouco mais. Ele era meu chefe e um idiota total, mas algo me atraía. Uma sensação familiar, verdadeira ou imaginária, fazia com que minha curiosidade crescesse para compreendê-lo melhor. Por que eu sentia essa estranha atração? Ainda mais depois de ele ter sido tão estúpido?

Eu não era diferente das outras garotas no bar que estavam flertando com ele, loucas para serem aquela que trespassaria sua armadura.

Nat arqueou uma sobrancelha para mim.

— Ah, não. Você também, não.

— O quê? — Meu rosto ficou vermelho de vergonha. — Do que está falando?

Ela piscou os cílios.

— Por favor... não sou idiota. Inferno, mesmo com o meu passado,

MÁ SORTE

não conseguia controlar minha vontade de querer aquele cara para mim, no início.

— Sério? — Uma fisgada de ciúme subiu pela coluna. — E vocês já...?

— Não. — Negou com a cabeça. — Embora eu tivesse desejado na época. Mas ele não me dava nem uma olhadinha.

— Ele tem namorada? — Um nó se formou na garganta. — Esposa?

— Olha só para você... pescando informações. — Ela cutucou meu braço, fazendo com que minhas bochechas ficassem ainda mais vermelhas. — Até onde sei, não tem nenhuma das duas. Mas quem sabe? Ele não fala absolutamente nada sobre sua vida fora desse bar. E, se ele tiver qualquer mulher que já o tenha reivindicado como dela, nunca pisou o pé aqui. Cheguei a perguntar isso uma vez para ele, mas nunca recebi uma resposta. Lincoln Kessler é um homem cheio de segredos. — Ela suspirou, voltando a atenção à porta do escritório, e depois para mim. — Depois de semanas trabalhando com ele, percebi que era melhor mesmo que não tivesse rolado nada entre nós. Homens como ele são como areia movediça. E estou farta desse tipo. O pai de Isaiah, *maldito cabron*, era o legítimo *bad boy*. Líder de uma gangue. E a razão pela qual agora só saio com caras decentes. Preciso de um bom exemplo para o meu filho.

— Ele ainda faz parte da vida do Isaiah?

— Ele está morto. — Deu de ombros.

— Sinto muito.

— Não sinta. Ele era um idiota, e eu, mais besta ainda por ter me apaixonado por ele. Logo depois de ficar grávida, percebi que estava mais atraída pelo perigo e o prestígio de seu título, do que por ele mesmo. Não queria meu garoto em contato com as gangues, e Carlos nunca deixaria essa vida. A não ser que estivesse em um saco de defunto.

— Porra — sussurrei.

— Você não é a única com um passado fodido. — Ela sorriu. — E você foi ótima essa noite. Estou feliz por ter seguido minha intuição. Acho que se sairá muito bem trabalhando aqui.

— Mesmo com ele? — Acenei em direção à porta do fim do corredor.

— Tenho a impressão de que ele vai mudar de ideia. — Ela ajeitou seu rabo de cavalo, com um sorriso divertido nos lábios.

— Duvido muito disso. — Desci da banqueta, sentindo a dor agonizante nos meus pés.

— Apareça, trabalhe com afinco e prove que ele estava errado.

— Estou planejando fazer exatamente isso. — Eu seria a melhor funcionária que ele poderia sonhar, porque sabia que muita gente precisava de mim.

E lutaria com unhas e dentes por elas.

CAPÍTULO 10

O final de semana passou em um borrão – eu ficava as manhãs com minha mãe, e as noites, no bar. Finalmente conheci Julie e Miguel, os outros funcionários. Julie era uma garota loira fofa que frequentava a Universidade do Novo Mexico durante a semana e trabalhava no bar apenas no sábado e domingo. Miguel tinha vinte e poucos anos, era bonitão e tinha o físico enxuto. No instante em que seus olhos se fixaram nos meus, ele começou a me paquerar incansavelmente. Não levei muito tempo para notar que falava o básico, na melhor das hipóteses, nada além do que malhar, dietas, mulheres e de si mesmo. Os clientes adoravam sua vibe atrevida e sedutora. Era um bartender exemplar, mas minha tolerância para suas piadinhas nem um pouco sutis sobre me levar para a cama realmente atingiu o limite no domingo à noite.

Mal vi Lincoln durante toda a semana. Quando ele se aventurava para fora do escritório, seja para ajudar a guardar mercadorias ou fazer um inventário, eu nada mais era do que um fantasma, sua frieza ainda bem evidente. Isso me deixava extremamente frustrada, porque eu ralava pra caramba ali. Abastecia, limpava e fazia trabalhos paralelos antes mesmo que me pedissem. Atendia mais mesas do que Julie, fazia os clientes rirem, deixava os bartenders encantados, e a equipe da cozinha sempre me soprava beijinhos carinhosos.

Eu era a empregada modelo.

Alguma vez ele chegou a dizer "bom trabalho", "me desculpe por ter sido um babaca", "me perdoe, estou muito feliz por termos contratado você"? Não. Nenhuma vez.

Quando estava pegando minhas coisas no armário, no domingo à noite, ouvi Miguel dizer a Lincoln como eu era boa. Embora não tivesse certeza se deveria me sentir lisonjeada.

— Ei, cara. — Ouvi a voz de Miguel derivar do escritório, perto de

MÁ SORTE

onde eu estava sonhando com um banho e cama. Domingo havia sido mais tumultuado do que sábado, e eu teria os próximos dois dias de folga.

— Aqui está o relatório e o dinheiro do caixa.

Lincoln apenas grunhiu uma resposta.

— Posso te agradecer por ter contratado aquela garota? Porra, ela é boa. Me surpreendeu. Manteve todos os seus pedidos em ordem, e já servia as bebidas na mesma hora que eu terminava de preparar — Miguel caçoou, como se estivesse chocado por eu ter dado conta do serviço. — Além de ser gostosa pra caralho. Um colírio para os olhos para este bar.

Um ruído reverberou pela sala, um grunhido selvagem, fazendo com que minha pele arrepiasse.

— Só estou dizendo... Ela é uma delícia. E você sabe como sou exigente.

— E se quiser manter seu emprego, vai evitar falar de *qualquer* outra mulher desta forma no meu bar. — A cadeira se arrastou pelo piso de madeira, e a voz de Lincoln saiu em um estrondo. — Especialmente dela.

— Relaxa, Linc. Isto era um *elogio*.

— Miguel, você é um bartender até bom e com um ego superinflado. — A voz dele vibrava com uma raiva gélida. — E estou te avisando, se ouvir mais algum comentário de teor sexual feito para ela, sobre ela, ou se você ao menos *olhar* para ela... Será demitido. Pode até não ser fácil substituí-la, mas você, sim. Agora, vá para casa antes que eu mude de ideia.

— Alguém aqui está precisando transar. Minha nossa, qual é o seu problema? — Miguel respondeu de imediato. — E você não vai me demitir; você precisa de mim. Eu sou o melhor e sabe disso. — Com uma bufada, ele saiu do escritório, passou por mim sem nem ao menos me olhar e bateu a porta dos fundos.

Mas que diabos aconteceu? Será que Lincoln realmente estava me defendendo? Quando percebeu que a atenção de Miguel estava concentrada em mim? Ele sempre fingia que eu não existia.

O som pesado das botas no chão acabou me tirando do transe. Olhei para a porta e vi quando Lincoln saiu, os olhos castanhos capturando os meus. Sua expressão era tensa, a mandíbula estava cerrada.

— O que você ainda está fazendo aqui?

— Estava terminando um trabalho. — Obriguei-me a permanecer quieta no lugar. Ele não me deixaria assustada.

Esfregando um ponto entre seus olhos, suas narinas inflaram com irritação.

— Vá para casa.

— Claro. Já estou indo. Obrigada por me dar permissão — respondi com sarcasmo, meu temperamento subindo à vida, antes que pudesse pensar.

Ele girou de volta, o semblante indiferente, mas sua mandíbula estava contraída com a raiva reprimida. Seu olhar me aprisionou como uma armadilha, prendendo-me no lugar. A tensão brotou com mais intensidade entre nós, fazendo com que eu segurasse o fôlego e a sentisse por todo o meu corpo.

Ele se aproximou mais ainda, parando a poucos passos de onde estava, pairando sobre mim.

Não consegui me mover ou mesmo afastar o olhar. O ar em meus pulmões pareceu ficar preso quando seu olhar deslizou pelo meu corpo. Devagar. Meticulosamente. Senti o calor me aquecer por dentro, fluir em minhas veias e contrair minhas coxas.

Esse cara era um babaca. Sempre me tratou com grosseria, mas eu ainda não conseguia conter o desejo de tocá-lo. Ver se ele era de verdade. Descobrir por que meu coração retumbava no peito quando ele estava por perto, e por que meu corpo reagia dessa forma à sua presença.

— *Devon* — disse meu nome como se estivesse testando em sua língua, a voz rouca vibrando em minhas terminações.

— O quê? — sussurrei.

Lincoln deu mais um passo para perto, o calor de sua estrutura física agitando e aquecendo minha pele. Meu coração começou a bater com mais força contra as costelas. Ele se inclinou, colocando a boca bem perto do meu ouvido e sussurrou:

— Dê o fora da porra do meu bar. Agora. — O tom rouco reverberou por dentro, enviando um *frisson* por todo o corpo. Até que suas palavras fizeram sentido. Dei um pulo para trás, rangendo os dentes.

Vá se foder!, gritei mentalmente, mas ergui o queixo; em silêncio, dei a volta e saí do bar. A brisa noturna refrescou meu rosto afogueado.

Nat estava errada; não havia cara bacana nenhum por baixo de alguma camada, e ele também era pior do que areia movediça, daquelas que você não entrava de bom-grado.

Se ele estava tentando me fazer desistir, rapidamente descobriria que não me quebro com tanta facilidade. A vida já havia tentado fazer isso uma vez seguida da outra. Lincoln Kessler não conseguiria fazer nenhum arranhão.

Ͱͱ† ͱͱ†† ͱͱ†

MÁ SORTE

Três semanas se passaram, com o mínimo de interação entre mim e Lincoln, o que me deixava agradecida. Miguel recuou em seus avanços publicamente, mas fazia questão de me perturbar em privado, só para me aborrecer. Não conseguia opinar sobre o fato de que garotos sempre seriam garotos, então as mulheres acabavam deixando com que eles se safassem com suas idiotices. Mas Miguel era inofensivo. Não demorei muito a perceber que ele só sabia interagir com o sexo feminino desse jeito. Comentários de cunho sexual eram seus galanteios. Eu ainda reclamava com ele, mas não o entregaria ao chefe.

Não ainda.

A vida em casa estava entrando em uma rotina. Amelia trabalhava quatro dias por semana, e Mia começou a frequentar uma escolinha no final da rua. Mal tínhamos dinheiro suficiente para pagar as contas e fazer compras, quanto mais para outros supérfluos. Eu implorava todos os dias para que meu carro continuasse a funcionar. Até mesmo tinha conseguido um tempinho para voltar a praticar minhas corridas, o que ajudava a aliviar um pouco do estresse. Não estava nem perto dos meus dias na época do atletismo, mas era maravilhoso; só eu, minhas músicas e o asfalto debaixo dos meus pés.

Mamãe era outra história. Ela havia perdido peso e já não conseguia ir ao banheiro por conta própria. Havia começado a agir com petulância com as pessoas e ficava encarando sua janela por horas seguidas. Com o início precoce, a doença era mais agressiva e progredia com rapidez.

A médica tinha nos alertado que, à medida que a doença progredia, os pacientes perdiam a capacidade de coordenar atividades motoras básicas, como engolir, andar ou controlar bexiga e intestinos. E isto poderia causar, compreensivelmente, confusão e frustração.

— Mãe, a senhora precisa comer. — Ergui a colherada com um pouco de iogurte, mesmo que ela estivesse olhando pela janela, perdida em seu mundo. — Mãe.

— Mãe, por favor. — Amelia apoiou Mia em seu quadril, inclinando-se para ficar em seu campo de visão. — Mia disse que vai comer junto com a senhora.

Mamãe virou a cabeça o suficiente para nos encarar, a expressão neutra, sem nos reconhecer.

— *Enisi?* — minha sobrinha a chamou, baixinho, tímida e constrangida ao redor da mulher desconhecida que havia se apoderado de sua amada avó. — Olha. Eu amo *iogute*. — Lambeu sua colher. — Nhaaamii...

Ela a encarou como se fosse um ser estranho, e depois virou o rosto para a janela outra vez.

Abaixei a colher, derrotada, trocando um olhar com Amelia. O cenho de minha irmã estava franzido, em frustração, e dava para ver que sua paciência se esgotava a cada visita.

— Mãe, coma. Agora — ela exigiu.

— Isso não ajuda em nada, Mel. — Acenei para ela. — Mãe, a senhora tem que comer para ficar mais forte. — Inclinei-me e toquei seu braço.

Movimento errado.

Com um grito estrangulado, ela se virou, os braços agitados, arremessando tudo o que estava por perto no chão. A bandeja de comida voou para fora da mesinha, chocando-se com o piso de linóleo em um barulho ensurdecedor, espirrando iogurte em todos nós. Seus urros de raiva e irritação cortavam o ar.

O rostinho de Mia se contorceu e um pranto sentido deixou sua boca, conflitando com os gemidos de frustração de mamãe.

— Já deu. Estou levando a Mia embora daqui. — Amelia agarrou a mãozinha de sua filha e sumiu de vista.

— Está tudo bem... Mãe... Shhh... — tentei acalmá-la, mas seu choro apenas se transformou em gritos histéricos.

Enfermeiras entraram na sala, falando em voz baixa, com vozes tranquilizadoras, me afastando do caminho. No início, ela se debateu contra elas, o corpo caindo no chão e levando uma delas junto. Bethany, a enfermeira-chefe responsável pela minha mãe, se sentou com ela e começou a falar em um tom de voz suave para deixá-la mais calma. Ela ainda se debateu e chorou até que seu corpo se debruçou sobre o da mulher.

— Vamos levá-la para o quarto agora. Ela pode descansar um pouquinho — Bethany disse para mim.

Assenti, encarando o rosto quase irreconhecível da mulher que costumava trançar meu cabelo e fazer um chá para mim quando eu tinha um dia ruim. As enfermeiras a ajudaram a se levantar, seus pés se movendo como se pertencessem a um zumbi.

— Sinto muito, Devon. — Bethany tocou meu braço, os olhos castanhos e suaves com simpatia. — Quisera eu poder dizer que as coisas vão melhorar ou ficar mais fáceis.

— Eu sei. — Pisquei para abafar as emoções. Ver alguém que você ama definhar pouco a pouco para uma morte horrível, descascando-a até que não sobre mais nada, era pior do que qualquer coisa que já pude imaginar. Perder meu pai foi terrível, mas aconteceu de forma rápida. Ele não sofreu.

Bethany afagou meu braço, depois saiu em direção ao quarto da minha mãe.

Limpei o iogurte do meu rosto, aprumei os ombros e saí dali, indo ao encontro da minha irmã, que esperava nas escadas.

— Não posso mais fazer isso — Amelia disparou assim que me viu. —

MÁ SORTE

Não consigo vê-la dessa forma. E não vou deixar Mia se lembrar dela desse jeito. — Indicou o gramado onde a filha estava brincando.

— Mel...

— Não, Dev. Talvez você esteja de boa vendo nossa mãe definhar até morrer, mas eu não consigo. — Bateu em seu peito. — Não tenho mais forças para vê-la morrendo pouco a pouco. Não depois do papai. Não vou fazer isso comigo mesma outra vez.

Retesei a coluna ante a frustração com a situação, com minha irmã, e cerrei os punhos.

— Que *outra* escolha nós temos? — gritei de volta. — Só porque você não gosta, Amelia, não significa que o problema vai desaparecer.

Ela mordeu seu lábio inferior, o rosto vermelho de raiva.

— Deixe de ser arrogante, Devon. Você não é a única que está passando por isso.

Uma risada de deboche escapou. Minha paciência havia chegado ao limite.

— Sim, mas sou a única lidando com isso. Cuidando de tudo — disse, entredentes. — Você alguma vez já pagou uma conta ou cuidou da mamãe mais do que uma tarde, ou foi buscar os remédios que ela precisava? Você nem se incomodou em ir com a gente na consulta quando ela recebeu o diagnóstico. Nem ao menos atendeu ao seu celular. Então... me desculpe pela minha arrogância, mas estou me sentindo *sozinha* aqui.

Amelia estreitou o olhar.

— Você é uma vaca de nariz empinado. Tudo o que consegue ver é você mesma. Eu desisti de um monte de coisas por você e pela mamãe.

— Ai, meu Deus. — Balancei a cabeça em descrença, me afastando dela. — O quê? Você desistiu do quê, Amelia?

— Faculdade, oportunidades. Eu me mudei para cá por você.

— Faculdade? Aquela onde você reprovou? E que oportunidades? Uma carreira de cabeleireira em uma cidade no fim do mundo? Sim, desculpe por você ter se sacrificado tanto para se mudar. — Raiva se amontoou em minha garganta quando outra onda de irritação estava prestes a explodir. — Pode dizer o que quiser, Amelia, mas você é egoísta, preguiçosa e mimada. Você não se mudou pra cá por mim... mas por minha causa. Estava com medo. Já que não conseguiria se virar no mundo por conta própria.

Eu sabia que deveria ir embora antes que falasse mais coisa. Virei as costas para minha irmã, ainda boquiaberta e com o rosto quase roxo de ódio, e fui até onde Mia estava, para lhe dar um beijo na cabeça. Depois, segui em direção ao meu carro.

— O-o q-que você está fazendo? Você não pode simplesmente deixar a gente aqui. O que vamos fazer?

— Existe um negócio chamado ônibus. É só pegar um. — Bati a porta, as dobradiças rangendo pelo esforço. — Ou vá a pé.

— Devon!

— Tenho que trabalhar. — Lutei contra a voz interior me dizendo para não deixá-las, para ceder mais uma vez. A clínica não era muito longe do nosso apartamento, e o ônibus passava bem em frente. Minha fúria sobrepujou o remorso. Saí do estacionamento cantando os pneus.

$$\text{HHT HHH HH}$$

No outono, o céu escurecia rapidamente, as sombras rastejando pelo meu carro enquanto eu procurava uma vaga na parte de trás do bar. A raiva havia se transformado em tristeza e arrependimento, fazendo minhas mãos tremerem. Tudo o que disse a ela era verdade, mas não deveria ter falado na frente de Mia.

— Recomponha-se — exigi de mim mesma. Ainda tinha um turno inteiro para cumprir antes que pudesse perder totalmente o controle. Girei a chave para tirar da ignição.

Creck.

Pisquei, encarando a metade da chave entre meus dedos, o restante ainda preso no tambor de partida.

A chave foi apenas a última gota de chuva que fez romper a represa. Um soluço se avolumou no meu peito, lágrimas queimaram minhas pálpebras até que não pude mais contê-las. Minha força de vontade de lutar contra a tristeza desvaneceu. Colocando o rosto entre as mãos, deixei fluir meu sofrimento. A dor, a culpa, a responsabilidade e o medo sem fim. Tentei encobrir aquilo por tempo demais, escondendo de todos ao redor; não percebi quão pesado o fardo havia se tornado.

Meu corpo sacudia enquanto meu choro ressoava pelo carro. Afogando-me em minhas próprias lágrimas, nem mesmo percebi quando alguém abriu a porta, o ar noturno atingindo minhas pernas nuas.

— Ei — uma voz profunda soou no meu ouvido, mãos grandes e cálidas tomaram meu rosto, virando minha cabeça. Ergui os olhos inchados pelas lágrimas, e deparei-me com Lincoln agachado do lado de fora, o cenho franzido em preocupação. — Você está bem?

Uma parte minha queria explodir em risadas, perguntando por que ele se importava, mas nem energia para isso eu tinha. Fechando os olhos, suspirei profundamente. Ele soltou meu rosto, sem falar mais nada, deixando-me

MÁ SORTE

79

respirar com calma até me recompor. De todas as pessoas, eu deveria odiar que tenha sido logo ele que me viu assim, mas quando você está atolado na merda, o orgulho não tem vez.

Sequei os olhos, mostrando a chave quebrada em cima do console. Não que alguém fosse querer roubar o carro. Talvez eu nem pudesse ser capaz de pagar a um ladrão para fazer isso.

Seu olhar aterrissou no objeto, e ele ficou de pé.

— É por isso que você está chateada? Por causa de uma chave quebrada?

— Sim. — Passei bruscamente por ele, peguei a bolsa e fechei a porta. — É por isso que estava soluçando dentro do carro como se alguém tivesse arrancado minha alma... porque quebrei minha chave. — Irritação afastou minha tristeza como se fosse um limpador de parabrisa.

— Então o que aconteceu? — Ele tocou meu braço e me virei para encará-lo. — Devon?

— Por que você se importa? — Olhei para ele, irritada. Sua boca se fechou como se não tivesse a menor ideia da razão. — Agora, me deixe ir, antes que meu chefe idiota tente me despedir, *de novo*, por chegar atrasada.

A sobrancelha de Lincoln se arqueou e os dedos se apertaram ao redor do meu pulso.

Não deveria ter dito aquilo para o dono do bar, mas hoje eu estava ferrada mesmo.

— Talvez você devesse mandar seu chefe ir se foder. — Ele deu um passo para mais perto, a voz suavizando, e levei um instante para compreender suas palavras, surpresa.

— Pode acreditar. — Espelhei seu movimento, e agora estávamos a poucos centímetros de distância um do outro. — Eu sonho todos os dias em poder dizer isso a ele.

— Ele parece ser um babaca total.

— Ele é.

Nós nos encaramos, sem afastar o olhar, seu toque espalhando um fogo ardente pelo meu corpo.

Até que, finalmente, ele balançou a cabeça e soltou meu braço, como se eu o tivesse queimado. Seu tom de voz voltou a se tornar frio.

— Vá trabalhar, Devon. Você não vai querer que seu chefe babaca se meta com você. *Outra vez.*

Entrecerrei o olhar para ele. Balancei a cabeça e dei a volta, entrando às pressas pela porta dos fundos, tentando ignorar aquela parte minha que queria ficar ali para ter meu chefe se *metendo* comigo.

Como se já não bastasse tudo o que estava acontecendo na minha vida, eu não precisava adicionar minha atração pelo idiota do meu chefe à lista.

CAPÍTULO 11

HHT HHT HHT

A noite estava calma para uma quarta-feira, e às dez, Nat me mandou ir para casa. Por mais que tivesse certeza de que Lincoln ainda estava por algum lugar ali – mesmo sem tê-lo visto durante meu turno –, minha mente ainda fervilhava com nossa estranha interação. Nat encolheu os ombros ante sua ausência, e passamos a maior parte do tempo limpando e conversando entre os atendimentos. Nós duas nos entendíamos. Ela conhecia a dor da perda, de ter que amadurecer rápido e se tornar a criança responsável por tomar conta de toda a família. Era bom ter uma amiga ali. Skylar e eu nos falávamos sempre e trocávamos mensagens, mas ainda não a tinha visto desde que me mudei. A galeria de arte onde trabalhava a mantinha ocupada, e minha vida se resumia a nada mais do que trabalhar, ver a mamãe e cuidar de Mia. Eu sentia demais a falta dela e esperava que nos víssemos em breve.

Saí pela porta dos fundos, observando as estrelas dançando acima da minha cabeça, seu verdadeiro esplendor se mesclando às luzes da cidade, mas, ainda assim, era uma das minhas vistas preferidas. Nenhum edifício alto bloqueava o céu sobre o vasto deserto.

A dois passos do meu carro, parei, praguejando baixinho. Bosta, eu havia me esquecido que não dava para dirigi-lo, e agora era tarde demais para solicitar um reparo em uma oficina mecânica.

Meu olhar se dirigiu ao painel, e fiz uma careta em confusão. As chaves haviam desaparecido.

— É sério isso? — exclamei, estendendo a mão para a porta. — Eles roubaram a chave quebrada, mas não o carro? Ah, vamos lá... me ajude aqui. — As dobradiças rangeram quando abri a porta e me inclinei.

Perdi o fôlego, engolindo em seco quando avistei uma brilhante chave novinha sobre o console. Meus dedos tocaram o tambor da ignição, notando que também era novo em folha.

— Mas que merda...? — Desabei sobre o assento, a boca ainda aberta

MÁ SORTE

81

em descrença. Estava consertado. Meu olhar se desviou para o espelho retrovisor, onde vi a caminhonete de Lincoln estacionada do outro lado do estacionamento.

Ele havia feito aquilo. Ninguém mais poderia ter agido como uma fada-madrinha e consertado meu carro. Esfreguei a cabeça, recostando-a no banco. O que eu deveria fazer com isso? Por que ele fez isso por mim? Ele me odiava. Queria me demitir.

Gemendo em frustração, inseri a nova chave e dei partida, e o som estava bem melhor do que jamais esteve. Olhei para os símbolos que sempre piscavam no painel, indicando que meu nível de gasolina estava baixo. Apertei a ponta do nariz.

As luzinhas haviam sumido.

Ele também trocou o óleo do carro? O que mais ele consertou?

Uma parte minha queria entrar de volta no bar e exigir saber a razão por trás disso. Porque ajudou uma garota que ele parecia odiar. Mas, ao invés disso, deixei o estacionamento e dirigi para casa, fugindo da tentação de sua proximidade.

Minha irmã ainda estava acordada, sentada no sofá e lendo uma revista quando entrei no apartamento. Mia já devia estar dormindo há algum tempo.

— Devy? — Ela largou tudo e se inclinou por trás do sofá. Seu semblante estava suave. — Você chegou em casa cedo.

— Sim — sussurrei, colocando minha bolsa na cadeira e me recostando no balcão. — Hoje o movimento estava devagar.

— Ah... — Ela lambeu os lábios, seu olhar agora fixo em um ponto do sofá surrado. — Olha, sinto muito pelo que disse mais cedo... Eu não quis dizer nada daquilo.

— Sinto muito também. — Embora tenha desejado dizer cada palavra, não deveria ter sido tão cruel. Desabei no sofá, ao lado dela. — As coisas só vão piorar agora. Não podemos virar as costas uma para a outra.

Ela piscou seus longos cílios, limpando as lágrimas.

— Como você consegue fazer isso? Como consegue ser tão forte? Eu mal consigo ficar na mesma sala que ela, sem querer me deitar em posição fetal.

— Você acha que não é isso o que quero também? — Olhei para ela. — Mas não podemos. Mamãe precisa da gente. Ela nunca desistiria de nós, nem por um segundo, e não planejo desistir dela.

— Jesus, Dev. — Amelia deitou a cabeça no encosto do sofá, perto do meu ombro. — Você é praticamente uma santa.

— É... essa sou eu — bufei.

— Às vezes me esqueço de que você é a caçula. — Segurou minha mão e se aconchegou contra mim, deitando a cabeça no meu ombro agora. — Você lida com tanta coisa. Por mais que não diga isso, eu sou muito grata. E te amo demais.

82   STACEY MARIE BROWN

Minha irmã era egoísta e um pé no saco, mas, em momentos como este, era fácil esquecer tudo isso.

— Eu também te amo. — Recostei a cabeça contra a dela.

— Vou tentar melhorar — disse com suavidade.

Eu já havia escutado aquelas mesmas palavras antes, mas queria acreditar que dessa vez ela realmente levaria a sério.

$$\text{卌 卌 卌}$$

A sexta-feita à noite, no fim de semana do Halloween, estava sendo uma loucura, com clientes vestidos em trajes de super-heróis, policiais sedutores, coelhinhas safadas, e uma porção de homens e mulheres. O lugar estava cheio de universitários dançando em qualquer canto, incluindo alguns que se arriscavam a ficar em pé, em cima das mesas. Duas horas do meu turno e eu já sentia como se tivesse passado mais de dez. Estava suada, cansada e tendo dificuldade em lidar com todos os pedidos de bebidas. Julie estava num ritmo mais lento ainda e sem conseguir dar conta do recado, então eu a ajudava no processo.

A multidão fez com que Lincoln deixasse o escritório. Ele pulou para detrás do balcão do bar. Miguel e Nat tentavam se organizar no preparo das bebidas, enquanto Lincoln recolhia os inúmeros pedidos que chegavam das minhas mãos e de Julie.

Enquanto aguardava no balcão quando ele batia a mistura dos cinco mojitos e oito *shots*, tentei não encarar os músculos de seus braços que se contraíam – mas sem resultado.

Porcaria. O que havia de errado comigo? E o que era aquilo que ele tinha? Todos os dias eu ansiava em ficar mais perto dele, especialmente depois que consertou meu carro, o que nenhum dos dois mencionou. Era mais do que querer desfazer aqueles muros de indiferença que o bartender sexy ergueu ao seu redor. Eu sentia uma estranha atração, como se já o houvesse conhecido antes, em vidas passadas ou alguma merda dessas. Não dava para explicar o que sentia até os ossos.

Sabia que não adiantava negar que estava atraída por ele. Quer dizer, atraída de um jeito louco e irracional. Ao ponto de ele começar a ocupar o lugar do último *bad boy* que conheci, nas minhas fantasias. Isso me deixava puta e envergonhada, mas ele era a razão por eu ter atingido o orgasmo, quer eu admitisse ou não.

Meu olhar se desviou para os seus dedos ao redor do socador que amassava a hortelã e o açúcar mascavo. Olhei para o lado. Depois para baixo,

MÁ SORTE

incapaz de encará-lo, sentindo o calor aquecer meu pescoço, minhas pálpebras se fechando ao me lembrar do sonho que tive na última noite, onde imaginei estes mesmos dedos. E a forma que me fizeram gemer em voz alta.

— Por que você ficou vermelha de repente? — A voz rouca fez com que o olhasse de volta, assombrada. Ele ostentava um sorriso enviesado e havia um brilho travesso em seu olhar.

— O quê?

— Bem aí. — Apontou o queixo em direção ao meu rosto. — No que você estava pensando?

— Em nada. — *Mentirosa.* — Está quente aqui dentro. — Abanei o rosto, sentindo minha pele mais quente ainda. Eu era morena clara, mas, ainda assim, transparecia minhas emoções facilmente.

— Sim. Está mesmo. — Colocou os mojitos na minha bandeja, alinhou os copinhos de *shots* para servir, mas não pareceu nem um pouco convencido com a minha resposta.

Incapaz de sustentar seu olhar, olhei por cima do meu ombro e mordi meu lábio inferior.

— Foi o que pensei — ele apenas sussurrou, e então colocou o restante dos meus pedidos na bandeja. — Vá.

Recomponha-se, garota. Eu disse para mim mesma, virando-me e dando de cara com um rosto familiar.

— Amelia? O que está fazendo aqui?

— Ei! — O sorriso dominou seu rosto. — Resolvi conferir o lugar onde você trabalha.

— Onde está Mia?

— Ah, eu a deixei em casa com um chocolate e o controle remoto. Tenho certeza de que vai ficar bem.

Minha boca abriu em choque.

— Viu? Você não é a única com senso de humor na família. — Piscou. — Minha nossa, Dev. Relaxa. A Lucia, do andar de baixo, está de olho nela. Estava precisando de uma noite de folga. Não tenho saído muito desde que mudamos para cá. Peguei um táxi, então não se preocupe.

— Você sai toda semana com suas amigas do salão.

— Isso não conta.

— Estou ocupada, Mel. — Tentei passar por ela, vendo mais gente se acumular nas mesas do meu setor.

— Não se preocupe comigo... Ai, meu Deus... Quem é aquele espetáculo de homem? — Apontou por cima do meu ombro. Eu nem precisava me virar para saber de quem ela estava falando, mas ainda tinha esperanças de que tivesse visto Miguel, ao invés dele.

Eu não tinha tanta sorte.

Os olhos castanhos arregalados estavam focados diretamente em Lincoln.

— Ele é o dono. Esqueça, Amelia. Todos os caras que trabalham aqui estão proibidos para você.

— Desculpa, Dev... ele é gostoso pra cacete. E é totalmente o meu tipo.

— Mel...

— Por que está implicando? Ele nem é o seu tipo. Vou apenas dar um oi.

— Não. Não vai. — Minhas palavras foram em vão. O radar de Amelia estava direcionado para ele, e nada a impediria. Ela rebolou os quadris ao se encaminhar para o bar, tirando o casaco.

Usava uma calça jeans apertada e saltos. Nenhuma de nós tinha seios grandes, mas ela sabia como valorizá-los usando um sutiã *push-up* e uma regata sexy, para tirar vantagem.

Amelia se inclinou contra o balcão, e a cabeça de Lincoln levantou assim que a avistou. Não dava para ouvir o que diziam, mas a linguagem corporal de Amelia se transformou em uma *femme fatale*. Ela empinou os seios, mexendo o corpo deliberadamente, tocando o peito e mordendo os lábios, para depois umedecê-los com a língua.

Ela era linda; não havia dúvida sobre isso. Os homens a adoravam. Ela sabia flertar e conversar, e não era nem um pouco tímida quando queria ir atrás de alguma coisa.

Eu invejava aquilo. Sempre fui mais cautelosa e esquisita. Com Cory havia sido fácil porque éramos amigos de longa data. Depois dele, não tive mais tempo para paquerar ou sair e agir como alguém da minha idade. Eu ficava em casa. Flertar era algo desconhecido para mim; uma linguagem que não sabia usar. E agora uma raiva efervescente queimava em meu estômago. Minhas mãos se curvaram ante o desejo de agarrar seus braços e afastá-la de Lincoln.

— Garçonete! Ei! — um cara gritou, atraindo minha atenção às mesas. — Precisamos de umas bebidas aqui!

Corri até lá e anotei o pedido antes de passar para outra área. Toda vez que passava perto deles, alguém solicitava uma bebida nova, mesmo que eu tivesse acabado de servir. No geral, isso não me incomodaria. Quanto mais ocupada ficava, mais dinheiro entrava. Mas, esta noite, minha atenção estava desconcentrada e minha paciência por um fio; eu constantemente olhava por cima do ombro para ver o que estava acontecendo entre Amelia e Lincoln, mas tudo o que conseguia ver era o topo da cabeça dele.

— Você pode atender a mesa quatro? — Julie me implorou, o rosto suado, os olhos atordoados em pânico. — Estou atolada.

Poder, eu não podia. Também estava atolada. Mas, por alguma razão, minha língua se recusou a dizer a palavra 'não'. Pegar mais responsabilidade para mim para aliviar o estresse dos outros era o que eu sempre fazia.

— Claro. — Assenti.

MÁ SORTE

85

— Ai, meu Deus. Muito obrigada! — Ela tocou o meu braço antes de sumir dali.

Fui em direção à mesa quatro e vi um monte de caras universitários. Já bêbados e agitados.

Maravilha.

— O que vocês vão querer? — perguntei, séria, sem estar no clima para lidar com besteira.

— Ora, ora... olá, querida — um cara de cabelo escuro disse, seu tom enrolado. Os olhos vidrados percorreram o meu corpo até minhas pernas cobertas apenas com uma saia jeans curta. — Cacete, você é gostosa pra caralho.

— Obrigada. O que gostaria de pedir? — Não demonstrei nenhuma emoção. Homens bêbados eram como crianças desobedientes. Você não podia aparentar medo ou ser tolerante, do contrário, eles começariam a correr para cima e para baixo com tesouras, fazendo todo tipo de pirraça.

— Que tal dar seu telefone? — Um cara loiro se inclinou, lambendo os lábios.

— Que tal vocês fazerem um pedido? — Minha paciência estava se esgotando.

— Sorria, coração, nós somos caras legais. — O primeiro cara segurou meu braço. — A gente só morde se você pedir.

Raiva subiu pelo meu corpo. Rangi os dentes para me impedir de dizer algo que poderia me custar as gorjetas. Isso era comum no serviço de mesa, parte de um território que tínhamos que aprender a manobrar, mas nunca se tornava menos desagradável ou irritante.

— Venha se sentar aqui com a gente. — O cara de cabelo escuro puxou meu braço, tentando me arrastar para o seu colo.

— Me solta! — disse, entredentes. Debatendo-me contra o seu agarre, consegui liberar meu braço.

— Uhhh, briguenta. Gosto disso.

Rosnei e tentei me afastar.

— Eeeii, eeei... Onde você pensa que vai? — O cara se inclinou na cadeira e enlaçou o braço ao redor da minha cintura, me puxando de volta. — Senta essa bundinha gostosa bem aqui. Você não tem que anotar nossos pedidos?

— Não. — Lutei contra o seu domínio, sentindo a raiva ferroar meus braços e pernas. — Vocês já tiveram o suficiente.

— Como é que é? — O sorriso do cara de cabelo escuro sumiu, a irritação fazendo com que um lado de sua boca se curvasse assim que ficou de pé, parando a um centímetro ou dois acima de mim. — Escuta aqui, coração. Nós somos clientes. Você é a garçonete. *Você* anota o *nosso* pedido.

— Não! Já disse que acho que vocês beberam o suficiente. — Raiva borbulhava em meus olhos focados nele.

STACEY MARIE BROWN

— Não? — Ele pressionou o corpo contra o meu, esfregando-se em meu quadril e fazendo minha pele arrepiar. — Eu gosto de você.

— Me solta. O sentimento não é recíproco. — Empurrei seu peito e ele me empurrou de volta. Em um piscar de olhos, sua expressão passou de levemente irritada para totalmente enfurecida. Seu corpo se debruçou sobre o meu, derrubando-me.

Perdi o fôlego por causa do medo; minha mão se curvou quando ele pulou na minha direção. Sem pensar, balancei o braço e meu punho se chocou contra o queixo duro, dor reverberando pelos meus ossos. Ele tropeçou, colocou a mão sobre o rosto, e os olhos ficaram possuídos pelo ódio.

Porcaria!

De repente, as mãos nos meus quadris me afastaram para o lado, e Lincoln passou por mim, se jogando contra o universitário e o empurrando de volta na cadeira. Ele foi para cima dele, agarrou a gola de sua camiseta, os dentes à mostra.

— Você vai dar o fora do meu bar agora, antes que eu ligue para os tiras. — Puxou o rosto do garoto para perto do dele, em um aperto tão firme, que o rapaz começou a ficar roxo pela falta de ar. — Se eu o vir aqui outra vez, ou mesmo nas redondezas, não vou hesitar em te descer a porrada. — Lincoln aprumou os ombros, e seu rosto foi tomado por uma expressão selvagem, os músculos retesados. — Você fala com uma mulher desse jeito outra vez, ou a toca sem o seu consentimento, e vai se tornar um eunuco. Se você chegar *alguma vez* perto dela... — Lincoln inclinou o rosto na minha direção, ofegante tamanha a ira. — Sequer olhar para ela, eu vou te perseguir e te *matar*. E não pense que não sou capaz disso. Já matei por muito menos. — Ele soltou o garoto, que caiu e acertou a cabeça no chão, segurando a garganta em busca de oxigênio. — DEEM. O. FORA. AGORA! — Lincoln bradou, fazendo todo mundo, inclusive eu, dar um pulo. O grupo rapidamente recolheu o amigo, saindo a toda pressa do bar, medo e indignação turvando suas fisionomias.

A música ainda tocava, mas a multidão ao redor estava em silêncio, observando abismados e talvez até atemorizados.

Eu me sentia da mesma forma, segurando minha mão dolorida contra o peito. Não conseguia me mover, meus olhos focados nas costas de Lincoln, sem saber o que fazer. Toda aquela raiva e dominância eram algo que nunca vi antes. E por minha causa.

Com as mãos nos quadris, a cabeça inclinada para baixo, ele respirou profundamente, várias vezes, tentando se acalmar. Então, abruptamente, se virou para mim.

— Lincoln, eu sint...

— Venha. — Suavemente ele tocou a parte inferior das minhas costas, levando-me para seu escritório. Os ombros estavam tensos e curvados

MÁ SORTE

enquanto nos guiava até lá, cada passo ecoando como um tambor, o que combinava perfeitamente com os batimentos do meu coração. Entrou na sala e acendeu a luz, obrigando-me a sentar.

Nervosa, segui seus comandos, mesmo que silenciosos.

Ele fechou a porta, abafando a música e o ruído da multidão, e naquele instante senti como se estivéssemos em um mundo diferente. Sozinhos.

Ele esfregou a cabeça com força, então se sentou no canto da mesa à minha frente.

— Sinto muito. Aqueles caras...

— Pare.

Fechei a boca. Não consegui terminar a frase, mas ele interrompeu e prosseguiu:

— Por que está se desculpando? — Ele me encarou, o cenho franzido.

— Porque causei uma briga no seu bar. E *esmurrei* um cliente.

— Ele mereceu. E você tem um belo gancho de direita, por sinal. Mas, na próxima vez, vá direto nas bolas. É mais rápido e menos doloroso para você.

— Está tudo bem, então? — Pisquei, supresa.

— Ele era um babaca nojento que estava querendo algo que você não queria dar. Nunca se desculpe por se defender. Às vezes, você será a única pessoa que fará isso.

Eu o encarei, sentindo um significado mais profundo em sua declaração.

Suspirando audivelmente, ele se afastou da mesa.

— Fique aqui. Eu volto já.

— Mas e quanto às minhas mesas?

— O que têm elas?

— Preciso voltar ao serviço. Esta noite está uma loucura.

Ele me encarou com intensidade, fazendo-me remexer inquieta na cadeira.

— Você pode ter quebrado a sua mão, e está preocupada com as suas mesas?

— Sim. Julie precisa da minha ajuda lá. Ela não dá conta de todas elas.

Ele balançou a cabeça, sem acreditar.

— Fodam-se as mesas, Devon. Você vai ficar exatamente aí. — Apontou para a cadeira. — Eles vão sobreviver sem você, eu juro.

— Mas...

— Eles *vão* sobreviver. — Inclinou-se e ficou a um centímetro do meu rosto. — Não. Se. Mexa. Entendeu?

Senti a garganta apertar, e assenti, olhando para os latejantes nódulos dos meus dedos agora vermelhos e roxos.

Ele saiu pela porta, deixando-me com o coração acelerado e uma necessidade fremente de vomitar. Embora talvez isso fosse por causa da dor na minha mão.

Menos de dois minutos depois, ele voltou com uma sacola de gelo e uma Coca-Cola.

— Coloque a bolsa sobre a mão e beba isto. O açúcar vai ajudar com o choque. — Abriu a lata de refrigerante e me entregou.

— Choque? — Tomei um gole e depois ajeitei a bolsa de gelo, me encolhendo com a dor excruciante.

— Você pode até achar que não é grande coisa, mas, quando seu corpo entra em modo de "lutar ou correr", em autodefesa, a adrenalina flui pelo seu sistema. Quando ela abaixa os níveis, você pode acabar ficando baqueada. O açúcar ajuda a amenizar isso.

— Parece que você tem experiência nesse tipo de coisa.

— Mais do que possa imaginar — murmurou, inclinando-se em sua mesa, abrindo uma gaveta e pegando duas coisas ali dentro. Um frasco branco com comprimidos. — Ibuprofeno. — Ergueu uma garrafa. — E uísque. Dois dos meus analgésicos favoritos.

Não tinha percebido que o estava observando até que ele inclinou a cabeça para o lado.

— O quê? Por que está me olhando desse jeito?

— Você não está sendo um babaca. — Continuei meu escrutínio. — Não sei como lidar com isso.

Sua boca se curvou em um canto, a sombra de um sorriso querendo se formar, espremendo meu coração e confirmando a sensação de que eu estava afundando em areia movediça.

— Pegue. — Estendeu os dois comprimidos e o uísque. Mandei tudo para dentro, o álcool descendo queimando pela garganta. Uísque não era minha primeira escolha, mas este deslizou para baixo com suavidade, aquecendo meu peito e aliviando a dor quase que na mesma hora.

Tomando mais um gole, devolvi a garrafa. Ele a levantou até seus lábios e bebeu. O pensamento de que nossos lábios se tocaram através do mesmo bocal da garrafa fez com que o calor que aquecia minha barriga descesse para o meio das minhas coxas. Não dava para olhar para ele. Então olhei ao redor do escritório. Não havia nem uma foto ou artigo de decoração por ali que proporcionasse alguma indicação sobre sua personalidade.

Ele guardou a garrafa e se aproximou.

— Posso? — Moveu-se para tocar minha mão.

Minha boca se recusava a abrir, mas ele encarou meu silêncio como uma afirmativa, os dedos calorosos se envolvendo ao redor dos nódulos. Seu toque era cuidadoso, mas, ainda assim, enviava ondas de eletricidade pelo meu corpo. Será que ele não sentia isso? Apenas eu me sentia dessa forma?

— Parece que está tudo bem. Pelo menos, você não está gritando com a pressão que estou fazendo. Por outro lado, não parece quebrado. Só

MÁ SORTE

machucado. — Sua cabeça estava baixa, mas seus olhos estavam focados nos meus. Ele estava tão perto; perdi o fôlego e quase congelei no lugar.

Desejo. Ânsia. Meu pulso latejava por baixo de seus dedos.

Por um segundo, seus olhos se desviaram para a minha boca, e o movimento atraiu minha atenção para suas íris. Pisquei, concentrada na cor.

Castanhos. Não azuis.

— Você usa lentes de contato.

Ele ergueu a cabeça, a expressão se transformando em um muro de pedra em um piscar de olhos.

— Sim. — Ficou de pé, guardando a garrafa e o remédio dentro da gaveta. — Sou míope.

— Ah... — Não era grande coisa, um monte de gente usava lentes, mas a brusquidão com que respondeu me pegou de surpresa.

— Vá para casa. Tome mais alguns analgésicos antes de dormir e coloque mais gelo nisso. — Seus dedos reviraram a papelada que estava em cima de sua mesa, a voz agora indiferente. — Tenho trabalho a fazer.

Umedeci meu lábio, levantando-me da cadeira, confusa, envergonhada e sentindo-me rejeitada de uma maneira estranha.

— Tudo bem. — Segui em direção à porta, parando assim que toquei a maçaneta com a mão boa. — Obrigada, Lincoln.

Sua resposta foi apenas um grunhido.

Quando saí dali, de volta ao burburinho, a visão do bar lotado foi tão chocante quanto ser acordada por um alarme de incêndio no meio de um sonho *realmente* muito bom.

— Devon! — minha irmã gritou do outro lado do corredor. — Onde você esteve? — Ela veio ao meu encontro e pegou minha mão. — Você está bem? Estava preocupada. Ouvi aquele bartender, Miguel, outro gostoso, por sinal, dizer que você esteve envolvida em uma briga de bar. Que merda aconteceu?

Parecia como se o bar inteiro estivesse nos vendo ou ouvindo, mas era óbvio que era apenas impressão. Estava muito cheio e barulhento, e a outra metade totalmente alheia ao drama. Pelo menos uma vez, estava agradecida pela multidão.

Então... como Lincoln soube que eu estava com problemas? Ele estava bem distante. Balancei a cabeça, sem estar preparada para mais enigmas que nunca seria capaz de solucionar.

— Vamos para casa. Eu te conto tudo lá.

— Tá. Tudo bem. — Assentiu, seguindo-me até o carro. Na verdade, parecia perfeito me enroscar no sofá com a minha irmã, assistir a algum filme e não pensar em nada.

Especialmente em meu chefe extremamente gostoso e confuso.

CAPÍTULO 12
HHT HHH HHH

Revirei na cama a maior parte da noite, então, na manhã seguinte, minhas vistas estavam embaçadas enquanto esperava a cafeteira funcionar. Minha mente estava exausta, mas algo me mantinha revivendo a noite anterior, em uma tentativa de descobrir a resposta inexistente para uma equação. Indo e voltando, em busca de alguma informação que parecia estar faltando. Eu era igual ao meu pai, incapaz de deixar um assunto de lado até que conseguisse desvendar alguma coisa, até o ponto de se tornar uma obsessão.

Enquanto a cena esteve repassando o tempo inteiro na minha cabeça, meus hormônios reviviam o momento com Lincoln, e se agitavam dolorosamente dentro de mim. A mão dolorida apenas acrescia agonia mais ainda às memórias vívidas. Desde a forma como ele ameaçou o cara, à gentileza de seu toque enquanto cuidava de mim. Ele era extremamente reservado, e beirava à violência, porém havia outro lado. O do cara que consertou meu carro e que compartilhou seu uísque comigo. Aquele que fez piada. Que se preocupou com meu bem-estar. Que sorriu.

Porcaria. Seu sorriso quase me derrubou da cadeira. Não era justo que apenas uma repuxadinha de seus lábios fosse capaz de me tirar o chão.

Não fazia nenhum sentido. *Ele* não fazia sentido. Amelia estava certa; ele não era o meu tipo. Nunca senti atração por machos alfas musculosos. Meigos, engraçados e pés no chão, como Cory, sempre haviam sido meu tipo de homem. Então por que estava tão atraída por Lincoln?

— Ei, Devy, como está se sentindo hoje? — Minha irmã se postou ao meu lado, também encarando a cafeteira. Seu cabelo estava desgrenhado e os olhos ainda meio fechados.

— Bem — menti, mexendo a mão e perdendo o fôlego por um instante. Estava doendo mais do que ontem, e os ossos fizeram questão de manifestar a opinião sobre o assunto.

MÁ SORTE

— Ai, meu Deus. Tive o melhor sonho erótico de todos os tempos esta noite. — Mel pegou uma caneca do armário, retirou a jarra do café da máquina e enfiou sua xícara logo abaixo do dispensador.

Poderia ter feito como ela, do seu jeito, sem ter que esperar.

— Sério? — Suspirei.

— Eu nem queria acordar, mas agora estou toda excitada e agoniada. Definitivamente, já está na hora de transar.

— Vai nessa, garota — eu disse, neutra, observando-a encher a caneca.

— Vou mesmo. Você me conhece, quando coloco uma coisa na cabeça, vou até o fim para conseguir. Porra, ele deve ser *sensacional* na cama. Daquele tipo que faz você desmaiar com o orgasmo.

Minha cabeça se levantou rapidamente, o nó se retorcendo em meu estômago, já ciente de que não gostaria de ouvir a resposta à minha pergunta:

— Quem?

— Lincoln. Dããã.... — Ela tomou um longo gole de seu café logo depois de inserir a jarra embaixo do dispositivo outra vez. — Ele é gostoso pra caralho.

Como se meus pulmões estivessem sendo espremidos, senti meus ossos congelando pelo corpo.

— O quê?

— Sabe o *seu* chefe? — Ela arqueou uma sobrancelha. — Ele tem a voz mais sexy de todas. Tipo, me deixou molhada na mesma hora.

— Você conversou com ele?

— Sim. — Um sorriso devassso curvou sua boca antes de tomar outro gole. — Nós conversamos por um *tempão*. — Fez questão de enfatizar a palavra, dando a entender que havia algo mais.

— Ah... — Tentei engolir o nó na garganta. — Sobre o quê?

— Isso e aquilo. — Seu olhar iluminou com o mistério.

Eu mal conseguia respirar.

— Achei que Miguel fosse mais o seu tipo.

— Miguel? — Esticou a língua e balançou a cabeça. — Ele é fofo, mas Lincoln é dez vezes melhor. Miguel é um garoto comparado a Lincoln.

— Você acha que ele está a fim de você? — Servi minha caneca.

— Definitivamente. — Sorriu de orelha a orelha.

Um calor abrasador se derramou em cima do gelo em minhas veias. Amelia era especialista em homens. Não havia um só cara que ela não fosse capaz de conquistar. Ela era linda, engraçada, sedutora e direta.

— Co-como você sabe?

— Aff, Dev, estamos na escola primária? Tenho certeza quando um homem está interessado. — Revirou os olhos, andando até a pia para colocar a caneca vazia. — Não vai ser esquisito, né? Namorar o seu chefe?

Minha boca se abriu para responder – não, gritar – sim.

— Ai, droga, estou atrasada — ela disse. — Preciso me arrumar para o trabalho. Lucia vai ficar com a Mia até eu sair do salão.

Assim que chegamos em casa ontem, Lucia disse que Mia estava sonolenta e que poderíamos deixá-la aos seus cuidados no dia seguinte também. Conhecer aquela senhora foi, provavelmente, umas das melhores coisas que já nos aconteceu desde nossa mudança a este prédio decadente. Ela era gentil, amável, paciente e sempre estava disposta a cuidar de Mia, como se tivesse a necessidade de ter uma netinha, tanto quanto minha sobrinha tinha de ter uma avó. Elas passavam a maior parte do tempo brincando com joguinhos, colorindo e fazendo biscoitos. Algumas vezes eu sentia vontade de perguntar se ela não queria tomar conta de mim.

— Talvez Lucia continue cuidando dela por mais algumas horas, daí posso dar uma passadinha de novo no bar esta noite. — Amelia ergueu um ombro, divertida, e saiu saltitando pelo corredor.

Não.

Não. Não. Não.

Era a única palavra que se revirava em minha mente, enquanto meu estômago queimava de dor. Amelia e eu tínhamos gostos diferentes para homens, então nunca houve a preocupação de nos sentirmos atraídas pelo mesmo cara.

Até agora.

E era assim que eu me sentia em relação a Lincoln, mas não sabia nada mais além disso. Tudo em que podia pensar era *ele não. Qualquer um, menos ele.*

No entanto, se ele gostava dela também, eu não tinha direito algum de ficar chateada. Só em pensar em vê-los se beijando ou ficando juntos foi o suficiente para obscurecer meu humor.

Talvez eu o tenha entendido errado ontem à noite, e ele também não sentiu as faíscas entre nós ou sequer quis me beijar. Talvez estivesse apenas sendo um cara legal cuidando dos ferimentos de sua funcionária. Era isso. Amelia geralmente tinha um péssimo gosto para homens, mas seus instintos em relação a eles estarem interessados nela nunca falhavam.

Com Cory, Finn e todos os casos horrorosos de uma noite que já experimentei, tive provas de que não tinha a menor noção nisso.

— Estou saindo — Amelia disse, vestida em uma calça jeans apertada, rasgada e bonita, botas pretas e uma blusa ciganinha. — Vai ver a mamãe hoje?

Assenti.

— Tudo bem. Há uma boa chance de você me ver hoje à noite. Tenha um bom-dia. — Acenou e saiu de casa como um tornado, sem ter a menor ideia de por que eu ainda estava no mesmo lugar, sentindo uma vontade imensa de vomitar.

MÁ SORTE

HHT HHH THH

Havia sido mais um dia péssimo de visita à mamãe, o que já estava se tornando normal. Por um segundo ínfimo ela se lembrou do meu nome, até que outra coisa atraiu sua atenção. Quando olhou de novo para mim, era como se eu fosse uma desconhecida que havia se sentado ao lado dela.

Em alguns dias, eu conseguia lidar melhor com aquilo, abafando meu sofrimento e apenas ficando ali por ela.

Este não foi um deles.

Meu humor estava azedo antes mesmo de chegar lá. O cansaço e o constante latejar na minha mão deixaram meu temperamento à flor da pele. Ver minha mãe daquele jeito me deixou mais triste e irritada.

Curiosamente, me deu mais determinação para conversar com Lincoln. Confrontá-lo. Mesmo que isso acabasse me deixando envergonhada, eu queria saber o que estava acontecendo. Porque ele era tão quente e frio comigo; e eu precisava saber se estava interessado na minha irmã. Se eles começassem a namorar, seria um pouco constrangedor para mim, especialmente caso terminassem.

Nat levantou a cabeça assim que me viu entrar pela porta. Ela me observou pisar forte pelo bar, erguendo as sobrancelhas, intrigada.

— Lincoln está aqui? — Era mais uma afirmação do que uma pergunta. — Preciso falar com ele. — Fui em direção ao escritório.

— Devon, não. Agora, não. — Ela balançou a cabeça, o olhar se desviando para a porta dos fundos. — Agora não é uma boa hora.

— Por quê?

— Ele está com alguém...

— O quê? — Parecia que uma faca havia acabado de ser enfiada no meu peito, roubando meu ar. Ele estava com alguém? Estava namorando alguém? Ela estava lá dentro? Será que estavam transando? O que havia de errado comigo?

Nat olhou para o corredor, apreensiva, e então veio até onde eu estava, mantendo a atenção focada na porta do escritório.

— James está de volta — disse, baixinho, gesticulando com a cabeça.

James. O irmão dele. Não uma garota. O alívio escorreu por todas as minhas terminações nervosas. *Ah, merda.* Eu não deveria me importar se ele estivesse com outra mulher.

— James parece estar totalmente chapado. — Ela estalou a língua. — Vamos apenas dizer que não foi uma recepção calorosa entre os irmãos.

O som da porta se abrindo me fez dar a volta. Um cara loiro, com

94   STACEY MARIE BROWN

olhos azuis vidrados, saiu do escritório usando um jeans surrado e uma camiseta preta. Ele era um pouco mais baixo e mais magro que Lincoln, mas os dois tinham a mesma estrutura facial. James parecia ser mais velho. Sua pele estava enrugada em alguns lugares, como se passasse muito tempo debaixo do sol, e os lábios estavam ressecados e partidos. O cabelo estava desgrenhado e a barba irregular, como se não desse a mínima para sua aparência. Dava para ver que se ele tomasse banho e se cuidasse um pouco, seria incrivelmente bonito. Parecia que a beleza era de família.

— Ora, ora, ora... — James veio em minha direção, o olhar me percorrendo de cima a baixo. — Você é nova aqui.

— Vá embora, James. — Lincoln parou atrás dele, os braços cruzados e a mandíbula cerrada, com irritação.

— Não me diga que não está comendo essa aqui. — Ele cutucou o irmão e tropeçou. — Eu te conheço.

— Vá embora. Agora. — Veneno escorria por cada sílaba. — Não vou pedir outra vez.

— Oh, o poderoso *Lincoln*... mandou. — James apontou para ele, com uma piscadela. — Estou tremendo nas botas.

— Você está usando chinelos. — Indiquei para os seus pés.

O olhar de Lincoln se desviou para mim; uma breve fagulha de divertimento curvou sua boca antes que ele voltasse a olhar para o irmão.

— Ah, gostei dela. — Ele sacudiu o dedo na minha direção. — Engraçada. Esperta. Dá para ver por que a contratou. Bem diferente da sua última. — Estalou os dedos. — Kim, né? Que puta.

Lincoln se lançou para o irmão e o agarrou pelos braços.

— Pare de falar agora! — rosnou, a voz trovejando pelo lugar. — Não vou mudar de ideia. Encontre outra pessoa para te ajudar. Já cansei de fazer isso por você.

O ar descontraído de James desapareceu, dando lugar ao rancor.

— Vá se foder. — Empurrou o irmão. — Você se acha muito melhor que eu? Pois você não é. Pode fingir o tanto que quiser, mas eu sei a verdade. Você não mudou nada. É apenas uma fraude fingindo ser um rei assentado em seu trono aqui. — James abriu os braços, gesticulando ao redor. — Era meu primeiro. Você está lucrando com o que eu comecei.

— Você quer dizer o lugar que você administrou até falir? — Lincoln disse, com escárnio, se aproximando dele outra vez. — Eu salvei este lugar. Ainda está aqui por minha causa.

— Basta apenas um telefonema para que tudo isso desapareça. — James sorriu, perverso.

Fúria atravessou o semblante de Lincoln, o temperamento agora em uma calma fria.

MÁ SORTE

95

— O que você quer?

— Você sabe o que quero. — James não vacilou ante o olhar mortal de Lincoln. — *Brothers & thieves*... Meu nome ainda está na documentação.

A mandíbula de Lincoln se contraiu com mais força.

— Dá o fora.

— Isto é um sim?

— Dá o fora agora! — Lincoln cruzou os braços, respirando com dificuldade.

— Eu vou voltar. Você não pode se livrar de mim assim tão fácil. — James agarrou o braço musculoso do irmão. — Uau, está ficando um pouco flácido aqui. Hora de voltar a malhar — debochou e se virou para Nat, pegando sua mão. — É sempre um prazer, *mi bellezza*.

Nat afastou a mão de seu agarre.

Depois se virou para mim.

— Não te conheço, mas gostaria muito.

— Dispenso.

Ele bufou uma risada e começou a andar de costas.

— Realmente gostei dela. — Seu tom brincalhão sumiu quando falou com Lincoln. — Você não pode lutar contra isso, irmão. Vai acabar voltando. Não pode lutar contra a sua natureza. — Então saiu pela porta da frente.

Nós três ficamos em silêncio por alguns segundos, minha mente tentando articular tudo o que havia acontecido.

Lincoln pigarreou.

— Tenho certeza de que vocês têm trabalho a fazer. — Girou e marchou de volta ao escritório, batendo a porta.

Virei-me lentamente para Nat, boquiaberta.

— Que merda foi essa?

— James. — Suspirou, esfregando a testa. — Ele não presta.

— Ele foi seu chefe? Sério?

— Honestamente, não sei como ele conseguiu manter esse lugar por tanto tempo. Cresci com irmãos dentro de gangues. Sei quando as coisas são feitas com desonestidade e quando a merda vai bater no ventilador. Os livros de contabilidade estavam sempre no vermelho, mas, de alguma forma, ele sempre conseguia mais bebida, drogas e dinheiro de algum lugar. — Nat retirou os copos da lava-louça, secando-os em seguida. — Me faz pensar que há muito mais no nome *Thieves*...

— E você não se importava de trabalhar para ele?

— Quem diabos sou eu para julgar alguém? — Ela riu. — Eu tenho um filho com um famoso líder de gangue.

É mesmo.

— Viu? É aqui onde você e eu diferimos, e onde sua inocência vem à tona. Você pode até ter passado por um monte de coisas ruins, mas nunca teve que viver do outro lado da lei. As coisas não são somente preto no branco quando se trata de sobrevivência.

— Quando seu pai é o xerife da polícia, e agora o seu tio também, dá para viver do lado certo da lei. — Suspirei.

— Eita, porra, sua família é da polícia?

— Meu pai morreu a serviço da lei.

— Verdade, você me disse. — Pegou outro copo de vidro. — Não me liguei no fato de que ele era policial. Achei que tivesse morrido no serviço militar. — Contraiu os lábios vermelhos. — *Cacete*, te falei um monte de coisas e você é filha de um tira.

— E daí?

— Você não entende. É instintivo. Pessoas como eu ficam caladas e o mais longe possível da lei.

— Mas você nunca fez nada.

— Não importa. A cor da minha pele já diz o bastante. — Ajeitou os copos na prateleira. — E não sou assim tão inocente. Há algumas coisas no meu passado que são bem ilegais.

— Sério? O quê? — Estava chocada, mas curiosa.

— Não vou entrar nisso — respondeu, evasiva. — Mas vamos dizer que quando uma pessoa amada está em dificuldade, não há nada que você não faça.

HﾃT HﾃH HﾃH

Sábado à noite estava sendo mais louco do que a noite anterior e, mais uma vez, Lincoln saiu do escritório para atender no bar. Achei que ele estaria de mau humor, mas parecia muito mais introspectivo. Perdido em pensamentos, enquanto suas mãos automaticamente trabalhavam. Por mais estranho que pudesse parecer, meu impulso não era tentar tirá-lo daquele estado, mas simplesmente tocá-lo – mesmo que fosse apenas através do olhar –, para deixá-lo saber que eu estava aqui de alguma forma. Não sabia por que razão me sentia tão protetora em relação a ele, mas não conseguia controlar o instinto esmagador que formigava pelo meu corpo.

Ele colocou meus pedidos na bandeja, já pegando a anotação para o próximo.

— Obrigada, Lincoln.

MÁ SORTE

Ao ouvir minha voz, ergueu a cabeça como se tivesse sido arrancado de um transe; seu olhar penetrante se concentrou em mim. Senti um calor intenso em meu ventre, incendiando o mundo ao redor de nós. Nada mais existia, apenas seus olhos castanhos que me engoliam por inteiro.

Selvagem e brutal, seu olhar me consumia. Mantendo-me presa ao lugar, ligando o interruptor para deixar de pensar. Apenas querer.

Nenhum dos dois se mexeu ou respirou.

— Está cheio aqui hoje. — Uma mão tocou meu braço, me assustando. — Levei um século para chegar até aqui. — A voz da minha irmã se infiltrou em meus ouvidos.

— Amelia? — Sacudi a cabeça, confusa, como se tivesse acabado de acordar. — O que está fazendo aqui?

Um sorriso paquerador curvava seus lábios, enquanto seus olhos caíam diretamente em Lincoln.

— Eu te falei que daria uma passadinha aqui, lembra?

É mesmo. Ela disse.

— Estava imaginando que o veria aqui esta noite. — Inclinou-se no balcão, uma expressão tímida colorindo suas bochechas. Seu olhar totalmente focado em Lincoln.

Merda, ela era boa.

Lincoln inclinou a cabeça para ela, mas seu olhar estava concentrado em mim.

— É melhor você atender sua mesa. — Acenou, me dispensando.

O que aconteceu? Ele estava tentando se livrar de mim? Queria ficar a sós com a minha irmã? Cerrei os dentes e agarrei minha bandeja, o peso sobrecarregando minha mão dolorida. Dei a volta e atravessei a multidão, chegando até minha área. Coloquei as bebidas com tanta força à frente dos clientes, que chegou a espirrar ao redor.

— Ei! — o casal gritou, tentando se afastar do líquido que derramou na mesa. Fui até a próxima, ignorando suas imprecações para que voltasse ali.

— O que vão querer? — disparei, impaciente com o grupo que ainda não havia se decidido. Minha atenção estava toda atrás de mim, em uma tentativa de observar minha irmã.

Senti uma punhalada no peito. Flechas que me atingiam pelo corpo, obrigando-me a respirar. Amelia havia se sentado no final do balcão, bem perto de Lincoln, e suas mãos estavam em seus braços. Ela se mantinha na ponta dos pés, pressionando seu corpo contra o dele enquanto sussurrava algo em seu ouvido. O que mais doía era que ele estava inclinado em sua direção, com um sorriso estranho nos lábios, ouvindo atentamente o que ela dizia.

Ai, meu Deus. Eu era uma idiota. Era desse jeito que um cara agia quando gostava de você. O nó apertou minha garganta e lágrimas assomaram meus olhos. Que vergonha.

Sempre me orgulhei de ser uma funcionária exemplar. Nunca descontei meu humor nos clientes, mas neste instante, estava perdida em meus pensamentos. Minha atenção se voltando o tempo todo para o bar.

— Devon! Seus pedidos estão se acumulando aqui. Tire logo aqui do meu balcão. — O pessoal da cozinha continuava a gritar toda vez que eu aparecia por ali.

Ouvi reclamações, mas não conseguia me recompor. Sempre que olhava por cima do ombro, via minha irmã em cima dele, tocando-o. O rosto dela estava brilhando de excitação, e havia um sorriso aberto quando colocou uma mão no rosto de Lincoln, puxando sua cabeça em direção aos seus lábios. Suas pálpebras estavam semicerradas, enquanto ela murmurava alguma coisa no ouvido dele.

Lincoln piscou e então riu com tanta intensidade que pude ouvi-lo da minha mesa. Aquele som sempre me deixava embevecida nas raras vezes em que ouvia algo parecido a uma risada. Agora, fez com que eu me enchesse de ciúmes. Nunca havia me sentido assim por causa de um garoto, nem mesmo quando descobri a traição de Cory com a minha melhor amiga. Então, senti apenas com uma raiva súbita e incandescente.

Amelia o fez rir quando eu mal fui capaz de conseguir arrancar um sorriso dele.

Um nó se formou na minha garganta e meus olhos começaram a marejar. Eu não podia acreditar. Estava prestes a chorar. No meio de um pedido, me virei e corri para me esconder ante a onda de emoção tão incomum.

— Ei, aonde você vai? Moça, não terminamos nosso pedido ainda. — Não respondi nada. Eu precisava respirar antes que me sentisse sufocada ali dentro. Passando pelo meio da multidão, meu cotovelo se chocou com a bandeja de Julie. Ela ficou boquiaberta, mas não parei para averiguar o estrago, irrompendo pela porta dos fundos em busca de ar.

Que merda havia de errado comigo? Eu estava sendo idiota. Isto provavelmente devia ser mais um reflexo do que estava acontecendo com a mamãe do que com ele. Quer dizer, não havia nada entre nós dois. Nada. Não valia a pena sofrer por causa dele. Ainda assim, um tijolo parecia ter sido alojado no meu peito, não cedendo nem mesmo com as desculpas que aleguei.

Eu não era do tipo de garota que chorava por causa de caras, que perdia tempo com drama. Já precisava lidar com muita coisa em casa, para dar atenção a este tipo de problema. Só que, desde que me mudei para cá e comecei a trabalhar neste bar, as coisas parecem ter ficado diferentes.

MÁ SORTE

Minha paciência estava mais curta, e meu temperamento prestes a explodir por qualquer besteira. Eu odiava me sentir tão fora de controle.

Depois de conseguir me recompor, respirei profundamente várias vezes antes de entrar pela porta dos fundos outra vez. Dez passos foram tudo o que consegui dar antes de uma mão firmemente agarrada ao meu braço me arrastar para o escritório.

— Você está *tentando* ser demitida agora? — Lincoln rosnou, seu corpo enorme curvado como uma serpente, empurrando-nos pelo corredor. — Em questão de minutos você derrubou dez bebidas e deixou três mesas reclamando do péssimo atendimento. — Abriu a porta e praticamente me arremessou lá dentro antes de fechar com um baque surdo. — Quer me dizer o que está acontecendo com você?

— Sinceramente, não. — Olhei para ele, irritada, cruzando os braços.

Ele deu dois passos na minha direção, a estrutura física me fazendo parecer minúscula perto dele, a mandíbula contraída. Não falou nada, apenas me encarou de cima, uma veia pulsando em seu pescoço forte.

Sua proximidade só agravou o meu estado, por conta de seu calor e cheiro intoxicante.

— Você não me assusta.

— Sério? — Diminuiu o espaço que coloquei entre nós.

— Não. — Inclinei a cabeça para trás, em desafio. — Você está tentando me intimidar?

— Tentando?

— Ninguém gosta de valentões, Lincoln.

Seus lábios se curvaram. Seu rosto adquiriu um ar divertido.

— O que aconteceu?

Você. Minha irmã. A vida.

Cerrei os lábios com força.

— Devon — ele advertiu.

— Você está namorando a minha irmã?

Seus olhos se arregalaram quando recuou um passo.

— O quê?

Bosta. Por que perguntei isso? Agora era tarde demais; já havia aberto a boca mesmo.

— Só acho que tenho o direito de saber. — Ergui o queixo. — Não quero que isso interfira no meu trabalho.

Seu olhar me percorreu de cima a baixo, derrubando minha justificativa no chão. Enfiei meu dedão do pé nas ripas de madeira do assoalho.

— É esse o problema? — Sua voz adquiriu um tom surpreso. — Você achou que eu estava interessado na sua irmã?

Agora eu me sentia uma idiota. Mas ela o fez rir e flertar de volta. Por que não pensaria isso?

Lincoln se aproximou, o calor de seu corpo atingindo o meu.

— Você está com ciúmes?

— O quê? Não! — respondi de supetão. — Até parece... é só que... conheço minha irmã. E se vocês terminarem, não quero que isso afete o meu trabalho.

— Então... sem nem mesmo saber, já namorei e terminei com a sua irmã?

— Sim. Não... — Empurrei seu peito forte. Porcaria, por que ele estava tão perto? — Você entendeu o que quis dizer.

— Não. Não entendi. Por favor, adoraria ouvir a explicação.

Um som irritado rastejou pela minha garganta, e apertei a base do meu nariz. Este cara me amarrou em nós, me fazendo perder toda a noção de certo e errado.

— Que merda, você é muito irritante.

Uma risada rouca vibrou pelo seu peito, e de repente, me perdi no profundo timbre de sua voz. Ele me encarou de cima, a graça do momento se desfazendo, a sala se enchendo de tensão.

— Não sou o único. — Ele levantou a mão, como se fosse tocar meu rosto, mas desistiu, pegando meu braço ao invés disso. — Como está sua mão?

— Doendo — admiti, baixinho.

— Vai doer por um tempo. Hematomas podem ser piores do que fraturas. — Seu polegar acariciou os nódulos dos meus dedos, meu coração trovejando contra as costelas, com tanta força, que eu temia ser capaz de ouvi-lo. Ele levantou a cabeça e olhou para mim.

Beije-me. O pensamento praticamente gritou para ele.

Como se tivesse ouvido, ele recuou e indicou a porta com a cabeça.

— É melhor você voltar ao trabalho. Julie provavelmente deve estar surtando.

— Sim. — Engoli o nó na garganta, passando por ele. — É melhor mesmo. Desculpa.

— Antes de você me casar e já me tornar um pai de família, me dê um aviso. — Virou a cabeça para mim.

— Ah, cala a boca — caçoei, assentindo.

— E nada de derrubar mais bebidas por aí, okay, Sardentinha? Estou tentando não ficar no vermelho.

Um calor abrasador subiu pela minha coluna, fazendo-me virar de uma vez.

— Do que me chamou?

A expressão de seu rosto era imperturbável, os olhos cravados nos

MÁ SORTE

meus, sem qualquer emoção.

— De nada.

— Não. — Lutei para resgatar o fôlego, meu tom de voz baixo e sério. — Do que me chamou?

Ele abaixou a cabeça, remexendo alguns arquivos sobre a mesa com indiferença.

— Ultrapassei alguma linha entre patrão e empregada? Peço desculpas.

Meu olhar o percorreu, meu peito arfante.

— Por que me chamou assim?

— Porque você tem um monte de sardas. Tenho certeza de que não fui o único que já a chamou desse jeito. — Mudou o peso dos pés, o olhar impassível de volta em mim. — Mais uma vez, peço perdão por ter cruzado a linha. Não se repetirá. — Puxou a cadeira, me dispensando.

Meus pés pareciam grudados ao chão, o apelido me atingindo como um tiro de canhão.

— Volte ao trabalho, Srta. Thorpe.

Ainda levei alguns segundos até abrir a porta e sair dali com as pernas trêmulas.

De todas as coisas que podia ter me chamado...

Sardentinha.

Poderia até ser que não fosse algo único ou original. Muitas pessoas já tinham me chamado daquele jeito. Era um apelido com o qual tive que lidar por muito tempo na infância. Eu realmente possuía muitas sardas. Mas não conseguia deixar de pensar na forma como a palavra saiu de sua boca, me derretendo por dentro.

"Abra os seus olhos, Sardentinha. Quero esses olhos em mim."

"Caramba, Sardentinha. Da forma como você fala, eu poderia te foder para sempre."

Com esta lembrança, eu quase podia sentir a parede fria daquele banheiro contra as minhas costas, imprensada pelo cara que recriei em minha mente por tantos anos. A forma como a língua dele se enrolou ao redor do apelido carinhoso... e de mim.

Tome jeito, Devon. Pare de projetar todo cara naquele do passado.

O apelido fora apenas um gatilho, igual quando você ouve uma música antiga ou sente o cheiro de alguma coisa que te leva diretamente para algum lugar ou época. Fiquei agitada e, sinceramente, com tesão.

Talvez minha irmã não fosse a única que precisasse transar.

STACEY MARIE BROWN

CAPÍTULO 13

HHI HHI HHI

Semanas se passaram e Lincoln manteve-se distante de mim. Quando interagíamos, ele agia de modo profissional, chamando-me de Srta. Thorpe, o que me irritava além da conta.

O Dia de Ação de Graças estava até tranquilo, com as pessoas passando mais tempo com seus familiares, mas ainda assim, o bar se enchia noite após noite. Parecia que se relacionar com a família no feriado acabou fazendo com que todo mundo quisesse beber.

Meu feriado foi passado ajudando minha mãe a comer um purê de batatas, que mesmo assim a fez se engasgar. Mia brincava no canto e Amelia conversava nervosamente com a mamãe, atualizando-a sobre os feitos mais recentes de sua filha e dando notícias sobre o tio Gavin. Ela parecia mais feliz agora, e menos briguenta, o que era encorajador, embora passasse mais tempo encarando a TV e quase não dissesse nada. Quando ela falava, as palavras eram um pouco incompreensíveis. Na maioria das vezes, pareciam não fazer nenhum sentido.

— Devon, posso falar com você? — A enfermeira-chefe, Bethany, me afastou do lado de Amelia, a rainha da evasão, que havia acabado de passar por mim para levar Mia para o carro.

Curvei os ombros.

— Sim, claro.

— Esta é a pior parte do meu trabalho, especialmente durante os feriados. — Deslocou o peso dos pés, desconfortável, segurando sua prancheta. — Mas preciso que estejamos na mesma página. Sua mãe já está mostrando sinais de estar entrando na fase terminal. Ela está tendo dificuldade para engolir, como você pôde perceber, e já perdeu o controle urinário e intestinal. Parece estar perdendo a habilidade de funções básicas. Infelizmente, é neste momento que as coisas se tornam mais difíceis.

Como se já não fossem antes...

Bethany cerrou os lábios, com compaixão.

— Sua mãe é jovem. Forte. Talvez ela não vá sucumbir tão rápido como tantos outros. Há sempre uma esperança. E sorte. — *Não. Nós não tínhamos isso.* — Cada vez mais se tornará difícil comunicar-se com ela. Chegará ao ponto onde ela não poderá mais comer... e então...

— Sim, eu sei. Ela se esquecerá de respirar. — Eu já havia lido tudo o que podia sobre cada estágio do Mal de Alzheimer.

— Quando você estiver pronta, mais cedo ou mais tarde, terá que dar uma olhada na documentação que sua mãe deixou assim que foi diagnosticada. Vi que você e sua mãe assinaram uma procuração permanente, tanto para a parte financeira quanto para os cuidados de saúde, além de um testamento vital. Isso ajudará tremendamente.

Afundei as unhas nas palmas, tentando me controlar.

— Mamãe me disse, assim que descobriu a doença, que não queria mais prolongar sua vida. Ela disse que voltaria para me assombrar se eu fizesse. E realmente assinou uma "ordem de não reanimação".

— Parece com a Alyssa que conheci assim que chegou aqui. — Bethany riu, porém com um sorriso triste em seus lábios. — Mesmo assim, precisamos que você venha e dê uma olhada em todas as documentações.

Assenti em concordância, mas meu coração chorava como uma criança dando birra. Não importava que tive esses últimos cinco anos para me acostumar com a evolução da doença, ainda assim, não era fácil lidar com a noção de que a perderia.

Dos meus dezessete aos vinte dois anos, arquei com a responsabilidade de saber que minha mãe morreria jovem. Remorso me contorcia por dentro, porque houve alguns dias em que desejei isso para ela, querendo que o sofrimento e a dor fossem embora, por ela e por todos nós. Mas agora a morte estava acelerando na estrada, e tudo o que eu mais queria era protegê-la como um escudo, escondendo-a daquele fim. Eu queria ser egoísta. Para mantê-la. Sem ela, Amelia e eu nos tornaríamos órfãs. Não importava a sua idade, ainda era difícil aceitar isso.

O caminho para casa foi feito em silêncio, embora Amelia tivesse ciência de que havíamos cruzado outra etapa. E esta era a etapa final.

Ao subir as escadas para nosso apartamento, a figura solitária sentada em frente à nossa porta me fez estacar de imediato. Arregalei os olhos, tentando focar para ver se não estava vendo coisas.

— Skylar?

— Ah, garota, parece que vim na hora certa. — Ela se levantou e abriu os braços. Era alta e magra, embora agora tivesse mais curvas do que na adolescência; seu cabelo loiro-avermelhado estava arrumado em uma intrincada trança por cima de seu ombro. Vestia uma calça jeans toda tingida e uma camiseta branca em gola V, por baixo de um longo cardigã amarelo.

Acelerei em meus passos e me choquei contra ela. Não importava há quanto tempo não nos víamos ou nos falávamos, era como se só tivéssemos nos encontrado algumas horas atrás. Ela era a cura para o meu sofrimento.

— Senti tanto a sua falta, Dev. — Ela me apertou em seus braços.

— Você não tem ideia de como senti saudades. — Afastei-me um pouco, tentando assimilar a realidade de sua presença.

— Titia Sky! — Mia se revirou nos quadris de Amelia, os bracinhos estendidos para minha amiga. Mia tinha apenas dois anos quando Skylar saiu da cidade, mas ela sempre dava um jeito de nos visitar, de forma que nunca foi esquecida. Eu achava que ela tinha uma "paixonite de menininha" pela Skylar, e olhava para ela como se fosse uma estrela do Rock.

— Mia-feijãozinho! — Sky a pegou do colo de Amelia. Mia a abraçou como se fosse um polvo, as duas gritando de emoção. — Ei, Amelia.

Skylar sorriu com educação para minha irmã, que deu um breve abraço ao redor de Mia. Elas até se davam bem, mas minha amiga já havia presenciado muito da natureza egoísta de Amelia, então realmente não gostava dela. Ela esteve muitas vezes ao meu lado quando Amelia dava um sumiço para fazer suas próprias coisas. Minha amiga, sim, assumindo o verdadeiro papel de irmã que eu ansiava.

— O que você está fazendo aqui? — perguntei, sem poder acreditar. — Não me leve a mal, estou superfeliz, mas você disse que não podia sair.

— Christophe mandou eu dar um jeito de vir a Albuquerque para ver minha amiga. E, enquanto estou aqui, vou aproveitar e dar uma olhada no trabalho de um artista local que quer expor em nossa loja. — Ergueu a sobrancelha. — Um pouco de prazer e negócios.

Não estava nem aí. Estava muito feliz por ela estar aqui.

— Entre! — Peguei sua mochila, os braços ainda enrolados em Mia, e a fiz entrar em nosso cubículo.

— É só por um final de semana, e vou tentar não ficar no seu caminho.

— Não! Fica aqui pra sempre! — Mia a abraçou de novo antes de Sky colocá-la no chão, fazendo um carinho em sua cabeça.

— Bem que eu queria, Feijãozinho, mas amo meu trabalho e o lugar onde moro.

— E se eu não estiver enganada, o seu chefe também... — murmurei, dando uma piscadela.

O rosto dela ficou vermelho, e um sorriso aberto se abriu em seus lábios. Esta era a expressão de uma mulher apaixonada. Ela havia me contado o bastante para atiçar minha curiosidade, e pesquisá-lo no Google. Ele era o oposto de tudo o que Skylar alegava querer. Era dez anos mais velho,

MÁ SORTE

bonito, mas na média, e tinha a mesma altura que ela, uma característica que sempre havia sido crucial para não sair com os caras. Além de tudo, era do tipo artista sensível, e não havia nada de macho alfa nele, tanto em sua personalidade quanto fisionomia.

— Ah, quero saber os detalhes disso. — Amelia foi até o armário e pegou as taças e uma das garrafas de vinho que Lincoln dava a cada funcionário, como agradecimento, quando o bar dava bons lucros.

— Ah, sim, por favor. — Skylar assentiu em aprovação. — E quero saber tudo sobre os homens de Albuquerque. Dev tem se mantido com a boca fechada. O que me diz, Mel?

Amelia sorriu, maliciosamente.

— Tem um que estou empenhada em conquistar.

Já sabia o que viria a seguir; os sentimentos dela por ele não eram mais segredo para ninguém no bar. Eu ainda sentia como se tivesse levado um murro na barriga toda vez que ela falava daquele jeito sobre ele. Depois daquele intercâmbio no escritório de Lincoln, ele tinha desistido completamente de Mel. Mesmo quando seus esforços dobraram, fazendo-a ir ao bar a cada chance que tinha, e o paquerando arduamente, ele mal notava que ela estava lá. Uma parte minha se culpava por talvez estar impedindo a felicidade da minha irmã, por ter falado com ele, mas o restante se sentia aliviada.

— Ele é gostoso demais, e as coisas que quero fazer com ele... — Amelia parou, dando conta de que sua filha ainda estava na sala. — Mia, é hora de ir dormir.

— Nããão... Quero ficar com a titia Sky.

— Sinto muito, criança. — Apoiei as mãos em seus ombros para levá-la pelo corredor. Eu sei que o assunto acabaria descambando para a putaria logo mais.

Skylar se agachou e segurou as mãozinhas de Mia.

— O que acha de *eu* colocar você na cama?

— E ler uma historinha? — Pulou feliz.

— Uma curtinha, Feijãozinho. — Afastei seu cabelo do rosto.

Mia foi saltitando pelo corredor, levando Skylar com ela.

— Foi você que pediu... — Comecei a rir.

— Eu sei... tenho esse hábito. — Sacudiu as sobrancelhas com um significado duplo, e então sumiu no quarto com a minha sobrinha.

ﾊﾟ ﾊﾟ ﾊﾟ

Eu e minha amiga passamos os próximos dias jogando conversa fora, apreciando cada momento que tínhamos juntas. Enquanto eu trabalhava à noite, ela cuidava do assunto de negócios que a trouxe à cidade.

Ela era artista plástica, mas sua principal função estava voltada a todo o marketing e administração da pequena galeria onde trabalhava. Ela adorava fazer os dois, e encaixava perfeitamente em sua personalidade complexa. Sky era do tipo de pessoa que desabrochava quando era desafiada.

Era bom ver que estava feliz ao lado de Christophe, consigo mesma e com o trabalho. Fazia com que a invejasse um pouco. Se não estivesse tão cansada o tempo todo, me esforçaria para conquistar aquilo também. Para ser feliz.

Eu a mantive atualizada sobre o estado da minha mãe através de mensagens e e-mails, mas ela preferiu ouvir tudo outra vez, para me deixar chorar e desabafar, como sempre fez; para ser o ombro amigo onde podia me apoiar.

— Então... Mel me chamou para ir ao bar com ela hoje à noite. Disse que era por causa da minha última noite aqui, mas nós sabemos que é apenas por causa dela mesma. — Revirou os olhos. — Quem é este Lincoln de quem ela tanto fala?

— Ele é o meu chefe. — Meu olhar se desviou para a janela, meu corpo agora retesado no sofá.

Skylar dobrou as pernas por baixo do corpo, o cenho franzido. Inclinou a cabeça, me entendendo como só ela era capaz de fazer.

— Oh-oh... Você gosta dele também?

— O quê? Não. — Neguei veementemente com a cabeça. — De jeito nenhum.

Ela ficou quieta.

— O que foi? Ele é muito mais velho...

Uma sobrancelha se arqueou, como se dissesse: *Uh, alooou... Estou namorando um desse jeitinho.*

— Ele não faz o meu tipo. E é um idiota. Provavelmente passa a maioria dos seus dias tentando encontrar uma maneira de me demitir.

— Hum-hum...

— Skylar, pare de me olhar assim. Eu não gosto dele — exclamei. — Ele e Amelia combinam perfeitamente. É totalmente o tipo de homem que ela gosta.

— E ainda assim, meses depois, nada aconteceu. — Apoiou o cotovelo na parte de trás do sofá. — Sabe aquele filme *Ele não está tão a fim de você?* Sua irmã está precisando revisar algumas coisas. Está parecendo, para mim, que essa paixonite é unilateral.

— E daí?

MÁ SORTE

— Dev, você tem essa mania... Você é uma mulher forte, capaz e que se encarrega de tudo, mas se torna um capacho quando acha que poderá ferir os sentimentos de alguém ou atrapalhar em alguma coisa. Você simplesmente recua... se esconde. Sei que sua mãe toma uma parte enorme da sua vida, mas você se acomodou com isso, como se fosse sua *única* vida. — Ela tocou minha mão, gentilmente. — Você não consegue dizer não, especialmente para Amelia. Escolha a si mesma pelo menos uma vez. Se quer esse cara, vá atrás dele. Quem se importa com o que sua irmã irá dizer? Ele não gosta dela, e ela vai superar isso. Sério. Além do mais, vai fazer um bem para ela, pela primeira vez, deixar você brilhar.

— Eu não quero brilhar — bufei, assimilando suas palavras. — E não gosto do meu chefe. E ele, com certeza, também não gosta de mim.

— Talvez você esteja certa, mas não é esse o caso. Estou preparada para ver você assumir suas vontades pela primeira vez, especialmente com Amelia.

Era mais fácil dizer do que fazer. Minha irmã era como uma força da natureza, e eu não tinha energia suficiente para lutar contra ela.

— Não importa o que acontecer, vou ao bar esta noite para dar uma conferida neste famoso Lincoln Kessler. — Levantou-se do sofá, pegando seu copo vazio. — E só para irritar as garçonetes lá também. — Piscou, indo até a pia.

Não era a primeira vez que Skylar e eu conversávamos sobre aquilo, mas por alguma razão, dessa vez, suas palavras assentaram em meu peito, sinalizando com ênfase até que eu tomasse ciência da verdade.

CAPÍTULO 14

Nat acenou para mim no instante em que entrei, a cabeça se desviando para o final do corredor.

— O que houve, Nat?

— James está aqui outra vez — informou e inclinou-se para longe da passagem. — Tentei escutar, mas, merda, Lincoln deve ter transformado aquela sala à prova de som. Não dava para ouvir nem os murmúrios. — Irritação com aquele obstáculo dominou sua voz.

— Sua pequena bisbilhoteira — provoquei, brincando.

— No meu mundo, informação significa sobrevivência. Quando você se torna útil, vive mais tempo.

Uau. Tudo bem. Nossos mundos talvez *fossem* muito diferentes.

— Há quanto tempo eles estão lá dentro?

— James chegou há uns dez minutos. Ele estava... — Ela puxou a manga de sua blusa preta para cima. — Já vi aquela aparência muitas vezes quando estava com Carlos. Todos têm a mesma expressão... quando alguém está fingindo não estar loucamente fora de controle. — Olhou de relance para mim. — Algo, definitivamente, aconteceu. James deve ter se enfiado em apuros.

— E está tentando arrastar Lincoln para isso — acrescentei. Ela assentiu ante minhas palavras.

— James é um covarde. Seja lá onde se enfiou, quer alguém para limpar sua barra.

E quem melhor do que um irmão? Eu conhecia essa rotina. Quantas vezes ajudei Amelia quando ela havia se metido em problemas? Incontáveis vezes.

A porta da frente se abriu e Rick, um cliente regular, entrou e fez com que Nat voltasse para o balcão. Fiquei ali, imóvel, encarando a porta do escritório como se pudesse esturricar a barricada com o olhar.

MÁ SORTE

Tentando imaginar o que estava acontecendo ali dentro, pulei de susto quando a porta se abriu de supetão. A expressão de James estava retorcida com a raiva, o rosto coberto de suor. Lincoln seguia logo atrás, impassível.

— Vá se foder, irmão. — Ele chegou até o salão central, girando para encará-lo. — Jesus, você se tornou igualzinho a ele. Exatamente o mesmo. Ele ficaria orgulhoso.

Cada músculo do rosto, pescoço e braços de Lincoln se contraiu.

— Não sou nada como *ele*. — Sua voz soou áspera, fazendo um arrepio me percorrer.

— É mesmo? — James riu, com malícia. — Virando as costas para a família. Parece muito com ele.

— Nunca virei as costas para você, mas já chegou a hora de salvar a si mesmo, *James* — ressaltou o nome do irmão.

— Boa hora para me dar uma lição de vida, *Lincoln* — James foi até seu irmão, até que ficaram peito a peito. — É a última vez, prometo.

— Você diz isso toda vez. Já te falei que estou fora.

— Um telefonema... — James angulou a cabeça, zombando. — Basta só isso. E, *poof!* Tudo já era.

Foi bem sutil, mas a mandíbula de Lincoln se contraiu.

— Foi isso o que pensei. — Ele bateu no ombro do irmão. — Te vejo hoje à noite.

Passou por nós, soprando beijos para mim e Nat, e escancarou a porta de entrada.

Levou um instante até que viesse em nossa direção.

— Vamos ter um grupo celebrando um aniversário de vinte e um anos hoje. Quero todas as identidades confirmadas e as mãos carimbadas — salientou, os punhos ainda cerrados ao lado do corpo. — Serão só vocês duas, então ficarei aqui fora para ajudar. — Com isto, ele se virou e voltou para o escritório, deixando-nos boquiabertas.

James era como um tornado, toda vez que aparecia por aqui, devastava tudo ao redor, causando o caos; então desaparecia, porém, deixando a destruição em sua passagem.

Ele fazia minha irmã parecer uma brisa suave de primavera em comparação.

ӀӀ̶Ӏ̶Ӏ ӀӀ̶Ӏ̶Ӏ ӀӀ̶Ӏ̶Ӏ

A festa de aniversário acabou concentrada em apenas dez pessoas, que eram, na verdade, muito tranquilos para jovens dessa idade. Mesmo assim, entre eles e os clientes usuais do domingo, Lincoln estava detrás do balcão ajudando Nat a preparar as bebidas que eu servia nas mesas.

Às nove e meia a porta se abriu e minha irmã entrou saltitando, a atenção direcionada no homem atrás do bar. Desta vez, eu realmente notei sua boca se contorcendo levemente assim que a viu, como se soubesse que não conseguiria escapar para o escritório, especialmente quando ela tentou abraçá-lo.

— Uau... aquilo foi constrangedor. — Skylar se postou ao meu lado, colocando um braço sobre meus ombros. — Eu estava certíssima. Mesmo daqui, posso dizer que ele não está na dela de jeito nenhum.

Tentei conter o sorriso que teimava em curvar minha boca. Aquilo não deveria me deixar feliz.

— Preciso chegar mais perto, mas, porra, ele é bem gostoso. Antes de Christophe, ele, *definitivamente*, seria o meu tipo de cara. — Inclinou a cabeça contra a minha. — Então... com quem tenho que dormir para conseguir uma bebida?

Bufei uma risada.

— Bom, já que estamos compartilhando a cama pelas últimas três noites... — Choquei meu quadril contra o dela. Voltamos com tanta facilidade à nossa adolescência, como se estivéssemos passando a noite fofocando sobre os garotos que gostávamos, até que uma das mães gritasse para que ficássemos quietas. — E você está sendo obrigada a passar a noite com a Amelia. É mais do que justo que eu te dê pelo menos algumas bebidas.

— Você é *obrigada* a isso.

Levei-a até o final do balcão.

— Nat? Esta é a minha melhor amiga, Skylar. Tudo o que ela quiser, é por minha conta. Ela está na função de babá esta noite. — Indiquei minha irmã com a cabeça.

— Ah, cacete. As bebidas são por conta da casa. — Nat piscou, com um sorriso sagaz. Ela gostava da minha irmã, mas conseguia ver o que ela escondia. Ela mesma havia admitido que achava irritante o jeito como Amelia continuava assediando Lincoln. — É um prazer te conhecer, Skylar. Sei que vou gostar de qualquer amiga da Devon. — Acenou para uma banqueta vazia. — Margarita com um pouco de tequila para você?

— Aww... eu já te amo. — Skylar retribuiu o sorriso.

Ela foi preparar a bebida, quando minha amiga pisou na banqueta e parou de supetão, seu olhar do outro lado do bar.

— O que foi? — Segui seu olhar, confusa com sua reação ao vê-la concentrada em Lincoln. — Skylar?

Balançou a cabeça para mim.

MÁ SORTE

111

— Desculpa, eu só achei... que estivesse vendo coisas.

— O quê?

— Não tenho certeza... mas acho que ele me lembra alguém. — Indicou com o queixo, e meu estômago ardeu com a sensação estranha.

— Quem?

— Não sei. Não consigo me lembrar, mas tem algo de familiar nele. — Esfregou a cabeça e começou a rir. — Com certeza, preciso de um drinque. — Riu com mais vontade, sentando-se na banqueta. Assegurei-me de que ela estava bem, então voltei a atender minhas mesas, mas toda vez que olhava de volta para Skylar, ela estava encarando Lincoln, como fazemos quando tentamos nos lembrar da letra de uma música.

Eu sabia o que era aquilo. Era a mesma impressão que tinha quando estava ao redor de Lincoln Kessler. Que ela também achasse que o conhecia de algum lugar, só fez com que eu ficasse mais desconfiada, trazendo de volta todos aqueles alertas que havia abafado antes.

Agora, não podia deixar de sentir como se tivesse pisado, involuntariamente, em areia movediça.

~~卌 卌 卌~~

Por volta das onze e meia, Lincoln desapareceu.

— Ele sumiu — Nat disse quando me viu escaneando o corredor.

— Sumiu?

— Saiu. — Deu de ombros, dando-me um olhar afiado. A menos que tirasse o dia de folga, o que era raríssimo, ele nunca saía antes de nós.

James disse alguma coisa sobre esta noite. Será que ele tinha saído para encontrar o irmão? Inquietação tomou conta do meu corpo diante do crescente mistério a respeito de Lincoln.

Não muito tempo antes, Amelia e Skylar foram para casa. O motivo para minha irmã estar aqui tinha saído de fininho para a noite. Minha amiga tentou segurar o riso ao ouvir as desculpas esfarrapadas de Amelia sobre a razão de ele ter saído sem dizer nada para ela.

— Te vejo em casa. — Ela me abraçou, cambaleando um pouco. — Vou viajar amanhã cedinho, então vou direto para a cama. Cacete, essa Nat prepara bebidas fantásticas.

— Vocês vão de carona?

— Já chamamos o Uber, que está nos esperando ali fora. — Mandou um beijo para mim e saiu atrás da minha irmã para a noite fria.

Nat e eu fechamos o bar não muito tempo depois, então limpamos e desligamos todas as luzes do lugar.

— Dev, você pode deixar isso aqui no escritório? Deixe em cima da mesa do Lincoln. — Estendeu os relatórios do caixa antes de voltar para abastecer o freezer vazio.

— Claro. — Entrei no escritório e acendi a luz. Coloquei os recibos em sua mesa, olhando ao redor. Não tinha nada de diferente. A mesma sala neutra, sem nenhuma personalidade, mas que fazia com que a ansiedade não me deixasse em paz. A reação de Skylar em relação a ele continuava martelando algo lá no fundo da minha mente.

Espiando pelo corredor, vi que a equipe da cozinha e Nat não estavam em nenhum lugar à vista. Silenciosamente, fechei a porta e fiquei ali dentro, sozinha. O lugar podia até não ter nenhuma decoração, mas eu podia senti-lo em toda parte, saturando o ambiente.

Não conseguia deixar de pensar que Lincoln escondia alguma coisa. Algo que eu ainda não estava preparada para dizer em voz alta.

Não é ele, Dev. Aquele cara está na cadeia.

Fui até sua mesa, olhando ao redor mais uma vez antes de puxar a gaveta de cima. Meu coração totalmente acelerado.

Canetas, papéis e outras tralhas de escritório rolavam para todo lado na gaveta quase vazia. Nada de importante. Mudei para o armário, achando a garrafa de uísque pela metade, analgésicos e uma camisa reserva.

Sussurrei, frustrada. Eu sequer sabia o que estava procurando, mas a ausência de algo pessoal ou mais tangível tornava tudo muito suspeito.

Sendo filha de um policial, tentar desvendar um mistério ou encontrar pistas estava no meu sangue. Meu pai até mesmo havia comprado para mim uma série de livros da Nancy Drew, em uma feirinha, e eu me sentia o máximo quando detectava as pistas e descobria quem era o suspeito antes de acabar de ler.

Dedilhando por cima do armário de arquivos, encontrei apenas relatórios de vendas, comida, bebidas e outros documentos da empresa.

O burburinho de vozes vinha do lado de fora, me congelando no lugar e me deixando sem fôlego.

Era só um dos caras da cozinha.

Balançando a cabeça, dei mais uma olhada de relance ao redor. Alguns livros sobre serviços e preparos de bebidas estavam na prateleira, mas nada que se mostrasse interessante.

Lincoln era inteligente. Se estava tentando ocultar alguma coisa, não deixaria em um local evidente.

Pense, Dev. Onde mais alguém esconderia alguma coisa?

Abri a gaveta superior outra vez, puxando até o fim para ver se havia

MÁ SORTE

um fundo falso.

Nada. Era bem consistente.

Desabei em sua cadeira e suspirei. Eu estava sendo idiota, tentando encontrar algo que não devia estar aqui. Minha paranoia e necessidade de encaixar todas as peças estavam me afetando.

Levantei-me de um salto, querendo dar o fora dali, e minhas mãos se apoiaram na borda da mesa. Com um estalo magnético, o tampo de cerca de cinco centímetros de espessura se levantou, revelando uma gaveta rasa.

— Puta merda! — Adrenalina correu pelo meu sangue. Nunca havia visto uma mesa como aquela. Um compartimento secreto no próprio tampo. Muitos pensariam que era apenas madeira maciça, mas era, na verdade, oca, ocultando outra gaveta de aparência comum.

Tentando engolir o nó na garganta, conferi se o corredor estava vazio antes de voltar e levantar o compartimento secreto. Minha atenção recaiu em cima dos dois objetos que estavam ali dentro; um envelope estufado e branco, fechado, do tamanho de um livro, e o que se parecia com uma carteira de motorista.

Incomodada, peguei o documento e observei a foto, deparando-me com o rosto de Lincoln. Ele estava com o cabelo preto e arrepiado, e tinha uma barba curta e clara, mas, definitivamente, era ele. Reconheceria aquela mandíbula e o ar sério em qualquer lugar.

Um frio varreu meu estômago.

NOME: JAKE SMITH

CABELO: PRETO

OLHOS: VERDES

— Mas que merda é essa? — sussurrei, examinando cada detalhe para me certificar de que não estava enganada.

Não. Era Lincoln. Era a única coisa da qual eu tinha certeza. No entanto, Jake Smith, de olhos verdes e cabelos escuros me encarava. Cabelo a gente pode mudar, mas os olhos?

"Você usa lentes de contato?"

"Sim. Sou míope."

Aquele breve instante que compartilhamos em seu escritório, há quase um mês, voltou em um *flash* na minha memória. Ele havia sido curto e grosso. Estava na defensiva. E se aquelas lentes cobriam os olhos verdes?

Quem era Jake Smith, e o que Lincoln estava escondendo?

— Devon? — A voz de Nat ressoou perto da porta de entrada. — Onde você está?

114   STACEY MARIE BROWN

— Merda. — Joguei o documento ali dentro e fechei o tampo, o clique magnético indicando que agora estava no lugar; dei o fora do escritório, me esgueirando como um ladrão na calada da noite.

Meu sexto-sentido estava certo. Ele estava escondendo alguma coisa, e eu planejava descobrir o que era.

Eu descobriria quem Jake Smith ou Lincoln Kessler eram.

CAPÍTULO 15

HHT HHH HHL

Depois de uma despedida regada a lágrimas, Skylar foi embora e fiquei sozinha em casa, apenas com meus pensamentos persistentes. Segundas e terças eram meus dias de folga. Liguei o laptop que compartilhava com Amelia, e comecei a procurar pelas redes sociais de Jake Smith ou Lincoln Kessler. A quantidade de Jakes Smiths que existiam era astronômica. Levou o dia inteiro, e a manhã de terça para apurar os poucos candidatos, e todos eles levavam a lugar nenhum. Com o outro nome não foi diferente.

Seja lá quem eles fossem, se mantinham longe das redes sociais.

Incapaz de me segurar, fiz uma pesquisa no Google por Finn Montgomery. Apareceram muitos, mas nenhum deles era o cara que encontrei no restaurante da Sue. Não havia nenhuma matéria também sobre a prisão dele.

Frustrada, recostei-me na cadeira, esfregando a testa. O zumbido do meu celular em cima da mesa me assustou. Peguei e conferi o visor, vendo o número e o nome. Meu peito apertou, enchendo meus pulmões de pavor. Levei o celular até o ouvido, sentindo medo deslizar pela nuca.

— Alô?

— Oi, estou falando com Devon Thorpe?

— Sim. — Engoli em seco.

— A enfermeira Bethany me pediu para te ligar.

Por favor. Não...

— Sua mãe levou uma queda bem feia.

— Mas ela ainda está viva? — Quase esmaguei o telefone.

— Sim. Ela teve uma concussão leve e está com um corte feio na cabeça. Bethany achou que você deveria saber. Talvez pudesse vir vê-la. Ela acredita que ver um rosto amigável pode deixá-la mais tranquila.

— É claro. — Pulei da cadeira. — Já estou a caminho.

Desligando, peguei meu casaco e a bolsa e saí correndo até o carro.

Agora que o clima estava mais frio, o motor custava a ligar.

— Ah, não. Qual é?! Agora não! — Bati no volante, mas o carro não se compadeceu da minha emergência. — Caralho! — Fechei a porta com um baque e corri até a parada de ônibus.

Felizmente, a clínica não ficava tão distante, e cheguei lá em menos de vinte minutos.

— Oi. — Fui até o balcão da recepção, sem fôlego nenhum. — Estou aqui para ver Alyssa Thorpe.

— Devon! — Bethany acenou, do corredor. — Venha comigo.

Ela me levou pelo trajeto até o quarto da minha mãe.

Magra e debilitada, a cama parecia engolfá-la. Havia uma atadura grossa ao redor de sua cabeça, levemente ensanguentada. Suas pálpebras estavam fechadas, como se estivesse dormindo.

— Ela ficou bem assustada e desnorteada logo depois disso. — Bethany me incentivou a seguir adiante. — O som de sua voz pode ajudar. Ela parece ter um vínculo muito forte com você.

Meus sapatos deslizaram pelo piso lustroso, silenciosamente.

— Mãe? — sussurrei, segurando as barras laterais da cama que a impediam de cair. — Mamãe, a senhora está acordada?

Os cílios tremularam, e ela virou a cabeça para me olhar. Piscou algumas vezes, os lábios ressecados e rachados se abrindo.

— Devy?

Foi apenas um murmúrio bem baixinho, mas eu ouvi. Meu nome. Exalei um pranto de alívio, sentindo o aperto no meu coração. Há muito tempo ela não dizia meu nome.

— Sim, mãe. Estou aqui. — Segurei sua mão, como se estivesse me agarrando a um salva-vidas, um sorriso trêmulo em meu rosto.

Tremendo, ela levou minha mão até seus lábios, murmurando quase inaudivelmente:

— Eu te amo.

O mundo desapareceu, suas palavras preenchendo um buraco, uma ferida que nem mesmo percebi estar ali até que ela verbalizasse isso.

— Também te amo, mamãe. — Emoção ficou entalada na garganta, as lágrimas fazendo meus olhos arderem. Ela deitou a cabeça no travesseiro quando a exaustão a abateu. Segurando sua mão com firmeza, inclinei-me e beijei sua testa. — Muito.

Sentindo Bethany atrás de mim, enxuguei uma lágrima solitária e puxei o cobertor mais para cima, ao redor dos ombros esqueléticos. Em seguida, me virei.

— Desculpa. — Funguei, limpando o nariz.

— Ah, querida. Você não tem que se desculpar por nada. O que você

MÁ SORTE

tem passado... Você tem sido muito corajosa e forte — Bethany me acalmou. — Honestamente, fico impressionada com você. Uma garota da sua idade, enfrentando tudo isso. Alyssa tem muita sorte em ter você.

Esforçando-me para engolir, meu olhar aterrissou em minhas botas marrons.

— Odeio adicionar mais isso ao seu fardo. Mas nós precisamos, realmente, que você dê uma olhada naqueles documentos.

— Você não precisa de Amelia aqui também?

— Não. — Bethany sacudiu a cabeça. — Sua mãe passou a procuração para você a respeito de todas as coisas.

Eu já sabia desde antes que ela havia tomado todas as decisões. Mas parecia como se eu ainda tivesse o poder de deixá-la partir ou não.

Mais um tijolo que sobrecarregava meu corpo.

Dando um último beijo na minha mãe, segui Bethany pelo corredor. Minha assinatura era necessária apenas para solidificar a decisão que já estava tomada. E isso realmente colocava as coisas sob outra perspectiva. Minha Nancy Drew da missão recente parecia agora extremamente inconsequente.

Eu já não estava nem aí para quem Jake Smith ou Lincoln Kessler pudessem ser.

Nada era mais importante do que minha família.

$$\cancel{||||} \ \cancel{||||} \ \cancel{||||}$$

O ônibus até o trabalho se atrasou, e só depois percebi que havia saído do apartamento sem pegar minha regata preta e os sapatos confortáveis. Uma chuva fora da estação resolveu cair, me obrigando a correr do ponto de ônibus até o bar. Meu cabelo longo e rosto ficaram empapados.

Abri a porta, torcendo para que ninguém percebesse que eu estava trinta minutos atrasada.

O som das minhas botas encharcadas reverberou pelo piso de madeira, e estaquei em meus passos, fazendo com que as poucas pessoas que estavam ali erguessem a cabeça.

Porcaria.

Nat e eu sempre trabalhávamos juntas, com nossas escalas e dias de folga sincronizadas. Miguel trabalhava nos finais de semana, segundas e terças-feiras.

Mas não era nenhum dos dois que estava atrás do balcão.

— Você está atrasada. — Lincoln espalmou as mãos na bancada, me acolhendo com seu olhar fixo. — O que aconteceu com você?

Aproximando-me como um animal acuado, olhei ao redor, esperando ver Nat sair da cozinha ou do banheiro.

— Onde está a Nat?

— Ela ligou mais cedo. O filho está doente.

— Ah...

Seu rosto estava carrancudo quando os olhos vaguearam sobre mim.

— O que há de errado? Aconteceu alguma coisa?

Uma risada tensa escapuliu.

— Pareço assim tão ruim? — Mordi o lábio inferior. Meu coração ainda estava apertado pelo momento com Bethany. Minha assinatura firmada sobre a rocha. Era como se a vida da minha mãe estivesse em minhas mãos, e aquilo fosse um fardo pesado demais para carregar.

— Não, você está lin... — Interrompeu o que ia dizer, pigarreando. — Estou apenas curioso para saber por que chegou toda molhada e atrasada.

— Meu carro não quis funcionar, e levou mais tempo do que pensei da clínica até aqui — murmurei, abrindo o zíper do casaco e espirrando água para todo canto. — Ah, e esqueci minha camiseta.

— Clínica? Do que você está falando?

— Nada. — Retirei o casaco, meus pés se arrastando até os armários nos fundos. — Você tem uma camiseta extra ou um avental?

— Devon. Pare. — Ele saiu detrás do bar, chegando tão perto que tive que olhar para cima para ver seu rosto. — O que está acontecendo?

Fechei a cara, irritada.

— Por quê? Você não liga. Peço desculpas por ter me atrasado. Não vai mais se repetir, chefe.

— Você acha que não ligo? — Fez uma careta, inclinando-se para mais perto.

— Você vai me demitir? — exigi saber. Meus nervos ficavam à flor da pele quando eu começava a me descontrolar. Era a única maneira de tentar evitar me deitar em posição fetal e despedaçar.

— Não. — Ele me encarou, cerrando os lábios. Seu rico aroma masculino se infiltrando no meu nariz.

Droga, mesmo me sentindo um desastre, meu corpo ainda reagia ao dele. Ele usava seu jeans escuro e camiseta preta de sempre. E os preenchia sem precisar agir como os caras que compravam um número menor para parecerem fortes, como Miguel. Ele simplesmente era. Ombros largos, braços e mãos enormes. O jeans mal escondia suas coxas musculosas. Eu era uma garota alta, mas ele, ainda assim, pairava muito acima.

Recuando um passo da tentação, virei-me para ir em direção ao meu

MÁ SORTE

119

armário, precisando me afastar dele.

— Tem camisetas extras e aventais no armário de baixo — informou, a voz soando pelo corredor.

Fora de vista, bati a cabeça contra os armários, afundando-me contra eles. A última coisa que precisava era ter que trabalhar ao lado dele hoje à noite. Estar ao seu redor sempre dilacerava meus hormônios, e aquilo me aborrecia. Eu era excelente em ser razoável, lógica e organizada. Tinha que ser. Mas ele conseguia fazer com que eu quase perdesse o controle.

Trocando a camisa por uma regata, puxei o cabelo molhado e o prendi em um rabo de cavalo, voltando para o balcão e isolando minhas emoções como um robô.

O lugar parecia uma cidade fantasma comparado às quarta-feiras habituais. A chuva devia estar impedindo todo mundo de se aventurar na noite fria e úmida.

Tentei me manter ocupada, limpando tudo e ficando o mais longe possível de Lincoln. Fingi um sorriso para os clientes das poucas mesas que atendi, mas fiquei calada todas as vezes que ele tentava conversar comigo.

Às nove e meia, o pessoal da cozinha foi para casa, e só ficaram dois clientes frequentes no fim do balcão. Rick e seu colega, Kyle, que assistiam ao jogo que Lincoln sintonizou. Tínhamos apenas uma TV, e ele a mantinha desligada na maioria dos dias, sem querer que se tornasse um bar esportivo, embora ele ligasse quando havia jogos importantes.

— Ei.

Reabastecendo os guardanapos – já abastecidos –, perdida em meu mundo, senti o coração quase saltar pela boca quando a voz rouca chegou até mim. Levantei a cabeça e olhei para a parede da pequena área de espera.

Ele estava ali, com os braços sobre a bancada, o queixo apoiado nas mãos, e me encarando.

— Você quer ir para casa? Está bem tranquilo aqui.

— Não são nem dez horas — declarei. Estava na defensiva. Agora meu estômago retorceu somente em pensar em ficar longe dele. — Pode chegar mais gente. — *Decida-se*. Eu, propositalmente, fiquei longe dele a noite inteira, mas agora, quando tinha a oportunidade de realmente ir embora, queria ficar.

Ele me observou por alguns instantes, a área ao redor dos olhos se enrugando como se estivesse se decidindo a respeito de alguma coisa.

— Foda-se. — Deu a volta e foi até a porta da frente. — Vocês estão de boa? Querem ficar? — Indicou Rick e Kyle.

Ambos assentiram, bebendo suas cervejas, e voltaram a prestar atenção ao jogo.

— O que você está fazendo? — Segui atrás dele, observando-o virar a sinalização na porta, indicando que o bar estava fechado, e trancando logo depois.

— Estou fechando mais cedo. — Deixou as chaves penduradas na fechadura e voltou para o bar. — Me avisem quando quiserem ir embora, mas fiquem à vontade para ficar até dar o horário de fechar.

— Valeu, cara. — Rick ergueu sua cerveja, em agradecimento, e olhou de volta para a TV.

— Por que você está fechando mais cedo? — Ele queria tanto assim se livrar de mim?

— Porque sou o chefe e posso fazer isso. — Sorriu, sarcástico, e entrou por trás do balcão. — O que você vai querer?

— O quê? — Agarrei a barra metálica perto da bancada, ficando entre as banquetas e mais perto do bar.

— Para beber. — Um canto de sua boca se curvou em um sorriso, inundando minha pele com calor abrasador. — Parece que você teve um dia bem ruim. O meu também não foi grande coisa. Achei que poderíamos assistir ao jogo e encher a cara.

Um frio na barriga agitou meus nervos. Ficar bêbada com Lincoln era a ideia mais idiota que ele já teve, no entanto, mais uma vez, a lógica saiu pela janela. Eu parecia estar em um estado de espírito bem imbecil. Sorri, de leve, e me sentei em uma banqueta.

— Tequila.

— Você não brinca em serviço, hein? Vai direto ao ponto. — Seu sorriso ampliou. — Gosto disso.

Em vez de pegar as garrafas do estoque, ele estendeu a mão até a prateleira mais alta e pegou a *Gran Patron Platinum*, uma das melhores tequilas que existia. Ele derramou uma boa dose sobre os cubos de gelo e espremeu limão em cima.

— Esta é do tipo que você tem que saborear. É suave e gostosa. — Empurrou as bebidas pelo balcão para mim. Dando a volta, sentou-se na banqueta mais próxima, o joelho roçando minha coxa. Meu coração deu um salto de emoção.

Peguei o copo e tomei um gole. Não desceu queimando pela garganta, mas aqueceu as entranhas, e nem sequer senti falta do limão para amenizar o sabor.

— Essa é ótima. — Tossi, minha voz agora áspera.

— Eu não falei que era para saborear? — Ele riu, esfregando minhas costas, fazendo com que choques elétricos descessem pela coluna.

Porcaria. Por que você tinha que me tocar?, pensei, sentando-me direito. Minha força de vontade já estava rastejando lá no chão. Um toque e me senti como aquela garota, que era direta e ia atrás do que queria. A garota que fui

MÁ SORTE

naquele banheiro tantos anos atrás.

Terminamos nossas bebidas, assistindo ao jogo em silêncio. Ele serviu mais uma dose, meu corpo começando a se soltar e aquecer. O peso esmagador que estava sentindo há tanto tempo começou a aliviar e ficar mais leve, deixando-me respirar por um momento.

— Ah, não. Que merda — Lincoln gritou para a TV, tomando mais um gole.

Eu o observei de esguelha, tentando ver se dessa vez conseguiria reconhecer alguma coisa que poderia confirmar o que meu sexto-sentido já indicava. Mas minhas lembranças eram vagas, e já nem sabia mais se era de verdade ou algo que inventei com o tempo. Naquela ocasião, eu também estava bêbada.

Minha atenção se desviou para os lábios de Lincoln, quando ele lambeu o resquício de tequila. Eu quase nem ligava mais para quem ele era; queria sentir a boca desse homem em mim. Por todo o meu corpo.

Ele virou a cabeça, como se tivesse ouvido meus pensamentos, o olhar intenso me deixando presa onde estava.

— Então? — A língua dele umedeceu os lábios outra vez. — O que aconteceu hoje? Além daquela lata velha finalmente quebrar. Eu sei que foi mais do que o carro.

— Ei! Meu carro tem sido fiel a mim por um bom tempo.

— Fiel? — Começou a rir. — Parece que seu companheiro fiel acabou de morrer para você.

Retesei o corpo, as palavras me apunhalando com muito mais profundidade do que ele poderia pensar.

— Aí está. — Ele parou de brincar, a voz agora um tom rouco e baixo. — É disso que estou falando. Você é tão jovem, mas há tanta tristeza aí dentro.

Sua afirmativa embaralhou minha mente. Ele não deveria ser capaz de ver minhas camadas. Não me conhecia bem o suficiente, e eu era muito boa em fingir que tudo estava bem.

— Agora dá pra ver que você ficou na defensiva. — Sua mão envolveu meu pulso, e ele me girou para que pudesse encará-lo. — Não se preocupe, você disfarça isso muito bem.

— Então como você consegue ver isso? — Tudo o que podia sentir era o calor de seus dedos ao redor da minha pele.

— Você nota as mesmas características em outra pessoa, quando também é bom em erguer um muro à sua volta.

— E o que você está tentando manter afastado? — sussurrei.

Ele soltou minha mão e se inclinou para mais perto.

— Você.

— O quê? — Meu coração saltou uma batida.

Ele engoliu e franziu o cenho.

— Quer dizer, você primeiro.

— Você vai acabar se arrependendo por ter perguntado. — Girei a banqueta. Seu joelho agora pressionava meu quadril, mas nenhum dos dois se moveu. — A maioria das pessoas se arrepende.

— Experimente. — Seu hálito pareceu soprar diretamente por entre meus seios.

Eu não era de falar sobre a minha vida pessoal. Na minha cidade natal, nunca tivemos que fazer isso. A fofoca se espalhava por si só. Com ele, no entanto, eu era capaz de sentir sua própria dor se derramando pelos seus muros blindados.

— *Além* de o meu carro ter estragado... — Arqueei as costas para trás, tentando me afastar de sua proximidade. — Minha mãe foi diagnosticada com Mal de Alzheimer precoce há cinco anos. O início prematuro é uma forma rara e bastante agressiva da doença. Costuma ser hereditário. Ela está no estágio terminal... e hoje tive que conferir a documentação que determina que a deixarei morrer quando ela já não estiver apta a respirar por si só.

Aí está. Foi você que pediu...

Ele piscou algumas vezes.

— Puta merda, eu sinto muito. Não fazia ideia.

Era bom saber que Nat era uma confidente digna de confiança.

— Há mais de cinco anos? — Coçou a barba. — Quantos anos você tinha quando descobriu?

— Dezessete. — Tomei um gole da bebida, perseguindo a sensação de leveza. — Meu aniversário foi logo depois do feriado.

— Dezessete? Espera, seu aniversário foi na semana passada? — Ele franziu o cenho e balançou a cabeça, esfregando o rosto com uma mão. — Merda.

— Sim, por quê?

— Nada. — Riu com cinismo, e deslizou os dedos pelo cabelo casta-nho curto. — Você é tão nova para estar lidando com algo assim.

— Sim, eu sou, mas tragédias não vêm com restrição de idade.

Ainda sorrindo por conta de alguma piada interna que não saquei, seu olhar aterrissou de volta em mim. Ele balançou a cabeça, desvanecendo a estranha reação e murmurou:

— Agora é tarde demais.

— O que é tarde demais?

— Tudo — respondeu, evasivo, pisando no suporte da minha banque-ta. — Você não falou que era seu aniversário.

MÁ SORTE

— Não dou importância a isso. — Dei de ombros. — Nunca mais me liguei na data desde que meu pai morreu. Ele foi morto algumas semanas antes de eu completar dezesseis, daí, no ano seguinte, veio toda a história da minha mãe. — Aniversários eram um lembrete de que eu estava ficando velha, mas minha vida não saía do lugar. Estava emperrada. E, por me sentir culpada por estar presa, e sabendo que minha mãe não desejaria aquilo para mim, comecei a ignorar a data, obrigando Amelia e Skylar a fazerem o mesmo.

— Bem. — Ergueu o copo até o meu, sua cabeça a centímetros da minha. — Feliz aniversário atrasado.

— Obrigada. — Brindei nossos copos e tomei o resto em um gole. A sala girou de leve, o calor de seu corpo me seduzindo. Eu me sentia quente por todo o lugar.

— Você está corando, Devon. — Ele chegou mais perto, os olhos me percorrendo de cima a baixo, e parando na minha boca.

Minha postura espelhou a dele, meus olhos trilhando pelos lábios cheios, congelada pela urgência de traçá-los com a língua. O mundo ao nosso redor ficou borrado, o álcool nos encapsulando em uma bolha aquecida, sendo preenchida com desejo e luxúria.

— Deve ser culpa da tequila — sussurrei, rouca, sentindo-me impelida para ele como um ímã.

— Que pena. — Seu sorriso largo e enviesado de alguma forma sugerindo algo mais carnal.

— O quê?

— Tinha esperança de que fosse eu — murmurou, o olhar focado em meus lábios.

Puta merda. Ele havia acabado de admitir que estava atraído por mim? Que queria o mesmo que eu? Talvez eu não estivesse enlouquecendo ao pensar que havia algo entre nós.

Lincoln chegou mais perto, a apenas um centímetro de distância; tão perto que eu podia sentir o calor de sua boca. Eu ansiava por isso. Queria nada mais do que sentir seus lábios contra os meus. Consumindo-me por inteiro.

— Linc? — Rick o chamou. Lincoln ergueu a cabeça, cerrou a mandíbula e os lábios se fecharam. Devagar, ele olhou por cima do ombro. — Ei, cara, dá para trazer mais algumas cervejas? — Ele indicou os copos vazios, ainda olhando para a TV, alheio ao que interrompeu.

— Momento do caralho, babaca — resmungou tão baixo que nem saberia dizer se ouvi direito. Ele desceu da banqueta e pisou forte até o balcão, servindo mais cervejas para os clientes.

Passou a agir na defensiva, como um animal sempre pronto a combater um ataque. Seus ombros se curvaram para frente quando colocou as cervejas à frente dos caras. Agarrou a bancada, ainda de costas para mim, respirando fundo.

Eu podia ver a mudança acontecendo, mas meus olhos gananciosos se embriagaram com a visão de seus ombros largos, descendo pelas costas até chegarem ao traseiro firme. Caramba... Aquela bunda...

Ele esfregou a cabeça outra vez e então se virou; seu comportamento agora era outro.

Os muros estavam erguidos novamente, obstruindo a visão do homem que quase havia me beijado. O homem que sorriu, riu e flertou comigo, desligou a voz estrondosa que me deixou molhada entre as coxas. Agora ele estava vazio, demonstrando o talento nato em esconder suas emoções. Havia se transformado em pedra.

— Vou chamar um táxi para você. — O tom áspero apunhalou meu coração.

— Não, está tudo bem. Vou pegar um ônibus. — Deslizei da banqueta, rejeição e tristeza recolocando os pesos sobre meus ombros.

— Não, você não vai. — Pegou o celular e os olhos castanhos me perfuraram. Dessa vez, não havia nenhum calor por trás deles. — Não a esta hora da noite e com essa chuva.

Sem querer gastar energia brigando com ele, fui até a parte dos fundos e recolhi minha bolsa, vestindo meu casaco úmido. Saí dali para voltar ao salão principal e estaquei.

Lincoln estava recostado contra a parede do corredor escuro, sua figura ameaçadora delineada pela luz que incidia por trás dele.

Meu coração martelou contra as costelas, meus pés me levando até ele.

— Devon. — Sua voz rouca entoou meu nome, enviando arrepios pelo meu corpo, atraindo meu olhar para as profundezas castanhas.

Ele me encarou. Não se moveu ou falou qualquer coisa, mas seu olhar penetrante praticamente me incendiava. Todas as minhas palavras estavam presas por trás da língua, incapazes de escaparem dali. Por um segundo, pensei ter visto decepção e frustração deslizando por trás da fachada, mas não teria como saber.

Sua mão se levantou e eu congelei, observando-o com atenção. Seus dedos pincelaram por cima da minha clavícula, calorosos e sensuais, me deixando sem fôlego. Lentamente, ele seguiu o percurso do osso, ajeitou a gola do meu casaco, e em seguida, acariciou minha mandíbula, antes de afastar a mão e cruzar os braços sobre o peito.

Eu queira mais. Mais de suas mãos no meu corpo.

Um alerta zumbiu dentro de seu bolso.

— O táxi chegou. — A intensidade de seu olhar ainda vibrava, até

MÁ SORTE

mesmo em sua voz. — É melhor você ir.

O *não* estava na ponta da minha língua.

— Por favor — sussurrou, e então se afastou de mim, andando como se não tivesse nenhuma preocupação no mundo.

Respirando tremulamente, eu o segui. Ele destrancou a porta e a abriu, deixando o ar úmido e frio entrar. O táxi esperava do lado de fora, os limpadores de parabrisa a todo vapor.

— Boa noite, Devon. — Sua voz ressoou perto do meu ouvido, enviando arrepios em minha nuca.

— Boa noite. — Um toque de irritação se entrelaçou à minha despedida. Corri adiante e entrei no táxi, mas não consegui evitar olhar para ele assim que fechei a porta do carro.

Nossos olhares se conectaram. Algo ricocheteou entre nós, mas eu não conseguia decifrar o significado. Algo insondável e ainda em aberto.

Então ele fechou a porta, e me trancou de fora, outra vez.

A chuva escorria pela janela, as luzes das ruas brilhando através das gotas, me dilacerando. Eu era uma confusão de sentimentos e pensamentos, perdida no que não aconteceu e no que poderia ter acontecido.

Buzzzz.

Meu celular me retirou de minha própria sentença, uma parte minha esperançosa, desejando que fosse ele, me pedindo para voltar.

Encarei o número da minha irmã, e vi que havia mais de sete chamadas perdidas com intervalos curtos entre elas, todas de Amelia. Mais quatro de outro número desconhecido. Meus dedos tremeram pelo medo assim que atendi.

Quando pessoas diferentes tentam te contatar tantas vezes, em um pequeno espaço de tempo, só poderia indicar más notícias.

Mamãe.

— Amelia?

— Ai, meu Deus, Devon! Estava tentando te ligar! Por que não atendeu seu telefone?

— Estava no trabalho. — Na verdade, estava bem ocupada tentando trocar uns amassos com o meu chefe, que tem duas identidades, e de quem eu deveria ficar bem longe. — O que aconteceu? — Minha língua parecia estar inchada, duelando para deixar o ar entrar ou sair. — É a mamãe?

— Não. — A voz vacilou com pesar e lágrimas abundantes. — Ai, meu Deus, Devy...

— Mia? O que foi, Amelia? Diga logo! — Cravei as unhas no celular.

— É o tio Gavin... Ele levou um tiro.

O universo do lado de fora do táxi se encolheu para o tamanho de uma pera. Nada mais existia, a não ser o grito agudo que soava dentro do meu peito.

Não. Não. De novo, não.

Todos os detalhes da morte do meu pai passaram pela minha cabeça. A ligação, minha mãe desmaiando no chão, a dor surreal me consumindo quando peguei o telefone de sua mão e ouvi a informação por conta própria.

— Amelia… — Minha voz estava sufocada.

— Ele está em estado crítico. Mas ainda está vivo. É tudo o que eu sei. A assistente dele me ligou e disse que não tinha conseguido falar com você — ela me repreendeu. — Não sei o que fazer, Devy. Não posso... não posso passar por isso de novo. Mia não quer voltar a dormir e não para de chorar. Ela sabe que tem alguma coisa errada. — Amelia falou somente um pouco mais alto que um sussurro: — Não podemos perdê-lo.

Não, não podemos. Tio Gavin era tudo o que nos restava. A vida estava fazendo um jogo doentio de Roleta Russa conosco.

— Chego em casa em alguns minutos.

— Tá bom. — Fungou, a tensão em sua voz aliviando porque ela sabia que eu tomaria conta de tudo. Seja lá o que estivesse adiante, eu tomaria a frente.

Como sempre fiz.

MÁ SORTE

CAPÍTULO 16

HHT HHH HHH

— Quando você volta? — Amelia parou perto da minha cama, observando-me fazer a mala.

— Não sei. — Estava enfiando as roupas ali dentro, sem me importar se uma combinaria com a outra ou não. Não tinha dormido, passando a maior parte da noite ao telefone com o pessoal do hospital ou com a assistente dele, Lucy Vasquez.

Ela havia passado a noite lá, mas sabia pouca coisa sobre seu estado. Lucy frequentou a academia de polícia com meu tio. Chegaram a ser parceiros por um tempo, mas a ex-esposa dele, Lisa, não gostava que trabalhasse com uma mulher; provavelmente, por ciúmes. Ambos trocaram de parceiros até que meu tio se tornou capitão.

Sempre gostei de Lucy. Ela era inteligente e solidária, e me recordava muito o meu pai. Sempre via os dois lados da situação e avaliava de vários ângulos, considerando que Gavin usava as mesmas regras para todos, independente das circunstâncias.

— Você sabe que eu adoraria ir com você... — Sentou-se no colchão, em cima de uma pilha de camisetas.

— Eu sei.

Era mentira. Amelia estava aliviada por não ter que ir. *"Não posso deixar o trabalho e tirar Mia da escola"*. Como se eu pudesse abandonar o trabalho. Ela não estava errada; é só que eu sabia, que mesmo se não houvesse aqueles empecilhos, ainda assim, ela encontraria um motivo para não ir. Ela não era boa em enfrentar crises.

A única coisa que a fiz me prometer é que visitaria a mamãe. Queria reter o momento em que ela se lembrou de mim, mesmo que soubesse que era o mesmo que tentar segurar um punhado de água em minhas mãos. Tomara que os rostos familiares de Amelia e Mia a mantivessem presa ainda a este mundo, até eu voltar.

— E o seu trabalho? — Amelia dobrou uma das minhas camisetas e a colocou na mala. Ainda era muito cedo. O ônibus até nossa cidade levaria horas para chegar ao destino, e eu queria estar no hospital o mais rápido possível.

Por volta de três da manhã é que conseguimos colocar Mia para dormir outra vez, já exausta, mas Amelia e eu não havíamos descansado.

Lucy disse que eles tinham ido a uma operação de apreensão de drogas nas colinas. Uma importante área de metanfetamina. Os traficantes não estavam dispostos a deixar a mina de ouro deles sem uma verdadeira batalha. Tio Gavin viu um deles se esgueirando, prestes a atirar em Lucy. Ele a empurrou para fora do caminho, colocando-se na frente.

Havia sido baleado no pescoço, bem acima do colete à prova de balas, e muito perto da artéria. A policial não havia deixado o hospital desde o momento em que ele foi admitido.

— Ainda não liguei. Está muito cedo. — Estava aliviada por não ter pegado o número do celular de Lincoln, e não queria acordar Nat naquele horário. Sabia que estava sendo covarde. Mas eu só não queria ligar.

A ansiedade pela perspectiva de perder meu emprego era grande, e não estava preparada para mais uma notícia ruim; no entanto, precisava estar ao lado de tio Gavin. Nós éramos sua única família. Ele também não tinha mais ninguém. E a família vinha sempre em primeiro lugar. O resto eu podia tentar resolver mais tarde.

— Lincoln não vai despedir você, não é?

— Ele quis fazer isso desde o início. — Fechei o zíper da mala e saí do quarto.

— Você quer que eu fale com ele? — Ela me seguiu. — É o mínimo que posso fazer.

Apertei o agarre na alça. Ela agia como se tivesse qualquer influência sobre ele, como se pudesse bater as pestanas e ele concordaria com tudo. Quando, na verdade, era apenas uma desculpa esfarrapada para ir vê-lo.

— Você é tão altruísta, maninha — debochei. — Vou ligar em breve e explicar o que aconteceu — falei e fui em direção ao armário do corredor para pegar meu casaco. Um pedaço ainda estava úmido, me fazendo recordar da noite anterior. A sensação de seus lábios tão próximos aos meus. Minha mente concluía aquele pensamento, como se não tivéssemos sido interrompidos. Mas aquilo só me deixava mais frustrada ainda, rangendo os dentes. Eu não queria imaginar. Queria saber como era.

Sabiamente, Amelia ficou calada pela primeira vez.

— Diga a Mia que a amo e estarei de volta em breve. — Abotoei o casaco. — E, por favor, vá visitar a mamãe. Ela precisa ver você e a Mia. Isso vai ajudá-la.

MÁ SORTE
129

— Eu prometo. — Ela mordeu o lábio inferior, os olhos se enchendo de tristeza. — Por favor, me ligue assim que souber de qualquer coisa. Eu te amo muito, Devy. — Envolveu meu corpo em um abraço apertado. Retribuí o gesto, tentando afastar todas as emoções negativas. Ela me deixava louca, mas eu a amava mais do que tudo.

— É melhor eu ir. O ônibus vai partir em breve. — Eu não confiava no meu carro nem para dar início na viagem, quanto mais para me trazer todo o caminho de volta para casa. O ônibus era minha única opção.

Para me sentir melhor, dei um chute no meu carro enquanto seguia em direção à parada, onde pegaria uma baldeação para o terminal rodoviário.

Aquele seria um longo dia.

卌 卌 卌

Seis horas depois, estava sentada na sala de espera ao lado de Lucy, ansiosa para saber alguma notícia através dos médicos. A última que soube era que a cirurgia havia transcorrido bem, mas ainda precisaríamos esperar que meu tio acordasse.

Toda vez que as portas se abriam, ela e eu erguíamos a cabeça, esperançosas, apenas para ficarmos cabisbaixas quando passavam por nós.

— Está evitando algum telefonema? — Ela indicou o celular no meu colo. Pela última hora, o número do meu serviço ficou apenas à espera para que eu pressionasse o botão.

— Sim. — Suspirei. — Não avisei no trabalho que estava vindo pra cá. Acho que não será uma ligação agradável.

— Arranque logo o Band-Aid de uma vez. — Sorriu com simpatia. — Melhor acabar logo do que ficar com isso rondando sua cabeça.

Assenti, me levantando.

— Estarei ali fora. Você me chama se alguém aparecer para dar notícias?

— Sim. Pode deixar. — Com os cotovelos apoiados nas coxas, ainda usando o uniforme ensanguentado, Lucy inclinou a cabeça, como se estivesse exausta. A trança quase desfeita sobre um ombro. Eu a achava muito parecida com a atriz Michelle Rodriguez. Bonita, forte, sem papo-furado e capaz de chutar a bunda de qualquer pessoa num piscar de olhos.

Assim que saí do hospital, senti o frio um pouco mais intenso do que quando cheguei, então apertei mais o casaco sobre o corpo. Suspirando profundamente, pressionei a tecla de discagem.

A essa altura, Nat já deveria estar no bar ajeitando as coisas. Mas e se o filho dela ainda estivesse doente? E se...

— Alô? — Uma voz profunda atendeu.

Merda.

— Oi, Lincoln. — Quase gaguejei. — Sou eu... — *Já estávamos com essa intimidade toda?* Será que ele reconheceria a minha voz? Será que não estava sendo convencida? — Devon... Devon Thorpe.

— Sim, sei quem você é, Devon. — Sua voz vibrou com um pouco de divertimento, e minhas bochechas esquentaram de vergonha.

— Claro que sabe. — Estapeei minha testa. Talvez fosse exatamente por isso que eu não arranjava um namorado. — Escuta, eu...

— Você está me deixando? — interrompeu, o tom agora irritado. — Por causa da noite passada?

— Não. — Neguei veementemente com a cabeça, embora ele não pudesse me ver.

— Olha, mais uma vez, se eu tiver ultrapassado um limite — cortou, ignorando minha resposta —, foi um erro. Não vai se repetir. Você tem minha palavra.

Meu sangue esquentou com a raiva súbita. Rejeição. Mágoa. Eu quis que ele me beijasse. E muito. E agora ele estava agindo como se nosso beijo inexistente fosse o pior crime que já cometeu na vida.

— Sabe de uma coisa, Lincoln? — disparei, irritada. — Nem tudo gira ao seu redor. Tenho coisas muito maiores rolando na minha vida nesse exato momento para ficar toda incomodada com algo que *nem aconteceu.*

Meu desabafo o silenciou, então continuei:

— Estou ligando porque meu tio foi baleado ontem à noite. Ele está na UTI.

Ouvi quando praguejou baixinho.

— Vim de ônibus hoje de manhã, então, só queria avisar que não poderei trabalhar hoje... e provavelmente no restante da semana — informei, o medo que sentia pela vida do meu tio se transformando em raiva. E, pela primeira vez, não estava nem aí se estava descarregando no meu chefe ou se deveria acalmar meus nervos. Estava cansada de sempre ser agradável.

— Tudo bem para você? Se você estava procurando uma desculpa para me despedir, a hora é agora. Finalmente conseguiu. Mas, para sua informação, não liguei para pedir demissão.

— Devon... — Dava para ouvi-lo coçando a cabeça. — E-eu sinto muito. Ele está bem?

Como se sua voz fosse um alfinete estourando a bolha de ódio que se alojara em meu peito, curvei os ombros, derrotada.

— Não sabemos ainda.

MÁ SORTE

— Ele foi ferido em serviço?

— Sim. — Ergui a cabeça rapidamente, franzindo o cenho. — Espera, como sabia que ele é policial? — Eu nunca havia comentado nada sobre a minha família com ele, a não ser a história da minha mãe. E só fiz isso ontem à noite.

— Humm... acho que ouvi Nat falando sobre isso.

Nat não era de fofocar, não havia contado absolutamente nada do que sabia sobre mim, mas ela pode ter mencionado o fato. Não teria como ele saber de outra forma.

— Você está bem? Precisa de alguma coisa? — Seu tom de voz se aprofundou. — Deveria ter me ligado. Eu teria emprestado meu carro para você.

— O quê? — Sua gentileza me fez vacilar. Ele foi a primeira pessoa que perguntou se *eu* estava bem. — Você teria me emprestado seu carro?

— Seu tio está no hospital, e você teve que fazer uma viagem de quantas horas a mais para chegar? Quatro? Se não estivesse quebrando minha palavra e ultrapassando um limite, eu mesmo teria te levado até aí.

Apesar da tristeza, um sorriso se plantou no meu rosto e senti um frio gostoso no estômago.

— Eu teria adorado isso. — As palavras saltaram da minha boca, sem que meu cérebro as tivesse filtrado.

— Porra — ele sussurrou com a voz rouca. — Você é um grande problema para mim.

— Eu? — bufei. Ele era a definição da palavra problema. Vi sua outra identidade. Sabia que estava envolvido em alguma coisa obscura, mas, ainda assim, não conseguia parar de pensar nele.

— Sim. Você — rosnou, me deixando mais excitada ainda. — Você não faz ideia de como preciso ficar longe de você.

— E você vai?

— O quê?

— Ficar longe de mim?

Ele não respondeu, mas eu era capaz de ouvir o som de sua respiração do outro lado. Mais alguns segundos se passaram, e meu coração começou a palpitar com intensidade.

— Lincoln?

— Quanto tempo você vai precisar ficar afastada?

— Ah, humm... — Surpresa com a mudança de assunto, tive que abafar a tristeza por conta de sua evasiva. — Não sei.

— Ficaremos tumultuados na época do feriado, e o bar já tem algumas festas agendadas para esses dias.

Fechei os olhos com força.

— Vou entender se precisar contratar outra pessoa.

— É bem capaz que tenhamos que fazer isso. Julie não daria conta antes de surtar. Você sabe disso.

Assenti, mesmo que ele não pudesse me ver.

— Eu entendo.

— Tenho que ir... — Ele ficou calado outra vez, antes de suspirar audivelmente. — Seu emprego estará à sua espera, quando voltar.

Ele encerrou a ligação antes que eu pudesse responder alguma coisa. Encarei meu celular, sentindo-me confusa com tudo.

— Devon? — alguém chamou logo atrás de mim. — Os médicos estão de volta.

Entrei no hospital, esquecendo meus próprios dramas pessoais, e segui Lucy até a sala de espera.

A situação com tio Gavin desfez toda e qualquer preocupação externa ao aqui e agora. Até mesmo Lincoln desapareceu ante a vida do meu tio.

Ou morte.

$$\cancel{||||} \; \cancel{||||} \; \cancel{||||}$$

Os alertas sonoros dos monitores ecoaram pelo quarto, mesclando-se ao ruído das máquinas. Tubos intravenosos e mais outros se estendiam sobre ele, prendendo-se a seus braços e nariz. Foi como se eu tivesse voltado no tempo, em uma situação horrivelmente parecida. A similaridade quase me fez sufocar, fazendo-me lutar para respirar.

Eu havia sido a última pessoa a ver meu pai com vida. Mamãe estava perturbada demais e minha irmã se recusou a vê-lo.

Jason Thorpe foi induzido ao coma por algumas horas até que a morte o reivindicou. Foi tempo suficiente para que o tivesse visto atracado a todas as máquinas, inconsciente. Olhando para a concha que abrigava aquele homem a quem eu tanto admirava. Dez minutos depois de dizer meu adeus, ele faleceu, como se estivesse apenas esperando por mim para poder partir.

Agora seu irmão mais novo estava deitado em um leito parecido, a apenas algumas portas de distância de onde meu pai estava quando morreu.

Dei um passo mais perto, tocando o cobertor sobre suas pernas. Sonolento, suas pálpebras tremularam até que finalmente se abriram o suficiente para me ver.

— Devy — disse com a voz áspera, tropeçando na única palavra.

O alívio que senti ao ouvir o som de sua voz encheu meus olhos de

MÁ SORTE

lágrimas. Recostei a testa ao seu peito, soluçando. A mão trêmula tocou minha cabeça. Ele me permitiu chorar, suavemente acariciando meu cabelo, meu ouvido detectando seus batimentos. Ele estava vivo. Era tudo o que eu podia pedir naquele instante.

— Não assuste a gente assim outra vez. — As lágrimas cessaram, e levantei a cabeça, encarando seus olhos escuros. — Por favor. Você é tudo o que nos resta. — Era horrível não contar com minha mãe naquela equação, mas era a realidade que vivíamos. Infelizmente, ela não faria parte de nossas vidas em pouco tempo.

Ele esfregou minha mão, entendendo o que quis dizer.

— Srta. Thorpe? — uma voz masculina soou logo atrás de mim, fazendo-me afastar do meu tio. Limpei as lágrimas e encarei o homem mais velho de cabelo escuro, vestido em um jaleco branco; as mãos dele seguravam com firmeza uma prancheta. — Sou o Dr. Grant. — Vagamente me lembrei de quem ele era; o pai de um aluno que estudava na mesma escola que eu, algumas séries mais abaixo. Acho que já até deveria ter se formado. — Como está se sentindo, Sr. Thorpe? — perguntou ao meu tio, postando-se ao lado da cama, indiferente e direto ao ponto.

Gavin grunhiu quando se mexeu.

— Você teve muita sorte. A boa notícia é que a bala não atingiu suas cordas vocais. A ruim é que a área lesionada ainda se encontra bastante prejudicada e inflamada. Sua recuperação será completa, mas o processo de cura não será assim tão fácil. Você será meu hóspede por um tempo. Temos que monitorá-lo de perto.

O corpo de tio Gavin se agitou quando o médico mencionou o lento processo de recuperação que teria pela frente. Ele não era o tipo de pessoa paciente e odiava quando pegava um simples resfriado. Se pudesse, levantaria naquela mesma hora e ignoraria a recomendação médica.

Dr. Grant averiguou seus sinais vitais, mandando meu tio descansar, mas assim que o médico saiu do quarto, ele afastou o cobertor para se levantar.

— Ah, não, senhor! — Bati em sua mão, cobrindo-o outra vez.

No mesmo instante, ele me encarou.

— Desculpa. Que azar... — retruquei seu sentimento implícito. — Vou ficar por aqui, só para me certificar de que o senhor se cure direitinho.

Ele balançou a cabeça, entrecerrando os olhos.

— Mãe. Trabalho — tentou dizer.

Acenei com a cabeça.

— Amelia vai ficar por conta da mamãe, e peguei alguns dias de folga no trabalho.

Abriu os lábios como se fosse falar alguma outra coisa.

— Pode parar. A família é mais importante. *Você* é mais importante. Nem invente de brigar comigo por conta disso. Você sabe como as mulheres Thorpe podem ser teimosas.

Revirou os olhos, grunhindo, como se estivesse dizendo: *nem me diga*.

— Tem outra mulher que parece ser mais teimosa ainda e não saiu daqui de jeito nenhum. — Indiquei a porta com o queixo. — Eles não deixaram a Lucy entrar por não ser da família, mas quero que saiba que ela não arredou o pé daqui nem para trocar de roupa. — Pisquei. — Eu sempre gostei dela. Por que vocês nunca tiveram um lance?

Ele estreitou o olhar, os lábios fechados firmemente antes que fechasse os olhos.

— Tudo bem, pode fingir que precisa descansar, mas não vai escapar dessa conversa — provoquei.

Abriu um olho para mim, e depois o fechou outra vez.

Parei ao lado por um segundo e beijei sua testa.

— Estarei aqui quando acordar.

Assentiu devagar, o corpo amolecendo, e adormeceu em seguida.

Sentei-me na cadeira que ficava bem ao lado da cama, e nem bem muito tempo depois, fiz o mesmo, resvalando em um sono profundo.

MÁ SORTE

CAPÍTULO 17

HHI HHI HHI

— Não estou brincando, Dev — tio Gavin rosnou, irritado, assim que se sentou na cama hospitalar. O sol da manhã atingiu seu rosto contorcido em uma careta. Uma mala pequena estava bem ao lado.

— Eu sei que você não está brincando. — Enfiei os chinelos abaixo de seus pés. — Pergunte se estou ligando.

— Devon, você já está aqui há três semanas. E o seu emprego? Sua mãe? — Calçou na mesma hora.

Mamãe estava o tempo todo na minha cabeça. Ligava para a clínica pelo menos duas vezes por dia. Bethany me garantiu que o estado dela ainda era o mesmo. Se houvesse acontecido alguma coisa, eu já teria ido para casa.

— Não vou deixar você. — Parei com as mãos nos quadris. Quando o tiraram da UTI, ele foi encaminhado para este quarto, onde passei a maior parte do tempo. — Você vai receber alta hoje, mas não quero que fique em casa sozinho ainda.

— Por quê? Já sou um homem bem crescido.

— Que foi baleado e quase morreu. Deixe de ser teimoso.

— Eu, teimoso? — bufou. — Achei que Amelia tinha puxado sua mãe, mas estava errado. Você é mil vezes mais teimosa que sua irmã.

— Só quando estou certa.

Ele inclinou a cabeça para trás e encarou o teto, rangendo os dentes. Respirou profundamente antes de me olhar com toda a calma do mundo.

— Já está na hora, Devon. Não me leve a mal, sou grato por cada minuto que passou aqui comigo. Acho que não teria me recuperado tão bem sem você.

— Humm, não sei... Acho que a Lucy poderia ter assumido o meu lugar — caçoei.

— Deixe de história.

— Que história? — Comecei a rir. — Ela veio aqui todos os dias. Eu vi vocês dois juntos... Nunca te vi sorrindo daquele jeito. Nunca!

— Ela é minha antiga parceira. Temos um passado. Só isso.

Gemi, olhando ao redor.

— Você é muito cego.

— Existem regras. Nem sequer vou pensar nisso.

— Fodam-se as regras. — Abri os braços. — Você quase morreu, tio Gav. Deveria jogar todas as besteiras pela janela. Não perca uma coisa só porque está com medo.

Ele me observou.

— Por que estou achando que você deveria ouvir seu próprio conselho?

— Do que você está falando?

— Você tem noção de que eu estava nessa cama por semanas, ferido, não surdo, certo? Ouvi algumas de suas conversas com Skylar.

Porcaria. Tinha contado a ela tudo o que havia acontecido entre mim e Lincoln, o que a deixou mais do que empolgada. Mas a falta de contato dele fez com que eu chegasse à conclusão extrema de que... eu era uma boba. Então me joguei na tarefa de cuidar de tio Gavin, mantendo meus pensamentos apenas naquilo que importava. Eu era muito boa nisso, e me obriguei a não pensar mais em Lincoln.

Skylar, é óbvio, achava que eu estava errada. Inclusive, me acusou de estar tomando o caminho mais fácil e seguro. Fechando a porta antes mesmo de tê-la aberto.

— Estou achando que você está me usando como pretexto, agora, para *não* ir para casa.

Cruzando os braços, desviei o olhar para outro canto.

— Devon. — Ele segurou minhas mãos, me puxando para perto e me obrigando a olhar para ele. — Eu te amo muito. Se algo acontecesse a você, não consigo nem imaginar o que eu faria. Entendo essa sua devoção intensa à família. Pode acreditar em mim quando digo que nunca vou me esquecer de que vocês, garotas, são tudo o que tenho no mundo. Mas não quero que pare sua vida por minha causa. Já estou fora de perigo. Ainda preciso me recuperar completamente, mas, acredite ou não, sou capaz de me alimentar sozinho e lavar minha própria roupa. E colocar meus chinelos.

Eu ri, sem entusiasmo algum. Ele estava certo. De início, fiquei porque ele precisava de mim, e depois não fui embora, porque eu precisava dele e desta bolha segura. Era bom estar à volta de alguém que estava melhorando a cada dia, ao invés de piorar como minha mãe.

Aqui eu podia me esconder das responsabilidades que tinha em casa. E *dele*.

Falei com Nat algumas vezes. Eles acabaram contratando o irmão mais novo de Miguel, mas ela disse que ele era terrível, e Lincoln o despediu duas semanas depois.

MÁ SORTE

137

Amelia me garantiu que o estado de mamãe não havia mudado, e que a visitava três vezes por semana. Aceitei sua mentira, sem querer discutir por conta do assunto. Ela parecia ter esquecido que Bethany e eu conversárvamos regularmente. Ela esteve na clínica apenas quatro vezes, em três semanas.

— Vá para casa e passe os feriados com Mia e sua irmã. — Soltou minhas mãos. — Tudo o que vou fazer é dormir e assistir programas sobre carros.

— Argh... — recuei. — Você está realmente tentando se livrar de mim.

— Eu gostaria que você ficasse para sempre, mas esta agora não é a sua casa. Você merece muito mais do que isso, e não quero que fique presa aqui só porque se acomodou. Você não é assim.

— Está sendo bem filosófico hoje.

— Coloque a culpa no fato de eu quase ter morrido. — Ele riu. — Quero mais para você.

— E o que me diz então de eu deixar tudo pronto para vo...

— Oi? — Uma batida interrompeu o que eu ia dizer. Lucy enfiou a cabeça pela fresta da porta. — Vou dar uma olhada se os documentos da sua alta já estão prontos. — Apontou em direção ao balcão da enfermaria.

— Obrigado, Vasquez — meu tio a cumprimentou com formalidade, mas havia uma nota suave em seu tom de voz.

— Sem problema. Aposto que está todo feliz por ir para casa. Volto em um minuto. — Ela sorriu e saiu do quarto.

— Agora entendi por que está querendo se livrar de mim...

— Cale a boca — resmungou, mas algo cintilou em seus olhos.

— Vou propor um acordo. — Cruzei os braços e dei um sorrisinho. — Vou para casa *depois* que te ajeitar em casa... *se* você me prometer que vai abrir sua mente. Ignorar as regras e pensar na possibilidade de um lance com a Lucy.

— Devon...

— Estamos com medinho aqui? — zombei.

— Saco, você é realmente filha da sua mãe.

— Isso é um sim?

Ele me encarou com irritação.

Com certeza não era um *não*.

HH HHH HH

A cozinha da nossa antiga casa havia sido remodelada. Os móveis de tio Gavin preenchiam o espaço, especialmente a imensa TV de tela plana;

fora isso, o lugar parecia o mesmo. E realmente parecia bem diferente, já que outra pessoa vivia aqui.

Apesar de o incêndio não ter destruído a casa, de certo modo, queimou todas as amarras que eu sentia em relação a isso. Costumava me apegar a este lugar por causa das memórias que guardava do meu pai, da vida que tínhamos antes. No entanto, agora já não sentia absolutamente nada enquanto estava aqui. Meu pai sempre estaria comigo, não importava onde estivesse.

Lucy e eu ajudamos tio Gavin a se acomodar no sofá, e para nossa surpresa, ele não relutou quanto a isso.

A força do hábito fez com que eu me encaminhasse para a cozinha para fazer um chá para todos nós, mas meu olhar caiu diretamente em cima de um arquivo em cima da mesa, com uma foto em preto e branco em cima.

Arregalei os olhos, e o pulso no meu pescoço começou a latejar quando a adrenalina correu pelas minhas veias.

Da bancada, o rosto de Finn Montgomery me encarava. Uma manchete me deixou surpresa.

Procurado: foragido da prisão

Finn Montgomery, suspeito de diversos crimes, foi dado como foragido da penitenciária onde estava sendo mantido preso

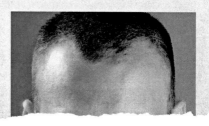

O chão pareceu desaparecer logo abaixo dos meus pés. Senti um calor imediato na nuca, suor escorrendo pelas costas. *Não. Não pode ser.* Consegui caminhar até a mesa, estendendo os dedos para tocar o papel, como se quisesse me assegurar de que era de verdade.

Era a foto do registro policial no dia em que foi preso. A mesma boca que beijei. A mesma camiseta que amarrotei em seu corpo.

Lucy entrou na cozinha e ficou tensa, sua atenção se movendo para o arquivo.

— Ele não queria que você soubesse. — Chegou mais perto e o retirou da minha mão, guardando na pasta.

— Não queria que eu soubesse o quê? — Tentei inspirar e expirar pelo nariz, mal conseguindo engolir.

Ela olhou por cima do meu ombro, conferindo a silhueta adormecida do meu tio no sofá.

— Argumentei com ele, dizendo que você tinha o direito de saber, mas ele é seu tio e o meu capitão.

— Me conte agora, Lucy. — A delegacia inteira soube que eu estava no restaurante, mas ninguém sequer desconfiava de quão profundo meu contato com Finn havia sido. Minhas mentiras me resguardaram de ter que ficar frente a frente com ele. E acho que acabei ajudando a condená-lo com um simples aceno de cabeça.

— Finn Montgomery fugiu da cadeia cerca de nove meses atrás.

— O quê? — Fiquei boquiaberta. — Nove meses? E você só está me dizendo isso agora?

— Ele não queria que você se preocupasse à toa. E a essa altura, se ele tivesse algum ressentimento contra aqueles que o puseram na cadeia... — ela deixou o restante da sentença na incógnita, mas fui capaz de deduzir. *Ele já teria ido atrás de você.*

— Vocês ainda não o encontraram?

— Não. E acho que não há nada com o que se preocupar. Ele não parece ser do tipo vingativo. Era um ladrão não-violento, nada mais. Temos estado em alerta máximo e continuaremos até encontrá-lo. Acredite em mim, nós saberemos se ele colocar o pé nessa cidade — ela tentou me tranquilizar. — Mas é bem estranho, porque ele estava a menos de um ano de ir para a liberdade condicional. Disseram que era um detento modelo, de ótimo comportamento. Não faz o menor sentido ele ter arruinado esse histórico com essa fuga. Agora, quando o capturarmos, talvez ele acabe pegando prisão perpétua.

Ela parecia tão segura de que o pegariam, mas eu tinha a sensação estranha de que Finn Montgomery já havia desaparecido há muito tempo.

— Novamente, você não precisa se preocupar com nada. Pelo que seu tio me disse, Montgomery nem deve ter visto você, pois estava no banheiro.

— Sim. Certo — assenti, esfregando meus dedos como se isso ajudasse a regularizar minha respiração, escondendo o arrepio que percorria meu subconsciente.

O homem que pensei estar seguramente preso... estava à solta.

Como se você já não soubesse..., uma voz sussurrou em minha mente.

Finn Montgomery era um homem livre, e eu achava que sabia *exatamente* onde ele estava.

CAPÍTULO 18

̶H̶H̶ ̶H̶H̶ ̶H̶H̶

O apartamento cheirava a muffins de mirtilo quentinhos, e assim que entrei, meu estômago roncou. Era uma tradição nas manhãs de Natal, quando eu e Amelia éramos crianças.

Nossos pais tentavam nos presentear com o melhor feriado, ainda que tivéssemos pouco dinheiro. Eles nos ensinaram que os melhores presentes eram aqueles que fazíamos por conta própria ou que saíam direto do coração. Focávamos na família no Natal. Mamãe não ficava o dia inteiro na cozinha, longe de nós, e não desperdiçávamos nosso tempo brincando sozinhas com nossos brinquedos. A gente pedia comida chinesa e passava o dia descendo de trenó nas montanhas, assistindo a algum filme ou nos divertindo com jogos de tabuleiro. Fiquei feliz de ver que Amelia, apesar de seu jeito egoísta e frustrante, às vezes, ter continuado com essa tradição com Mia.

Entrei na sala de estar e avistei o que só poderia ser chamado de arbusto de Natal, não de árvore, mas que estava todo decorado com luzinhas e enfeites criados por Mia: anéis de papel colorido, objetos colados e cordas de pipoca. Cinco meias estavam penduradas em cima do ar-condicionado: a minha, a de Amelia, mamãe, Mia e o seu do avô, aquele que ela nunca conheceu.

Meu peito se apertou com emoção ao ver as duas sentadas no chão, brincando com um quebra-cabeça.

Assim que ouviu o barulho da porta, a cabecinha de Mia se levantou.

— Tia Dev! — gritou e ficou de pé num pulo, correndo na minha direção. Ela se jogou em meu colo, quase me estrangulando com seus bracinhos finos. — Eu tava com tanta saudade. Não vá embora nunca mais. Meu coração ficou doendo.

Ai, nossa, por que você não enfia uma faca no meu peito, feijãozinho... Beijei o topo de sua cabeça, abraçando-a com força.

MÁ SORTE

— Senti sua falta também, amorzinho. Destestei ter ficado tanto tempo longe.

Minha irmã se levantou e envolveu a nós duas com seus braços, fazendo um sanduíche de Mia.

— Nós duas estávamos com saudades.

— Eu também. — Estendi um braço e a arrastei para nosso momento familiar.

— Vem ajudar a gente a montar o quebra-cabeça que a mamãe me deu. — Mia se desenlaçou de nós e me puxou para a mesinha de centro.

— Deixe a tia guardar as coisas dela primeiro. — Amelia acariciou sua cabecinha, encarando-me com um olhar exausto e apontando sua filha. — Ela está de pé desde as seis da manhã. Ainda é cedo demais para beber?

— Putz, não mesmo — caçoei. — Hoje é feriado.

— Que bom. — Enlaçou minha cintura. — Realmente senti sua falta, Dev. Três semanas sem você, e mais pareceu como se fosse um século. Não me sinto tão cansada assim desde que Mia nasceu.

Talvez dessa forma você fique ciente de tudo o que faço por aqui.

Ela me abraçou outra vez e seguiu para a cozinha, pegando uma garrafa de vinho. Eu também estava acordada desde as seis. A viagem de ônibus demorou mais do que o normal, então só fui chegar em frente de casa às onze e meia... quase perto do meio-dia, certo?

Passamos o início da tarde juntas. Amelia fez sua ligação obrigatória para o babaca do ex, para que Mia pudesse desejar um Feliz Natal. Como se ele desse a mínima... Ela entregou o celular de volta para a mãe assim que disse oi para o pai e a avó. Pouco depois, visitamos mamãe por cerca de uma hora. Ela estava do mesmo jeito de quando saí, mas não entendia mais o conceito do Natal, e quase não conseguia mais manter-se acordada durante uma conversa, cansando-se rapidamente. Amelia e eu levamos Mia até um parque antes de voltarmos para casa, pedir comida chinesa e comer até cair.

Às nove, Amelia e Mia apagaram no sofá, abraçadas. Em momentos assim, eu conseguia enxergar o amor profundo que havia entre mãe e filha. Apesar de todas as suas manias irritantes, Amelia era uma boa mãe.

Quando bebi a última gota do vinho, liguei para Nat para dar um oi.

— Devon! — Ela atendeu ao segundo toque. — *Chica*, que saudades de você. Quando volta?

— Na verdade, cheguei esta manhã.

— Sério? — cantarolou, toda empolgada. — Uhuu! O bar não tem sido o mesmo sem você. Julie ameaça desistir todo santo dia, e o palhaço do irmão mais novo de Miguel mais atrapalhou do que ajudou. Ele era tão ruim que fez a ética profissional de Miguel parecer fantástica.

— Uau — bufei uma risada.

STACEY MARIE BROWN

— Lincoln tem estado rabugento, não que ele seja bem-humorado em seu normal, mas parece estar mais intratável do que antes.

Lincoln. Ele era tudo em que eu podia pensar. Minha mente girava em círculos. Eu precisava vê-lo, precisava saber.

— Imaginei que o bar estivesse fechado hoje, então estou pensando em dar uma passada aí amanhã, para conversar com Lincoln e ver se posso voltar.

— Siiim! Eu já posso garantir que está contratada. Sem a menor dúvida — Nat exultou. — Mas o bar não está fechado hoje à noite.

— O quê?

— Sim... é só o Lincoln, mas ele quis deixar aberto para aqueles que, como ele, não têm lugar nenhum para ir.

Lugar nenhum para ir. O pensamento me deixou inquieta.

Lincoln não se relacionava bem com o irmão, e até onde eu sabia, não tinha mais ninguém da família. Mas e quanto a amigos? Ele também não tinha perfil em redes sociais ou nada dessas coisas online. Um cara gostoso como ele, sem namorada? Nenhum amigo da época do colégio? Dava para pensar que ele realmente estava tentando manter a discrição.

— Ei, Nat. Tenho que ir. Só queria te desejar um Feliz Natal. Provavelmente te vejo amanhã.

— Para você também, garota. Estou feliz por ter voltado.

Encerrei a ligação, já fechando o zíper da minha bota.

Escrevi um bilhete para Amelia, coloquei meu casaco e saí para a noite fria e límpida; minha determinação ofuscando meu nervosismo. A necessidade de vê-lo me levou até o bar como se eu fosse o peixe mordendo a isca. Dava para ver o anzol e a linha, mas, ainda assim, não consegui evitar de abocanhar com vontade.

Vamos lá para mais algumas decisões estúpidas.

卌 卌 卌

A temperatura do bar aqueceu minhas orelhas e nariz gelados assim que entrei, sentindo o pulso latejar em meus ouvidos.

O lugar estava decorado com luzes cintilantes e guirlandas brilhantes, tornando o ambiente mais aconchegante ainda. Algumas pessoas estavam sentadas na área dos sofás, e um punhado se encontrava no balcão; a TV estava ligada e transmitindo *Duro de Matar*. Muita gente considerava aquele filme como natalino. Rick e Kyle ocupavam seus assentos usuais, e o último usava uma camiseta ao estilo Hannukah, com o escrito que remetia a herança judaica: *"Oy, to the world"*.

No entanto, todos eles perderam a importância quando meu olhar recaiu sobre o homem detrás do bar. Meu estômago deu um nó, e tropecei como uma mulher bêbada tentando se equilibrar em um carrossel.

— Puta merda — murmurei para mim mesma. Como pude esquecer, nessas três últimas semanas, quão incrivelmente atraente ele era?

Era capaz de ver apenas seu perfil, a mão enorme e o braço musculoso sobre o balcão, enquanto ele olhava com atenção para a TV. Estava usando seu jeans e camiseta escuros, como sempre, que se encaixavam com perfeição a cada um de seus músculos, e somente em vê-lo, necessidade se espalhou pelo meu corpo.

Vim até aqui para ver se conseguiria enxergar outra feição em seu rosto; de um cara que uma vez encontrei. Tudo o que conseguia ver era Lincoln. Mais de 1,90 de altura de puro músculo, em um físico invejável que só poderia ser conquistado se passasse horas e horas em uma academia sem mais nada para fazer. Mas, ainda assim, sabia que ele ficava a maior parte de seu tempo aqui.

Estava tentando encaixar todas as peças, mas, realmente, não estava mais nem aí.

— Devon! Você voltou! — Rick ergueu seu copo de cerveja para mim. — *L'chaim!*[2]

Cada partícula do meu corpo sentiu a reação imediata de Lincoln. Ele virou a cabeça de uma vez ao redor, e seu olhar me tornou prisioneira, roubando meu fôlego. Eu estava em apuros. Com um ar sério, ele conseguiu me fixar ao chão, o maxilar contraído em tensão. Tudo o que fui capaz de fazer foi encará-lo de volta, meu peito agitado.

Ele saiu detrás do balcão, e veio em minha direção, parando a poucos passos à minha frente. Estava tão perto que eu podia sentir o seu cheiro, perceber sua forma física pairando sobre meu espaço pessoal. Meu ouvido zumbia e minha pele formigava com a necessidade urgente de senti-lo contra mim.

Devagar, ergui a cabeça e deparei-me com seu olhar intimidante.

Ele apenas me observou, o olhar percorrendo todo o meu corpo.

— Lincoln, eu...

Sem aviso, ele se moveu para frente, as mãos enlaçando meu rosto, os dedos agarrando minha nuca com firmeza. Puxando-me de encontro a ele, sua boca se chocou contra a minha, roubando o restante da minha frase. Era como se ele me devorasse inteira.

No instante em que seus lábios tocaram os meus, fogo se alastrou por

---

2 "À vida!", em ídiche (idioma misto de judaico e inglês). O mesmo que propor um brinde.

dentro do meu corpo, detonando o desejo que já ardia em mim. Ele pressionou o físico forte ao meu, tenso e acalentador. Senti cada centímetro dele e gemi suavemente.

Seus dedos afundaram mais ainda em meu cabelo, sua boca abriu a minha com fome, aprofundando o beijo. Ele gemeu um rosnado intenso quando mordi seu lábio inferior, sua língua deslizando de encontro à minha, me devorando em meio às chamas.

Este beijo consumiu. Tomou. Deu. Incinerou.

E soube ali, sem nenhuma dúvida... de que já o havia beijado antes.

Ele me arruinou naquela época, e agora estava mais do que cimentado.

— Uuuuh-huuuu! — Rick berrou, assoviando em seguida. Os lábios de Lincoln se separaram dos meus, suas mãos ainda emaranhadas em meu cabelo, a boca a um centímetro de distância.

— Cacete! É assim que se beija uma garota. — Rick fez com que Lincoln e eu ríssemos.

— Como se você soubesse disso... — Kyle retorquiu.

— Talvez não com *garotas*.

— Ou comigo!

— Eu já fiz o mesmo.

— Quando? Me diga uma vez em que você já me beijou *desse jeito*.

Humm... não havia percebido que os dois eram um casal. Eles sempre foram muito discretos. Achei que fossem apenas melhores amigos.

— Certo, não estamos sozinhos. — A boca de Lincoln tocou a minha com um sorriso preguiçoso, as mãos soltando minha cabeça quando deu um passo para trás. Senti sua ausência na mesma hora, querendo puxá-lo de volta contra mim, reivindicar sua boca. — Acho que quebrei totalmente a minha promessa.

— Está... tudo b-bem — gaguejei. Ele havia *quebrado* minha mente por completo. Eu o encarei, sentindo-me zonza.

— Seja bem-vinda, Devon — disse com a voz rouca e profunda que só me fazia ansiar mais ainda por ele. Precisar dele.

Sua voz foi um fator preponderante que fez com que eu não o associasse a Finn. Não era o mesmo timbre do que qual me lembrava. Finn tinha uma voz rouca, profunda, mas nada como isso, onde cada palavra parecia estar sendo rolada sobre areia para depois mergulhar em uma piscina de uísque. Áspera, mas daquele jeito que fazia seu corpo derreter.

— Obrigada. — Acenei com a cabeça, tentando não flutuar nas nuvens. — Vim aqui para ver se posso ter meu emprego de volta, mas acho que isso foi bem melhor.

— Eu te disse que seu emprego estaria à sua espera. — Colocou as mãos nos quadris e inclinou a cabeça, olhando para mim. Ainda estávamos

MÁ SORTE

próximos, mas longe o suficiente para que seu corpo pairasse sobre o meu. Um sorriso enviesado curvou o canto de sua boca, e ele deu um passo mais perto, como se pudesse ler meus pensamentos. — Você veio até aqui, de ônibus, creio eu, tarde da noite no Natal, só para ver se ainda tinha um trabalho? Jura?

— Foi a desculpa que dei para mim mesma.

Seu sorriso de lado aumentou um pouco mais, os olhos cintilaram. Merda, ele estava me distraindo totalmente do motivo pelo qual vim até aqui.

— Você vai ficar? — Ergueu uma sobrancelha, a pergunta adquirindo um significado mais profundo do que parecia, como se quisesse saber se eu ficaria até que ele fechasse o bar. — Quer dizer, você veio até aqui, então o mínimo que posso fazer é te pagar uma bebida.

— Seria ótimo. — Retribuí o sorriso. — Afinal de contas, é Natal.

Ele se dirigiu até o bar, meu olhar concentrado na bunda firme e ombros largos.

— Está tudo bem com seu tio? — Entrou atrás do balcão.

Assenti, retirando meu casaco.

— Sim, ele está bem melhor. Já estava louco para me despachar e sair de cima dele.

Um sorriso travesso cruzou seus lábios.

— Bem, se você estiver precisando de outra pessoa para ficar em cima...

Senti meu rosto pegando fogo, a vermelhidão descendo pelo pescoço. Ele riu, já que minha pele não escondeu nem um pouco a reação às suas palavras.

— O que você vai querer, Dev?

— Acho que essa noite pede uma tequila. — Coloquei o casaco na banqueta ao lado. — Vou dar uma passada no banheiro primeiro.

Ele me deu um aceno e pegou a melhor tequila que ficava na última prateleira.

Atravessei o corredor mal iluminado, olhando por cima do ombro. Dois clientes chegaram até o balcão para pedir mais bebidas, tirando a atenção de Lincoln de mim.

Meu coração trovejou, martelando na minha cabeça, e suor escorreu pelas minhas costas. *Porcaria. Não acredito que estou fazendo isso. Mas eu queria saber.* Não. Eu *precisava* saber.

Dei mais uma olhadela pelo corredor vazio e entrei no escritório. Acendi a luz, fui até a mesa, mesmo sabendo que estava fazendo algo errado. Estava torcendo para conseguir dar o fora dali antes de ser pega em flagrante, e que conseguisse a prova que precisava.

Apertei o tampo magnético e a borda da mesa abriu uma fresta. Adrenalina correu pelo meu corpo, meu peito apertado e respirando rapidamente.

146   STACEY MARIE BROWN

Tudo isso me fazendo acreditar que estava prestes a desmaiar. Abrindo a gaveta rasa, alcancei o envelope branco e soltei a aba que o fechava.

Olhando de esguelha para a porta fechada, concentrei-me no envelope e espiei o que havia dentro. Uma carteira de couro velha se encontrava no fundo. O couro rangeu em minhas mãos assim que o abri.

Estava praticamente vazia, mas no lugar onde se guarda as notas de dinheiro, havia um bracelete de plástico branco, daqueles que usamos quando vamos a shows ou eventos. Ou um hospital.

O nome ali escrito já estava esmaecido, tanto que não era mais legível; restavam apenas o código de barras e uma data de nascimento. 12 de Abril. O ano me deixou confusa, já que era como se fosse de alguém dois anos mais velho que Mia.

Intrigada, peguei o outro objeto que havia ali dentro da carteira. Uma fotografia. Um homem e uma garotinha loira de olhos azuis.

Perdi o fôlego. O homem da foto... tinha olhos azuis-acinzentados, cabelo loiro escuro e um sorriso convencido.

— Ai, meu Deus...

Finn Montgomery.

Passei os dedos suavemente pela foto; eu podia sentir minha boca aberta em choque. Eu estava certa. Meus instintos haviam me alertado, e apenas esperavam que meu cérebro concluísse o pensamento.

Virei a fotografia e vi escrito atrás, em letra cursiva: Finn & Kessley.

Kessley?

Kessler.

Balancei a cabeça, tentando assimilar todas as informações.

— Mas que porra é essa?

— Acho que sou eu quem deveria dizer isso. — Uma voz gélida soou.

Com um grito, me assustei e olhei para Lincoln, que me encarava da porta do escritório, os braços cruzados, e o rosto contorcido pela raiva.

— Encontrou meu esconderijo, hein? — Entrou e preencheu o ambiente com sua estrutura física. — Sendo filha e sobrinha de policiais, eu já deveria ter imaginado algo assim. — Fechou a porta, me encurralando ali dentro.

O medo deslizava pelas minhas veias como água gelada administrada por um acesso venoso, tendo em conta seu comportamento indiferente e distante. O cara que havia me beijado já não estava mais ali. Este homem, com os músculos esculpidos, braços fortes e maxilar cerrado pelo ódio, parecia ser capaz de me matar sem hesitação.

— V-você deveria e-estar na cadeia.

— É mesmo? — Inclinou a cabeça para o lado, usando um tom de voz condescendente, como se estivéssemos aqui disputando um brinquedo.

MÁ SORTE

— Eu sei quem você é. — Aprumei a postura, fingindo não estar aterrorizada.

— Já que você acabou de quase enfiar a língua pela minha goela abaixo, é bom saber mesmo.

Ele enrugou as sobrancelhas, as palavras me tirando do torpor.

— Você entendeu o que eu quis dizer.

— E por que você acha que eu deveria estar na prisão? — Aproximou-se, ainda bloqueando a saída.

— Porque sim.

— Diga, Devon. Quero ouvir você dizer. — Com mais um passo, ele rodeou a mesa.

Inconscientemente, recuei, chocando-me com a cadeira que impediu minha fuga. Umedeci os lábios, ainda sem fôlego. Mesmo assim, mantive minha postura, encarando os falsos olhos castanhos.

— Porque... talvez eu tenha ajudado a colocá-lo lá. Você se demorou no restaurante, em parte, por minha causa.

— Aí está. — Com uma risada zombeteira, ele se aproximou mais, as pontas das botas tocando as minhas. — Estive esperando por um bom tempo por este momento.

— Você sabia. — Não era uma pergunta, a raiva agora ocultando o meu medo. — O tempo todo, você sabia exatamente quem eu era?

— A garota que fodi em um banheiro de restaurante cinco anos atrás? — Sua franqueza me fez ofegar, e uma luxúria indesejável atingiu meu corpo. — Sim. Sabia quem você era no instante em que te vi. — Inclinou-se para frente, o rosto colado ao meu. Meu cérebro dizia para fugir dali, mas meu corpo se recusava a cooperar, ansiando pelo que ele quisesse fazer comigo. — Você acha que eu conseguiria esquecer alguém como você?

Abri a boca, incapaz de dizer uma palavra.

— Foi por essa razão que quis te demitir na mesma hora. Fazer com que ficasse o mais longe possível de mim... — Fúria se mesclava à graça de suas palavras. — Mas olha só, eu sou um doente de merda. Qualquer cara inteligente deveria ter te obrigado a dar o fora daqui, garantindo que você nunca mais pisasse o pé nesse lugar. — Chegou cada vez mais perto, me empurrando contra a mesa. — Agora me diga, Devon, que tipo de idiota, que poderia ser reconhecido pela garota que contribuiu para colocá-lo na cadeia da primeira vez, permitiria que ela continuasse trabalhando aqui? Responda isso.

— Eu não sei — sussurrei, em uma voz quase inaudível.

— Porra. O destino realmente quis me foder. De todos os lugares... você tinha que entrar exatamente no meu bar. — Frustração contraía seus ombros quando ele colocou as mãos ao lado do meu corpo. — Eu quero tanto te odiar. Você ajudou a ferrar com a minha vida — ele disse, entredentes, a proximidade de sua boca agitando o ar entre nós. — As coisas que fantasiei fazer com você, quando estava na cadeia, me deram foco. Propósito.

Senti meu corpo retesado, tomado de luxúria e medo.

— O que você vai fazer comigo? — sussurrei.

Houve um instante de silêncio, quando seus lábios se curvaram em um sorriso maldoso, antes de suas mãos agarrarem meus quadris e me colocarem em cima da mesa.

Nenhum de nós hesitou, famintos e exigentes. Nossas bocas colidiram uma à outra de maneira quase dolorosa, me deixando com um tesão maior ainda. Apertei as coxas ao redor de sua cintura, minhas unhas se arrastando pelo cabelo curto, puxando-o para mim, para aprofundar o beijo.

O beijo anterior havia sido apaixonado; este agora era voraz. Desesperado. Turbulento. Aniquilador.

A luxúria incendiou o ódio, a raiva e o medo, usando tudo isso como combustível.

Suas mãos deslizaram por baixo da minha saia, subindo pela pele nua, acendendo cada terminação nervosa. Dando um nó na cabeça, sua boca capturou a minha com um gemido rouco. O som me derreteu por dentro, me deixando encharcada.

Levantei sua camiseta, puxando por cima de sua cabeça, minhas mãos correndo pelo torso musculoso.

— Puta merda! Você é deslumbrante. — Perdi o fôlego, meus olhos e mãos gananciosos sobre seu físico. Eu queria lamber cada um de seus gominhos abdominais.

— Tive muito tempo para malhar. — Mordeu minha orelha, fazendo-me inclinar a cabeça para trás. Sem piedade, mordiscou meu pescoço. — E um bocado de tempo imaginando você nua, gritando meu nome.

— Você pensou em mim desse jeito? — Arfei quando seus dedos se infiltraram por baixo do meu sutiã.

— Pensei em você dessa forma com muito mais frequência do que quis sair atrás de você em busca de vingança. — Desabotoou a lingerie, jogando-a no chão.

— Você vai se vingar de mim agora? — Segurei o botão superior de seu jeans.

— Com certeza. — Piscou, um brilho malicioso em seus olhos. Inclinou-se para frente, a língua cálida lambendo um seio. Com um gemido alto, ele me deitou sobre a mesa, o corpo cobrindo o meu. Abri sua calça e a empurrei pelos quadris.

Não havia uma só parte minha que não quisesse aquilo. Fantasiei com ele por mais de cinco anos. E já estava cansada de fingir. Queria a coisa real.

MÁ SORTE

— Estou com o bar cheio — disse, mas as mãos continuavam desabotoando meu jeans —, e não tenho preservativo.

— Eu uso DIU e estou limpa.

— Eu também. Sempre fazíamos testes na prisão. — Abriu o zíper. — Mesmo assim, deixei o bar sem ninguém para atender.

— Então acho que teremos que pular as preliminares. — Sentei-me e o empurrei para trás, olhando para ele. Uau. Parece que não foi apenas o seu físico que ficou mais avantanjado nesses últimos anos. Desci sua boxer, desesperada em tocá-lo. — Não é como se já não tivéssemos dado uma rapidinha em lugares públicos.

Ele gemeu, fisgado pelas minhas palavras enquanto meu polegar acariciava a cabeça de seu pau, para cima e para baixo.

— Caralho — rugiu, entredentes. Agarrando meus quadris, ele me virou e me debruçou sobre a mesa, arrastando minha calça e calcinha juntos.

Meus seios estavam pressionados contra as pastas frias de arquivo, e me segurei à borda da mesa, tremendo quando ele se aconchegou contra mim.

— Porra — sibilou outra vez, segurando um punhado do meu cabelo. — Quantas vezes me imaginei te fodendo exatamente assim.

— Eu também.

— Não me diga isso — gemeu.

— Você acha que foi o único que ficou pensando naquela noite? Você tem sido *tudo* em que penso quando quero gozar.

Ele praguejou novamente, abrindo minhas pernas e enfiando os dedos em minha boceta.

— Agora, Lincoln. Por favor.

Ele retirou os dedos e deu um tapa na minha bunda, fazendo com que dor e prazer me percorressem. Então me penetrou, me enchendo por inteiro. Abri a boca em um gemido longo enquanto ele grunhia audivelmente.

Ai, nossa. Parei de respirar quando se afastou um pouco, e então arremeteu mais fundo ainda. Curvei os dedos sobre a mesa quando o êxtase me atingiu. Com ânsia, me empurrei contra ele.

— Pooorra! — Estocou, atingindo meu ponto G, os dedos cravados em meus quadris, enviando ondas de prazer por todo o meu corpo.

— Ahhh, por favor... mais forte. — Eu queria mais, queria estar muito perto. Para que ele me arruinasse.

Ele se inclinou contra mim, mordiscando minha nuca, os quadris se chocando contra os meus.

— Você sabe que eu quero que você grite meu nome, mas você quer que eles também te ouçam?

— Não estou nem aí. — Estiquei-me mais à frente. Já não me importava com mais nada. O bar do fim da rua podia ouvir nossos gemidos à

150   STACEY MARIE BROWN

vontade, meu embaraço de antes já há muito tempo perdido.

— Cacete, você me deixa com um tesão do caralho, Sardentinha.

O apelido apenas me levou a um frenesi maior ainda. Ouvi sua voz me chamando daquele jeito tantas vezes em minha memória, desejando que não estivesse sozinha na banheira.

Nosso ritmo acelerou desesperadamente. Violento. O som de nossa transa flutuou pelo ambiente, nossos gemidos e ofegos ficando mais altos.

Eu já podia sentir o princípio do orgasmo vibrando por mim, obrigando-me a persegui-lo com mais ferocidade. Sua mão alcançou meu centro. Aparentemente, ele era expert em fazer meu corpo explodir. Êxtase me inundou, correu pelas minhas veias, arrastando-o em sincronia comigo com um rosnado excitante. Eu amei sentir seu gozo sendo despejado dentro de mim.

Sabia que havia gritado ao gemer. E alto. Mas não sentia vergonha alguma. O clímax me fez viajar para longe dali, até que devagar voltei a mim, em pedaços.

Languidamente, meus ossos pareciam ter se derretido sobre a mesa, enquanto eu lutava para respirar. Senti arrepios em meu corpo inteiro ao senti-lo ainda dentro de mim. Era simplesmente inacreditável.

— Caraaaalho. — Seu peito ainda estava pressionado contra minhas costas suadas; ele tentava se equilibrar em seus cotovelos, também arfando.

Comecei a rir.

— Exatamente o que passou na minha cabeça.

— Da próxima vez — beijou meu ombro —, quero usufruir mais do seu corpo.

— Próxima vez? — brinquei.

— Sim. — Segurou meu queixo. — Vou fazer você me pagar por cada dia em que passei na cadeia. Dez vezes mais. — Ele se levantou e me puxou junto, me virando para que ficasse de frente. Sem pressa, me beijou profundamente. — Agora, dessa vez, quando eu sair daqui, espero não ver a polícia me esperando do lado de fora.

— Eu não tive nada a ver com aquilo.

— Você só tinha dezesssete anos, porra, que seria mais do que o bastante para me levar à prisão. — Balançou a cabeça. — Quase tive um ataque cardíaco quando soube disso naquela outra noite.

— Ninguém soube. E você não foi preso porque eu era menor de idade.

— Não. — Puxou a cueca e a calça. — Mas você foi, definitivamente, o motivo pelo qual fui apanhado.

— Do que você está falando? — Comecei a me vestir, embora tudo o que eu mais quisesse era ficar nua e fazer tudo outra vez.

— Eu já poderia estar longe quando eles chegaram, mas ao invés disso...

MÁ SORTE

te encontrei ali.

— Você está me culpando?

— Como se eu pudesse ter me afastado de você. — Ele me encarou. — Uma garota de tirar o fôlego, me oferecendo um sexo ardente no banheiro. Você foi a armadilha perfeita.

— Espera... — Levantei os braços para vestir a camiseta, boquiaberta. — Você realmente acha que a culpa foi minha?

— Você não hesitou em me reconhecer na fila de suspeitos, não é? — Raiva subiu à superfície, e seu cenho franziu, as emoções rapidamente mudando de prazer a rancor.

— Em primeiro lugar, o restaurante inteiro foi chamado para identificar você. — Enfiei o dedo em seu peito. — E eu menti para a polícia, para *o meu tio*... e para *minha melhor amiga*. — Minha irritação fez com que ele se acalmasse um pouco. — Eu disse a eles que estava no banheiro o tempo todo, e que não vi ou ouvi nada. Eles sabiam que eu o tinha visto sendo preso, mas foi só isso. Tive que ir à delegacia, porque todos foram intimados. Mas *nunca* disse a uma alma viva o que realmente aconteceu. *Para ninguém mesmo.*

Ele piscou, os olhos estreitando como se estivesse tentando descobrir se eu falava a verdade ou não.

— Você era um ladrão e mentiroso, mas ainda assim eu te protegi... E não me pergunte o porquê. Culpe minha ingenuidade e o fato de ser nova, mas o garoto com quem estive naquele banheiro não se parecia nem um pouco à pessoa que me falaram que você era depois.

— Devon…

— Não. Você tem ideia da culpa que carrego até hoje por ter mentido para o meu tio? Não sou acostumada a fazer isso. Meu pai sempre me ensinou tudo sobre honestidade e ética. Foi contra tudo o que aprendi, mesmo assim, eu fiz. Por você. E o motivo de você ter sido preso deveu-se ao fato de ter roubado medicamentos e dinheiro de um hospital. De pessoas que precisavam daquilo. Quem é capaz de fazer isso? — Eu o empurrei. — Você vendeu aquilo no mercado negro? Ainda faz isso? É o que você e seu irmão fazem? Irmãos e *gatunos*, como o nome do bar. Bem pertinente.

Sua mandíbula cerrou, os ombros tensionaram com a raiva.

— Você não sabe *nada* sobre mim. Ou sobre a minha vida.

— E alguém sabe? Quem é você, afinal? Finn, Jake ou Lincoln?

— Jake nunca existiu... e já nem sei mais quem esse Finn foi.

— Ele fez parte dessa vida. — Minha mão tocou a fotografia que se encontrava em cima da mesa. — Ela é sua? Kessley é muito parecido a Kessler.

Ele retirou a foto do meu alcance.

— Ela não é ninguém da sua conta. E esse assunto está encerrado. — Enfiou a fotografia dentro do bolso e foi em direção à porta.

— O quê? — Fui atrás dele. — É você quem decide quando acaba a conversa?

— *Sim.* — Agarrou meus braços e me empurrou contra a parede ao lado da porta. Seu olhar de aço se tornou assustador quando pressionou o corpo contra o meu. — Tenho um bar para cuidar e clientes para atender.

— Não. — Desejo e fúria se entrelaçaram dentro de mim. — Ainda não acabamos.

— Sim. Acabamos — rosnou, me empurrando para longe e abrindo a porta.

— Então você consegue o que quer de mim, já ficou *saciado*, e acabou? Agora eu entendi.

— Consegui o que eu quis? — Ele parou, o olhar me consumindo. Ergueu uma mão e segurou as pontas do meu cabelo, balançando levemente a cabeça antes de dizer: — Longe disso. E, com certeza, nunca estarei saciado. — Afastou a mão e cerrou os punhos, saindo apressado do escritório.

Recostei-me contra a parede, tentando recuperar o fôlego. Não havia nem percebido que o estava prendendo. Meu coração e cabeça giravam como um tornado, tentando entender o que aconteceu.

O sexo – *puta merda* –, não dava nem para colocar em palavras o quão incrível havia sido. Minhas pernas ainda estavam trêmulas. Foi melhor do que me lembrava ou poderia imaginar, e meus hormônios já estavam implorando por mais. Exigindo mais.

No entanto, meu lado racional gritava para que eu saísse desse bar e fosse para o mais longe possível de Finn Montgomery, fingindo que ele havia sido apenas uma memória distante do meu passado. Só que eu não era capaz de me afastar de Lincoln Kessler, mesmo que meus instintos tivessem me alertado para fugir desde o início.

Ele era perigoso. Andava do outro lado da lei. E, definitivamente, escondia um abismo de segredos. Quem era aquela garotinha? Será que ele ainda roubava? E por que parecia que sua cólera e rancor reprimidos eram direcionados a mim?

Fui criada por um pai que sempre nos disse para fazer a coisa certa, mas, com o tempo, até mesmo ele começou a ver que havia nuances de cinza em cada situação, e as tratava de maneira individual.

Tio Gavin já não ficava dividido assim. Entregar Lincoln para a polícia seria a coisa certa a se fazer aqui. A *única* opção. Ele cometeu um crime e fugiu da cadeia. Era culpado aos olhos da lei.

Eu era filha do meu pai, e antes de fazer qualquer coisa, tentaria descobrir o que Lincoln estava escondendo... e quem era a garotinha naquela foto.

MÁ SORTE

153

CAPÍTULO 19

‖‖† ‖‖† ‖‖†

— Que merda está acontecendo com você? — Nat ajeitou seu chapéu festivo, franzindo o cenho para mim. — Você tem estado de mau humor a semana inteira. É Ano Novo. Época de colocar todas as coisas ruins para trás e começar outra vez.

Arqueei uma sobrancelha.

— Sim, eu sei, toda essa baboseira. — Ela agitou a mão. — Mas sério, você está estranha a semana toda.

Estranha. Pode-se dizer que sim.

Estar à volta de Lincoln era o mesmo que ser dividida ao meio. Ele puxava e eu empurrava. Desde que voltei, desde... aquela noite... nós mal nos falávamos e, quando fazíamos isso, havia sempre uma tensão nas entrelinhas; estava surpresa que até agora o bar não houvesse se transformado em um ringue de boxe. A semana inteira havia sido dolorosa.

Eu estava puta com ele, porém com mais raiva de mim mesma... ou, mais especificamente, com a reação do meu corpo ao dele. Quanto mais irritados nos tratávamos, mais eu queria arrastá-lo para o escritório e expurgar as minhas frustrações. Toda vez que nos esbarrávamos por acidente, eu tinha que conter um gemido e me impedir de pular em cima dele.

— Está tudo bem com a sua mãe? — Nat perguntou enquanto agitava uma batida. A multidão já estava se acumulando, todo mundo feliz e preparado para a última noite do ano.

Eu não sentia nem um pouco de alegria.

— Não. — Acenei com a cabeça. — E nem vai ficar. Eu a vi essa manhã, e ela não me reconheceu em nenhum momento.

— Sinto muito. — Colocou dois martinis na minha bandeja. Estava ficando tão cheio, que Lincoln, em breve, teria que vir ajudar. Miguel estava com os pedidos abarrotados em cima dele.

Dei de ombros. Estava começando a aceitar a realidade de que minha mãe nunca melhoraria ou ficaria bem outra vez.

— Você não é a única mal-humorada por aqui. — Ela revirou os olhos, pegando mais algumas cervejas. — Jesus, Lincoln está insuportável. Achei que com seu retorno ele melhoraria o humor. Mas parece que está pior agora... e a tensão entre vocês dois, quando estão no mesmo ambiente, dava até para desconfiar... — Nat parou de supetão, arregalando os olhos e ficando boquiaberta. — Ai. Puta. Merda.

Olhei ao redor, desconfiada.

— Vocês dois! — exclamou, os olhos faiscando. — Como eu não vi isso antes?

— Nat... shhh... — cortei.

— Ai, meu Deus... Você e o Lincoln? — ela disse, bem baixinho.

— Não. Não está acontecendo nada.

— Não minta para mim. Vocês transaram, não foi?

— Nat...

— Você transou sim! *¡Pinche, chica!*[3] Me diga, foi no escritório? Por favor, me diz que foi lá, porque já tive um monte de fantasias com aquela sala, e gostaria que pelo menos uma de nós estivesse realizando a coisa toda.

— O meu pedido já está pronto? — Peguei a bandeja, querendo encerrar a conversa. Embora, uma parte minha quisesse gritar: *Siiiiim! E foi além do que imaginei.*

— Não me admira ele nunca ter demonstrado interesse pela Amelia. — Estalou a língua, piscando para mim. — Ele queria a irmã caçula.

É óbvio que Lincoln escolheu aquele momento para sair do escritório. O rosto de Nat expressava intensa alegria, com um sorriso sagaz dominando seus lábios.

— E aí, Linc. — Ela o cutucou com o cotovelo.

Ele a encarou, perplexo, com o cenho franzido, tentando descobrir por que ela estava rindo como uma tapada.

— O quê?

— Nada. Só estava dando um oi.

Entrecerrando as pálpebras, seu olhar aterrissou em mim, sentindo a estranha tensão entre nós dois antes de se virar para Nat.

— Volte ao trabalho. Estamos muito cheios hoje.

— E eu pensando que você agora ficaria de bom humor... todo satisfeito e relaxado.

Ele ficou imóvel, apenas o pomo de Adão demonstrando o que estava tentando conter.

— É Ano Novo e tudo o mais. Tempo de *se livrar* de alguns fardos. —

---

3   Pinche equivale a dizer 'maldição', em espanhol.

MÁ SORTE

Nat deu um tapinha em seu braço.

Eu mataria aquela mulher.

— Volte ao trabalho — ordenou, indo em direção ao outro lado do bar para falar com Miguel.

— Eu. Te. Odeio — inclinei para frente, sussurrando asperamente.

— Ahh, para. Você me ama — ela retrucou, colocando meu último pedido em cima da bandeja. — Eu que deveria te odiar. Estou com inveja. Então... me conta o que aconteceu. Por que vocês dois estão tão ranzinzas? Se eu fosse você, estaria dando um duplo carpado, ou pegando ele de jeito no escritório, sem interrupção.

Saí dali sem responder, mas em minha cabeça o pensamento girava: *É porque não estamos fazendo exatamente isso.*

Apenas um encontro de uma noite. Bem, tecnicamente, dois, capazes de me fazer pensar o tempo todo nele, desejando repetir a experiência.

ⲎⲎⲦ ⲎⲎⲦ ⲎⲎⲦ

O bar estava lotado com o povo festeiro, mantendo minha mente ocupada. Julie estava atrapalhada como sempre, cometendo erros e surtando quando tinha que atender outra mesa. Ela estava sobrecarregada com a multidão, e eu precisava admitir que aquela era a pior versão dos pesadelos de qualquer garçonete. Eu não conseguia atender ou chegar às minhas mesas com agilidade, mas estávamos tentando fazer o nosso melhor, e a maioria das pessoas estava sendo compreensiva. Alguns estavam bêbados demais e curtindo o espírito da festa para reclamar.

Eu não estava surpresa por Lincoln ter colocado somente Nat para preparar minhas bebidas, e isso claramente mostrava que ele queria se manter afastado de mim. Mas, dessa vez, quando voltei para o balcão, Nat não estava lá no lugar de sempre. Ela estava no meio do bar pegando vários pedidos e tentando reduzir a quantidade de pessoas a chamando.

Ficando ao lado do balcão, fingi estar muito ocupada com os meus pedidos e o ignorei.

— Você contou pra Nat? — Sua voz rouca interrompeu o burburinho ao meu redor.

Eu o encarei, fixando meu olhar ao dele.

— Não. Ela chegou a essa conclusão sozinha.

— É mesmo? — debochou.

— Sim — retruquei sem paciência. — Por alguma estranha razão, ela percebeu a tensão que havia entre nós e juntou as peças.

Ele se virou, pegando um copo de batida, sem responder nada. Qualquer pessoa leiga seria capaz de notar a hostilidade gritante entre nós. Hostilidade que se resumia a tensão sexual.

— Estou surpresa por você estar interagindo comigo, assim tão de perto.

Ele bufou uma risada sarcástica, pegando a garrafa de licor e murmurando para si mesmo. O bar estava tão cheio e com a música tão alta, que não tive certeza se o ouvi dizer: *"Quero fazer mais do que interagir com você"*.

— Nat me deu uma bronca. Acho que minha atitude não estava passando uma boa impressão para os clientes.

— E a culpa é de quem? — murmurei, baixinho. Ambos poderíamos estar de bom humor, se ele tivesse baixado a guarda por pelo menos um minuto.

— O quê?

— Nada. — Dei um sorriso falso e complacente.

Ele cerrou a mandíbula, suas narinas inflaram e uma veia saltou em seu pescoço. Meu olhar se desviou para a tatuagem que subia pela gola da camisa. Dessa vez, notei a linha fina por baixo do desenho. Como uma cicatriz. À distância, passaria despercebida, mas a luz que incidia sobre ele me permitiu ver claramente.

Enquanto me debatia sobre dar início a uma conversa com ele, ouvi alguém chamando meu nome por trás.

Droga.

Olhando por cima do ombro, vi minha irmã rebolando em direção ao bar, o sorriso sexy e os olhos lânguidos direcionados a Lincoln.

— Oi, mana. — Ela me deu um abraço sutil, mas encarava o homem detrás do balcão. — Pensei em vir aqui e passar a virada do ano com vocês.

Não era comigo que ela queria virar o ano.

— Oi, Linc — ela ronronou.

— Oi. — Levantou o queixo, desgosto franzindo seu semblante.

Evitei a imagem dos dois juntos. De forma alguma eu contaria a ela que algo aconteceu entre nós, até mesmo porque não terminou nada bem. Mas ainda ficava irritada ao vê-la flertar com ele tão abertamente. Não era culpa de Amelia; ela não fazia a menor ideia, mas meus sentimentos pareciam não se importar. Sua presença me deixou, subitamente, com raiva dos dois, como se fosse culpa dele por ela ainda estar farejando ao redor.

— Perfeito. — Suspirei, tamborilando meus dedos com impaciência, louca para me afastar dali. — Meu pedido já está pronto?

Lincoln me lançou um olhar carrancudo enquanto servia a dose da bebida no copo.

MÁ SORTE 157

— Quando você tiver um tempinho, pode preparar uma dose pra mim? E eu quero te pagar uma também — Amelia disse, sedutoramente. — É Ano Novo, e vocês também deveriam estar se divertindo. Talvez se soltando um pouco mais.

Bufei uma risada, cerrando os lábios para me impedir de dizer o que eu estava realmente pensando. Fazer Lincoln ficar bêbado, como se isso o fizesse dormir com ela finalmente, era tudo o que minha irmã tinha em mente.

Lincoln pegou três copos de tequila, serviu uma dose da bebida Kamikaze que estava preparando, e empurrou em nossa direção.

— Um brinde a um excelente ano novo. E uma noite maravilhosa. — Amelia sorriu para ele, tomando sua dose de uma vez.

Eu podia sentir seu olhar em mim, mas também bebi de um gole só, tentando ignorá-lo. A maior parte da minha vida, agi como uma pessoa adulta. Sendo responsável. Racional. Hoje à noite, a minha adolescente megera interior estava a toda. A combinação Amelia e Lincoln batucava a minha paciência com força total.

— Vocês, crianças loucas, se divirtam *ficando soltinhos*. — Peguei minha bandeja cheia e me afastei dos dois.

Um passo foi o máximo que consegui dar antes de uma mão agarrar o meu pulso. Quando ele me girou de volta, tirou a bandeja das minhas mãos e a colocou sobre o balcão, o aperto se intensificando no meu braço.

— Julie — ele gritou às minhas costas, a voz rouca soando com irritação. — Sirva isto aqui na mesa de Devon. Preciso dar uma palavrinha com ela.

O olhar arregalado de Amelia estava fixo em mim, como se eu tivesse sido chamada à direção para receber uma reprimenda.

Antes que pudesse responder, ele me arrastou com ele, os ombros empurrando as pessoas como se ele fosse um linebacker de futebol americano. Quando chegamos ao escritório, bateu a porta com força.

— Já tive o suficiente. — Girou meu corpo para encará-lo.

A raiva desmontou minhas defesas.

— Já teve o suficiente do quê?

— Desta atitude.

— Minha? — Eu ri. — O sujo falando do mal lavado.

— Você está me deixando louco. — Passou as mãos com força pelo cabelo.

— O sentimento é recíproco. — Cruzei os braços.

Ele esfregou o rosto com a mão, e depois abaixou o braço com um suspiro.

— O que estamos fazendo aqui? Você quer que eu te despeça? Quer largar o serviço?

— Não — respondi, baixinho.

Ele se sentou à beira da mesa, murmurando para o teto.

— Estou muito fodido.

— Por quê? — Postei-me entre ele e a cadeira, nossos joelhos roçando um no outro.

— Porque você é boa demais; sempre faz as coisas certas. Eu sou um criminoso. Jesus, você é parente da pessoa que me colocou na prisão. — Soltou os braços. — Basta você dar um telefonema, e minha vida acabou. Por mais que eu tente me endireitar, algo sempre me arrasta de volta. E acima de tudo... porque tudo o que quero é te dobrar nessa mesa outra vez até que nenhum de nós possa se mexer.

Ânsia me preencheu, fazendo minha pele esquentar. Dei um passo entre suas pernas.

— Sugiro que fique bem longe da minha cidade natal e do meu tio. — Segurei seu rosto entre minhas mãos, amando a sensação de sua barba. — Mas eu não vou te entregar.

— Você não tem como saber — ele praticamente sussurrou, cobrindo minhas mãos com as dele. — Tem muito mais coisa que você não sabe sobre mim.

— Então me diga.

Ele virou o rosto para o outro lado, evitando o meu olhar. Ele não falaria nada. Não ainda. Não confiava em mim totalmente.

— Tudo bem. — Escorreguei os dedos de sua mandíbula até o pesco-ço, tocando a cicatriz por baixo da tatuagem. — Então me conte a respeito disso.

Ergueu o olhar para mim, engolindo em seco ante o meu toque.

— Primeira noite na prisão. Um grupo de detentos partiu para cima de mim e cortaram minha garganta.

— O quê? — Senti o pânico me atingir.

— Lutei contra eles. Sangrei quase até morrer. — Sua voz vibrava por baixo dos meus dedos. — Não há um segundo para sentir dúvida ou fraqueza. Você tem que provar a si mesmo ali dentro. E rápido. Ou corre o risco de virar a cadela de alguém. Eles me viram como o novo rapazinho a quem podiam dominar e controlar.

— Ai, meu Deus.

— Fiquei na enfermaria por cerca de duas semanas. Arruinou a merda das minhas cordas vocais, mas tive sorte por sobreviver.

Era por isso que sua voz era bem diferente da que me lembrava, e a razão por não ter reconhecido o cara que grunhiu e gemeu em meu ouvido cinco anos atrás.

MÁ SORTE

— Eles tentaram mais uma vez, assim que saí da clínica. E foi aí que comecei a malhar a cada instante que podia. Eu não aceitaria me tornar a cadela de ninguém.

— Eles chegaram a...?

— Me estuprar? — disse, sem rodeios. — Não. Posso ser gostoso pra cacete, mas sou muito bom em lutar.

Tive um acesso de risos na mesma hora.

— Alguém aqui é bem prepotente.

Ele segurou minha mão, ergueu a camiseta e a colocou sobre uma cicatriz um pouco acima do quadril. Minha respiração acelerou.

— Consegue sentir? — Esfregou meus dedos sobre outra cicatriz que quase alcançava suas costas.

— Sim — assenti. Como não percebi na outra noite?

— Foi o segundo ataque que sofri. Quase perfurou meu rim. Não é prepotência. Tive que lutar ali dentro com todas as minhas forças. Sempre de prontidão. Nunca demonstrando emoção alguma. É o único jeito de sobreviver.

Meu olhar subiu até se conectar ao seu. Quantas noites passei pensando nele? Mas em nenhuma delas imaginei o que ele poderia estar passando ou o que poderia estar acontecendo por trás das grades. Simplesmente apontei para ele naquela linha de suspeitos e saí da delegacia, sem pensar nele em nada além do que alguém que ilustrava minhas fantasias.

— Sinto muito.

Cerrou os lábios, dando de ombros.

— Não dá para mudar o passado.

— Você mudaria? Se pudesse?

— Como assim? Para não ir para a prisão? Porra, com certeza.

— Não... quer dizer... — Estava mortificada e mostrei minha inquietação. — Estou dizendo porque... Você foi capturado porque eu o *atrasei* naquele lugar.

— Você está perguntando se me arrependo de ter conhecido você?

— Sim.

Nenhuma resposta surgiu, e senti a garganta apertar.

— Sardentinha... — ele engoliu.

— Não, eu entendo. — Tentei me afastar. — Eu arruinei a sua vida.

— Olha, eu faço minhas próprias escolhas. — Ficou de pé e avançou quando recuei. — Eu só posso culpar a mim mesmo. Mas... ter ficado com você naquele dia? E o que aconteceu por causa disso? — Apoiou as mãos nos quadris, olhando para o chão. — Não posso responder a esta pergunta.

Rangi os dentes, balançando a cabeça.

— Eu entendo.

STACEY MARIE BROWN

— Não, você não entende.

Silêncio se estendeu entre nós, ambos chegando à conclusão de que ninguém sairia vitorioso, não haveria um final feliz aqui.

— Escuta, acho que seria melhor se voltássemos ao tratamento patrão e empregada. Seria melhor para nós dois se fingíssemos que aquela noite não aconteceu — falei.

— Impossível. — A voz baixa e rouca enviou um arrepio pelas minhas pernas.

Fechei os olhos, tentando afastar a tristeza que parecia crescer em meu peito somente em pensar nas palavras que diria a seguir.

— Vou procurar por um novo emprego na próxima semana. — Eu não poderia ficar perto dele. Era tentação e tortura demais para aguentar.

— Devon...

Levantei a mão, interrompendo o que ele ia dizer.

— Meu parentesco pode acabar trazendo algum risco se eu ficar por aqui. A conexão com seu passado é perigosa demais para você. Sabemos que isso é o melhor a se fazer.

Ele abriu a boca mais uma vez.

— Vou cumprir meu aviso prévio de duas semanas. E chega de discutir. — Não poderia olhar para ele, então fui em direção à saída. — É melhor eu voltar para lá, ou você corre o risco de perder duas garçonetes ao invés de uma.

Quando saí de seu escritório, toda a minha raiva havia se transformado em um profundo pesar.

Parei no final do corredor, respirei com toda a minha força de vontade e plantei um sorriso forçado em meus lábios antes de regressar para os festejos. Eu não sentia nenhuma alegria como todos os outros que cantavam e dançavam ao meu redor.

Apenas tristeza.

MÁ SORTE

CAPÍTULO 20

A vida tinha um jeito engraçado de continuar a te atropelar uma vez atrás da outra, mesmo que você não quisesse tomar parte nenhuma nisso. Além de ter que trabalhar pelas próximas duas semanas ao lado de Lincoln, ainda tinha que aguentar minha irmã falando sobre ele sem parar.

— Não consegui descobrir se ele é gay, ou se não deixei claras as minhas intenções.

— Ah, acho que ele entendeu, Amelia. — Retirei as roupas da máquina de lavar. — O bar inteiro sabe que você o deseja.

Era uma quarta-feira, minha primeira noite depois da virada do ano, e havia passado a manhã inteira na lavanderia, entupindo as cestas de roupas. Acho que Amelia não chegou a lavar nenhuma vez enquanto estive fora, então foi preciso fazer duas viagens para finalizar tudo.

Amelia bebeu seu chá gelado, os restos de seu almoço tardio ao lado, na secadora onde estava sentada. O salão onde trabalhava ficava a apenas alguns quarteirões abaixo do nosso prédio, então ela veio me fazer companhia em seu intervalo. E, como sempre, não ajudou em nada com o processo de lavar as roupas.

— Ele te falou alguma coisa?

Ah, ele estava dizendo um montão de coisas para mim, mas eu duvidava que Amelia realmente gostaria de ouvir a respeito.

— Não. Mas você não está sendo nem um pouco discreta, Mel. E esteve perseguindo o cara por meses.

— Não estou perseguindo nada! — disse exaltada, com o orgulho ferido. — E, às vezes, a gente precisa soletrar para os homens. Eles não são antenados como nós, mulheres. Não dá para ser sutil.

— Nada em você é sutil.

— Qual é o problema dele? Não consigo entender. Ele é o único cara que está sendo cabeça-dura desse jeito. Aloooou! — Gesticulou com os braços. — Eu sou uma mulher sexy e gostosa que quer transar com ele. Então, o que diabos há de errado? Isso deveria ser tão fácil.

Joguei as roupas na secadora, batendo a portinhola com força.

— Será que você não pode conversar com ele? Ver se ele está saindo com alguém?

Ai, meu Deus... Só de pensar nele fodendo outra garota... Não. *Ele é meu.*

— Ele *não é seu*, Amelia! — gritei, revoltada. — Ele não está a fim de você! Coloca isso na sua cabeça. Ele não quer dormir com você.

Amelia se assustou com a minha veemência. A expressão chocada passou para mágoa, e em seguida, raiva. Ela estufou o peito e balançou a cabeça, sem conseguir acreditar.

— Amelia…

Sem mais, ela pulou da secadora, pegou sua bolsa e saiu batendo o pé, furiosa, da lavanderia.

— Merda. — Recostei-me na máquina de secar, com uma mão cobrindo meu rosto. Não quis ser tão ríspida, mas minha paciência com ela, especialmente em relação a Lincoln, estava no limite. Desde a visita de Skylar, tenho me sentido muito menos compelida a me tornar a cachorrinha de Amelia. Ou de qualquer outra pessoa. Já era hora de começar a dizer não.

Ela precisava ouvir de mim, de qualquer forma. Eu já deveria ter contado há muito tempo, mas estive tentando ser gentil. Sempre fui quieta, na minha, até que as coisas chegavam a um ponto e explodiam. Isso surpreendia as pessoas, porque elas nunca desconfiavam que eu poderia estar chateada com algo.

Nunca se desculpe por se defender. Às vezes, você será a única pessoa que fará isso. As palavras de Lincoln circularam pela minha mente. Ele estava certo. Eu precisava parar de ser um capacho.

Exalei com força, tentando encerrar minhas tarefas. Esperaria Amelia esfriar a cabeça e, hoje à noite, quando voltasse para casa, pediria desculpas não pelo que disse, mas pela forma como me expressei.

O peso que sentia por visitar minha mãe antes de ir para o trabalho também me fez doer o estômago. Receava vê-la hoje, o esqueleto da mulher que conheci, completamente vazio da personalidade que sempre brilhava em seus olhos.

Pela primeira vez, faça o que está com vontade, Devon. Isso não faz de você uma pessoa ruim. Eu poderia visitá-la amanhã. Infelizmente, ela não saberia disso. Mamãe já não entendia o conceito do tempo. Minutos eram como dias, e dias, como minutos. Ela já nem me reconhecia mais.

Era uma pena que fazer o que estava com vontade não incluía deixar de ir trabalhar. Eu precisava encarar Lincoln.

MÁ SORTE

O dinheiro sempre sobreporia o desejo de esquecer as responsabilidades, pegar um avião e nunca mais olhar para trás.

 ̄H ̄H ̄H

Janeiro era um mês considerado morto no ramo de bares e restaurantes, e este dia estava fazendo jus a essa reputação.

Nat conversava com um casal no balcão do bar quando cheguei. Acenei para Kyle e Rick, que se encontravam no lugar de sempre. Rick me deu uma piscadela marota. Ele fez algumas piadinhas dando a entender que nos ouviu ou deduziu o que fizemos no escritório de Lincoln, na noite de Natal. Aquilo me deixou mais triste do que envergonhada, ao pensar que nunca mais se repetiria.

Algumas mulheres pareciam estar fazendo um *happy-hour*, sentadas no sofá, já se queixando por terem voltado a trabalhar; mesmo assim, brindavam com suas taças de vinho. Antes de começar a limpar a bancada, meu estômago se retorceu em um nó ao sentir a presença de Lincoln.

Meu celular vibrou dentro do avental, e chequei a tela para identificar quem estava me ligando. Por conta da mamãe e de tio Gavin, ainda se recuperando, passei a manter o telefone comigo. O número da clínica de repouso iluminou a tela à frente do meu rosto.

Devia ser Bethany, querendo saber por que não apareci por lá hoje.

Olhando ao redor e conferindo que ninguém precisava de mim naquele instante, virei as costas para o bar e levei o celular ao ouvido, já com a desculpa saltando da minha boca.

— Sinto muito, eu sei que deveria ter ido aí mais cedo — disse de supetão, em um sussurro. — Diga a ela que vou vê-la sem falta amanhã.

— Devon.

— Tive um dia cheio hoje. Estou me sentindo mal por não ter ido. Ela não notou minha ausência, né?

— Devon!

A forma como disse meu nome fez com que me calasse na mesma hora.

— Devon… — Bethany repetiu, com mais suavidade. Havia um tom pesaroso que penetrou meu ouvido, escorrendo até a minha alma. — Eu sinto muito.

Não. Não. Isto não estava acontecendo.

— Sua mãe teve uma parada respiratória, e por conta da "ordem de não reanimação"... Nós a deixamos ir em paz. Ela faleceu há cerca de quinze minutos.

O tempo parou.

Meu mundo parou.

Tudo se tornou um borrão à minha volta, entorpecendo qualquer coisa, exceto a angústia que dominava meu ser. Senti ânsia de vômito e o gosto da bile na garganta.

— Não... — Pressionei a mão em minha barriga, sacudindo a cabeça, sem querer aceitar suas palavras.

— Eu sinto muito, Devon — ela continuou a falar, mas eu já não ouvia nada; o celular caiu da minha mão, chocando-se com força no piso.

Era para eu ter ido lá hoje. Estar lá. Mas fui egoísta ao optar em não ir...

Não haveria mais amanhã. Nenhuma visita a fazer.

— Devon? — Ouvi Nat gritando meu nome assim que caí no chão. Nada parecia real. Eu já estava longe, como se estivesse no fim de um túnel muito comprido. Eu nem mesmo sentia meu corpo. Incapaz de me conectar ao choro sufocado, o gemido em agonia, que derivavam de mim mesma.

— Devon! — Meu nome já nem mesmo me pertencia, soando como simples consoantes e vogais aglomeradas. Vi o semblante de alguém ao meu redor, tentando atrair minha atenção, mas eu só era capaz de encarar o vazio, minha mente e corpo flutuando para outra dimensão. — Lincoln! Lincoln, venha aqui agora!

Uma vaga consciência me fez perceber a vibração no chão abaixo de mim, pernas e pés preencheram minha visão, uma forma grande se agachando à minha frente.

— Ei... — Mãos cálidas e fortes seguraram meu rosto, obrigando-me a olhar para cima. — Devon, olhe para mim.

Tentei me concentrar no que o homem falava. Seu rosto era tão familiar que cheguei a achar que o conhecia por toda a minha vida. Segurança. Felicidade.

Âncora. Meu coração trovejou, meu olhar se ligou ao dele, senti seus polegares acariciarem minhas bochechas em um ritmo suave. Como se eu fosse um balão flutuando para o céu, ele me agarrou, trazendo-me de volta à Terra. Mas com isso, a realidade também veio junto, bem como as palavras de Bethany em minha mente. Minha mãe se foi.

— Ela está morta. — Minha voz soou como a de uma garotinha, como se a última porção de inocência e pureza tivessem sido arrancadas. — Ela se foi... — Ofegos inundados em pura dor tomaram conta do meu peito. Minha mente lutava contra o sofrimento incapacitante, tentando voltar à

MÁ SORTE

garota que sempre cuidava de tudo. Ser a adulta. O papel ao qual estava acostumada a desempenhar com maestria. — Preciso ligar para a Amelia... e meu tio Gavin. Skylar. Tenho que ir para a clínica. Provavelmente, eles precisam de mim.

— Devon. — Lincoln segurou meu rosto com firmeza, erguendo minha cabeça para encará-lo. — Tudo vai ser resolvido. Estou aqui. Para o que você precisar. Vou te levar até lá.

— Não... está tudo bem... táxi... preciso ir. — Soltei-me de seu agarre e fiquei de pé, minha atenção devaneando superficialmente sobre tudo, menos o que viria a seguir. — Está tudo bem se eu sair mais cedo?

— Se está tudo bem? — Lincoln também se levantou, segurando meus braços e me fazendo ficar parada no lugar. Ele se abaixou para ficar ao nível dos meus olhos, passando as mãos pelo meu cabelo e meu rosto juntos. — Pare! *Vou* te levar até a clínica. Não tem problema nenhum em pedir ajuda. Em deixar que alguém fique ao seu lado. — Seus olhos castanhos se fixaram aos meus. Tudo o que eu mais queria ver era a cor verdadeira de seus olhos. Azuis-acinzentados. Para conseguir enxergar sua alma sem uma barreira.

Ele nem sequer me deu a chance para responder, virando-se para Nat:

— Você cuida de tudo aqui?

— Sim, pode ir. — Ela assentiu, seu rosto demonstrando todo o pesar.

Lincoln pressionou uma mão em minhas costas, me levando, ainda entorpecida, em direção à porta dos fundos. Nat me abraçou rapidamente, sussurrando para Linc telefonar para ela. Ele assentiu, ignorando o silêncio vibrante de todos os clientes enquanto cruzávamos o salão principal. Eu podia sentir seus olhares sobre mim, mas era incapaz de olhar para eles, ciente de que veria piedade e compaixão em seus rostos. Porque me ver, aos olhos deles, me destruiria.

O caminho até a clínica foi feito em total silêncio. Encarei a janela o tempo inteiro. Tentei ligar para minha irmã, mas ela não estava atendendo. Era a noite em que saía com as meninas do salão, e o celular provavelmente devia estar no fundo de sua bolsa, enquanto ela ria e bebia com as amigas. Não deixei nenhum recado de voz... Apenas enviei uma mensagem dizendo: *"me ligue agora"*.

— Me dê seu telefone. — Lincoln estendeu a mão para mim enquanto entrávamos na clínica, ficando perto, me dando conforto. — Vou tentar falar com sua irmã.

Entreguei o telefone sem discutir mais nada. Geralmente, eu não aceitava a ajuda de ninguém, sempre dizendo que dava conta do recado, mas neste momento, não tinha forças para fazer nada mais. Deixei que ele lidasse com tudo, quando o que eu mais queria era sucumbir por baixo de todo o fardo que carregava.

— Devon — Bethany me cumprimentou assim que me viu e correu para me envolver em seus braços, sussurrando suas condolências. Ela se afastou para trás, olhando para Lincoln. — Olá, eu sou a Bethany.

— Lincoln. — Apertou sua mão.

— Obrigada por vir. — Ela deu um aperto em sua mão, desviando o olhar para mim. — Fico muito feliz que alguém esteja aqui com ela. Por mais forte que ela seja... ninguém deveria ficar sozinho nessa hora. — Inclinou a cabeça. — Devon é uma garota fora do comum.

— Sim, ela é mesmo. — Ele pressionou a mão em minhas costas.

— E Amelia?

— Ainda estou tentando fazer contato — respondeu em meu lugar.

Bethany assentiu, os lábios cerrados em compreensão.

— Você gostaria de vê-la? — Ela pegou minha mão. — Para dizer adeus?

Você quer dizer aquele adeus que eu não disse mais cedo quando resolvi não vir?, pensei, cheia de remorsos. Concordei, sentindo a garganta apertar.

— Tudo bem. Por aqui. — Ela me incentivou a segui-la. Dei apenas um passo quando Lincoln segurou minha mão.

— Você quer que eu te acompanhe? — Sua disposição em estar ao meu lado, naquele momento, fez surgir uma nova onda de emoção em meu peito.

— Não... está tudo bem. — Apertei seus dedos antes de me virar para seguir a enfermeira-chefe.

Bethany parou um pouco depois em frente a uma porta fechada.

— Sinto muito por você ter que fazer isso.

Meus lábios se curvaram em um meio-sorriso.

— Não é o primeiro familiar que tenho que enterrar.

— Oh, minha menina... — Bethany pressionou a mão em seu peito. — O que você já teve que passar, ainda tão nova assim...

A minha juventude foi desperdiçada. Será que algum dia já cheguei a ser jovem e livre?

— Isto pode não ajudar em nada agora, mas saiba que sua mãe está finalmente em paz. — Ela abriu a porta e se afastou para o lado. — Estarei aqui no corredor.

Passei por ela e por baixo do umbral que continha minha última gota de inocência.

MÁ SORTE

CAPÍTULO 21

卌 卌 卌

Não havia nenhum fio ou tubos presos a ela, igual ao meu pai, na última vez em que o vi; e nem mesmo os zumbidos de máquinas, como as do tio Gavin. Minha mãe repousava na cama, os olhos fechados como se estivesse dormindo, a expressão serena. Ainda tive a esperança de que ela acordaria, olharia para mim e me daria um sorriso.

Meus sapatos rangeram audivelmente sobre o piso de linóleo, tornando-me dolorosamente ciente do silêncio absoluto no quarto. Como se meus passos pudessem acordá-la, andei na ponta dos pés até a lateral de seu leito, olhando atentamente para seu rosto.

Minha mãe. Minha amiga. Meu mundo.

Se foi.

— Me desculpa, mãe — ofeguei, a verdade vindo à tona; lágrimas ardentes obstruindo meus olhos e garganta. — Eu deveria ter vindo aqui mais cedo...

Ela parecia em paz e muito mais nova do que ultimamente. Com dedos trêmulos, gentilmente acariciei seu rosto. Sua pele estava fria ao toque. E foi quando finalmente me dei conta de que nunca mais falaria ou estaria com minha mãe outra vez. Um soluço profundo deixou o buraco que agora havia em meu coração.

— Você fez isso de propósito? Foi para me punir por eu ter sido egoísta? — Uma onda de raiva subiu como se um monstro tivesse se apoderado de mim. — Eu só não vim te visitar dessa única vez, desde que voltei da casa do tio Gavin, e foi exatamente quando você decidiu morrer? Deixar-me assim foi o mesmo que dizer: "Vá se ferrar, Devon". É uma penitência pelo resto da minha vida? — lamentei, agarrando-me às barras da cama hospitalar, lágrimas escorrendo pelo meu rosto. — Você conseguiu, mãe. Essa culpa vai ficar comigo para sempre. Vai ficar na minha cabeça, dizendo que sou egoísta e cruel. Por não ter estado aqui com você. Por ter te deixado aqui sozinha e assustada. Como pude fazer isso com você? Como você pôde fazer isso comigo?

O sofrimento devastador amoleceu minhas pernas, meu corpo desabando ao lado de sua cama; soluços convulsivos ecoaram pelo quarto. Raiva, medo e pesar eram arrancados do meu peito, como se fossem se espalhar pelo chão, esvaziando minha própra alma. O tempo e o mundo já não importavam mais. Meu coração estava se despedaçando.

Não ouvi quando ele entrou, e de repente, braços me enlaçaram, me puxando para seu corpo cálido. Seguro. Lincoln me ajeitou entre suas pernas e me segurou apertado contra ele, me embalando enquanto eu desabava, uivos de angústia arrebentando meu peito.

Nem senti o tempo passar. Poderiam ter sido três minutos ou horas. Curvei-me contra ele, me balançando suavemente. O mundo ao meu redor desapareceu e, aos poucos, as lágrimas também. Ainda não conseguia sair de seu abraço; pela primeira vez, me sentia protegida. Como se alguém estivesse ali por mim.

— E-eu tinha q-que ter vindo vê-la hoje. Deveria ter estado ao lado dela.

Ele não disse uma palavra. Seus lábios tocaram minha testa, e ouvi quando suspirou profundamente, como se compreendesse a minha dor.

— Como vou sobreviver a isto? — Pressionei minha bochecha contra o algodão macio de sua camiseta, encharcada por conta das minhas lágrimas.

— Eu poderia dizer qualquer coisa para você, mas saiba que sua mãe te amava. Ela não morreu só para te magoar ou para te fazer sentir culpada. Acho que ela escolheu exatamente esse momento em que você não estava aqui, para que não a visse partir. Era a hora de ela ir embora, Dev... — Sua mão acariciou minha nuca. — Mas eu sei o que é ter que lidar com a culpa e o sofrimento. É como um demônio que se instala na sua consciência, e que te acusa, constantemente, das piores coisas que você pensa de si mesmo, ou do que você poderia ter feito de diferente. A estrada do que poderia ter sido ou do que você gostaria que tivesse acontecido. Se você for por esse caminho, é capaz de que nunca consiga sair dele. Sua mãe não ia querer isso para você.

Virei a cabeça e olhei para ele, encarando-o fixamente. Consegui ver que havia um significado muito mais profundo em suas palavras, uma tristeza encravada por baixo de seus muros, como se ele já tivesse andado por aquela estrada. Toquei seu rosto, sentindo a aspereza de sua barba.

— Vamos sair juntos dessa estrada — sussurrei.

— Já é tarde demais para mim. — Desânimo fez com que sua voz ficasse mais baixa ainda.

MÁ SORTE

Naquele instante, pude sentir toda a dor que ele carregava dentro de si, pude ver através das barricadas, e sentir consolo ao saber que não estava só. Ambos conhecíamos de perto o sofrimento, e levávamos isso conosco todo santo dia.

Aproximei-me mais dele, buscando sua boca, meu coração partido querendo aliviar o dele, pelo menos por um segundo.

— Sua irmã já está a caminho — ele disse, não se mexendo um centímetro, nem para avançar ou recuar. Ele não se aproveitaria de mim em minha angústia.

Aquilo só me fez desejá-lo mais ainda.

— Obrigada — murmurei, tocando seus lábios com os meus. Ele permaneceu imóvel, mas sua respiração acelerou. Meus dentes mordiscaram com suavidade seu lábio inferior antes que minha boca cobrisse a dele. Suspirando, sua mão deslizou para a minha nuca, retribuindo o beijo com intensidade.

Angústia. Dor. Sofrimento. Luto.

Nossas bocas suplicaram uma à outra para afastar tudo aquilo. Desesperados e necessitados em sentir além daquela mágoa devastadora. Aprofundei o beijo, precisando estar mais perto. Sentei-me sobre suas coxas, moendo meu centro contra ele, ansiando pela libertação do meu sofrimento ou por uma pequena fagulha de prazer em um oceano de dor. Minhas mãos ergueram sua camiseta, deslizando pela barriga travada até alcançar o cós da calça. Eu precisava dele. Agora.

— Devon. — Tentou se afastar, mas meu desespero em conservar o sentimento daquele pequeno alívio me fez avançar, minha boca devorando com fome e urgência. — Devon. Pare. — Segurou minha cabeça, para me conter.

Desgosto eclodiu em meu interior, amargura e agonia vindo à tona. Eu precisava daquilo. Caso contrário, não sobreviveria àquele momento.

— Ei. — Ele me sacudiu levemente. — Acredite em mim, não há nada que eu mais queira do que continuar te beijando. Estar dentro de você. Mas não agora, Sardentinha... não aqui.

Verdade. Minha mãe estava morta na cama ao lado. Envergonhada, inclinei a cabeça para o lado, limpando minhas lágrimas. Quem fazia esse tipo de coisa? Quem dava um amasso em um cara bem ao lado do corpo sem vida de sua mãe?

— É uma reação natural. — Lincoln se levantou, me puxando junto. Esfregou os polegares em meu maxilar, enxugando o restante das lágrimas. — Buscar conforto e confirmar que está vivo são respostas fisiológicas quando estamos enfrentando uma tragédia.

Olhei de relance para minha mãe. Sabia que esta seria a última vez que a veria, então fiz questão de absorver sua fisionomia. Seu rosto já não estava mais sulcado com o medo, a amargura ou a dor. Agora ela não ficaria mais encarando a janela com um olhar vago, a lucidez a abandonando.

Não estava mais presa ao corpo que matou seu espírito. A tradição indígena dos Navajos acreditava que seu corpo se tornava parte de uma nova vida, plantas ou animais. Por minha mãe nunca ter sido religiosa, ela sempre gostou da ideia de que nossas almas seriam livres para fazer parte de outras coisas. Eu esperava que agora ela pudesse voar em liberdade. Transformar-se em uma águia ao lado da alma do meu pai.

— Nós ficaremos bem. Vá com o papai — finalmente declarei, inclinando-me para beijar sua cabeça. — Eu te amo, mãe. Adeus.

Sustentando-me ao seu lado, Lincoln me guiou para fora do quarto e pelo corredor. Chegamos ao posto de enfermagem e paramos de supetão.

Amelia estava parada em frente a porta, os braços soltos ao lado e as mãos cerradas em punhos, angústia escorrendo pelo seu rosto em um fluxo constante. No instante em que me viu, soluços deixaram seus lábios quando correu na minha direção.

Da mesma forma que Lincoln fez por mim, enlacei meus braços ao redor de minha irmã e lhe dei um lugar cálido e seguro para se lamentar.

$$\text{卌 卌 卌}$$

Os dias seguintes se passaram em um borrão, planejando e organizando o funeral. Até que você tenha que passar por isso, não dá para imaginar o tanto de coisas que precisam ser feitas, desde a escolha do caixão, passando pelo vestido com o qual seria enterrada, à papelada envolvida.

Todo o velório e sepultamento do meu pai foram organizados pela tribo Navajo, mas eu ainda tive mamãe para ajudar com alguma coisa. Passei uma tarde inteira discutindo assuntos com o chefe da tribo do meu pai. Todas as tribos indígenas eram diferentes, mas a dele, em específico, era extremamente rigorosa e restrita a quem poderia ser enterrado em suas terras sagradas. Por mais que mamãe tenha sido casada com Jason, ela não era nativa, e não poderia ser sepultada ao lado dele. Ainda doía meu coração só em lembrar que meus pais não poderiam ficar juntos um do outro.

— Eles já se reencontraram. Lugar, tempo e carne não significam nada quando comparados às almas — o Cacique Lee me disse antes de encerrar a ligação.

Eu queria crer que ele estava certo.

MÁ SORTE

Amelia estava determinada a manter nossa mãe perto de nós. É verdade seja dita, mamãe nunca foi afeiçoada à nossa cidade natal. Ela só permaneceu ali por conta das obrigações familiares. Mas tirando tio Gavin, não tínhamos motivo algum para voltar para lá. Aqui, poderíamos mantê-la próximo. Mia poderia visitar o túmulo da avó.

Todos estavam sendo prestativos e generosos: tio Gavin, Skylar, até mesmo as enfermeiras da clínica de repouso. Bethany me ajudou a alugar um pequeno salão perto do cemitério onde poderíamos realizar o funeral. Nat perguntou por que não pedi a Lincoln para me ceder o bar. Foi a primeira coisa que me fez sorrir.

Fazer um memorial em homenagem à minha mãe, dentro do bar dele, onde meu tio e outros policiais também estariam presentes? Sim... parecia um desastre prestes a acontecer.

Somente a menção de seu nome já fazia meu coração doer. Eu ansiava saber notícias dele, mas não o tinha visto ou falado com ele desde seu sumiço logo após minha irmã aparecer na clínica, uma semana atrás. Eu sabia que ele achava que nós duas precisávamos de um tempo a sós, para superar nossa perda, mas eu sentia falta dele. Queria estar por perto. Ele havia sido tão gentil comigo naquele dia. Não éramos um casal, então não poderia exigir nada, mas ainda o desejava. Sonhava que ele chegasse do nada e me abraçasse.

Mesmo quando ouvi alguém bater à porta, sabendo quem estava do outro lado, não consegui impedir o instante de esperança que se acendeu de que poderia ser ele.

Quando abri, minha melhor amiga já estava com os braços abertos para mim. Ela me abraçou sem dizer uma palavra. Amelia tinha sido um caso perdido toda a semana, incapaz de trabalhar, mal conseguindo cuidar de Mia. Skylar me ajudou a cuidar de tudo, ligando e enviando e-mails para as pessoas.

Ela ficou responsável por entrar em contato com as amigas da mamãe em nossa cidade.

— Não há nada que eu possa dizer, a não ser que te amo — ela me apertou com força, apoiando o queixo no meu ombro —, e que trouxe uma caixa de vinho.

Uma risada verdadeira saiu como um soluço.

— Eu te amo pra caramba.

— Achei que você pudesse precisar. Esta semana deve ter sido insuportável. — Entrou no meu apartamento, colocando sua bolsa perto do sofá. — Onde está Amelia?

— Trabalho. — Mel voltara ao salão naquela manhã, alegando que precisava se distrair, e, honestamente, eu estava aliviada. Sua tristeza compreensível havia se tornado um pouco esmagadora. — Estou com mais medo da próxima semana. — Peguei a garrafa de vinho que estendeu para mim. — Quando a burocracia toda que me manteve tão ocupada não estiver mais lá.

Lembrei-me da época em que meu pai morreu; quando tudo acabou e nada mais sobrou para afastar minha mente da dor da perda. Pior ainda foram os meses naquele luto, vendo outras pessoas seguindo em frente, mas, ainda assim, sendo devastada em momentos de tristeza debilitante.

Abrindo a garrafa, servi minha taça e a de Skylar, voltando então para o sofá.

— Estou tão feliz por você estar aqui.

— Ela era como uma mãe para mim. E você é como minha irmã. Não há nenhum outro lugar no mundo onde eu deveria estar.

Emoção ardeu em meus olhos, e rapidamente, afastei as lágrimas.

— Mas esta noite, nada de falar sobre o velório ou qualquer coisa relacionada. — Skylar retirou os sapatos, sentando-se no sofá e me puxando para perto dela. — Conversamos a semana inteira sobre isso. Choramos. Sofremos. E não tem nada mais para ser planejado ou decidido. Hoje à noite, quero apenas conversar sobre nada, ficar bêbada e assistir filmes bestas. Rir. — Sentamo-nos uma de frente à outra, e ela tocou meu braço por cima do encosto do sofá. — Ou você vai se afundar em sua própria miséria.

Inclinando-me para frente, apoiei minha testa em sua mão, agradecendo em silêncio. Skylar me conhecia como ninguém, e sabia exatamente do que eu precisava. Ela era capaz de sentir que eu estava me afundando sob o peso do meu sofrimento e de Amelia.

— Agora beba, porque vou começar a te contar os detalhes suculentos da minha vida sexual... a não ser que você tenha algo a compartilhar também...

— Bem... na verdade...

Os olhos dela se arregalaram, como se não estivesse esperando aquela resposta. Eu quase nunca comentava minha vida íntima assim.

— Ai, meu Deus... — Cobriu a boca com a mão. — Por favor, *por favor*, me diga que foi com aquele homem gostoso para quem você trabalha, e que foi de sacudir seu mundo... e que Amelia sabe.

— Você só não acertou em uma coisa.

— Qual?

— Amelia não sabe.

— Eu sabia! — Ela deu um gritinho histérico. — Espera... — Ergueu a mão, bebendo o resto de seu vinho e depois colocou a taça em cima da mesinha de centro. — Tudo bem, agora me conte tudinho.

MÁ SORTE

CAPÍTULO 22

HHT HHH HHH

O sol brilhava no dia ameno em janeiro, os raios se infiltrando em meu vestido preto e meu casaco de lã grossa, mas eu não sentia nem frio nem calor. Apenas vazio. Torpor.

A mão de Skylar se manteve conectada à minha, como um pilar me impedindo de desmoronar. Amelia segurava a outra com tanta força que eu mal sentia as pontas dos meus dedos. Tio Gavin se postou do outro lado de minha irmã, com Lucy próxima a ele; Mia se sentava aos nossos pés, brincando com as flores que rodeavam o túmulo, sem entender totalmente o que estava acontecendo.

A mãe de Skylar, Vivian, ministrou belas palavras, mas não as absorvi por completo, apenas superficialmente; tudo ricocheteava sobre mim como se eu fosse feita de borracha.

Amelia soluçou baixinho, cobrindo seus olhos com grandes óculos de sol, e tio Gavin a abraçou apertado. De relance, vi quando Lucy entrelaçou os dedos aos dele, e estava torcendo que fosse mais do que um gesto amigável. Ele merecia ser feliz. Lisa havia sido horrível no fim do casamento, maldosamente fazendo questão de arrancar uma boa parte de seu salário medíocre como xerife, além da casa, e o mais importante: o cachorro. Acho que ele ficou mais magoado por causa do cachorro.

Amelia, Mia, e eu nos aproximamos do caixão quando estava sendo abaixado, e jogamos nossas flores.

— Adeus, *Enisi*. — Mia beijou seu coelhinho de pelúcia que sempre manteve perto para se sentir segura. Mamãe havia dado de presente assim que ela nasceu; era o favorito dela. Mia se inclinou e o jogou.

— Mia... — Amelia arfou, olhando para o bichinho acima do caixão. — Não vamos conseguir resgatá-lo.

— Quero que a *Enisi* fique com ele. Não quero que se sinta sozinha ou com medo.

Meu coração disparou cheio de amor e sofrimento pela inocência pueril.

— *Enisi* vai adorar. Obrigada, Mia. — Amelia a pegou no colo, abraçando-a apertado.

Mordi o lábio inferior. Eu não choraria... porque, se fizesse isso, não seria capaz de parar. E eu precisava me manter sob controle por mim mesma e por todos nós.

As pessoas se misturaram, desejando as condolências antes de se dirigirem ao salão. Meus olhos pousaram sobre minha colega de trabalho.

— Nat — abracei minha amiga —, obrigada por ter vindo.

— Eu queria muito poder comparecer ao memorial. — Afagou minhas costas antes de se afastar do meu abraço. — Lincoln me deixou encarregada de tudo hoje, então vou precisar voltar logo, logo para o bar.

— Ele está tirando o dia de folga? — Lincoln. Só o seu nome já era o suficiente para me dar um frio na barriga.

— Ele me ligou há uma hora, então não tenho certeza se foi algo planejado. — Franziu o cenho. — Provavelmente tenha a ver com James. Ele apareceu inúmeras vezes por lá esses dias. — Jogou uma mecha do cabelo encaracolado por cima do ombro. — Graças a Deus, consegui uma babá.

— Obrigada por ter vindo — repeti e segurei sua mão.

— Estamos com saudades de você no trabalho. — Retribuiu o aperto confortador. — Espero que volte logo.

— Talvez no fim dessa semana. Quando tudo acabar, vou precisar de alguma coisa para me distrair.

— Devon, estamos indo — Skylar me chamou; Mia estava apoiada em seu quadril, cobrindo os olhinhos com uma mão. Amelia, Gavin e Lucy já seguiam em direção ao carro.

— Tudo bem, *chica*. Amo você. — Nat me deu um último abraço. Virei-me para seguir para o carro, e meus olhos captaram a silhueta de alguém à distância, encoberto pelas árvores.

— Você está bem? — Skylar parou ao meu lado, atraindo a minha atenção. Quando olhei de novo, a figura havia desaparecido.

— Sim. — Sorri, resignada, pegando os dedinhos de Mia. Beijei sua mão antes de nós três entrarmos no carro de Lucy, que apenas nos aguardava.

⅂⅂⅂⅂⅂ ⅂⅂⅂⅂⅂ ⅂⅂⅂⅂⅂

MÁ SORTE

A mesa de *buffet* do salão ficava em frente às imensas janelas que davam vista para o rio. Uma música suave tocava ao fundo. Cerca de vinte pessoas estavam ali. A maioria dos convidados era composta de enfermeiras ou policiais da nossa cidade natal. Praticamente as mesmas pessoas que compareceram ao funeral do meu pai, embora, na ocasião, quase a cidade inteira tenha aparecido. Minha mãe teve apenas poucos amigos, já que nunca foi realmente feliz lá. Vivian era sua amiga mais íntima. A Dra. Matheson estava ao lado de Bethany e algumas enfermeiras, conversando com os poucos médicos e equipe da clínica de repouso. Os policiais da delegacia do meu tio estavam todos reunidos, próximos à janela, beliscando os canapés.

Passei de grupo em grupo, como um robô, agradecendo pela presença e recebendo as condolências de cada um. Era como um zumbi, assentindo, cumprimentando e apertando mãos, abraçando as pessoas, vendo apenas as fisionomias embaçadas.

Amelia ficou na companhia das mulheres do salão de beleza onde trabalhava, tomando uma imensa taça de vinho tinto.

Fui até a mesa de bebidas, onde refrigerante, vinho e água estavam sendo servidos. Eu precisava de algo mais forte para tomar, mas optei também por uma taça de vinho.

— Onde está sua mãe? — A voz profunda que soou da porta arrepiou minha pele, e um calor intenso instantaneamente fluiu pelo meu corpo. Meu coração quase saltou pela garganta.

Ao me virar, avistei Lincoln segurando Mia nos braços, que apontava o dedinho na minha direção. Eu sabia que Amelia estava perto da janela, atrás de mim, mas a impressão que dava era que minha sobrinha havia me indicado.

Sua boca se contraiu quando ele veio até mim, o olhar afiado e penetrante. Reparei nas roupas elegantes que usava: uma calça preta social e camisa branca de botões. Ele estava incrível.

— Você tem uma excelente recepcionista. — Parou à minha frente.

Mia era fascinada por homens altos e barbudos. Enquanto algumas garotinhas eram tímidas, ela marchava até eles e dizia o próprio nome. Quanto mais brutos eles se parecessem, mais intrigada ela ficava, fazendo com que caras enormes comessem na palma de sua mão. Tal mãe, tal filha. Okay... tal tia, tal sobrinha. A garota estava perdida.

— Você é a mãe dela? — Seu cenho franziu, assombrado, a voz se tornou mais rouca. — Você nunca mencionou uma filha... Quantos anos ela tem?

— Tenho cinco. — Mia agitou os dedinhos com orgulho.

— Cinco, hein? — Cada palavra foi dita de um modo arrastado, e dava para ver seu pomo de Adão subindo e descendo. — Sério?

Se não estivéssemos cercados por policiais e outras pessoas que poderiam reconhecê-lo, eu teria rido.

Retirando-a de seus braços, coloquei-a no chão.

— Vá encontrar a sua mãe, Mia. — Acariciei seu cabelinho trançado, observando-a correr até minha irmã. — Minha *sobrinha*.

— Meu Deus. — Colocou a mão dramaticamente sobre o peito. — Acho que quase tive um ataque cardíaco agora. Quando ela correu até mim na porta, tudo o que eu podia ver era uma versão miniatura sua. Amelia de alguma forma deixou de fora o fato de que tinha uma filha.

— O que você está fazendo aqui? — perguntei, entredentes, pulando a conversa-fiada, olhando de relance para os policiais fora de serviço, que *nunca* paravam de trabalhar. — Você não deveria ter vindo aqui.

Lincoln esfregou o queixo, sem olhar para mim.

— Não sei. Só tive essa necessidade imensa de estar aqui por você.

— Você deveria ir. Não é seguro. — Como se meu tio tivesse sentido a presença da única pessoa que não deveria estar aqui, seu olhar se concentrou exatamente sobre Lincoln. Ele parou o que estava falando com alguém, uma ruga imensa entre as sobrancelhas, como se estivesse tentando reconhecer o homem de mais de 1,90 de altura.

— Merda. — Agarrei seu braço, puxando-o pelo corredor, na mesma hora que Amelia o chamou.

Porcaria.

Abrindo a primeira porta que encontrei, eu o empurrei para dentro do banheiro social, girando a chave na fechadura.

— Você está louco? — Agitei meus braços.

— Possivelmente.

Estreitei meu olhar ante sua resposta engraçadinha.

— Você não percebeu que o salão está repleto de policiais? Os mesmos que olham diariamente para a sua foto pregada na parede da delegacia? — disse, asperamente, querendo arrancar aquele sorriso sem-vergonha de seus lábios. — Como se eu já não tivesse o suficiente para resolver... Evitar que você seja preso no funeral da minha mãe não estava na minha lista.

Seu sorriso diminuiu quando ele se aproximou de mim.

— Eu sinto muito. Sei que foi uma idiotice. Mas, entre todos os dias — prosseguiu —, achei que precisasse de alguém que estivesse aqui por *você*.

— Agora? Você desapareceu durante toda a semana. — Coloquei as mãos nos quadris, meus saltos altos clicando contra o piso de cerâmica.

— Sinto muito por não ter ligado. — Sua voz ressoou a constrangedora tensão entre nós. — As coisas ficaram um pouco *complicadas*... Estive lidando com algumas merdas. E achei que seria melhor se me afastasse de você.

MÁ SORTE 177

Não!, meu coração gritou. Não queria que ele se afastasse de mim; eu o queria perto. Mas por causa do meu tio e do seu passado, ele realmente deveria *fugir* de mim.

— Isso tem alguma coisa a ver com o seu irmão? — Lembrei-me do que Nat havia dito mais cedo.

Ele riu com deboche, como se eu tivesse acertado na mosca.

— Como disse antes, ficam me puxando de volta.

— Você não pode se recusar?

— Você consegue negar alguma coisa para a sua irmã?

— É verdade.

— É mais do que isso, mas não quero falar sobre ele nesse momento. — Chegou mais perto, o olhar se tornando mais intenso; nossos olhos se conectando, de verdade, pela primeira vez. — Vim aqui por *você*.

— Você não pode ficar aqui. É perigoso demais ali fora.

— Não preciso ficar lá fora para estar com você. Para fazê-la se sentir bem pelo menos por um instante.

Engoli o nó na garganta, captando o sentido duplo de sua frase. Ele me empurrou contra a pia, malícia brilhando em seus olhos. Eu não gostava das lentes castanhas. Ele poderia se esconder por trás delas e me manter à distância. Eu queria o homem de verdade à minha frente, sem joguinhos ou muros ao redor.

— Livre-se delas — exigi.

Ele inclinou a cabeça por um instante antes de fazer o que pedi. Jogou as lentes no lixo, e me olhou por cima dos cílios, fazendo-me ofegar. Olhos azuis-acinzentados pairavam sobre mim com tanta intensidade, aparentemente estraçalhando minhas barreiras, o olhar tão palpável quanto os dedos que roçavam minha pele.

— Aí está você... — sussurrei. Ele não era mais o despreocupado Finn Montgomery que conheci tanto tempo atrás. A prisão o forjou neste homem que agora conhecia como Lincoln Kessler. Independente do que sua certidão de nascimento dissesse. E eu queria *este* homem.

— Agora deixe-me *descobrir* uma coisa em você.

— O que quer dizer? — perguntei, baixinho.

— Algo que quis fazer desde o instante em que te vi. — Agarrou minha cintura e me colocou sobre a pia, me fazendo perder o fôlego. — É inadequado dizer que você está linda pra caralho? — Sua mão percorreu minha coxa nua, curvando-se ao redor do meu tornozelo.

Vestidos e sapatos de salto não eram meus trajes do dia a dia, e eu só tinha um vestido preto. Sem mangas e acinturado, curto demais para um funeral; mas minha mãe havia me encorajado a comprá-lo. Ela teria aprovado minha escolha para este dia. Os saltos pretos enfatizavam minhas pernas compridas.

— Você também está lindo. — Arqueei minha coluna, a mão áspera percorrendo minha outra coxa.

— Achei que se tivesse vindo aqui usando calça jeans surrada e camiseta, teria me destacado. — Aninhou-se na curva do meu pescoço, mordendo minha orelha.

— Como se você já não fizesse isso... — Inclinei a cabeça para dar maior acesso à sua boca, meu corpo se aquecendo a cada toque. — Não importa que roupa estiver usando...

As mãos subiram meu vestido até os quadris, a boca consumindo a minha em um beijo voraz antes que ele se colocasse de joelhos, incendiando cada terminação nervosa do meu corpo.

— Por cinco anos estive sonhando com isso. — O desejo que vi em seus olhos azuis, bem como a expressão faminta, me deixou arrepiada.

Um gemido suave deixou meus lábios assim que sua língua roçou a parte interna da minha coxa. O calor de sua boca fez com que eu cerrasse meus punhos em desespero.

Nós tínhamos uma coisa por lugares públicos.

Acariciando a outra coxa, seus dedos penetraram por dentro do elástico da calcinha, arrastando a peça pelas pernas. Pressionando meus joelhos, ele as abriu, deixando o ar frio tocar meu centro totalmente exposto para ele.

— Caralho... — murmurou, encaixando minhas pernas sobre seus ombros.

Suspirei através dos dentes entrecerrados no instante em que ele soprou sobre minhas dobras, a língua as separando, descobrindo-me.

— Ai, minha nossa... — Segurei-me em cada lado da parede, tentando me manter ereta. Eu só havia feito aquilo poucas vezes, com caras que estavam de passagem pela cidade. Até gostei na época. Agora cheguei à conclusão de que nenhum deles sequer sabia o que estava fazendo. Não se fossem comparados a Lincoln.

— Porra, seu gosto é melhor do que imaginei — rosnou contra minha pele.

Mordendo, lambendo, chupando, a abordagem de Lincoln mudou. Agarrando minha bunda, ele me puxou mais para sua boca, e seus dedos agora participavam da tortura. Ele era um homem em uma missão, com um propósito: incinerar todas as células do meu corpo com um prazer absurdo. Gemi sem sentido, e agarrei sua cabeça, me empurrando cada vez mais para ele, o êxtase florescendo por dentro. Outro gemido alto ressoou pelo ambiente. Dava para ouvir o burburinho das pessoas a apenas poucos metros de distância, mas não me importava mais. Eu me rendi ao prazer

MÁ SORTE

inacreditável, perseguindo-o como uma criança correndo atrás do caminhão de sorvete.

Uma batida soou à porta. É óbvio que alguém precisava do banheiro logo agora.

— Está ocupado — resmunguei, pouco me lixando para quem fosse. O risco de sermos pegos em flagrante pareceu instigar Lincoln mais ainda em alcançar seu objetivo. — Porra... *Lincoln*. — Minhas unhas se arrastaram pelo seu cabelo quando ele mudou o ângulo, a língua penetrando mais profundamente, me devorando enquanto o polegar circulava meu clitóris. Minha cabeça pendeu para trás com um gemido longo.

O suor escorreu pelas costas assim que o orgasmo escalou cada vértebra. Sentindo que meu corpo estava tensionado, arfante, ele aumentou a intensidade, me beliscando com os dentes.

Um gemido sufocado foi tudo o que consegui conter quando o clímax arrebatador quase me fez flutuar acima do meu próprio corpo, levando embora toda a dor e sofrimento. Tudo o que senti foi júbilo. Espasmos suaves me faziam tremer, e, aos poucos, voltei a mim. Meus músculos ficaram lânguidos, fazendo-me recostar contra o espelho enquanto tentava resgatar o fôlego.

Não consegui me mover ou falar por vários segundos, minha mente e membros moles como gelatina.

Lincoln me beijou com carinho antes de ficar de pé, com um sorriso arrogante curvando um lado de sua boca.

— Você não tem noção de quantas vezes me vi fazendo isso. — Colocou as mãos em meus quadris. — Muito melhor do que qualquer uma das minhas fantasias. Porém, volto a repetir, isso foi feito às pressas. Na próxima vez, quero desfrutar de você por um bom tempo, só para te fazer perder os sentidos.

— Às pressas? — Engasguei-me. — Jesus, acho que não consigo aguentar uma versão mais completa.

— Acho que vamos ter que testar isso depois. — Inclinou-se e cobriu minha boca com voracidade, língua e lábios reivindicando os meus em um beijo apaixonado. Saí do estado torporoso ao excitado em um lampejo, meus joelhos envolvendo sua cintura quando o beijo se tornou mais frenético e desesperado.

De forma abrupta, ele recuou, recostando sua testa à minha, ambos arfando.

— É melhor eu ir.

Meu estômago deu um nó, minha cabeça começou a girar ao perceber os extremos onde esse homem era capaz de me levar.

— Sim. É melhor mesmo. Não vai demorar muito até que Amelia

resolva te procurar.

— Deixei claro para ela que não estava interessado. Que havia outra pessoa. — Roçou os lábios nos meus e se afastou. — Você não disse a ela que havia algo entre nós?

— Não. — Passei a mão na saia do vestido. — Nunca encontrei um bom momento para dizer. Ela está tão a fim de você... que não quis magoá-la.

— É sério isso? — Deu um passo para trás, tenso. — Vou guardar o seu segredinho sujo para proteger os sentimentos de Amelia. E o que me diz dos seus?

— Meus? Não faço a menor ideia de quais são eles. — Suspirei, irritada. Desci da pia, ajeitando minhas roupas, a fachada que deixei cair por alguns momentos retornando com força total. — É melhor eu voltar, ou vão começar a desconfiar de onde posso estar.

— Devon? — Ele segurou meu braço, indignação escrita e estampada como suas tatuagens.

— Preciso ir. Ainda tenho que cumprimentar alguns convidados. — Soltei-me de seu agarre, agindo com mais frieza do que deveria. Eu não tinha forças para discutir esse assunto com ele. Do lado de fora dessas paredes já havia estresse demais. — Tem uma porta lateral que você pode usar para sair.

— Faça isso então — disse, impassível, assentindo e ajeitando os punhos de sua camisa social. — Volte lá e atue como a anfitriã mais do que perfeita e irmã altruísta.

— O que você quer dizer com isso? — Agora eu estava irritada.

— Sempre agindo com nobreza. Integridade. Juro que sou capaz de ouvir sua alma gritando daqui, ansiando em ser livre. Seja honesta, Dev. Você preferia estar em qualquer outro lugar a estar aqui.

Foi como se ele tivesse arrombado minha alma e escavasse meus pensamentos mais profundos. Pouca gente conseguia ver por trás da camada de verniz dos outros, contemplando verdadeiramente suas almas. E odiei por Lincoln ser um deles, que realmente conseguia me enxergar, vendo-me sufocar.

— E daí? — Apoiei as mãos nos quadris outra vez, sem me preocupar em negar. — O que isso tem a ver com qualquer coisa? Eu tenho que estar lá... É o funeral da minha mãe. As pessoas...

— ... Estão contando com você — concluiu por mim, me irritando mais ainda. — Me diga, sua mãe teria gostado desse memorial, funeral, o que seja?

Não. Ela teria detestado. Ela iria querer que todo mundo fizesse uma festa em volta de uma fogueira; que ficassem bêbados e contassem histórias

MÁ SORTE

engraçadas. Antes de adoecer, ela havia sido um espírito livre.

— Você sabe muito bem que esses funerais não são para as pessoas que morreram. Servem apenas para apaziguar os que estão vivos. Faça, então, o que a sociedade te manda fazer.

— Vá se ferrar — disse, ácida. — Estou apenas tentando passar por tudo isso sem desmoronar.

— Desmorone.

— O quê?

— Simplesmente desmorone, porra. — Ergueu as mãos. — O que vai acontecer se você desmoronar? O mundo vai acabar se você perder o controle? Se há alguém que merece se descontrolar, é você. Está achando que as pessoas não vão entender?

Abri a boca e fechei na mesma hora. Não era só porque achava que as pessoas não entenderiam... Eu não queria também... porque, em algum lugar no caminho, me tornei uma maníaca por controle.

— Quem é você para falar isso? — rebati, e fui atrás da minha calcinha perdida. Um minuto atrás ele estava com a língua enfiada dentro de mim, me fazendo gozar, e agora, o que eu mais queria era dar um soco na cara dele. — Você é tão fechado que chego a ficar supresa por você não entalar com as suas mentiras.

Ele deu uma risada ríspida que acabou tão rápido como começou.

— *Minha vida* depende da privacidade.

— É, você está fazendo um ótimo trabalho com isso. — Gesticulei para a porta, indicando o salão principal. — Mas eu sei quem você é. Então, por que me manter de fora?

— Você não vai querer entrar. Acredite em mim.

— Não decida por mim. — Nossos sapatos se tocaram. As palavras sendo despejadas como se eu perdesse o senso de controle somente em estar perto dele. — Ou você está simplesmente com medo de que eu descubra que você não passa de um narcisista e notório traficantezinho de baixo escalão? Um ladrão burro o bastante para ser pego porque pensou mais com o pau do que com a cabeça.

Sua mandíbula cerrou, os olhos se tornaram fendas, enquanto ele pairava sobre mim. Dava para sentir a raiva que exalava pelos poros dele, como vapor.

— É. Isso. O. Que. Você. Pensa? — resmungou com aspereza e lentidão.

— Não. Huh... Não sei o que pensar — desafiei. — Você não quer me dizer nada. Você só sugere ambiguamente, uma vez ou outra. Nunca me disse quem era a criança na foto. Você tem uma filha? Uma esposa?

Ele inclinou a cabeça para o lado, a raiva franzindo seu cenho.

— Você realmente quer saber? — escarneceu, como se estivesse me provocando, já sabendo o resultado.

— Sim. — Não recuei. Depois de tudo o que passei, poderia aguentar sua história.

— Ótimo. — Segurou minha mão, colocando a mão na maçaneta. — Vamos embora.

— Para onde? — Tentei me soltar de seu agarre firme.

— Você disse que quer saber de tudo. Bom, você vai conseguir o que queria. Mas tem que vir comigo para entender a história toda.

— Eu não posso ir embora.

— Que pena. — Deu de ombros, destrancando a porta. Eu sabia, lá no íntimo, que esta poderia ser a única chance que teria. Se eu não fosse, ele não daria outra oportunidade. Hesitando por um segundo, observei quando começou a sair do banheiro.

Vá, Devon! Não o deixe ir embora sem você. Uma vozinha gritou dentro da minha cabeça, me obrigando a segui-lo.

— Espera. — Saí dali com ele, que olhou de relance para mim, vendo que eu já havia feito minha escolha. Enviaria uma mensagem para Skylar, pedindo que ela se desculpasse com todo mundo, dizendo que precisava de um tempinho sozinha.

— Vamos sair pela porta dos fundos. — Indiquei o lado oposto do salão principal.

Entrelaçando a mão à minha, ele nos apressou pelo corredor e abriu a porta de emergência. Com uma última olhada para a sala, avistei tio Gavin, Skylar e Amelia conversando. Sem um pingo de dúvida, saí dali, fugindo das minhas obrigações e do sentimento de culpa, abandonando o controle que sempre fiz questão de manter, bem como minha calcinha descartada.

MÁ SORTE

CAPÍTULO 23

HHT HHT HHT

— O quê? — Olhei ao redor, confusa. — Por que voltamos aqui?

Ele desceu da caminhonete, obrigando-me a segui-lo. O céu de cor púrpura encobria o cemitério.

— Lincoln? — Deslizei para fora do assento, observando-o caminhar para o lado contrário de onde havíamos acabado de sepultar minha mãe. — Lincoln!

Sem dizer uma palavra, ele continuou andando. Suas pernas longas me fizeram correr atrás dele, meus pés doendo por causa do caminho acidentado. Por que não calcei meu tênis?

— Para onde estamos indo? — Eu o alcancei, mas seus muros estavam erguidos, sem transparecer um fragmento de emoção. — Achei que você ia me mostrar alguma coisa.

— E vou mostrar. — Seus músculos dos braços estavam contraídos, atraindo minha atenção; seu físico inteiro estava tensionado.

Para onde estávamos indo? Por que voltamos aqui?

Pegamos outro caminho, o portão de saída não tão distante. Mas quando estávamos quase nos aproximando de lá, ele parou, pisando cuidadosamente entre uma fileira de túmulos até parar diante de um. Meus saltos afundaram na grama assim que me coloquei ao seu lado. Meu olhar espelhou o dele, contemplando o nome na pequena lápide.

Ah, meu Deus. Não. Cobri a boca com a mão.

O nome gravado na pedra: *Kessley Montgomery-Smith.*

— Minha filha. — Sua voz soou tensa, como se estivesse engolindo em seco.

— Meu Deus... — Meu cérebro detectou as datas. Ela havia morrido cerca de nove meses atrás. Na mesma época em que Finn Montgomery fugiu da prisão.

Com a cabeça baixa, ele tentava falar, com a voz emocionada:

— Eu era muito novo quando ela nasceu. — Exalou um suspiro profundo, o corpo ainda rígido, no entanto, continuou: — Quando conheci Kim, eu devia estar com uns vinte anos. Era superficial, e não me importei para o caráter dela, vendo apenas o tanto que era gostosa, experiente e como me desejava. Éramos como óleo e água, mas continuamos nos vendo durante todo o verão. Inflamáveis. Tóxicos em tudo, menos na cama. Não pensei em nada disso depois que nos separamos. Até que um dia, ela apareceu na minha porta com um bebê. Minha filha. Fomos burros várias vezes... — concluiu, balançando a cabeça. Lembrei-me de ter ouvido seu irmão mencionar esse nome, Kim, chamando-a de vagabunda. A mãe de sua filha.

— Eu não tinha nada de grana, mal conseguia pagar as minhas contas, e Kim exigia dinheiro cada vez mais. Eu queria ser um bom pai, ao contrário do meu, e queria fazer a coisa certa. Mas estava me afundando. Meu irmão e eu sempre andamos do lado oposto da lei. Furtando coisas de mansões desde quando éramos crianças. Era mais um *hobby* do que tudo. — Lincoln esfregou a cabeça, franzindo o cenho. — Foi *minha* ideia fazer isso com mais frequência. Éramos bons naquilo, e era o jeito mais rápido e fácil de conseguir o que precisávamos. Nunca usávamos armas, e apenas roubávamos o lugar quando as pessoas não estavam em casa. Eu fazia aquilo porque achava que era preciso, mas meu irmão tomou gosto pela coisa. Com sua personalidade viciosa, era como se fosse um barato, uma droga para ele. Ele amava. E, como a maioria dos entorpecentes, você começa a ansiar por mais, para manter o efeito. Ele passou a falar sobre roubos maiores, como bancos e lojas comerciais, arranjou armas, o que nunca fez parte do meu plano. Eu tinha uma bebê loirinha e preciosa, com grandes olhos azuis, razão mais do suficiente para me fazer querer ficar fora da cadeia. Já estava planejando largar tudo, abrir um bar, ter um trabalho adequado e ser um bom pai para Kessley. Mas, é claro, a vida sempre dá um jeito de te atropelar e te foder...

Não me movi ou pisquei, absorvendo sua história como uma esponja. Ele estava me deixando vislumbrar seu mundo, suas verdades e demônios.

— Ela estava com apenas dois aninhos quando os médicos descobriram que tinha um tipo raro de leucemia. Nos quatro anos seguintes, submeteu-se a um tratamento atrás do outro, e internações nem um pouco baratas. — Ele engoliu, erguendo o rosto para o céu, esfregando os olhos com força e tentando reprimir a dor. — Sem o apoio da família dos dois lados, estava ficando cada vez mais difícil custear o seguro de saúde. Meu irmão e eu, então, elaboramos um plano. Roubar mercadorias o suficiente para pagar pelo tratamento dela. Como você já deve saber, as coisas não saíram como planejado.

MÁ SORTE

Ah. Puta. Merda.

Ele não era um traficante que vendia os medicamentos no mercado negro para si mesmo. Ele havia feito aquilo para conseguir dinheiro. Para salvar a vida da filha.

— Deveria ter sido uma entrada e saída rápidas. Uma amiga de Kim havia roubado o crachá e um uniforme de um enfermeiro, mas o guarda rapidamente percebeu que eu não condizia com a foto e o nome... Acho que teria conseguido sair de lá numa boa, mas a ganância do meu irmão falou mais alto. Sem que eu soubesse, ele levou uma arma. Assaltou uma loja de conveniências no caminho, querendo dinheiro, retardando nossa fuga e adicionando um peso enorme ao nosso crime. Peguei seu revólver e disse para ele que me livraria daquilo.

— Você foi esconder a arma no banheiro do restaurante. — Comecei a juntar todas as peças.

— Burrice, eu sei, mas entrei em pânico. Imaginei que alguém fosse jogar o lixo fora na caçamba, com a arma ali dentro. Eu voltaria à estrada, sem que ninguém soubesse que parei por ali. Não haveria arma alguma para a polícia conectar ao crime. — Virou a cabeça para mim, um sorriso perspicaz surgindo em seu rosto. — Mas aquele plano também não deu certo...

— Por minha causa. — Cerrei meus lábios.

— Jesus, Sardentinha, você era como a minha fantasia ganhando vida. — Ele me encarou. — O momento foi péssimo, mas, mesmo naquela época, não consegui me afastar de você. E ainda havia aquela fúria em seus olhos, uma tristeza profunda que selou meu destino.

— Algumas horas antes, minha mãe tinha sido diagnosticada com Alzheimer — revelei. — E um pouco antes de você chegar, li uma mensagem sexual que meu namorado enviou para minha melhor amiga. Enviou por engano. Eles estavam se encontrando às escondidas. E, no dia do nosso aniversário de namoro, os dois estavam transando como coelhos.

— Uau. Sinto muito. — Segurou meus braços, deslizando as palmas para cima e para baixo. — Que babaca estúpido... mas tenho que dizer que sou meio grato por ele ter sido tão sacana. Não me importei nem um pouco em ser a sua trepada vingativa.

Bufei uma risada.

Suas mãos foram para o meu rosto, segurando-me pela mandíbula.

— O sexo com você foi... o que me fez enfrentar a maioria dos meus dias na cadeia. Por alguma razão, não conseguia parar de pensar ou fantasiar com você... — declarou, parando em seguida, o semblante agora fechado.

— Mas...? — insisti, mordendo o lábio.

Ele me soltou e deu um passo para trás, o pesar dominando suas feições, lágrimas enchendo seus olhos.

— Kim e eu fizemos o teste de compatibilidade de medula óssea. Eu estava preso quando descobriram que era compatível. Kim, não. Os médicos tentaram preparar Kessley para um transplante. Então, eu estava trancafiado lá dentro, enquanto minha garotinha adoecia cada vez mais... Kim me informou que ela já não respondia a nenhum tratamento e estava se debilitando com rapidez. — Fungou e olhou para outro lado, amargura tensionando seu pescoço. — Prometi que nunca a abandonaria; lia historinhas para ela e a levava ao parque. Afirmei que tudo ficaria bem. — Sua voz vacilou. — Ter minha garganta cortada não se equiparou à dor que causei à minha menininha. Kim me odiava até os ossos, então fazia questão de esfregar na minha cara, sempre que me visitava na prisão, dizendo o quanto Kessley chorava toda noite, perguntando onde o pai estava. Eu havia prometido que sempre estaria ao lado dela. E parti o coração da minha filha.

Ele chutou a grama, mágoa inundando sua voz.

— Eu era um detento com ótimo comportamento, um exemplo. Ficava na minha e fazia tudo o que me mandavam. Quando soube que era tarde demais para um transplante, tudo o que mais queria era ser colocado em liberdade condicional. Mas a vida, mais uma vez, me deu uma grande rasteira... — Ele se virou, os olhos agora selvagens e brilhantes, os dentes à mostra. — Eu ainda tinha um ano pela frente para cumprir, mas minha filha estava cansada de lutar contra a doença. E adivinhe qual foi seu último desejo? — gritou, uma lágrima solitária deslizando pelo seu rosto. — Ver o papai.

Ele ofegava em busca de oxigênio, as mãos nos quadris, cabisbaixo.

— Ela foi o único motivo pelo qual me comportei tão bem, na esperança de poder vê-la, estar com ela. Então decidi foder logo com tudo. Queria ver minha filha pela última vez, nem que tivesse que passar o resto da vida na prisão quando fosse recapturado. Aí eu fugi... — sussurrou, engasgado, um soluço deixando seu corpo. — Mesmo assim, cheguei tarde demais. — Levantou a cabeça, os olhos vermelhos de chorar. — Minha garotinha morreu antes que eu chegasse até lá, sempre acreditando que seu pai havia falhado com ela. Que não a amava o suficiente para aparecer. Portanto, sim, Devon, *eu conheço o demônio...* que anda pela estrada do que poderia ter sido ou do que você gostaria que tivesse acontecido — disse, fervilhando.

Lágrimas rolavam pelo meu rosto, sentindo a angústia e a culpa que ele carregava tão profundamente, e que o havia tornado prisioneiro de uma jaula feita por ele mesmo.

— Lincoln... — Dei um passo em sua direção, meu coração batendo

MÁ SORTE

com empatia pelo seu pesar.

— Não. — Recuou, raiva e mágoa duelando por dentro. Ignorando sua rejeição, continuei até enlaçar seu corpo com meus braços. — Devon... — Endureceu, o que me fez apertar ainda mais forte. Até que ele desmoronou, os ombros curvados, seus braços me envolvendo. Seu corpo começou a tremer, em soluços sentidos que tentou tão arduamente reprimir.

Em nosso sofrimento mútuo, nos apegamos um ao outro, ambos destruídos e fortalecidos ao mesmo tempo. Não trocamos uma palavra. Não queria ouvir a respeito de sentimentos clichês, e duvidava que ele também quisesse. Ali era o lugar e o momento onde poderíamos verdadeiramente lamentar, tocar a escuridão e o sofrimento. Nossa conexão nos vinculou cada vez mais, nos mantendo acima do poço profundo de dor excruciante.

Ele me segurou apertado até que nossos batimentos começaram a normalizar, acalmando a angústia pungente.

Devagar, recuou um pouco e segurou meu rosto, enxugando minhas lágrimas com seus polegares.

— Quando você me perguntou se eu me arrependia por tê-la conhecido... — ele disse, com carinho.

— Eu entendo — interrompi. — Eu também me odiaria.

— Não, você não entendeu. — Sua expressão agora séria. — Eu deveria me arrepender. Deveria me desprezar por ter decidido ficar lá... Minha mente sempre me fazendo pensar que se tivesse saído, será que teria estado lá para ler uma última história para ela? Estaria lá quando ela morreu? — Inclinou-se para mim. — Mas não importa o quanto queira te odiar, não consigo. Nada a seu respeito inspira arrependimento. E quando você entrou pela porta do meu bar... Sim, eu quis te culpar. Te odiar. Pensei que o destino estava tentando me punir. Mas, de uma forma estranha, você começou a se mostrar como o oposto.

— Oposto?

— Sim. Quando você voltou para a minha vida, senti como se pudesse respirar outra vez, como se estivendo retendo o fôlego desde o dia em que saí daquele banheiro, anos atrás. Toda vez que eu dizia a mim mesmo para te demitir... eu não conseguia. O pensamento de não ter você por perto... era como uma prisão.

O significado de suas palavras se apoderou de mim. Quantas vezes tentei me convencer de que ele havia sido um erro? Mas, em nenhuma delas, realmente pareceu como um. Ele permaneceu em minhas memórias, me assombrando; e eu não queria que ele fosse embora.

Sem pensar, fiquei na ponta dos pés. Minha boca tocou a dele, suavemente, usufruindo da sensação de tê-lo perto, descobrindo seu sabor ao puxar seu lábio inferior entre meus dentes.

Um grunhido rouco vibrou em seu peito, sua mão rodeando minha nuca e se enrolando com os fios do meu cabelo quando me puxou para si. Sua língua separou meus lábios, desejo aumentando nossa necessidade em um pico de adrenalina; nossas mãos buscando um ao outro. Meus dedos se emaranharam em sua camisa, puxando-a do cós da calça.

— Espera. — Segurou meus braços, prendendo-os ao lado do meu corpo. — Aqui não.

Meu olhar varreu ao redor. Vergonha rapidamente sufocou meu desespero.

— Ai, meu Deus, sinto muito. Eu fiz isso de novo. — Cobri meu rosto com uma mão. Estávamos diante do túmulo da filha dele. Que tipo de pessoa eu era? Ao lado dele, aparentemente, perdia todos os meus limites; meu desejo por ele assumia por completo.

— Nunca se desculpe. *Acredite em mim*, só em saber que você está nua por baixo desse vestido curto... Não há nada que eu queira mais do que arrancar suas roupas e lamber cada centímetro do seu corpo nesse instante. — Minha garganta apertou, meu sangue fervendo com suas palavras. — *Mas*, esta não é a hora ou o lugar. Você provavelmente tem que voltar.

Assenti, querendo apenas ficar ali com ele e não ter que voltar para sorrir e responder às pessoas, pela próxima hora, diferentes tipos de agradecimento: "Obrigada por ter vindo. Sim, *foi* um funeral muito bonito. Sim, sentiremos muito a falta da minha mãe". Eu queria me encolher e me esconder em um cantinho. Ou ficar bêbada como um gambá. A mulher que minha mãe foi, antes de ter adoecido, teria apoiado totalmente a última opção. Ela amava desfrutar de um bom vinho.

— Sim, é melhor voltar para ser a anfitriã *perfeita*.

Ele sorriu de leve, colocando a mão na parte inferior das minhas costas e me guiando para sua caminhonete.

— Obrigada por mais cedo, por ter me trazido aqui, e por ter me contado a sua história. — Parei perto da porta do passageiro, encarando seus olhos azuis.

— Qual parte do "mais cedo" você está me agradecendo? — Deu um sorriso zombeteiro.

— Por tudo. Mas a parte do banheiro? Aquilo foi... *in-crí-vel*. — Acenei, olhando para baixo e sentindo o calor dominar minhas bochechas. — Acho que temos uma coisa *mesmo* por lugares públicos.

Ele zombou, tocando minha boca com a dele, como se estivesse revivendo a cena.

— Mas, é sério, obrigada por ter estado ali por mim. — Exalei. — E por ter me contado sobre a Kessley. Sei que deve ter sido horrível, e não consigo imaginar o que você passou e ainda passa.

MÁ SORTE

Estendeu a mão e colocou uma mecha do meu cabelo atrás da orelha.

— Acho que você consegue entender.

— Não, não como você. Estar na prisão enquanto sua filhinha estava morrendo... não dá para imaginar algo assim. Mas você sabe que ela não gostaria que você se punisse ou odiasse a si mesmo; ela devia ser inocente e meiga demais para desejar algo assim. Ela gostaria que você fosse feliz.

— E como você sabe disso?

— Porque hoje vi uma garotinha, não muito mais nova que Kessley, jogar seu bichinho de pelúcia do tipo não-consigo-respirar-ou-viver-sem-ele dentro do túmulo porque não queria que a avó, que ela sempre conheceu o lado ausente e violento, ficasse sozinha ou assustada. — Toquei seu rosto. — E duvido que sua filha tivesse um coração menos puro. Ela amava e acreditava em você. Talvez você se odeie, mas aposto que ela nunca odiou. Algum dia, ela vai querer que você perdoe a si mesmo.

— Não consigo. — Inclinou a cabeça, a mão cobrindo a minha.

— Não disse que será fácil. Estou enfrentando um problema parecido. Talvez possamos sair juntos da estrada da autopunição.

Ele se aproximou e me beijou apaixonadamente, encerrando quase tão rápido quanto começou.

— Entre no carro, Sardentinha, ou há uma grande possibilidade de que você não volte pra lá de jeito nenhum.

— Estou bem com isso. — Mas assim que disse as palavras, sabia que era melhor voltar até o memorial. Estar ausente por pouco tempo era uma coisa, sumir pelo resto do dia não seria tão bem-visto. Skylar, tio Gavin, Amelia e Mia precisavam de mim. Com um suspiro profundo, subi na caminhonete, transformando-me outra vez na anfitriã e irmã inabalável.

$$\text{卌 卌 卌}$$

Quando Lincoln voltou até o salão, o estacionamento estava praticamente deserto, e a equipe de limpeza já estava a postos. Nenhum de nós percebeu quanto tempo havíamos ficado fora.

Remorso quis subir pela garganta, a bile circulando pelo meu estômago. Eu me sentia péssima, egoísta e evergonhada enquanto ele me levava para casa.

Quando entrei no meu apartamento, ainda era capaz de sentir a boca de Lincoln sobre a minha depois do beijo de despedida. Uma desculpa já estava na ponta da minha língua assim que pisei na sala, pensando ter ouvido as vozes dos meus familiares. Nada.

— Olá? — Fechei a porta, avistando o casaco e a bolsa que deixei pendurados no salão, confirmando que eles já haviam voltado. — Tem alguém em casa?

Silêncio.

Entrei na sala e escaneei o lugar vazio. Quando girei para seguir para o meu quarto, soltei um grito, avistando a figura imóvel ao lado da janela.

— Que droga, Amelia. — Senti a palpitação no meu peito. — Você me assustou.

— Distraída, não? — Olhou por cima do ombro. Daquela posição, ela tinha uma vista perfeita da entrada do prédio, exatamente onde Lincoln me deixou. Uma semente de nervosismo brotou em minhas vértebras.

— Quando você chegou em casa? Voltei ao salão e não tinha mais ninguém lá. — Engoli em seco. — Sinto muito. Enviei uma mensagem para Skylar. Não vi que já era tão tarde.

— Fico imaginando o porquê. — Seu tom de voz era desdenhoso e agressivo. — Porque você deixou o memorial da *mamãe* mais cedo... jogando tudo nas minhas costas. Como você pôde ser tão egoísta e cruel no funeral da sua própria mãe?! — Indignação escorria de cada sílaba.

Pestanejei, irritada, minha culpa de mais cedo sendo substituída pela hipocrisia absurda. As duas palavras, egoísta e cruel, atingiram cada fibra do meu corpo como uma máquina de pinball. Lincoln e Skylar surgiram em minha mente, me forçando a ver o quanto eu era servil a Amelia. E já estava cansada de vê-la sempre bancar o papel de vítima.

Esta noite, estava sem forças para aguentar suas birras.

— Onde está todo mundo? — Mudei de assunto, ignorando sua avaliação do meu caráter.

— Levaram Mia para comer pizza e tomar sorvete.

— E você não quis ir? — Retirei os saltos, gemendo em alívio.

— Não. — Deu a volta, os braços cruzados. — Queria falar com você.

— Qual é o seu problema, Mel? — Estava louca para tomar um banho e rastejar para a minha cama. — Sinto muito por ter saído e não ter ficado até o último instante. Estou me sentindo mal por isso, mas, por alguma razão, acho que esse não é o verdadeiro motivo da sua raiva. Ou você está chateada porque pela primeira vez teve que cuidar de alguma coisa?

— Vá se foder! — disse, intempestivamente, o rosto contorcido de ódio. — Não dá para acreditar em você! Sempre bancando a irmã meiga, quando esse tempo todo não passava de uma vadia traiçoeira!

— Opa... — Perplexidade me fez recuar, minhas mãos subindo para impedi-la de falar. — Do que você está falando?

— De você! — cuspiu, ácida. — E de Lincoln!

MÁ SORTE

Ahh...

— Acabei de ver vocês dois. E fui eu quem bateu na porta daquele banheiro... e ouvi você transando com ele, porra. *No. Banheiro!* Encontrei sua calcinha largada no chão — gritou, vindo na minha direção. — Como você pôde? Sabia que eu gostava dele de verdade. Foi por isso que resolveu dar em cima dele? Para me magoar? Para ser escolhida ao invés de mim?

— O quê? — Uma risada incrédula escapou. — Você está me zoando? É sério isso?

— Deixar ele te comer no banheiro só porque abriu as pernas faz de você uma garota fácil, em vez de desejada. — Isso era exatamente o que ela gostaria que ele fizesse com ela, mas eu que sou a puta?

— Pare. Agora. Mesmo — esbravejei, ficando cara a cara com ela.

— Por que ele? De todos os caras... Você sabia o que eu sentia por ele. Ele era meu.

— Ele não é seu! — exclamei. — Nunca foi. Você só está fissurada porque ele é o único cara que não caiu aos seus pés. Isso se tornou um desafio, mas você não gosta dele de verdade.

— Eu gosto, sim. Acho que estou apaixonada por ele.

Eu ri outra vez, pois conhecia minha irmã melhor do que ela mesma.

— Tudo bem, então me diga o que sabe sobre ele? Se está assim tão apaixonada, me diga alguma coisa sobre a vida dele. Sonhos? Ambições? Vamos pelo mais fácil: onde ele cursou a faculdade?

— Nunca falamos sobre isso.

— Para sua informação, ele não fez faculdade. Tudo bem, ele tem irmãos?

— N-não sei. Não conversávamos sobre esses assuntos.

— E você ainda se diz apaixonada?

Ela franziu o cenho, aprumando os ombros, furiosa.

— Você só o quer porque não pode tê-lo. — Firmei meus pés no chão. — A gente tem uma espécie de relacionamento... já há algum tempo. Sim, eu deveria ter falado bem antes, mas não queria te magoar. Mas não vou mais ficar na minha.

— Há quanto tempo? Ai, meu Deus! Todo mundo no bar sabe disso? Você deixou que eu fizesse papel de boba, dando em cima dele, enquanto todo mundo estava provavelmente rindo pelas minhas costas?

— Sim, claro... porque, mais uma vez, tudo gira em torno de você, e de alguma forma, a culpa é sempre minha — rosnei, invadindo seu espaço pessoal, minha raiva gélida. — Cale a sua boca antes de continuar dizendo coisas idiotas que realmente vão me deixar puta. Não é um bom momento para me pressionar. Quer dizer, pelo amor de Deus, se liga. Nós *enterramos* nossa mãe hoje.

Amelia chorou histericamente, os braços agitando-se ao redor.

— Você acha que não sei disso? Eu estava lá. O tempo todo!

— Ai, minha nossa... — Balancei a cabeça. — Por um momento, uma hora, fiz alguma coisa que realmente queria fazer, sendo que você faz isso *o tempo todo*, e agora eu sou a vilã? — Seja lá o que Lincoln evocou, uma nova versão minha se levantou e sufocou aquela que só pensava em agradar as pessoas. — Quer saber de uma coisa, Amelia? Não estarei sempre aqui cuidando de você. Pela primeira vez na vida, você terá que fazer as coisas por conta própria. Amadureça, caramba. Você tinha idade o suficiente para engravidar, então pare de agir como um bebê. Só porque não quer lidar com alguma coisa, como planejar o funeral inteiro da mamãe, não significa que você tem que se safar das responsabilidades. Não é assim que as coisas funcionam. Deixei você escapar disso por muito tempo. Ao invés de brigarem com você, nossos pais te permitiram tudo, e sempre colocaram sobre as minhas costas as tarefas. Mas chega. Estou farta de tudo isso...

Soltei os braços, sentindo a raiva se transformando em tristeza.

— Não quero essa vida. Quero viajar, fazer faculdade, repensar minhas escolhas. Eu te amo... Você e Mia são meu coração, mas não tenho como propósito de vida tornar as de vocês mais fáceis. Quero ser uma irmã, não assumir o papel de mãe.

Ela ofegava assustada, os olhos arregalados enquanto me encarava. Eu podia vislumbrar o medo brotando em seu interior, com o pensamento de não me ter mais ali.

— Diga a todos que os verei pela manhã. Estou indo para a cama. — Desviei o caminho para o meu quarto.

— Devy? — A voz de Amelia soou atrás de mim.

Olhei por cima do ombro, mas ela não disse mais nada, boquiaberta e desanimada.

— Boa noite, Mel — eu disse, suavemente, antes de fechar minha porta.

Amelia era minha irmã. Eu a amava mais do que tudo, mas nosso relacionamento precisava mudar. Não tinha percebido como estava me sentindo sufocada por baixo de todo aquele fardo. E não era inteiramente sua culpa. Eu a deixei passar impune, mas algo em mim agora havia mudado, e sabia que nunca mais seria a mesma garota.

Já era a hora de Devon Thorpe ter uma vida. A sua própria.

MÁ SORTE

CAPÍTULO 24

Havia se passado apenas dois dias desde o enterro, mas a tensão em casa era palpável, pesando o ambiente. Amelia e eu não chegamos a conversar depois da nossa briga. Tratávamo-nos com cordialidade, mas nós duas éramos teimosas demais para ceder. E quando Skylar foi embora no dia seguinte ao funeral, levando a sensação de paz com ela, o clima tenso só aumentou. Aquilo fez com que eu saísse mais vezes para correr, para que pudesse me perder em meus pensamentos.

Hoje, mesmo depois de uma corrida, ainda estava inquieta, procurando por alguma coisa. Queria estar em volta das pessoas, para sentir a vida borbulhando. Sentia-me como se tivesse ficado em uma caverna por tempo demais, focada exclusivamente em minha mãe e mantendo minha família acima da superfície.

Estava confusa. Às vezes, a vergonha se sobrepunha quando me sentia aliviada por mamãe ter partido, livre, por não estar mais sofrendo. Então, eu mudava para o modo onde sentia sua falta absurdamente, sentindo-me perdida e assustada, porque não sabia o que fazer sem o peso da responsabilidade. Sem ela. E eu me conhecia. Se não tivesse cuidado, direcionaria meu desconforto para cuidar do futuro de Mia e Amelia, para que tivesse algo em que me apegar, sem nunca perguntar a mim mesma o que gostaria de fazer.

Estava em uma encruzilhada: ou me permitia retornar a uma vida segura onde era necessária, ou aceitaria que poderia voar. Redescobrir meus próprios sonhos. Servir mesas bastava por agora, mas não era algo que queria fazer pelo resto da vida. Tudo o que eu parecia ser boa em fazer era cuidar das pessoas, embora a ideia de me tornar uma enfermeira ou médica quase me fizessem chorar. Cuidar da mamãe foi uma coisa; não queria fazer isso profissionalmente. Meu coração não seria capaz de aguentar. Cheguei a pensar em abrir minha própria cafeteria, mas não sabia o quanto me sentia empolgada a respeito.

Acho que era para isso que a universidade servia. Para resolver o que fazer. Uma graduação era necessária, ainda mais se decidisse abrir meu próprio negócio. Mas aí, os pensamentos negativos se infiltravam... E se eu tentasse pegar empréstimos altíssimos e não fosse bem-sucedida? Detestava a ideia não somente de falhar, mas de me acorrentar a dívidas intermináveis, tendo que servir mesas por um longo tempo para quitar tudo; a única coisa à qual era qualificada em fazer.

Os devaneios circulavam minha mente até que me sentia a ponto de explodir. Necessitando de uma pausa, saí para uma longa caminhada para clarear a cabeça, meus pés seguindo em frente sem dar muita atenção, apenas desfrutando daquele fim de tarde. Quando a noite caiu, escurecendo as ruas, me vi entrando no bar, buscando um rosto amigável, como se meu subconsciente me conduzisse até lá o tempo inteiro.

O imenso sorriso recebido da pessoa do outro lado do bar me levou até as banquetas.

— Olha quem está de volta. Sentimos falta do seu rostinho. — Rick e Kyle ergueram seus copos, me dando as boas-vindas. Acenei, sorrindo para a bartender.

— Ei, *chica*! — Nat se inclinou, me abraçando. — Como você está?

— Estou bem. Não. Mais ou menos.

— Não me diga. — Assentiu. — Eu me lembro de quando perdi minha avó. Ela ficou tanto tempo doente, que quando morreu, me senti aliviada e devastada, rolando pra lá e pra cá, como uma bola de vôlei por cima da rede.

— Humm... sim. — Sentei-me na cadeira, meu olhar se dirigindo rapidamente para os fundos do bar.

— Acho que ele não está aqui mais. — Vi o sorriso sagaz de Nat. — Ele disse que tinha que dar uma saída. — Notando minha expressão tensa, voltou a dizer: — Sim. James apareceu outra vez.

Eu agora sabia o que havia acontecido com Lincoln, como ele assumia a responsabilidade pelo irmão, e percebi que não éramos tão diferentes. Era fácil ficar com raiva de James, e querer dizer para Lincoln ser forte o bastante para dizer não a ele. Mas eu seria hipócrita, embora Amelia não estivesse me arrastando para alguma atividade ilegal, algo que poderia fazê-lo ser preso outra vez.

— Quer uma bebida? — Ela pegou um copo. — Margarita?

— Por que não? — Dei de ombros. — Vim andando até aqui. Além disso, preciso colocar meu celular para carregar... — Revirei minha bolsa atrás dele.

Nat pegou a tequila e começou a preparar o drinque.

MÁ SORTE

— Sabe quem esteve aqui mais cedo?

— Quem?

— Seu tio.

— Meu tio? — Ergui a cabeça de supetão. — Tio Gavin?

— Sim. — Ela franziu as sobrancelhas. — Ele veio aqui e fez uma série de perguntas sobre Lincoln.

Gelo. Fogo. Ambos se infiltraram em minhas vias aéreas, atingindo minhas entranhas.

— O quê?

— Ele perguntou sobre vocês dois, e se eu sabia alguma coisa sobre ele. — Colocou o gelo, despejando o líquido em cima. — Sei que ele é seu tio, e talvez estivesse aqui simplesmente confirmando se Lincoln era bom para sua sobrinha, mas meu instinto ao redor de policiais é sempre falar o mínimo.

— O que você disse a ele?

— As únicas coisas que realmente sei. Disse o nome dele e que era meu chefe por cerca de sete, oito meses. Ele estava curioso para saber quem era o dono antes de Lincoln, e se eu o tinha visto recentemente. Como ele se parecia e tudo mais.

Eu mal podia engolir ou respirar. Meu tio era esperto, e sua intuição era mais afiada do que a do meu pai. Ele invadiu várias bocas de fumo e capturou muitos criminosos simplesmente com um palpite ou sugestão.

Tive esperanças de que Lincoln tivesse se esgueirado e passado longe dos olhos do meu tio. Que a atenção dele estivesse concentrada em outras coisas no funeral. Mas pela expressão que vi em seu rosto, deveria ter percebido que ele compartimentalizaria a informação e arquivaria até resolver averiguar.

Lucy havia deixado a cidade no mesmo dia que Skylar, precisando voltar ao trabalho, mas tio Gavin, não. Ele nos disse que queria ajudar a resolver qualquer pendência depois da morte da mamãe. Saiu do hotel e foi se instalar em nosso sofá esta manhã.

— Você não disse nada para ele, né?

— Ele é seu tio, e saberia que eu estava mentindo... Então apenas disse que o antigo dono se chamava James e dei uma descrição superficial dele. Milhões de caras correspondem às características físicas que passei.

Sim, mas apenas um bastaria para se encaixar naquele rosto que estava procurando. Se meu tio deduzisse quem era o parceiro de Lincoln... Empurrei a cadeira e me levantei.

— Aonde você vai?

— Preciso falar com Lincoln. — Fui em direção ao escritório, querendo me assegurar de que ele não estava ali, antes de começar a realmente entrar em pânico. Entrei na sala vazia, meus ombros agora tensos. Merda.

Do lado de fora da janela atrás de sua mesa, através das persianas parcialmente fechadas, avistei a caminhonete dele. Com os faróis acesos, seu contorno sombrio acionou a marcha ré de sua vaga no estacionamento.

Minhas pernas funcionaram em um reflexo, correndo até a porta dos fundos. Com uma pancada, a porta se chocou contra a parede quando passei.

— Lincoln! — gritei, correndo até seu automóvel que já deixava o lugar. — Pare!

Alheio à minha presença, o carro disparou pela rua.

— Merda — gemi, correndo de volta para o bar. Não precisava apenas falar com ele, tinha que impedi-lo. Se meu tio o estivesse farejando, ele precisava se manter o mais longe possível do irmão e de problemas.

— Nat! — berrei, voando pelo corredor. — Preciso do seu carro emprestado.

— Por quê?

O bar inteiro me encarou, cada segundo contando e deslizando pelos meus dedos.

— Por favor? — Ignorei sua pergunta, mexendo-me, inquieta.

Seja lá o que ela viu no meu rosto, a fez correr até sua bolsa e pegar as chaves para mim.

— Obrigada — agradeci. — Volto rapidinho. Eu juro.

Sem esperar, corri, passando pela porta dos fundos e entrando em seu Camry de cor bronze. Os pneus cantaram quando acelerei pelo estacionamento, indo na mesma direção que a caminhonte de Lincoln foi.

Cerca de dois semáforos adiante, avistei o carro dele virando a esquina, a caminhonete preta brilhando sob os postes de iluminação. Normalmente eu dirigia com prudência, mas dessa vez não dava para correr o risco de perdê-lo de vista. Desviando de alguns carros, pisei no acelerador, o sedan saltando com o esforço. Cruzei o trânsito a toda velocidade, recebendo buzinadas e xingamentos, mas consegui fazer o retorno, furando o sinal já quase vermelho.

— Desculpa — disse, sem sentido, quando entrei na frente de alguns veículos. Estar ao redor de Lincoln trazia à tona meu lado inconsequente, que eu, provavelmente, precisava liberar mais vezes.

A caminhonete dele diminuiu a marcha, parando ao lado de uma rua, em um estacionamento vazio e mal iluminado. *O que ele estava tramando?* Estava desesperada para falar com ele. *Era algo que aconteceria esta noite?*

Depois do cruzamento, enfiei o carro na primeira vaga que avistei ao longo da calçada. Então corri atrás dele, e quando estava prestes a gritar seu nome, meu olhar se desviou para o letreiro luminoso da loja fechada

MÁ SORTE

197

perto da rua.

Loja de Penhores Ouro & Prata estava gravado em letras gigante na placa acima. Medo se infiltrou em meu corpo como se estivesse me afogando. *Por favor, não.* Esgueirei-me no escuro e estaquei em meus passos quando ouvi as vozes perto de sua caminhonete, sentindo o nó apertar minha garganta.

— Do que você está falando? É perfeito. Inteligente. — Reconheci a voz de James e rastejei por trás de uma cerca bamba de madeira. — Roubar bancos sempre acaba mal. Eles rastreiam as notas pelo número de série ou pela cor, tornando-se inútil. Isto — James apontou para a loja — nos permitirá vender as mercadorias no mercado negro pelo triplo do preço, dinheiro limpo. É o ideal.

— Adoro a sua percepção de ideal — Lincoln escarneceu. — E como acha que vai conseguir roubar uma loja que tem guardas de segurança e alarmes por todo lugar? Isto não é o mesmo que invadir as casas dos clientes ricos do nosso pai. Não podemos nos esgueirar por uma janela.

— Está tudo coberto, irmão.

— Como assim?

— Bennie já ajeitou tudo.

— Bennie? O mesmo que vende armas ilegais? — Vi a cabeça de Lincoln balançar. — Porra, de jeito nenhum. Estou fora. Eu te falei quando saí da prisão, que não entraria nesse tipo de merda outra vez. Já arquei com as consequências por ter sido apanhado com um revólver em nosso último trabalho. Um que me levou à cadeia porque me recusei a te abandonar.

— Minha nossa, Finn... você não era assim tão virtuoso. Lembre-se de que foi você que nos colocou nisso desde o início.

— Não me chame de Finn — Lincoln grunhiu. — E você não pode ficar jogando isso na minha cara. Você levou a outro patamar. Você ama essa merda. Eu nunca gostei. Fiz o que fiz para que pudéssemos sobreviver. Você faz por diversão. Mais um vício para você.

— Não venha me dizer que isso não aquece as suas turbinas... ou tem *outra pessoa* fazendo isso por você?

A tensão cresceu entre eles quando Lincoln ficou em silêncio.

— Depois da morte de Kessley, você estava de boa em enfiar os pés no lado sombrio. Agora foi só essa garota aparecer para te deixar todo mexido. Negando sua natureza. É ela quem está te fazendo querer ser um cidadão honrado e acima de qualquer suspeita? — James zombou. — Por favor... Você está se iludindo.

— Eu não sou você. — A voz de Lincoln soou tão baixa que quase não fui capaz de ouvir. — E não vou voltar para a cadeia. Estou caindo fora e cansei de você. Saia de Albuquerque e não volte mais. — A porta da caminhonete rangeu quando ele a abriu.

— Então é assim que vai ser? Vai dar as costas ao seu irmão? A única família que tem? Sempre fomos só nós dois desde que o pai expulsou a gente de casa. Jesus... eu tinha quatorze anos e tive que cuidar do meu irmãozinho nas ruas. Você se lembra que aos dezesseis levei uma bala quando me joguei na sua frente? Salvei a sua vida. E quem te ajudou a fugir da prisão para que pudesse ver sua garotinha? Eu!

Os únicos sons que podiam ser ouvidos naquele longo silêncio de Lincoln eram os dos carros passando pela avenida principal e das batidas do meu coração retumbando em meus ouvidos.

— Último trampo. Prometo. Depois eu sumo daqui, como você quer. Eu pago os caras e pego o restante da minha parte para começar uma vida nova em algum lugar; daí, você pode brincar de casinha e fingir que é um cara decente. — Senti que aquele último laço que James arremessou, fisgou Lincoln. — Faça isso por mim, irmão.

Silêncio outra vez.

— Eu não queria ter que fazer isso... Esperava que você fosse escolher a família acima de tudo. — James suspirou. — Você sabe o tanto que é fácil ser encontrado. Merda, você está na corda-bamba agora. Basta uma ligação. Uma pequena pista lançada, e os tiras vão infestar o bar.

— Vá. Se. Foder. — Ouvi o ódio, desgosto, a raiva na resposta rouca de Lincoln, mas, pior do que isso, foi o som do suspiro derrotado, como se irritação fosse apenas uma fachada. Ele entrou na caminhonete, bateu a porta e a risada de seu irmão permeou pelo ar quando saiu do estacionamento.

Fiquei imóvel atrás da cerca, meu coração martelando, torcendo para estar camuflada nas sombras quando o veículo de Lincoln passou por mim. Somente depois de ouvir outra porta de carro bater e o som dos pneus cantando ao sair do lugar deserto é que finalmente pude respirar, inclinando a cabeça contra a madeira.

Isso não era bom.

Será que meu tio estava tão curioso a ponto de investigar Lincoln enquanto seu irmão o arrastava para um assalto? Com a minha sorte e de Lincoln? O único fim que isso poderia ter era péssimo.

Ħ₸ Ħ₦ Ħ₦

O apartamento estava às escuras quando entrei, o brilho da iluminação das ruas se infiltrando na sala. Amelia estava fora com as amigas do salão,

MÁ SORTE

o que vinha acontecendo com bastante frequência ultimamente. Mia se encontrava na vizinha, sem dúvida alguma mais do que feliz em estar longe desse lugar, fazendo biscoitos com Lucia, longe de toda a tristeza e tensão.

Resmungando para o meu celular, fui até a cozinha em busca do carregador. Minhas preocupações com Lincoln haviam duplicado, mas, quando voltei ao bar para devolver o carro de Nat, sua caminhonete não estava em lugar nenhum. Dei um sermão em Amelia por não saber nada a respeito dele, quando eu, praticamente, nem conhecia o homem direito. Sequer sabia onde ele morava.

Acendi a luz da cozinha e dei um grito. Sentado à mesa, meu tio encarava silenciosamente a janela, um copo de uísque ao lado.

— Porcaria — ofeguei, batendo no meu peito. — Preciso colocar um sininho em você e na Amelia.

Sua resposta foi pegar o copo de bebida e tomar um gole. Meu tio só bebia em ocasiões especiais ou quando estava profundamente perturbado por um caso. Quando eu era pequena, e um caso estava prestes a ser arquivado, meu pai e meu tio se sentavam e bebiam seu uísque favorito, depois pegavam cada pequeno detalhe da ocorrência, tentando descobrir o que haviam deixado passar. Nenhum dos irmãos gostava quando um caso ou um criminoso levavam a melhor sobre eles. Eles ficavam encucados até conseguir solucionar. E era exatamente o que estava fazendo agora. Como se meu pai estivesse sentado diante dele, ambos em silêncio enquanto suas mentes analisavam os pormenores.

— Tio Gav? — Senti os nós retorcendo minhas entranhas, uma estranha pressão entre minhas escápulas. Hesitante, me aproximei da mesa, sentando-me à sua frente. — Está tudo bem? — Embora tivesse uma boa ideia do que estava perturbando sua mente, fingi total ignorância.

Ele tomou mais um gole, então colocou o copo sobre o tampo com uma pancada deliberada.

— Além de perder meus pais, irmão e cunhada? — respondeu, impassível, observando os cubos de gelo tilintando em seu copo. — Mas acho que não é isso o que você quer dizer.

Fiquei de boca fechada, sentindo um estranho significado nas entrelinhas. Suor escorreu da minha nuca. Observei seu perfil atento à janela, meu coração acelerando. Silêncio abafou o ambiente. Quanto será que ele sabia a respeito de Lincoln? Será que o havia conectado a Finn?

— O que você faz quando vê alguém com quem se importa tomando decisões inconsequentes? — Sua voz ainda soava baixa e neutra.

Merda. Merda. Merda. Merda.

Ansiedade se enrolou ao redor dos meus pulmões e garganta. Ao crescer em uma família de tiras, você aprende tudo a respeito dos dois lados da lei. Como interrogar e como responder de forma tática durante uma investigação. Como manter a calma e revelar o mínimo possível. Como dizer tudo ou dizer nada.

— É uma pergunta difícil. Algumas pessoas precisam aprender com seus próprios erros. — Os músculos enrijeceram em meu pescoço. Minha resposta ainda estava composta e estável.

— Mesmo que suas vidas possam ser completamente destruídas por conta dessas escolhas *erradas?*

— O que é errado para você, pode não parecer errado para elas.

Ele sabia. Eu tinha certeza. E ambos sabíamos que um estava atento ao outro, mas permanecemos impassíveis, sem demonstrar nada.

— Se for ilegal, a lei não dá a mínima para os motivos ou sentimentos pessoais. — Virou a cabeça o suficiente para conectar o olhar ao meu. Suspirei, mas ele manteve o olhar fixo. — Você não acha que um ente querido tem a obrigação de intervir?

Eu podia sentir a pulsação no meu pescoço. Não tinha uma resposta para aquela pergunta. Eu o forçaria então a ser mais direto.

— Por que ficou? — perguntei, obrigando as palavras a saírem pelos meus lábios, apertando as mãos dolorosamente. — Por que não foi embora com a Lucy?

— Quer dizer que não me quer aqui? — Arqueou uma sobrancelha.

— Claro que quero. — Fingi não ouvir a implicação que escorreu de seu tom. — Só estou surpresa, já que foi ela que te trouxe até aqui.

— Eu queria passar mais tempo com as minhas sobrinhas e Mia. Isso é assim tão ruim? — Neguei ante sua pergunta. — Além do mais, Lucy precisou voltar por causa do Max.

— Max? — Fiquei na defensiva por causa dele. Ela estava com outra pessoa? Pela forma como olhava para o meu tio, era óbvio que estava completamente apaixonada por ele. Sempre foi, desde a época em que foram parceiros. — Quem é Max?

— Meu... *nosso...* filhote de Pastor Alemão.

Fiquei boquiaberta.

— *Nosso* filhote?

Um sorriso sutil curvou seus lábios, mas a tensão ainda estava por baixo da superfície, como um tigre se preparando para atacar.

— Ela achou que isso me animaria quando estava me recuperando. Disse que nenhum tira de verdade poderia ficar sem um cão policial. Então, agora tenho um cachorro.

Isso era fantástico. Ele sempre foi inflexível sobre não querer outro animal depois que Lisa ficou com Oscar, o pastor que criaram juntos. Como se isso o fizesse se abrir para amar outra coisa novamente.

MÁ SORTE

— Então vocês agora têm um cachorro? Juntos?

— Dev... — Seu tom era de advertência.

— Pare de lutar contra seus sentimentos por ela. Lucy é maravilhosa. A melhor coisa que poderia acontecer a você. Então não deixe isso escapar só porque está com medo de se abrir para alguém...

— Existem regras...

— Ah, para... Essas regras são uma besteira. Os policiais Camia e Danny estão juntos há anos. Ninguém parece se importar com isso.

— Eu sou o capitão. É diferente. Tenho que dar o exemplo.

— Você está dando uma desculpa esfarrapada e sabe disso — debochei, apoiando os cotovelos na mesa. — Você não quer se magoar de novo ou se mostrar vulnerável a alguém. Mas está esquecendo que Lucy te conhece. Ela já viu todos os seus lados, provavelmente mais do que até mesmo Lisa viu, e ela ama você.

Ele remexeu os ombros, tomando mais um pouco de seu uísque. Lucy estava rompendo seus muros, infiltrando-se em seu mundo, e por mais que ele quisesse lutar contra isso, acho que, lá no fundo... ele também a queria. A amizade deles e o laço que os unia havia sido descaradamente óbvio desse o início, e, sem sombra de dúvida, devia ser por isso que Lisa a odiava com tanta força.

— Você é realmente a filha de sua mãe... — murmurou para sua bebida. — Deixe-me acostumar à ideia do cachorro primeiro.

— Aquele que vocês *compartilham*.

— Sim. — Revirou os olhos. — Aquele que nós compartilhamos.

Esse era um passo enorme para ele, e eu sabia quando devia recuar.

— Tudo bem, vou direto para a cama. — Fiquei de pé, querendo escapar antes que ele voltasse ao assunto anterior; uma conversa muito mais arriscada. Estava chegando ao corredor quando ouvi meu nome. Olhei por cima do ombro, vendo a forma severa como tio Gavin me observava.

— Você sabe que te amo demais, não é? — Não esperou pela minha resposta. — Não há *nada* que não seja capaz de fazer para te proteger e manter em segurança. — Seu olhar escavou minha alma, cutucando a culpa que sentia. — Boa noite, Devon.

— Boa noite — sussurrei, indo para o meu quarto.

Não foi um sentimento de amor. Foi um aviso.

CAPÍTULO 25

ℋℋℋ ℋℋℋ ℋℋℋ

O sofá estava vazio quando acordei de manhã. Tio Gavin havia realmente ido embora. Tropecei até a cozinha para fazer um café. Desta vez não esperei acabar de coar, e coloquei minha caneca embaixo do dispositivo, como Amelia fazia.

Passei a maior parte da noite acordada. Preocupação, remorso e medo giravam como uma roda-gigante em minha mente, rememorando tudo o que havia acontecido nos últimos dias. Sem dúvida alguma, tio Gavin sabia de alguma coisa. Mas quanto? Acho que isso não importava; era o bastante para colocar Lincoln em risco. Ele precisava sumir dali. E rápido, antes que seu irmão fosse atrás dele e o colocasse em mais apuros.

Resmunguei, soprando o copo cheio de café. Aquele pensamento era como um ancinho enfiado nas minhas entranhas. Eu não queria que ele fosse embora, mas seu bem-estar vinha em primeiro lugar, não importava quão egoísta eu queria ser.

Ele precisava ir embora, e seria o melhor para nós dois. Relacionar-se comigo só o levaria à ruína. E à minha. Tio Gavin estava certo; eu me tornava inconsequente quando o assunto era Lincoln. A forma como meu coração inchava quando ele estava perto. A forma como ansiava por ele... sempre ansiei. Desde aquele dia, quando entrou no restaurante, anos atrás, estive destinada a amá-lo. Foi malfadado e trágico. Meus sentimentos por ele apenas resultaram em uma catástrofe. Percebi que era capaz de fazer qualquer coisa por ele, mesmo que isso significasse ir contra a lei. Contra a minha família. E, quando o assunto era Lincoln, tudo o que eu via era cinza, não preto ou branco.

Pegando o celular, liguei para ele, com medo do xerife já ter ido em sua busca. O bar não abriria até mais tarde, mas nada impediria meu tio. Provavelmente, talvez tenha sido por esse motivo que ele saiu mais cedo: para farejar ao redor de Lincoln. Nenhuma resposta. Enviei uma mensagem

MÁ SORTE

pedindo que me ligasse o mais rápido possível. Dez minutos se passaram, e meu celular ainda se mantinha silencioso.

— Porcaria. — Coloquei a caneca dentro da pia, e fui apressadamente para o meu quarto para me vestir, quando trombei com a minha irmã.

— Ai, Dev! — Amelia esfregou o nariz, os olhos sonolentos semicerrados.

Abri a boca para me desculpar, mas parei. Estava cansada de sempre pedir desculpas a Amelia. Estava cansada de um monte de coisas. Dando a volta, segui para o quarto.

— Devy, espera — ela me chamou, me atrasando. — Quero falar com você.

— Amelia, estou com um pouco de pressa.

— Por favor — pediu, suavemente, o olhar triste. Odiava duvidar se ela estava sendo sincera ou bancando a irmã sofrida. Ela era muito boa em fingir, brincar com as pessoas. Quando as coisas se tratavam dela, eu nunca podia ter certeza.

Dei a volta para encará-la e cruzei os braços. Em um primeiro momento, nenhuma de nós falou nada.

Ela soltou um suspiro.

— Vejo que você não vai facilitar as coisas para mim.

Pisquei sem dizer nada.

— Okay, tudo bem — bufou. — Me desculpa, Dev. Eu odeio isso. Odeio não estar sendo capaz de falar com a minha irmã.

Desloquei o peso dos meus pés. Não gostava de brigar com ela também. Por mais que pudéssemos irritar uma à outra, ela ainda era minha família.

— Ainda estou magoada, e detesto a forma como mentiu para mim sobre Lincoln. — Esfregou as unhas. — Quer dizer, eu *realmente* gostava dele. E ficar sabendo que o tempo todo estava agindo como boba, e que todo mundo estava rindo de mim... Isso foi realmente cruel.

Era este o seu pedido de desculpas?

Suspirei.

— Sinto muito por não ter falado nada bem antes. Achei que estava protegendo seus sentimentos. Mas não estou me desculpando por nada mais. — Mantive meu ponto de vista. — E nem mesmo por querer estar com ele. — *E possivelmente me apaixonar por ele.*

Um traço de raiva brilhou nos olhos de Amelia, mas ela mordeu o lábio, inclinando a cabeça para o lado.

Continuei, antes de perder a coragem:

— Talvez você ache que estou sendo pouco amável, mas estou cansada de pisar em ovos ao redor dos seus sentimentos o tempo todo, quando você não tem um pingo de consideração pelos meus. Você está tão envolvida consigo mesma, que não me vê. Nunca reparou ou reconheceu o que eu faço. Eu te amo. E isso nunca vai mudar, mas não estou mais aqui para te servir. Não vou mais fazer de tudo para te tranquilizar. Você precisa crescer, Amelia. — Minhas palavras foram diretas, mas minha voz se mantinha calma. — Em um futuro não muito distante, vou me inscrever em alguma faculdade pública. Talvez até me mude para algum alojamento barato perto e comece a agir como uma garota da minha idade.

— O quê? — Ela levantou a cabeça abruptamente. — Quando você decidiu isso?

— Sempre quis cursar uma faculdade, bem antes de a mamãe adoecer. Você já devia saber disso. Nunca escondi de ninguém.

— Mas você vai se mudar? E a Mia? Eu? Não posso bancar esse apartamento por conta própria.

— Então acho que você vai ter que encontrar um lugar mais em conta. — Dei de ombros. — Mel, eu quero uma vida. A minha. A doença da mamãe tirou isso de mim, e ela odiava isso. Ela me fez prometer que, na primeira oportunidade que tivesse, correria atrás dos meus sonhos. Abriria minhas asas. Ela queria isso para mim. E desejaria que você fosse capaz de se manter sozinha. Por minha causa, você nunca se incomodou em exigir daquele merda que pagasse um centavo para Mia. Ele precisa assumir a responsabilidade por ela, ou você tem que decidir se quer que ele faça parte da vida da sua filha ou não.

Uma lágrima deslizou pelo rosto de Amelia, seu peito tremendo com um soluço.

— Você é muito mais forte do que pensa. — Cheguei mais perto dela e toquei seu braço. — Eu te conheço. Você é uma força da natureza. Quando você coloca uma coisa na cabeça, não desiste até conseguir. Não tenho a menor dúvida de que vai se arranjar super bem.

Ela fungou, deixando cair mais algumas lágrimas.

Enlacei seu pescoço, abraçando-a com força. Em segundos, seus braços envolveram minha cintura, os fungados se transformando em soluços. Ficamos paradas ali por um bom tempo, abraçadas enquanto ela chorava. Eu sabia que ela estava assustada. Mesmo que mudasse de tendências constantemente, ela não gostava que os outros fizessem. Ainda mais quando isso a obrigava a tomar uma atitude.

— Eu também te amo, Dev. Muito. — As lágrimas amainaram, e ela se afastou um pouco, limpando o rosto. — E sinto muito por tudo o que disse na outra noite. Estou realmente feliz por você.

Bufei, inclinando a cabeça para o lado.

— Tá, ainda estou tentando aceitar isso. Mas prometo que vou me

MÁ SORTE

205

resolver. E vou fazer de tudo para ser uma irmã muito melhor. Ser mais responsável.

Já ouvi aquilo um milhão de vezes. Sabia que, na hora, ela realmente acreditava em suas próprias palavras, mas as promessas nunca se cumpriam.

Vamos torcer que dessa vez se concretize.

HHT HHH HHT

O bar estava às escuras e fechado, mas eu sabia que Nat e Lincoln deviam estar lá dentro, cuidando dos aspectos burocráticos do negócio.

Na entrada dos fundos, vi a caminhonete de Lincoln no lugar de sempre. Por alguma razão, aquilo me deixou incomodada. Eu estava surtando, ligando e enviando mensagens para ele o dia inteiro, e o tempo todo ele estava no trabalho, agindo como se tudo estivesse bem, e me ignorando. Por que raios ele não me ligou de volta? Qual parte do *"Me ligue agora! É urgente!"*, ele não havia entendido?

Fui em direção ao escritório.

— Mas que diabos, Lincoln? Por que você está ignorando minhas mensagens? — Abri a porta com tanta força, que ela se chocou contra a parede. Três cabeças se viraram na mesma hora.

Ops... merda.

Dois homens que reconheci como distribuidores de bebidas estavam sentados diante dele, os olhos arregalados e concentrados em mim.

— Posso ajudar com alguma coisa, Devon? — Lincoln ergueu as sobrancelhas, um sorrisinho em sua boca.

— Ah, uau. Sinto muito. — Meu rosto queimou de embaraço. — Esqueçam que me viram... ou me ouviram. — Dei um passo para trás, segurando a maçaneta da porta.

Lincoln empurrou a cadeira e se levantou.

— Está tudo bem. Acho que já acabamos aqui. — O humor desapareceu de seu rosto, seu lado sombrio vindo à tona quando encarou os homens. — Acho que nosso negócio encerra aqui.

Os caras ficaram de pé e o encararam.

— Última chance, Lincoln. Você pode acabar se arrependendo disso.

— Talvez, mas duvido muito. — Andou até a porta, me afastando do caminho e indicando que os homens deveriam sair.

Eles cruzaram o escritório, carrancudos. Algo naqueles dois fez com que um arrepio percorresse minha coluna. Lincoln os observou cuidadosamente até que os viu saindo do bar. Só então suspirou aliviado.

— Quem são eles? — Desviei o olhar para a porta fechada.

— Babacas desonestos com quem meu irmão começou a fazer negócios quando gerenciava as coisas aqui. Ele estava devendo dinheiro para eles. — Lincoln esfregou o rosto com as mãos, como se não tivesse dormido nada. — Decidi que já era hora de colocar um fim nessa conexão. Começar de novo no bar. Estavam acostumados a lucrar muito em cima das bebidas. E não gostaram nem um pouco por eu ter tirado isso deles, ou que os tenha ameaçado caso tocassem no meu irmão.

— Eles virão atrás de você?

— Conheci um monte de homens realmente assustadores e perigosos na prisão. Aqueles dois não chegam nem perto disso. São apenas sombras de homens que acham que impõem medo o suficiente para manter meu irmão dentro do bolso. — Cruzou os braços, o olhar faminto pairando sobre mim. — Mas comigo as coisas não funcionam assim, Sardentinha. Minhas conexões são muito mais assustadoras do que as deles.

Caramba... Era muito estranho que eu achasse aquilo sexy?

— Agora, o que te trouxe desse jeito tão intempestivo ao meu escritório? — Fechou a porta e veio até mim. — Toda fofinha e gostosa pra caralho? — Seu corpo se chocou contra o meu, as mãos em concha segurando meu rosto.

Encarei aqueles olhos, perdida em seu calor. Merda, o que vim fazer aqui mesmo?

— Você precisa de alguma coisa? — Encostou-se em mim, a voz rouca, a boca roçando a minha.

Sim, eu precisava de algo. Precisava dele. Sobre a mesa, em dez segundos. No entanto, minha consciência estúpida me cutucou, me obrigando a empurrá-lo.

— Isso é sério. — Afastei-me mais ainda, sentindo-me tentada pelo calor de seu corpo. — Por que você não retornou minhas ligações?

— Desliguei o celular quando os caras apareceram. — Pegou o telefone. — Do que está precisando?

— Meu tio sabe de algo. — Fui direto ao ponto. — Se ele já não estiver sabendo quem você é, com certeza desconfia, e vai descobrir muito em breve.

Lincoln me observou por alguns segundos, minha ansiedade triplicando diante de sua tranquilidade estranha.

— Eu sei.

— Espera. O quê? — engasguei. — Você sabe?

— Estive fugindo da polícia e tendo que me esconder a maior parte

MÁ SORTE

da minha vida. Isso faz com que você se torne extremamente atento onde estiver. Você percebe quando um policial vem até o bar e começa a fazer perguntas a seu respeito. Ou quando ele te encara como se tivesse visto um fantasma. Ele não me passou despercebido no memorial da sua mãe. Ou no carro alugado estacionado lá fora nesse exato momento. — *Dã... é claro que ele saberia que tio Gavin veio aqui. Nat deve ter contado para ele.*

— É sério? Ele está lá fora agora? — exclamei, agitando os braços, minha voz subindo alguns decibéis. — E o que você ainda está fazendo aqui? Por que não fugiu? É melhor você ir!

— Devon. — Lincoln cobriu a distância que coloquei entre nós, as mãos contendo meus braços, esfregando-os com carinho. — Fique calma.

— Como posso me acalmar quando o meu tio, o xerife que esteve te procurando desde que escapou da prisão, está de tocaia na frente do bar? — Soltei-me de suas mãos. — Por que você não está surtando? Como pode estar tão tranquilo sobre isso?

Ele pressionou o corpo ao meu.

— Se eu pirar ou fizer qualquer coisa fora do comum, como fugir, serei o homem que ele acha que sou. Farei exatamente o que ele quer.

Claro. Só alguém com culpa no cartório fugiria.

— Ele apenas acha que sabe. Não tem prova nenhuma. Tenho que levar meu dia como se fosse outro qualquer. — Ergueu meu queixo com a ponta do dedo, seu hálito aquecendo o colo dos meus seios. — Encontrar alguma coisa para fazer e que me mantenha ocupado. — Atraiu minha boca para a dele.

— Uma hora ou outra ele vai encontrar provas contra você — sussurrei contra seus lábios antes que sua língua invadisse minha boca, em um beijo profundo. Seus dedos pressionaram minha nuca, e ele me empurrou até que minha bunda se recostou à mesa. — Ainda mais se você for cúmplice ao lado do seu irmão no roubo de alguma joalheria.

Ele levantou a cabeça, a mão ainda emaranhada em meu cabelo, mas seus olhos se estreitaram.

— Como você sabe disso?

— Segui você ontem à noite — revelei, sem vergonha alguma.

— Você fez o quê? — Soltou os braços, o cenho franzido em exasperação. — Você estava me espionando?

— Sim. E não vou me desculpar por isso. Vim atrás de você para te avisar sobre o meu tio. E acabei ouvindo tudo. — Balancei a cabeça. — Estava atento ao seu redor, hein? Você tem muita sorte por ter sido eu que te segui. Poderia ter sido um policial ouvindo toda conversa dos dois.

— Sorte? É assim que você chama isso? — Coçou a cabeça. — Jesus... O que você tem de tão diferente? Desde o primeiro dia, você rastejou por baixo da minha pele e fodeu totalmente a minha cabeça. Perdi completamente o juízo.

— Posso dizer o mesmo sobre você.

— É esse o problema. — Começou a andar de um lado ao outro. — Quando estamos juntos, a gente não pensa em mais nada ou ninguém. Nos tornamos inconsequentes. O lado racional desaparece. Estamos vivendo uma fantasia onde achamos que tudo vai dar certo. Que não temos má sorte. Que nós vamos ficar juntos.

Afastei-me, porque a verdade de suas palavras se entranhou.

Com as mãos nos quadris, ele suspirou, os ombros caídos em desânimo.

— Mas sabe o que é mais absurdo ainda? — Seus olhos se fixaram aos meus, a voz suavizando. — Eu não me importo.

— Como assim?

— Quero dizer que já deveria ter ido embora, já deveria estar em Cabo, bebendo uma cerveja e com uma nova aparência e outra identidade. — Fez uma careta como se aquilo fosse minha culpa. — Fiquei sentado a noite inteira, as chaves do carro na mão, pronto para cair fora... mas não tive forças para ir.

Não consegui ou ousei tentar falar alguma coisa.

— Quer saber por quê? — Suas mãos deslizaram até minha nuca. — Pela mesma razão que não saí daquele banheiro quando deveria ter saído. Uma garota com as sardas mais bonitinhas, os olhos cor de mel deslumbrantes, e a boca mais sexy que já vi, me enfeitiçou por completo. — Beijou meus lábios. — Você me arruinou para qualquer outra, Sardentinha.

Eu me sentia do mesmo jeito. E não estava nem aí. Retribuí o beijo, nossa paixão nos devorando, minhas mãos buscando seu jeans.

— Pare — rosnou, como se não pudesse acreditar em si mesmo ao dizer aquilo, e se afastou. — Está sendo duro fazer isso.

— O que está *duro*? — Puxei sua camiseta, dando um sorriso malicioso, trazendo-o de volta para mim, já tentando descer o zíper de sua calça.

— Posso te ajudar com isso. — Meus lábios reivindicaram os dele com urgência. Ele cedeu, a língua se enrolando com a minha, explorando, até que ouvi seu grunhido quando me empurrou para trás.

— Não adianta, estou indo embora.

— O quê? — Sua declaração me chocou. — Você acabou de dizer...

— Meu egoísmo falou mais alto. Meus sentimentos por você estão nublando meu raciocínio. Ao ver você aqui, sabendo que seu tio está lá fora, percebi que estou te colocando em uma situação complicada. Você é uma boa pessoa, Devon. Vive sempre do lado certo da lei. Eu nunca fiz isso. Sou um criminoso. Um fugitivo condenado. Não vou te obrigar a ter que

MÁ SORTE

escolher entre mim, seus princípios e sua *própria* família.

— Mas e se eu quiser... — Ele colocou o indicador sobre meus lábios, impedindo que eu continuasse o que ia dizer.

— Você também é uma garota racional. Sabe que isso nunca vai dar certo. Estarei sempre em fuga. Escondendo-me da polícia. Você não pertence ao meu mundo.

— Você quer dizer o mundo do mesmo homem que é dono de um bar, que não faz nada além da coisa certa, e que agora vive completamente perante a ele?

— Esse homem existe, mas é de mentira.

— Não. — Apoiei minha mão em seu peito. — Ele não é. Trabalho com ele todos os dias. Não há nada de mentira a respeito desse cara. Ele é gentil, inteligente, e faz tudo pelas pessoas com quem se importa. — Agarrei sua cintura. — Acredito que o outro cara é que não é de verdade. Ele era um garoto que teve que aprender a sobreviver, cresceu em meio a circunstâncias infelizes e foi pego em flagrante.

— Devon. — Ele cerrou as pálpebras rapidamente. — Isso não importa. A razão pela qual fiz tudo aquilo não é relevante. Eu sou culpado; é tudo o que conta para eles.

A lei não dá a mínima para os motivos ou sentimentos pessoais. A declaração do meu tio voltou à minha mente.

— Não quero que você vá.

Um sorriso triste cruzou seu rosto.

— Depois do nosso último trabalho esta noite, vou embora com meu irmão. Passei a escritura para o nome de Nat esta manhã. Foi por isso que me livrei daqueles babacas. Quero que ela esteja em uma atividade totalmente honesta.

— Você ainda vai participar do roubo à loja? — Senti o frio na barriga. — Ma-mas p-pensei que seu irmão estava precisando do dinheiro por causa daqueles caras. Por que vocês precisam fazer isso?

— Porque vamos precisar de alguma coisa para viver no México.

— Não. — Acenei com a cabeça. — Lincoln, por favor, não faça isso.

— Eu te avisei que não era um bom homem.

— Tudo o que você fez foi pela sua sobrevivência e a de sua filha. — Cerrei os punhos. — Isto é completamente diferente e você sabe disso. Não só porque meu tio está na sua cola, mas porque se fizer isso, vai provar a todo mundo que não passa de um criminoso qualquer.

— É tarde demais, Sardentinha. — Recolocou sua fachada no lugar. — Uma vez bandido, sempre bandido. — Asperamente, ele beijou minha testa. Agarrou sua mochila e foi até a porta, abrindo-a. — Sei que é pedir demais, mas espero que não diga nada ao seu tio até que eu possa sair da

cidade. — Segurou-se ao umbral, a dor enrugando os cantos de seus olhos.
— Nunca vou te esquecer. Você está entranhada profundamente dentro de
mim. Ninguém nunca poderá chegar perto disso.

Estupefata pela alegação, meu corpo e voz sumiram, vendo-o sair da
minha vida por aquela porta.

— Não. — Pânico aqueceu meus músculos, me fazendo correr até a
porta dos fundos, deparando-me com o dia ensolarado. Sua caminhonete
já estava se afastando. — Lincoln! Por favor... não... — *Não faça isso. Não vá.
Não me deixe. Estou apaixonada por você.* Os gritos reverberavam no meu peito, incapazes de alcançar minha boca; a devastação tomava conta de mim
enquanto via seu carro sumir de vista.

Da primeira vez, quando ele se afastou da minha vida, não pude fazer
nada para impedir o destino que recairia sobre ele. Mas dessa vez?

*Você acha que desisto assim tão facilmente? Vá se ferrar, Lincoln, eu vou te sal-
var... mesmo que seja de você mesmo.*

MÁ SORTE

CAPÍTULO 26

HHT HHT HHT

Mordiscando as unhas, transferi o incômodo de um pé ao outro. O sol havia se escondido atrás das montanhas distantes fazia algum tempo, lançando tons de roxo, laranja e azul por sobre o horizonte. Agora as brilhantes estrelas acima cintilavam alegremente, opostas ao sentimento nas minhas entranhas. Estive sentada aqui por horas, perdida em meio ao tédio e preocupação. O rádio de Nat estava quebrado e o único CD que havia ali dentro era do musical infantil da Vila Sésamo. Nada tão empolgante quanto uma canção infantil.

Quando corri para o bar depois de ter visto Lincoln vazar, Nat nem questionou. Apenas colocou as chaves de seu carro na bancada e disse:

— *Vou pegar um ônibus. Pegue o nosso cara, Devon.* — *Empurrou as chaves para mim.* — *Seja lá o que ele está prestes a fazer... impeça.*

— *Pode deixar.* — *Apertei as chaves contra meu peito.* — *Obrigada.*

Corri para o carro, percebendo, assim que passei a marcha, que não fazia ideia de onde ele teria ido ou o que eu faria se o encontrasse. Precisava impedi-lo. A qualquer custo.

Dirigi ao redor procurando por seu carro ou algum sinal dele. Ele era como um fantasma, desaparecendo ao vento... redemoinhos de fumaça captados pela minha visão periférica, mas que sumiam da mesma forma que surgiam.

O único lugar onde sabia que ele estaria, com certeza, era a loja que tentariam assaltar esta noite. Fui para lá. Checando mais de uma vez a rua, não vi o carro de meu tio ou um carro alugado, o que sugeria que ele foi atrás de Lincoln ao invés de mim. O que Linc estava pensando? Certamente ele sabia que meu tio o seguiria.

Não conseguia me conformar com nada disso. Meus instintos esperavam por um desastre. Eu poderia perdê-lo de novo.

Inconscientemente, comecei a cantarolar junto com a canção infantil antes de chorar de frustração e desligar o rádio.

Tocaias não eram tão empolgantes quanto nos filmes. Meu pai sempre dizia: *Você tem dez segundos de excitação, seguidos por oito horas de puro tédio.*

Uma hora atrás, comi um pacote de salgadinhos que Nat escondeu no porta-luvas. Suspirando, olhei ao redor. A loja estava fechada há um tempo, mas eles provavelmente queriam ter certeza de que a cidade estivesse adormecida. Assim como a minha bunda.

Driblando a monotonia, estava tentando bolar um plano. Algo que geralmente era boa em fazer. Esta noite parecia ser uma exceção. Lincoln era teimoso e se sentia responsável pelo irmão. Tudo o que eu sabia é que não podia me sentar e esperar.

Eu também era teimosa.

Olhando para o relógio, percebi que a madrugada já apontava. Nada de bom acontecia a esta hora. As ruas enchiam-se de malícia, embriagando-se com pecados carnais.

Bati a cabeça no volante, tensão e aborrecimento comprimindo cada nervo, quando faróis se lançaram sobre o parabrisa. Levantei a cabeça, o coração quase saltando na boca. Abaixei-me no banco. Reconheci o carro da outra noite.

James.

O plano excepcional que eu deveria bolar ainda me incomodava, os nervos subindo à flor da pele. A ação estava começando, e eu ainda não sabia como desencorajá-lo.

James encostou o carro em um terreno abandonado, oposto a mim, bem protegido da visão da rua principal. O carro escuro quase desparecendo nas sombras. Era o esconderijo perfeito, fácil para escapar, mas passaria despercebido por causa da cerca alta e dos arbustos, escondido das testemunhas. Por ter seguido Lincoln até lá, eu sabia onde procurar.

Observei quando abriu o porta-malas. Sua silhueta se destacava nas sombras, sob a luz que vinha da rua. O carro era um Dodge Challenger preto, grande e com um motor potente. Perfeito para uma fuga. Ele pegou algumas coisas, colocando uma delas na parte traseira de sua calça e outra na frente.

Armas!

Ele fechou o carro abruptamente e se encostou à lataria, acendendo o que parecia ser um cigarro; mas, conhecendo James, devia ser um baseado.

— Droga, James — murmurei. — Ficando chapado antes de um roubo. Genial.

Mais quarenta minutos se passaram, e o observei andar de um lado para o outro, fumando, até que uma moto entrou no lote. Reconheci Lincoln no mesmo instante. Em algum momento da noite, ele trocou seu

MÁ SORTE   213

carro por algo que pudesse facilitar sua fuga.

Saindo pela porta, me esgueirei para trás do lugar onde me escondi da última vez.

— Por que demorou tanto, porra? — James sibilou, caminhando até seu irmão. — Eu estava aqui esperando.

— Escute, eu tinha alguém na minha cola. Tive que despistá-lo. Trocar de veículos. — Lincoln desceu da moto. — Demorou mais do que imaginei. Relaxa.

— Relaxar? — James repetiu. — Estive tentando fazer isso nos últimos quarenta minutos.

— Jesus, você está fumando um baseado antes de um trabalho? Você é idiota?

Sim, ele é. Outra razão para você dar as costas e ir embora.

— O fato de você nunca ter sido preso, e eu, sim, me deixa abismado — Lincoln rosnou, jogando sua mochila para dentro do Challenger.

— Porque nunca sou pego — James respondeu. — Não me entenda mal, você sabe como eu amo uma boceta, mas sou esperto o suficiente para que isso não me distraia.

— Cale a porra da sua boca — Lincoln esbravejou.

— Credo, irmão. Você ainda está na defensiva por causa daquela garota? A boceta dela era tão apertada e mágica assim?

Em um piscar de olhos, Lincoln agarrou James pela garganta, empurrando-o contra o carro.

— Eu disse para *nunca* falar dela assim de novo. Nunca.

— Merda — disse, tentando se livrar do aperto de Lincoln. — Okay, foi mal.

Lincoln empurrou-o novamente, mas o soltou e deu um passo para trás.

— Eu não te entendo. — James esfregou o pescoço. — Você transou com ela *uma vez, seis* anos atrás ou algo assim. Por que ela foi tão especial? Achei que aquela coisinha gostosa que está trabalhando no bar já tivesse eliminado a fantasia da outra garota da sua cabeça.

Expirei em alívio. Preferia que James não soubesse que *eu* era a tal garota.

— Vamos acabar logo com isso e sair dessa cidade — Lincoln murmurou, caminhando até a porta do passageiro. — Trouxe tudo?

— Sim. Luvas, suéter preto, máscara, alicates, bomba de fumaça, tinta preta para câmeras, decodificador de alarmes e mochilas — disse James enquanto Lincoln pegava os itens do banco dianteiro, vestindo sua camisa preta.

— Okay, vamos lá. – James vestiu a máscara de esqui e pegou o alicate de Lincoln. — Logo estaremos deitados em uma praia, bebendo infindáveis cervejas servidas por belas *señoritas* em biquínis.

Lincoln bufou, colocando as luvas, ambos saíndo do lote.

Vamos lá, Dev. Agora ou nunca.

— Não! — Nem sequer pensei, saltando na frente dos dois. — Lincoln. Pare.

— Merda! — James puxou a pistola que estava no cós de seu jeans e apontou na minha direção. Lincoln se postou à minha frente, com os olhos arregalados.

— Caralho, Devon — ele rosnou, os braços estendidos, bloqueando-me de James. — O que diabos você estava pensando ao pular assim do nada? — Ele não parou para ouvir minha resposta. — O que você sequer está fazendo aqui? Você precisa ir embora agora.

— Quase atirei em você, garota. — James guardou a arma.

— Não, eu não vou embora. — Ergui a cabeça, ignorando seu irmão, minha atenção voltada para Lincoln. — A não ser que você venha *comigo*. Não faça isso, Lincoln. Por favor.

Seu olhar fixou-se em meu rosto, a luz incidindo sobre os olhos azuis.

— Não posso. — Seu rosto franziu em arrependimento. — Nós já conversamos sobre isso.

— Eu não ligo se vamos ter que falar disso cem vezes mais. Não vou parar até que venha embora comigo.

— Já me decidi. — Ele deu um passo, aproximando-se de mim.

— Eu também. — Cheguei mais perto ainda, com as mãos nos quadris. Nenhum de nós recuou. O calor de nossos corpos guerreava pela liderança com nossa respiração ofegante.

Suas narinas inflaram e suas pupilas dilataram, descendo para meus lábios. Meus seios se contraíram em resposta, incendiando meu ventre.

— Vá. Para. Casa. Devon.

— Você primeiro.

— Não.

— Sim.

— Okay. — James se colocou entre nós, com as mãos levantadas. — Estamos perdendo tempo. Merda, eu tinha razão com esta aqui. Sabia que ela era seu tipo, irmão. — Ele apontou, depois balançou a cabeça. — Essa não é a questão. Devon, não é? Você precisa ir embora. E se tem amor à vida, nunca fale desta noite ou que sequer nos viu.

— Você quer dizer não contar para os tiras, que pretendem ir para o México?

James xingou, batendo o pé.

— Ela sabe? Porra, isso é ótimo.

MÁ SORTE

— Relaxa. — Lincoln inclinou a cabeça. — Ela não vai contar.

— Não vou? — Voltei ao meu impasse com ele, seu olhar enviando calor para todas as partes do meu corpo.

— Não. — A palavra se arrastou em seus lábios, um sorriso malicioso surgindo, seu olhar ardente escaldando meu coração.

Nosso relacionamento podia ter começado com a luxúria, mas nosso vínculo se tornou muito mais profundo. Não fazia ideia de quando aconteceu, mas conhecia essa sensação que corroía minha alma. Eu estava apaixonada por ele. Profundamente. E iria perdê-lo. De novo.

Lágrimas ameaçavam surgir em meus olhos.

— Por favor, não faça isso — sussurrei, sufocando em cada palavra. Respirei fundo, confessando de uma vez: — Eu amo você.

Agonia permeou seu rosto; suas mãos deslizaram para minha mandíbula, sua testa recostando-se à minha. Um som similar ao de um animal em sofrimento vibrou em sua garganta, acabando com a distância entre nós. Sua boca era quente e impetuosa, queimando o que restava de mim quando seus lábios se chocaram aos meus.

O beijo acabou tão rápido quanto começou.

— Sempre será você, Sardentinha — murmurou contra a minha boca. Seus lábios pressionaram minha têmpora. Então ele se afastou, me empurrando para o lado como se eu não fosse nada demais.

— Lincoln... — Girei, piscando para conter as lágrimas teimosas, encarando as costas dos irmãos que estavam se afastando de mim.

Um arrepio percorreu minha espinha. Pressenti que algo na atmosfera estava mudando. Eu tinha instintos aguçados. Meu pai sempre disse que seria uma ótima policial por causa da minha atenção aos detalhes, pensamento lógico e necessidade de ajudar as pessoas.

Minha intuição sabia o que aconteceria antes mesmo de ouvir uma arma sendo engatilhada. Meu mundo virou de cabeça para baixo, diminuindo o ritmo e acelerando ao nosso redor. Minha boca se abriu para gritar quando uma silhueta surgiu de trás da cerca.

— Não! — gritei, no mesmo instante em que a voz do meu tio reverberou pela noite, uma arma apontada diretamente para os irmãos:

— PARADOS!

James se virou, ganindo em frustração, seus braços se levantando. Lincoln parou, e sem mexer um músculo, uma estranha tranquilidade irradiou dele. Calmo. Indiferente. Nenhuma emoção passou por seu rosto, e este era o homem que esteve na cadeia, que havia sobrevivido sob ameaças constantes e situações capazes de destruir a alma de qualquer um.

— Devon, o que diabos você está fazendo aqui? Saia da frente! — Meu tio balançou a arma para que eu fosse para o seu lado. Não me movi. — Eu ia esperar que vocês fizessem alguma idiotice, para só então prendê-los de vez. Mas... — Tio Gavin me lançou um olhar letal. Eu havia mudado seus planos.

— Pensou que tinha me despistado, não é? — Gavin começou a andar, agitando a arma de um irmão para o outro.

— Torcer por isso se encaixa melhor. — A voz de Lincoln continuou calma.

— Estive à sua procura por um longo tempo — meu tio fervilhou. — E encontro você aqui, realizando seus velhos truques. Não me surpreende. Roubar dos outros é a única coisa que você sabe fazer. Mas envolver minha sobrinha nas suas merdas? Você tornou isso pessoal. — Gavin se aproximou ainda mais, apontando a arma para eles. — Virem-se e coloquem as mãos para cima. Agora! — Seu polegar se deslocou para o gatilho. Lincoln olhou para mim, sua expressão quase arrependida quando se virou para fazer o que meu tio mandou. James girou lentamente, como se tivesse todo o tempo do mundo, com um sorriso presunçoso nos lábios. Tio Gavin começou a revistar Lincoln primeiro.

— Pesquisei muito sobre vocês dois. Finn e William Montgomery, filhos de um magnata do Texas, Finnick William Montgomery III.

Minha cabeça voltou-se para o irmão mais velho. Claro que este não era seu nome verdadeiro.

— A mãe de vocês faleceu em um acidente de carro quando eram crianças. Foi aí que tudo começou. A princípio, apenas pequenos furtos. Roubando dos clientes do seu pai. Era essa a maneira de chamar a atenção do papai? Mas o tiro saiu pela culatra, não é? Vocês se tornaram um motivo de vergonha que ele não poderia suportar, e os expulsou de casa. Deserdou vocês. Casou-se novamente e construiu uma nova família.

Lincoln me contou um pouco sobre morar nas ruas, mas não o porquê. Merda. Eles eram apenas adolescentes, e seu próprio pai os expulsou de casa? Canalha. Como pôde virar as costas para seus próprios filhos, meninos pequenos, que perderam a mãe tão cedo, e jogá-los na rua, sem nada?

— Uau, essa foi uma viagem divertida ao passado. — James deslocou seus pés, abaixando levemente os braços. — Há algum propósito nisto?

— Vocês foram espertos. Mudaram-se por aí. Somente pegavam o que precisavam de casas abastadas, nunca usaram uma arma. Até a última vez. Alguma coisa mudou. Seu alvo. Sua munição. Por quê?

Tio Gavin não sabia sobre Kessley ou que James precisava constantemente de novos desafios.

Meu tio caminhou na direção dele, pronto para revistá-lo. Enquanto se ocupava em pegar a arma que estava na parte de trás de sua calça, vi James estender a mão à sua frente.

MÁ SORTE

— Não! — gritei, saltando para frente, atingindo diretamente o irmão de Lincoln. Caímos no chão, levando Gavin conosco. O revólver que estava na mão de James bateu no chão, escorregando no concreto para longe. Em meio a gritos e mãos tentando alcançar a segunda arma, Lincoln foi mais rápido e a arrancou dos dedos que a tateavam. — Lincoln! — chamei, enquanto meu tio se levantava, apontando a arma para o seu tórax.

— Abaixe a arma, Finn. Você não quer fazer isso.

— Não me chame assim. Esse era o nome *dele* — ele rosnou, ainda segurando a arma. Ficando de pé, dei um passo em sua direção, mas um leve aceno de sua cabeça me impediu de continuar avançando.

— Eu sei que ele batia em vocês. Seus registros mostram várias visitas ao hospital, com machucados estranhos e ossos quebrados. — A voz de meu tio suavizou-se.

— Quando seu principal cliente é também um médico respeitado, é engraçado como abuso de menores facilmente se torna brincadeira de meninos. — O rosto de Lincoln se tornou obscuro, seus dedos agarrando ainda mais a pistola. Em um mínimo movimento, o braço de meu tio se levantou.

— Abaixe. A. Arma — Gavin ordenou, já no seu limite. — *Última vez* que vou pedir.

Eu temia porque, desde que meu pai foi morto por um homem que não abaixou sua arma, o dedo do meu tio ia para o gatilho com muito mais facilidade. Pânico se instalou em meu coração. Um segundo poderia passar e as coisas, sem dúvida, mudariam. As pessoas que seguravam as armas eram os homens que eu mais amava no mundo.

— Lincoln... — Cautelosamente, fui em sua direção. — Por favor, faça o que ele diz.

— Devon! O que você está fazendo? Pare! — tio Gavin gritou para mim, terror cobrindo suas palavras. — Devon?

Ignorei-o e encarei os olhos azuis que eu amava, minha mão gentilmente cobrindo os dedos. Ele não se moveu nem tentou me impedir, enquanto o fazia soltar a arma em sua mão.

— Como se eu pudesse brigar com você alguma vez. — Um riso sarcástico saiu de sua boca. — Você manda. Eu obedeço.

— Se isso fosse verdade, estaríamos em casa... na cama, não aqui — retruquei, apenas centímetros longe dele. Joguei a arma de lado, o metal arrastando-se no chão. — Ao invés disso, terei que te visitar na prisão. — Tristeza tomou minha voz.

A mão de Lincoln acariciou meu rosto.

— Contanto que aceitem visita íntima. — Ele sorriu, antes de sua boca descer sobre a minha, beijando-me rapidamente.

Meu tio ofegou. Quando me virei, decepção e choque tomavam seu rosto.

— Tio Gav...

— Você sabia que ele era o Finn? — Gavin me interrompeu, seus pés dando alguns passos para trás. — Esse tempo todo?

Não conseguia encontrar palavras para explicar, então, simplesmente encarei meu tio.

— Merda. Há quanto tempo você sabe? — Balançou a cabeça, mas abaixou a arma. — Pensei que você o conhecia como Lincoln, e que ele estivesse te enrolando, levando você para o mundo dele sem seu conhecimento... mas... — fez uma pausa no que estava dizendo, suas sobrancelhas se juntando em entendimento. — Quer dizer, você o viu por um segundo...

Dor tomou conta do meu rosto.

— Não... não... você estava com ele esse tempo todo? — Tio Gavin me olhou, como se me desconhecesse. O que ele estava pensando ao meu respeito, me estilhaçou em um milhão de pedaços. — Você o estava ajudando desde o princípio? Mentindo para mim? Para a delegacia inteira?

— Não — Lincoln disse atrás de mim. — Ela não fazia ideia de quem eu era até algumas semanas atrás, e só descobriu, porque tem bons instintos. Ela sentiu que algo estava errado. Começou a juntar as peças. Ela é completamente inocente.

Não completamente. Ele deixou de fora a primeira vez que nos encontramos, para me proteger.

— Ainda assim… Devon. — Os olhos de tio Gavin transpareciam mágoa. — Você sabia qual era a coisa certa a fazer, e o protegeu ao invés disso. Ajudou um *criminoso*.

— Ajudei. — Nem tentei negar. — Você não sabe de toda a verdade. Você perguntou o que tornou o último trabalho deles diferente. O que mudou.

— Devon — Lincoln rosnou atrás de mim.

Não respondi. Precisava que meu tio entendesse.

— Você percebeu que algo mudou, mas não olhou além disso, como meu pai fazia. Ele sempre procurava saber por que houve uma mudança de comportamento. — Aproximei-me de meu tio. — Lincoln roubou o hospital porque ele tinha uma filhinha, que estava morrendo de leucemia.

O corpo do meu tio ficou rígido.

— Ele era compatível para ser doador de medula óssea. Poderia salvar a vida dela, e estava na prisão. O motivo de ele ser um prisioneiro modelo era para sair mais rápido. Mas ela estava morrendo, e ele escolheu passar com ela seu último dia, beijá-la uma última vez, antes que se fosse...

— ...há quase um ano — meu tio terminou por mim, juntando a última

MÁ SORTE

219

peça. Engoliu em seco, seu olhar passando por todos nós. — É terrivelmente triste, e eu sinto muito. Mas isso não muda o fato de que você roubou, fugiu da prisão. Rendeu pessoas em um hospital.

A polícia detinha a arma, mas eu sabia que não havia digitais. Mas por ele ter sido pego com ela, erroneamente o ligaram ao crime.

— Irmão errado. — Movi a cabeça na direção de James. — Foi ele que assaltou a loja do hospital. Lincoln estava apenas protegendo ele.

Meu tio se virou para James, levantando a arma novamente. Em um piscar de olhos, tudo mudou, causando uma grande confusão.

James me agarrou, segurando-me à sua frente, como um escudo. Tirando uma faca de sua bota, colocou a lâmina em meu pescoço, a ponta afiada riscando minha pele. Mal me permiti respirar, terror fraquejando minhas pernas.

— William, não! — Lincoln gritou, a arma que joguei no chão de volta em suas mãos. Meu tio levantou sua pistola, mirando os dois irmãos, com o dedo no gatilho, sem saber quem era a verdadeira ameaça, forçando Lincoln a responder na mesma moeda.

Um simples escorregar dos dedos ou uma onda de adrenalina poderia levar a uma catástrofe.

— Porra, agora você está falando, irmão? Valeu a pena quebrar nossa regra número um por causa dela? — Ele me puxou ainda mais, aprofundando a lâmina.

— Will. Pare. — Os olhos azuis de Lincoln pareciam gelo. Frios. Implacáveis.

— Ah, sem fingimentos agora, *Finn*? O que aconteceu com a irmandade acima de tudo? Irmãos e gatunos. Sempre primeiro, sempre juntos — James zombou, sua voz frenética, irritada. Instável. Ele estava mais do que chapado. — Ela te tornou tão idiota assim? Agora eu entendo. A mesma garota de antes. Ela é sobrinha de um tira. Porra... a boceta dela é milagrosa a esse ponto?

— Largue a arma e solte minha sobrinha. Você só está piorando as coisas. — Meu tio caminhou à frente.

— Não. Você está — Will rosnou. Engasguei, olhando para tio Gavin. A faca perfurou minha pele, um gemido de dor escapando da minha garganta, enquanto sentia o sangue escorrer pelo meu pescoço. — Afaste-se!

Gavin parou, ofegando com raiva, seus olhos demonstrando preocupação e medo por mim.

Os ombros de Lincoln tremeram, sua mandíbula cerrada, raiva percorrendo seu rosto.

— Se você a machucar, *irmão*... Eu. Mato. Você.

— Ooohhhh... *Caramba, garota,* você deve ser especial. — A risada zombeteira chegou aos meus ouvidos, seu agarre se tornando mais forte. — Esse cara não se comprometeu com nenhuma garota em toda sua vida. Fodeu várias, mas não ligava a mínima para nenhuma delas, nem para a mãe de sua filha. Mas olha... é aqui que começa um problema para nós dois. — James me arrastou na direção do carro. — Ele deveria saber que não era para deixar ninguém se envolver. Nada de bom vem daí. Acidentes acontecem.

— Não — Lincoln rosnou, seu dedo se movendo para o gatilho, andando na nossa direção.

— Dê mais um passo, você atira em mim e eu, com certeza, passarei a faca no pescoço dela. Apenas pense em atirar nos pneus, e *eu vou matá-la*. Não se mova. — Ele estava trêmulo e nervoso.

James posicionou a lâmina na lateral do meu pescoço, apertando mais fundo, simplesmente para mostrar que não tinha problema algum em me cortar. Tentei não chorar, mas lágrimas de dor escorreram pelo meu rosto. Lincoln parou onde estava. Por um momento, seus olhos encontraram os meus, terror encharcando-os, antes de se voltarem para o irmão e se encherem de fúria. Eu podia ver o homem que precisou lutar por sua vida todos os dias – proteger ou matar, se fosse necessário. Uma ira palpável percorreu seu magnífico corpo, como um animal que tenta se livrar de uma armadilha. Ele teve seu próprio pescoço cortado na cadeia. Seria uma justiça poética doentia que o mesmo acontecesse comigo?

Meu corpo tremeu de pavor. Dor e a perda de sangue faziam a minha cabeça girar, mas tentei continuar respirando, continuar pensando. Analisar a situação. O que meu pai faria?

— *Atire em mim* — falei, esperando que meu tio e Lincoln lessem meus lábios. A melhor forma de neutralizar um refém imprestável era tirá-lo do caminho. Atirar em sua perna. Lembro-me de uma vez em que meu pai disse que precisou usar essa estratégia. Claro, a caixa do banco processou a delegacia, mas ela estava viva.

A área ao redor dos olhos de Lincoln se apertou, um nervo saltando em sua mandíbula. Mas a cabeça de tio Gavin balançou, dizendo-me que não faria isso de jeito nenhum. Meu pai já o tinha feito, mas era algo que meu tio nunca gostou. Fugia totalmente às regras, o que ele tanto valorizava.

— Bem, essa noite não saiu como o planejado. — James nos arrastou mais para trás, a dor em meu pescoço, agora latejando, me fazendo estremecer. Lágrimas se misturaram com uma trilha de sangue, que ensopava minha camiseta. "Eu não *vou* para a cadeia. Lembre-se, você está me forçando a fazer isso. Ela poderia ter ficado fora disso. É culpa sua que ela esteja envolvida. — Ele abriu a porta do motorista. — Devon está vindo

MÁ SORTE   221

comigo. A responsabilidade recai sobre você, caso ela morra.

Minha intuição me dizia que eu iria morrer de qualquer forma. Ele me deixaria esvair em sangue.

— Atire. Agora — sibilei, tentando engolir, apesar de ter a lâmina cortando fundo minha garganta. Logo eu estaria dentro do carro, e seria tarde demais.

Meu tio e Lincoln se entreolharam, desespero tomando conta do rosto de Gavin.

Aconteceu em um instante. Em uma batida do meu coração.

Gavin arremessou-se para um lado, enquanto Lincoln foi para o outro. *Boom!*

Um único tiro disparou no céu sereno, a bala atravessando sua vítima. Um grito rasgou noite adentro.

— Porra! — James rugiu, enquanto eu caía em cima dele, desabando no chão em agonia ao agarrar minha perna. Dor percorreu minha panturrilha e cada nervo que eu possuía.

Merda... isso dói.

James gritou novamente antes de outro tiro ecoar. Pela minha visão periférica, o vi cair ao meu lado, gemendo.

— Devon! — A voz de Lincoln explodiu quando se agachou ao meu lado, pressionando suas mãos em meu rosto e procurando pela ferida no meu pescoço. — Me perdoa.

— Cacete. — Engoli em seco. — Você realmente atirou em mim.

— Foi de raspão; a bala não te perfurou. — Arrancou a jaqueta, tirou sua camiseta e pressionou contra meu ferimento. — E você me mandou fazer isso.

— Dessa vez você me escutou? — Tive dificuldade em falar cada palavra, ignorando as rajadas de dor que me percorriam.

— Eu te falei, Sardentinha. Você manda. Eu obedeço. — Ele tentou sorrir, mas a preocupação não abandonou seu rosto.

— Dev? Você está bem? — Tio Gavin agachou-se do outro lado, a arma ainda apontada para James, que gemia atrás de mim.

— Me sinto ótima — caçoei. — Olha, meu pescoço está sorrindo.

Tanto Gavin quanto Lincoln resmungaram.

— Plateia sem graça — murmurei, baixinho. Senti-me tonta, o mundo ficou enevoado. Estava perdendo muito sangue.

Ao longe, ouvi sirenes tilintando em meus tímpanos. A cabeça de Gavin se voltou para os alarmes à nossa frente. Ele se voltou para nós, lambendo seus lábios.

— Tire-a daqui. — Seu olhar encontrou o de Lincoln. — Eles não precisam saber. Minha arma disparou apenas nele. Posso dizer que ele estava fazendo isso sozinho.

— O quê? — A boca de Lincoln se abriu em surpresa. — Você vai mentir?

— Não me faça mudar de ideia — Gavin rugiu, passando a mão na cabeça. — Ela não tem motivo para estar envolvida.

Entre a minha perda de sangue e o choque em relação ao meu tio, achei que desmaiaria. O Sr. Preto no Branco, Policial Certinho, estava quase quebrando as regras.

Lincoln parecia prestes a dizer mais alguma coisa antes que meu tio gritasse:

— Vão! Eles estão quase aqui.

Lincoln não hesitou, pegando-me em seus braços, o calor de seu tórax me envolvendo. Fechei os olhos. Ele correu pelo terreno, pegando as chaves do bolso da minha jaqueta. O som das portas destravando o guiou para o carro de Nat. Abrindo a porta traseira, me colocou no banco, e mais lágrimas deslizaram pelo meu rosto. Fogo correu pela minha perna, e me esforcei para respirar fundo.

— Escore a cabeça no banco; mantenha seu queixo apoiado no seu peito. Vai diminuir o sangramento no pescoço. — O pânico em sua voz misturou-se com o barulho das sirenes. — Jesus, Nat vai amar todo esse sangue no seu banco traseiro.

Portas bateram, e senti o carro entrar em movimento, mas o mundo turvo se transformou em escuridão, minha vida se esvaindo a cada fôlego.

— Não desista de mim, Sardentinha. Fique acordada. Eu *não vou* perder você. Lute por mim, Dev.

Tentei, mas sua voz áspera e sexy retumbou em meus ouvidos como uma canção de ninar, envolvendo-me em uma irresistível escuridão.

MÁ SORTE

CAPÍTULO 27

||||| ||||| |||||

A luz do sol brincou entre os meus cílios, e os fechei, desanuviando a luz obscena. A luminosidade me arrancou de meus pacíficos devaneios para uma consciência abrasadora. Um gemido subiu pela garganta, encontrando o seu fim nos meus lábios. Cada músculo e osso do meu corpo doía como se eu houvesse sido amassada.

Minhas pálpebras se abriram, o impulso de vomitar escalando sobre minhas costelas. Senti dificuldade para engolir, minha garganta doendo, apertada sob uma bandagem enrolada no meu pescoço. Com isso, memórias da noite anterior, voltaram à minha cabeça. A última coisa de que me lembrava foi... de apagar no carro de Nat.

Deitada, cuidadosamente, levantei a cabeça olhando para uma larga janela à direita.

Não era o meu quarto. Pisquei até que meus olhos se acostumassem à visão de fora das janelas sem adorno algum. A rua abaixo era familiar. Uma fileira de prédios de tijolos, repletos de lojas e cafés, barris com flores decorando a calçada. Eu via isso quase todos os dias. Era a mesma visão do salão, mas do segundo andar.

Com uma leve tontura, segurei-me na cama, vômito subindo pelo meu esôfago. A dor na panturrilha e pescoço fazendo minha cabeça girar. Já não estava vestida em roupas ensanguentadas; usava apenas calcinha e uma larga camiseta azul que não era minha, mas tinha o cheiro do uísque que ele bebia. Era quase tão bom quanto ter seus braços me envolvendo.

Sabia exatamente onde estava. Tudo rescendia ao Lincoln.

Percebi que o *loft* de conceito aberto era do mesmo tamanho do bar abaixo. Uma cozinha minimalista escorava na parede traseira, portas de correr formavam uma entrada, um *closet* e um banheiro. A sala se encontrava no meio do lugar. Havia uma TV, uma mesinha estilizada de café e um sofá de couro de frente para as janelas em arco. O espaço do quarto ficava do outro lado, tapetes demarcando os espaços. A decoração era escassa, mas algumas fotos legais em preto e branco estavam penduradas nas paredes de tijolo. Ele usou os canos sob o telhado para pendurar coisas, e caixas de madeira para guardar roupas e livros.

Então era aqui que ele morava... bem acima da minha cabeça esse tempo todo. Fácil de entrar e sair. Agora eu sabia por que parecia que ele nunca saía do bar para voltar para casa. Ele já *estava* em casa. Como não percebi isso? Era como se ele simplesmente sumisse.

O som de batidas à porta me fez movimentar a cabeça. Lincoln saiu do banheiro, uma toalha enrolada na cintura enquanto esfregava a cabeça com uma menor.

Apesar da dor e da ânsia de vômito, meu queixo caiu com a visão de seu corpo, calor escorrendo pelas minhas veias. Ele tinha o físico incrível. Já entrei em contato com grande parte dele, mas nunca havia parado para apreciar a obra de arte que se encontrava à minha frente. Nós estávamos quase sempre meio vestidos e desesperados demais um pelo outro para tomar um tempo de nos explorar.

Ambos os braços e um lado de seu pescoço eram tatuados, o resto era um quadro branco aguardando para ser explorado.

Ainda úmido do banho, gotículas de água desciam pelo peito nu, escorrendo por sobre o abdômen definido, até sumirem mais abaixo. Eu queria arrancar a toalha e lamber cada gota de água do seu corpo. Okay, talvez não agora que estava passando mal. Talvez em cinco minutos.

Ele jogou a toalha extra numa cesta e me olhou. Seus olhos se estreitaram.

— Oi. — Ele se moveu em minha direção, quando viu meus lábios se entreabriando para responder. — Não converse. Não repuxe a pele ao redor do seu pescoço. — Sentou-se na cama, soltando o meu cabelo e o penteando para longe das bandagens enquanto o inspecionava. — O corte foi superficial, mas ainda atingiu alguns nervos. Vai levar algum tempo para sarar completamente. O mesmo para a sua perna.

Eu o encarei, sentindo o toque aliviar a náusea; no entanto, meu coração batia forte pela proximidade, por causa do cheiro de sua pele úmida.

— Eu sinto muito, Dev. — Seu polegar acariciou meu queixo, porém, seu rosto ficou sério. — Meu irmão sempre agiu por impulso, não lógica, especialmente quando estava chapado com alguma substância, mas nunca pensei que fosse capaz de machucar alguém. Não depois dos anos de abuso que sofremos do nosso próprio pai.

É, bem, às vezes, você odeia muito alguma coisa em alguém, exatamente por ser bem parecido com essa pessoa.

— Na hora em que ele te agarrou? — Os olhos de Lincoln se desviaram

MÁ SORTE   225

para a parede distante. — Nada mais importava. Ir para a cadeia, o bar, nem mesmo o meu irmão. Você. Apenas isso. E a ideia de te perder? — Ele deixou a cabeça pender, os cotovelos nos joelhos, expirando profundamente.

Meus dedos acariciaram suas costas, brincando com sua pele. Ele ergueu a cabeça, sem olhar para mim.

— Tudo o que era importante me atingiu de uma vez, e todas as desculpas esfarrapadas para te manter afastada ou para proteger meu irmão sumiram. Se pudesse fazer algo para trazer minha garotinha de volta, eu faria, num piscar de olhos, mas não me arrependo de você, Dev. Nem por um segundo. As duas estão cravadas na minha alma. Uma de vocês não pôde ficar pelo tempo que eu queria. — Ele olhou para mim, sua voz calma, os olhos carinhosos. — Talvez você possa.

— Claro que sim. — Minha voz saiu rouca e desafinada, fazendo-o rir histericamente.

Ele se aproximou, acariciando gentilmente minha cabeça.

— Vou te lembrar disso... de várias formas.

Tudo bem por mim... só que mais tarde.

Como se tivesse entendido a deixa, um espasmo enrijeceu os músculos da minha perna, me fazendo choramingar de leve.

— Aqui. — Pegou uma seringa e uma ampola. — Engolir deve ser dolorido, então isso vai ajudar com a dor. Relaxar seus músculos.

Recuei, olhando para a agulha.

— Não é nada ruim. O *doutor* deixou aqui para aliviar sua dor.

— Dou-tor? — grunhi.

— Não pude te levar a um hospital. Não, se queria manter sigilo sobre o pretexto de que nunca estivemos lá.

Certo.

Lincoln retirou o ar da seringa e, olhando para mim, esfregou uma gaze na minha coxa; o toque gentil na minha perna e o olhar focado ao meu. Isso teria sido muito sensual e intenso, se eu não tivesse me contorcendo e gemendo de dor. Ele injetou a agulha rapidamente e agarrei seu ombro, inspirando pelo nariz.

— Pronto. Logo, logo você sentirá o efeito. — Usou a ponta de sua toalha para limpar um resquício de sangue na agulha. — A cadeia tem lá as suas vantagens, te dando conexões com pessoas que não se importam de agir na surdina. O Doc foi solto quatro meses antes de mim, acusado injustamente por sua cor de pele. Ele era um médico no exército. Cuidou de mim mais vezes do que sou capaz de me lembrar, nos primeiros anos. Não sei por que me ajudou. Disse que viu algo em mim. Era a pessoa de quem fiquei mais próximo. Bom homem. Ele foi o único em quem consegui pensar quando te trouxe pra cá. Sem fazer perguntas, ele veio.

STACEY MARIE BROWN

Ficamos quietos por um momento, tantas perguntas da noite anterior me vieram à cabeça. O que aconteceu ao meu tio? Ou James? O que aconteceria a Lincoln? Ele falou com Gavin? Minha irmã estava tendo um troço? O lugar estava prestes a ser invadido pela polícia?

— Meu tio? — finalmente perguntei.

— Não ouvi nada dele, mas acho que não me contataria. Ele manteria o seu histórico do celular limpo do meu nome. Não faço ideia do que está acontecendo. Está me deixando louco. Tentei dormir depois que o Doc saiu, mas tudo o que consegui fazer foi andar pela casa ou checar se você ainda estava respirando. — Ele esfregou o rosto. — Mandei uma mensagem para sua irmã, do seu celular, para que soubesse que você não voltaria para casa. — Um sorrisinho iluminou seus olhos. — Eu posso ter dado a entender que você ficaria comigo por mais alguns dias... Não consegui evitar. — Piscou. — O que é verdade. É uma pena que não estamos fazendo o que ela pensa que estamos.

Sorri. Uma mensagem dessas deixaria Amelia louca. Mas era melhor do que deixá-la acordada a noite inteira, querendo ligar para a polícia. Eu cuidaria de sua ira depois. Faria qualquer coisa por ele.

Inclinando-me, beijei sua têmpora. O analgésico varreu a dor para longe, me deixando sonolenta. Precisávamos falar sobre muitas coisas, ainda. Lutei contra os efeitos do remédio.

— Durma. — Seu olhar encontrou o meu, entrelaçando os dedos com uma mecha de meu cabelo. — Você precisa se curar, vamos resolver tudo depois, eu prometo.

Sabia que ele precisava descansar tanto quanto eu. Entrelaçando nossos dedos, deitei-me de lado e o puxei para perto de mim. Ele não resistiu e se aconchegou às minhas costas. A toalha roçou na parte de trás das minhas coxas, seu corpo quente me levando ao sono.

— Claro... Meu pau encostando em sua bunda vai mesmo me fazer dormir — sussurrou em meu ouvido. Sorri, pegando sua mão e colocando-a em um de meus seios. Lincoln beijou meu pescoço, deixando sua mão ali. — Sim, muito melhor, Sardentinha. Agora vá dormir.

Com o seu calor e a dor indo embora, suspirei, me sentindo segura e feliz. Todo pensamento ruim desapareceu enquanto o sono me recebia.

$$\text{卌 卌 卌}$$

Entrei e saí do reino dos sonhos, com uma vaga consciência de quan-

MÁ SORTE

do era noite ou dia. Lincoln ou estava limpando meus ferimentos ou me dando injeções com analgésicos, quando eu acordava choramingando. A dor que percorria a minha perna quase não me deixava dormir a noite inteira. O latejar agonizante aumentava até que eu me agitava em meu sono. Então, meu pescoço se juntava à festa assim que eu acordava. A náusea me fez perder um pouco do apetite, embora ele tentasse me fazer engolir um caldo morno. Três colheradas pareciam como ácido, então eu me virava de lado e voltava a dormir. Sabia que levaria um dia ou mais para me sentir melhor, e se dormisse durante todo esse tempo, eu ficaria bem.

Quando acordei de novo, um tom púrpura coloria o céu, com uma leve nuance mais escura. A noite se infiltrava dentro do quarto, me mostrando que outro dia estava quase acabando. Amelia já deveria estar puta agora. Tirando o período que passei com tio Gavin, nunca havia ficado tanto tempo longe de casa.

Minha cabeça tonteou com tudo o que poderia ter acontecido enquanto estava dormindo nestes dias, então forcei meus olhos a permanecerem abertos, erguendo a cabeça no quarto silencioso e imerso na penumbra. Os únicos ruídos que ouvia eram de buzinas ao longe ou da agitação no bar abaixo.

Lincoln se sentou em uma cadeira ao lado da cama, que puxou da sala de estar. Seus dedos pressionavam uma ruga entre as sobrancelhas, enquanto seus olhos se mantinham fechados. A mesa perto dele estava abarrotada de curativos, cotonetes, álcool 70% e esparadrapo. Passei um tempinho apenas olhando para ele. Infelizmente, meu enfermeiro estava completamente vestido em jeans e camiseta, mas, ainda assim, estava sexy pra cacete.

— Na *minha* fantasia com um enfermeiro... você estava nu. — Minha voz áspera interrompeu o silêncio. Ele ergueu a cabeça e veio até mim.

— Oi — disse, suavemente. — Como você está se sentindo?

— Como se tivesse levado um tiro. — Minha voz quase não se passava de um sussurro. — E tivesse tido a minha garganta cortada.

Ele se sentou na cama ao meu lado, o cenho franzido em preocupação.

— Eu vou ficar bem. — Segurei sua mão. — No mínimo... — Engoli fazendo uma careta. — Você vai gostar porque não consigo gritar com você agora.

Ele deu um sorrisinho irônico.

— Mas eu gosto quando você grita comigo. É sexy pra caralho. — Recostou a testa contra a minha, seus lábios levemente roçando os meus.

Uma batida na porta fez com que ambos nos assustássemos. Lincoln se levantou de supetão, em uma postura defensiva.

— Ninguém sabe que eu moro aqui, com exceção do Doc. — Colocou o dedo sobre os lábios, enquanto ia devagarinho até a porta de metal.

Alfinetadas de dor latejaram em minha perna quando desci da cama. Eu me apoiei com força na perna boa. Não queria me sentir vulnerável estando deitada na cama, seja lá quem fosse do outro lado.

Lincoln encostou o ouvido contra a porta, o braço tenso com a força extrema que fazia ao segurar a maçaneta.

— Abra. — A voz de um homem soou abafada. — Sou eu.

— T-t-tio G-gavin? — disse, rouca, quando me afastei da parede, a familiaridade de sua voz me fazendo querer correr até ele.

Lincoln não parecia tão seguro, mas destrancou a porta e abriu apenas uma fresta para conferir. Seus ombros cederam quando abriu por completo, revelando meu tio do outro lado.

Quando ele entrou, Lincoln a fechou outra vez.

— Como diabos você sa...

Tio Gavin olhou para ele por cima do ombro enquanto andava pelo *loft*.

— Eu sou realmente bom no que faço.

Meu tio finalmente me viu, seus olhos castanhos suavizando.

— Devon... — Correu até mim, envolvendo-me em seus braços. — Graças a Deus, você está bem. Estive tão preocupado. — Ele me abraçou com força, a voz vacilando de emoção. — Estava quase perdendo a cabeça sem poder vê-la.

Seu abraço era tão familiar, tão reconfortante, que me senti como uma garotinha outra vez. Enfiei a cabeça em seu peito, o que havia sido muito mais fácil quando era bem menor e mais nova.

— Como você está? — Ele se afastou, seu olhar preocupado se desviando para minha garganta e minha perna.

— Estou bem — tentei assegurar, mas a voz rouca o fez estremecer. — Lincoln está cuidando muito bem de mim. Eu juro.

Gavin escarneceu, olhando para Lincoln, e assentindo.

— Imaginei que ele faria.

Ele ainda se mantinha parado à porta, os braços cruzados, só observando a cena sem demonstrar nenhuma reação.

— Mas ele é parte do motivo pelo qual você foi ferida. — Gavin apoiou seu punho cerrado logo acima de seu coração. — Meu mundo inteiro parou quanto te vi caindo, mas também me fez perceber quão incrivelmente surpreendente e forte você é. Você é tão parecida com o seu pai. Você foi baleada, Devon.

— Eu pedi que vocês fizessem isso — disse com dificuldade. — Era o único jeito de me livrar de James. E foi realmente só de raspão. Vai sarar rapidinho. — Mas puta merda, o tiro de raspão era como um corte de papel pior do que qualquer outro que já tive na vida.

— Ele, com certeza, é o motivo pelo qual você está essa bagunça. —

MÁ SORTE

229

Meu tio se sentou para olhar para nós dois.

Lincoln ainda não havia retrucado nada, a atenção concentrada em mim.

— Sente-se, Devon.

Percebi que estava tremendo, sentindo-me fraca. Mesmo os movimentos mais sutis requeriam muito dos meus músculos.

Tio Gavin se levantou rapidamente e me ajudou a chegar até a cama. Eu odiava me sentir daquele jeito, mas sabia que precisava dar um tempo ao meu corpo. Havia passado por uma experiência traumática, e precisava se curar adequadamente aos poucos. Assim que me sentei, meu tio aprumou a postura e o clima pareceu ficar tenso dentro do quarto.

— As úlimas quarenta e oito horas foram bem agitadas, então, peço desculpas por ter demorado tanto tempo para vir aqui. — Enfiou as mãos nos bolsos do jeans e olhou pela janela. — Estar fora da minha jurisdição acabou fazendo com que levasse mais tempo com explicações e papelada... Você tem cortinas? — Ele foi até as três imensas janelas arqueadas do outro lado.

— Elas têm uma película especial... do lado de fora são escuras. Ninguém pode ver nada aqui dentro — Lincoln informou, ainda postado ao lado da porta. De guarda. Talvez tenha sido por isso que nunca imaginei que alguém pudesse morar aqui. Sempre parecia escuro e inabitado, olhando da rua.

Gavin deu uma risada zombeteira, balançando a cabeça.

— A conduta de um verdadeiro criminoso.

Suspirei, dando um olhar chateado para o meu tio. Ele se mexeu, inquieto, mas não demonstrou nenhum remorso por suas palavras.

— E meu irmão? — Lincoln perguntou em uma voz cortante.

— Está na cadeia por tentativa de roubo e resistência à prisão. — Gavin o encarou. — Além do mais, o caso do assalto ao hospital está sendo reaberto com uma possível conexão a ele. Foi por esse motivo que estive naquela noite em que foi apanhado. Eu o estava seguindo depois de tê-lo visto aleatoriamente enquanto estava na cidade, para o funeral da minha cunhada.

Lincoln abaixou a cabeça. Ninguém mais veria isso, mas percebi a sutil mudança em seu comportamento. Não importava o tanto que James/William merecesse uma punição, ainda assim, ele era seu irmão. Pessoas como eu e Lincoln, naturalmente, sempre protegiam seus irmãos, mesmo que isso significasse um risco.

— Até onde se sabe, ele estava sozinho, chapado com cocaína e maconha, e colocou uma ideia idiota na cabeça de que conseguiria roubar, por conta própria, uma loja de penhor. — Tio Gavin tirou as mãos dos bolsos e segurou a lapela de sua jaqueta de couro surrada. Meu pai havia dado para ele no dia em que se formou na academia de polícia. — Ser o capitão ajuda bastante, mas ainda tenho muito que explicar para os meus superiores. Não é algo do qual me orgulho, mas por conta da minha posição e do meu histórico impecável, é possível que não me façam muitas perguntas.

Senti um momento de culpa porque meu tio, que sempre fez questão de seguir as regras, estava mentindo descaradamente para sua própria corporação.

— Obrigada — sussurrei para ele, colocando a mão sobre o peito.

Ele fez uma careta e olhou ao redor, desconfortável.

— Sempre me vi de certo modo. Achava que saberia como reagir em cada situação... mas quando vi aquela faca pressionada na sua garganta... — Gavin parou à minha frente, encarando o chão. — Perdi o fôlego. Não pensei em mais nada. Todos os anos de treinamento voaram pela janela, e naquele segundo, quando ele deslizou a lâmina pelo seu pescoço, eu seria capaz de fazer qualquer coisa para te salvar. Violar qualquer lei, matar qualquer pessoa, para proteger minha família.

O nó que se formou em minha garganta comprimiu os curativos que ainda estavam ali.

— Você, Amelia, Mia... são minha família. E até aquele momento, não tinha percebido quão longe eu seria capaz de ir para proteger vocês todas.

Silêncio tomou conta do lugar por um instante; meu tio rapidamente ficou agitado, como se não aguentasse a emoção, e ergueu a cabeça olhando para Lincoln.

— Acredito que você é mais esperto do que isso, mas vou adverti-lo outra vez: não tente visitar ou entrar em contato com o seu irmão. Corte todos os laços com ele.

— Ou? — Lincoln inclinou a cabeça para o lado.

— Pelo que a delegacia sabe, Finn Montgomery já está muito longe. Talvez no México. E há um *rumor* recente que talvez ele tenha sido assassinado durante um transporte ilegal de drogas.

— Que azar o dele — Lincoln replicou, impassível, sua atenção fixa em meu tio.

— Sim, que azar. — Gavin não recuou ante seu olhar, ambos em um duelo pelo domínio. — Seria muita idiotice dele aparecer e se tornar um alvo outra vez. Especialmente quando é melhor que esteja morto.

Eu não podia acreditar no que estava ouvindo. Deixar Lincoln se safar na outra noite para que me levasse em segurança era uma coisa, mas deixar escapar um fugitivo condenado, quando ele o tinha bem à frente, era contra tudo o que meu tio pregava. Mas algumas coisas não eram simples. A vida tinha nuances diferentes.

— Terei que ficar constantemente olhando por cima do ombro? — Lincoln deu um passo mais perto.

Meu tio deu uma risada de escárnio.

— Minha sobrinha te ama; foi nítido ver isso na outra noite. E qualquer homem que não a ame ou respeite em igual medida, *deve* sempre olhar

MÁ SORTE

por cima do ombro. Se ele não cuidar dela o suficiente, não é com a lei que tem que se preocupar.

— Isso eu posso respeitar. — O sorriso foi genuíno. — Pode acreditar, não precisa se preocupar com isso.

— Ótimo — meu tio acrescentou em um tom cortante: — Ninguém vai sentir falta de um cara que já está morto.

Lincoln riu abertamente e coçou o queixo. A tensão entre eles amenizando.

— Estou indo embora amanhã. — Tio Gavin se virou para mim, seu temperamento suavizando quando se aproximou. — Preciso voltar. Lucy está querendo me matar. Max está mastigando tudo o que encontra pela frente. E a delegacia está precisando de mim lá.

Dei um sorriso, adorando saber que Lucy foi a primeira coisa em que ele pensou para justificar seu retorno. Eu me perguntava se ela era a razão para ele começar a ver que certas regras valiam a pena ser quebradas.

— Estive tentando evitar que sua irmã viesse até aqui, mas você conhece Amelia. Ela não é do tipo que espera por muito tempo. Precisa voltar para casa em breve.

— Mas... — Indiquei meu pescoço e minha perna.

— Você não pode continuar protegendo-a das coisas da vida, Dev. Não é a sua função. Isso não a ajuda em nada. Embora, acho melhor não comentar nada sobre ele. — Inclinou a cabeça, ainda fazendo careta para Lincoln. — Sua irmã não é conhecida por guardar segredos, mas você também não pode continuar se escondendo aqui pelo próximo mês, talvez você tenha essas cicatrizes para sempre. — Ele estremeceu com a última frase, como se desejasse desfazer tudo o que aconteceu naquela noite.

Ele estava certo; eu não poderia me esconder para sempre; também sentia falta da minha sobrinha e irmã. Agora era a hora de tratar Amelia como uma mulher adulta, ou do contrário, nenhuma de nós mudaria. Eu contaria uma versão muito reduzida da verdade, para proteger Lincoln.

Tio Gavin se inclinou, beijou minha cabeça e murmurou baixinho para mim:

— Eu te amo muito.

— Também te amo.

— Confio em você, Devon. Você sempre fez escolhas inteligentes, e vou te dar o benefício da dúvida aqui em relação a isso... — Seus olhos se desviaram para Lincoln. — Mas fique sabendo que sua segurança e felicidade vêm em primeiro lugar. Se isto alguma vez mudar, me ligue. Estarei aqui em um segundo. — Ele esperou que eu concordasse com um aceno, então beijou minha testa outra vez e ficou de pé, indo até a porta. — Te vejo em breve, okay?

— Okay. — Meus olhos se encheram de lágrimas.

Ele parou na frente de Lincoln.

— Eu realmente achei uma coisa incrivelmente peculiar. Qual foi a probabilidade de mais uma vez seu caminho se cruzar com o da minha sobrinha?

— Sorte.

Gavin sorriu, batendo em seu ombro.

— Lembre-se, um passinho fora da linha, um dedo enfiado nas águas turvas da sua antiga vida, e não vou hesitar. — A ameaça foi inconfundível. Sua fisionomia severa outra vez. — Não haverá um único dia em que você não precisará olhar por cima do seu ombro e relaxar, porque estarei de olho em você. — Gavin bateu a palma de sua mão no braço dele outra vez, fazendo Lincoln se eriçar, mas não se moveu um centímetro. Meu tio olhou outra vez para mim. — Especialmente quando você tem uma das minhas coisas mais preciosas do mundo. Entendeu?

— Sim. — Lincoln não recuou ante seu olhar, ambos entrando em um acordo mútuo.

— Okay. — Tio Gavin finalmente assentiu e passou por ele. — Te ligarei em alguns dias, Dev. — Ele acenou antes de abrir a porta e desaparecer como um fantasma. Nem mesmo seus passos puderam ser ouvidos ao descer as escadas.

Lincoln trancou a porta outra vez e deixou sair um suspiro aliviado.

Olhei para as suas costas quando ele reclinou a cabeça contra o metal, dando-lhe um momento para se recompor. Dormi pela maior parte do tempo, mas ele deve ter passado estas últimas quarenta e oito horas pisando em ovos, sem saber o que aconteceu com seu irmão ou se os tiras apareceriam aqui de repente e o levariam de volta à prisão. Tínhamos que lhe dar um desconto. Ele inspirou e expirou várias vezes antes de se virar, esfregando a cabeça.

— Você está bem? — Meus dedos se enrolaram entre os lençóis.

Ele deu uma risada surpresa, uma expressão aturdida cruzando o seu rosto.

— Se estou bem? — Riu, andando em direção à cama. — Estive fugindo da lei desde que tinha dez anos, sempre sonhando em dar o fora, ter uma ficha limpa. Mas nunca pude, o que foi tanto minha culpa quanto do meu irmão. Depois que fugi, fiquei de pé em frente ao túmulo da minha filha e prometi que faria e seria alguém melhor, mesmo que ela não estivesse mais aqui. Vi este lugar como um novo começo... para me tornar outra pessoa. Mas meu irmão rapidamente começou a me arrastar de volta, fazendo com que esquecesse a minha promessa. Você era outro lembrete da vida que eu sempre quis... — Lincoln parou na beira da cama. — E que agora tenho.

Ele olhou para mim com tanta ternura que tudo o que eu queria era

MÁ SORTE

233

abraçá-lo.

— Eu deveria me sentir mal porque praticamente abandonei meu irmão? Sim. Ninguém sabe o que enfrentamos juntos, o vínculo que criamos, como nos sentimos ao sermos deserdados pelo nosso pai, tendo que morar nas ruas. Só podíamos contar um com o outro. Mas conheço meu irmão... quando estive na prisão, ele não me visitou nenhuma vez. E se os papéis fossem inversos agora, ele já estaria no México. Ainda me dói ter que virar as costas para ele. Mas, pela primeira vez, farei algo por mim. Talvez eu não mereça isso, mas não estou nem aí. Eu quero esta vida. E quero você nela.

Puxei o fôlego, encarando-o. Apesar de todo sofrimento, perdas, tragédia e outras atrocidades que ele teve que enfrentar, de alguma forma este homem maravilhoso conseguiu superar tudo isso.

— Eu também quero você na minha — respondi.

Ele se sentou na cama, vindo na minha direção.

— Embora, sempre terei um tira na minha cola — murmurou, tocando os meus lábios com os dele. — E vamos combinar, com o seu tio e a sua irmã, os feriados serão muito divertidos.

— Só consigo passar por isso quando estou bebendo. — Meu coração aqueceu ao perceber que ele já se incluía na minha família e no meu futuro.

— Sim, seu tio vai adorar isso. Um ex-condenado embriagado caindo em cima da árvore de Natal.

— Melhor se comportar então. — Contive a risada, ciente de que isso causaria dor na minha garganta, e dessa vez, toquei sua boca com a minha.

— Não é comportado que você me quer.

— É verdade.

Nós nos beijamos suavemente, mas levou apenas um minuto antes que a paixão tomasse conta, e por trás dela a dor surgisse.

— Merda. Desculpa. — Seus dedos passaram por entre meu cabelo, gentilmente evitando o ferimento. — Esta vai ser uma semana terrivelmente longa, esperando que você se recupere. Não poder tocar você...? — Ele beijou minha mandíbula, roçando a lateral da minha boca. — Tortura.

Eu poderia até dar um jeito na perna, mas a gente não faz ideia do tanto que o seu pescoço está envolvido nesse lance de paixão. Falar. Beijar... gemer em êxtase.

Porcaria. Essa seria uma semana realmente horrorosa.

— Talvez seja melhor eu ir para casa.

Lincoln me beijou suavemente outra vez, segurando meu rosto.

— Amanhã ou talvez depois de amanhã.

Eu realmente não queria ir, mas sabia que em breve precisaria voltar. Primeiro, porque a tentação em estar tão perto de Lincoln poderia me matar, e depois, porque Amelia seria capaz disso.

— Eu gosto de ter você na minha cama. — Ele riu contra minha boca, e então se afastou. — Mas teremos muito tempo para resolver as coisas. Embora eu ame ter você aqui, acho que está na hora de nós dois estabelecermos o que realmente queremos.

Tristeza e remorso sempre nos assombrariam, mas pela primeira vez em um longo tempo, nós dois estávamos livres. Tínhamos a vida à frente para fazer escolhas. Ninguém para nos impedir.

— O que você quer, Sardentinha? — Sorriu. — Além de mim, mas isso você já tem.

— Obviamente. — Espelhei seu sorriso. Eu queria ir para a faculdade, mas não poderia me matricular até o próximo semestre. Sabia o que queria, a primeira coisa que havia na minha lista.

— Vamos viajar por aí.

— Viajar? Para onde?

— Para qualquer lugar. — Suspirei, com um ar sonhador e sussurrei: — América do Sul, Austrália, África, eu não me importo, desde que precise de um passaporte e você esteja ao meu lado.

— Você sabe que para conseguir um passaporte, é preciso fazer uma verificação de antecedentes, certo?

— Merda. Não tinha pensado nisso. — De jeito nenhum, um homem que tinha surgido do nada, há menos de um ano, conseguiria um passaporte. — Estou só sonhando alto, de qualquer jeito. Não tenho nenhum dinheiro para viajar. Talvez uma pequena viagem de carro.

— Foda-se isso. — Segurando uma mecha do meu cabelo, se inclinou para mim outra vez. — Vamos para o exterior. Custe o que custar.

— Mas...

— Não se preocupe, Sardentinha, eu conheço alguém. Lincoln Kessler vai conseguir um passaporte.

— Já está mergulhando o dedo de novo em águas turvas, hein?

— Para você viajar? Fazer algo que te traga felicidade? Sou capaz de mergulhar de cabeça.

Caramba. Eu amava esse homem. Respirei profundamente, exausta.

— Descanse um pouco. Falaremos sobre isso depois. — Ele afofou meu travesseiro, sinalizando para que eu me deitasse. — Não vou a lugar nenhum.

Aconcheguei-me na cama, com seu corpo forte ao redor do meu.

— É tudo o que eu realmente quero.

— Então considere-se uma garota de sorte.

Aninhei-me contra seu corpo, seus braços me envolvendo como um cobertor.

— Já me considero.

MÁ SORTE

CAPÍTULO 28

ʜʜʏ ʜʜʜ ʜʜʏ

O dia estava fresco e ensolarado quando entrei pela porta dos fundos no corredor mal iluminado. Alguns funcionários da cozinha já estavam lá. Cheguei uma hora mais cedo, mas estava louca por um lugar quieto onde pudesse me concentrar. Hoje era o dia da folga de Amelia, e eu sabia que ela ficaria na minha cola no instante em que eu pisasse o pé em casa. Queria ficar sozinha.

Duas semanas já haviam se passado desde o incidente, e eu ainda estava me recuperando devagar. Honestamente, parecia que nunca sararia, mas precisava ser paciente por causa do tecido cicatricial na minha panturrilha e garganta. Igual a Lincoln, uma cicatriz agora marcava meu pescoço, um lembrete eterno do que havia passado. E isso não me incomodava nem um pouco. Significava que eu sobrevivi. Ganhei a chance de amar Lincoln. Talvez fizesse uma tatuagem ali também.

Na semana anterior, voltei ao trabalho, e comecei a cuidar do serviço administrativo no escritório para que pudesse poupar minha perna. Esta noite era a primeira vez que voltava ao meu turno como garçonete, em uma pacata quarta-feira. Por mais que Lincoln tenha sido generoso com o salário como contabilista, eu estava ansiosa para voltar ao bar e trabalhar ao lado de Nat. Sentia falta de estar ao redor das pessoas, vendo clientes costumeiros como Rick e Kyle, bem como das gorjetas.

Além disso, estava ficando louca por passar muito tempo em casa. Eu precisava sair, de forma que não fosse presa por homicídio. A reação de Amelia ao ataque que sofri beirava à histeria. Depois da nossa briga, ela tentou encarar com bastante afinco o papel *eu sou a irmã mais velha e responsável aqui e vou tomar conta de você*; e, para dizer a verdade, ela já estava indo longe demais. Estava me enlouquecendo. Rondando, mandando mensagens, ligando... E ainda ficou puta todas as vezes que eu passava a noite com Lincoln, o que não me surpreendia de forma alguma. E olha que não fiz isso com a frequência que eu queria. Ela alegava que sentia minha falta, mas eu não acreditava em nada daquilo. Sabia que ela ainda estava irritada por Lincoln não tê-la escolhido. No entanto, estabeleceu para si mesma um novo desafio: Miguel. Ela afirmou que era dele que ela gostava o tempo todo.

Claro.

Quando disse a ela o que havia acontecido naquela noite, contei praticamente toda a verdade, com algumas adaptações. Aleguei que Lincoln e eu fomos vítimas de um roubo que havia dado errado, e que ele salvou minha vida e me resgatou das mãos do assaltante – tudo verdade. Afirmei que o bandido agora estava preso, e que por causa de seus antecedentes, não sairia em liberdade tão cedo. Ela não precisava saber de nada mais.

Sentada atrás da mesa de Lincoln agora, retirei algumas coisas da minha bolsa, sentindo o nervosismo e excitação aquecendo minhas entranhas. É óbvio que nunca me arrependeria de ter cuidado da minha mãe; ela era tudo para mim, e eu sentia saudades absurdas de sua presença. Mas também sabia que ela desejaria que eu seguisse em frente, começasse um novo capítulo na minha vida.

Vários folderes da Universidade Pública do Novo México estavam sobre a mesa, e um marcador já se encontrava na página que agora me enviava arrepios pelo corpo. Aquilo estava me incomodando há semanas, sempre ali, mas nunca havia realmente considerado, o que era estranho, dada a família em que nasci.

Virando a página, encarei fixamente o cabeçalho em negrito, prendendo o fôlego.

CRIMINALÍSTICA

Você é muito parecida com seu pai. As palavras de tio Gavin permaneceram na minha cabeça por muito tempo, até que se transformaram em uma luz no fim do túnel. Hoje, quando peguei o catálogo na secretaria da universidade, e abri a página, apenas confirmei. Era exatamente o que queria fazer.

— Opa... E aí. — O timbre profundo e rouco de Lincoln vibrou pelo escritório, e senti minhas coxas tremendo. Levantei a cabeça e o vi recostado contra o umbral da porta, com os braços cruzados. Seu olhar concentrado em mim. Toda vez que esse homem entrava em uma sala ou sua voz me alcançava, meu corpo inteiro reagia de maneira visceral.

Necessidade. Amor. Luxúria. Desejo. Ânsia.

Não tínhamos conseguido saciar alguns deles já há algum tempo. Nós tínhamos dado uns amassos, mas ele estava determinado a esperar até que

MÁ SORTE

eu me recuperasse. Especialmente, meu pescoço. Até o ato de beijar chegava a ser doloroso algumas vezes, mas estava me sentindo bem melhor a cada dia, e ficar longe dele estava começando a se tornar mais insuportável do que meus ferimentos. Só olhar para ele agora deixou isso muito claro.

Seus braços e ombros esticavam com perfeição o tecido da camiseta preta. O jeans escuro de cintura baixa não escondia que por baixo havia uma bunda impecável, por mais que não pudesse ver daqui. Os olhos azuis cintilaram quando ergueu as sobrancelhas.

— Você está ótima atrás dessa mesa, mas ainda prefiro te pegar aí em cima. Pelada.

— Não me provoque, a menos que possa cumprir o que falou. — Eu o encarei, sentindo a intensidade de suas palavras incendiando meus hormônios.

— Você acha que não posso cumpri-las? — Afastou-se da porta e veio em minha direção com um sorriso arrogante.

— Papo furado... — Voltei a me concentrar nos folderes, fingindo estar interessada ali, mas meu cérebro não registrava uma palavra, sentindo o calor de seu corpo me dominar quando se inclinou sobre mim.

— Você acha? — Empurrou meu cabelo para um lado, os lábios tocando a pele do meu pescoço e fazendo com que arrepios me percorressem de cima abaixo.

— Humm... humm. — Tentei disfarçar que sua boca deslizando atrás da minha orelha e os dentes mordiscando aquele ponto sensível estivessem me fazendo respirar com dificuldade. Sua risadinha me provou que estava falhando miseravelmente.

Ele se afastou, a cabeça espiando por cima do meu ombro.

— O que é isso? — O olhar focado na página aberta e o cenho franzido.

— Humm... — Merda. Não havia conversado com ele sobre aquela ideia que rondava minha mente, porque só agora ela se tornara clara.

— Criminalística? — Seu olhar desviou da página para mim, e depois de volta. — Você está brincando, não é?

— Na verdade... — Eu me remexi na cadeira, inquieta. — É algo em que tenho pensado muito ultimamente...

— Em se tornar tira? — Uma risada estranha eclodiu de seu peito. — É sério?

— Sim.

— Você sabe que está namorando um criminoso, não é?

Comecei a rir, assentindo.

Sua risada profunda e afiada reverberou pelo escritório.

— Merda... que ironia...

Aquilo também não havia me passado despercebido.

Esfregou a boca, os ombros tremendo de tanto rir.

— Jesus, Sardentinha... Nós gostamos de viver na corda-bamba, não é mesmo? — Seu olhar perdeu o humor, sendo substituído por um calor escaldante. — Vou ter outro tira grudado na minha bunda?

Fiquei de pé, empurrando a cadeira e pressionando meu corpo ao dele.

— Na sua bunda, no seu peito, seus braços, e especialmente, aqui. — Estendi a mão e o acariciei por cima do jeans, seu comprimento já esticando o tecido. — E acho que você gosta de me ver montar em um monociclo em cima dessa corda-bamba.

Lincoln gemeu profundamente, os dedos cravando em meus quadris quando me ergueu e me colocou sobre a mesa, se encaixando entre minhas pernas abertas.

— Prefiro vê-la montada em outro lugar...

Um inferno de necessidade queimou meu interior, fazendo-me puxá-lo para mim. Parecia que havíamos chegado ao ponto onde a ânsia prevaleceu.

Eu já estava curada o suficiente.

Nossas bocas se chocaram em uma explosão de desejo, dentes, mãos e línguas, famintos e em desespero. O fato de ele não ter problema nenhum com o sonho que queria seguir, mesmo que isso contrastasse diretamente com quem ele havia sido no passado, fez com que o desejasse mais ainda. Eu me sentia viva, como se só agora minha vida estivesse realmente começando.

Até onde sabia, eu poderia acabar trilhando os mesmos passos da minha avó e minha mãe. O Alzheimer poderia ser hereditário, e havia uma chance de que já estivesse ali dentro de mim, só à espreita para roubar minha vida. Então, precisava viver ao máximo e não me desculpar por isso. Lincoln fazia parte do meu mundo. E, nesse exato momento, eu pegaria exatamente o que estava querendo.

Nossos ofegos frenéticos se transformaram em gemidos baixos quando nossas mãos e bocas exploraram um ao outro, meus dedos tentando arrancar suas roupas.

— Eita, porra! Desculpa. — A voz de Nat soou da porta. Lincoln e eu nos separamos, mas ninguém se moveu. Olhei por cima do ombro, vendo-a quase saindo da sala, seus olhos vagando para todo lugar e nos evitando por completo. Não estávamos escondendo nosso relacionamento, mas também não havíamos espalhado para todo mundo. Ela sabia que algo estava acontecendo entre nós dois há algum tempo, mas não tinha comprovado. Até agora. — Vocês *deixaram* a porta aberta.

— O que você quer, Nat? — Lincoln não parecia nem um pouco

MÁ SORTE

239

perturbado por termos sido pegos em flagrante. Pelo menos ainda estávamos vestidos.

— Só vim te entregar a lista de pedidos. O estoque de tequila está quase acabando. — Estendeu uma folha.

— Hum, isso não é legal. — Balancei a cabeça, arregalando os olhos com um horror fingido.

Quando ela soube que Lincoln não sairia mais da cidade, como havia planejado, foi inflexível em exigir que ele colocasse a escritura no nome dele outra vez. Ele propôs então que ela se tornasse sócia, dizendo que era melhor ter sempre um dos donos no estabelecimento, já que ele estava disposto a ficar um tempinho fora.

No mês seguinte, nós iríamos à América do Sul. Viajaríamos pelo Peru, Chile e Argentina. Quando tio Gavin perguntou como ele havia conseguido um passaporte, eu apenas sorri. Ele saiu bravo da sala, dizendo que não queria saber de mais nada. Eu sabia que era difícil para ele ignorar que Lincoln era um ex-condenado, mas estava tentando diferir Finn de Lincoln.

Compramos as passagens mais baratas possíveis, com uma quantidade ridícula de escalas, e ficaríamos em Airbnbs, mas iríamos de todo jeito. Eu mal conseguia controlar minha empolgação. Tempos atrás, a mudança para Albuquerque já havia sido um grande passo, mas agora, estava pronta para voar, descobrir o mundo ao lado dele, conhecer culturas diferentes, experimentar culinárias interessantes.

Além de ter muito tempo para explorarmos um ao outro.

Então, eu voltaria para casa e daria início aos meus estudos... em criminalística.

Com um suspiro que só eu fui capaz de ouvir, Lincoln se afastou de mim e pegou a folha da mão de Nat.

— Obrigado.

— Sem problemas. — Ela piscou para mim, superando o choque inicial. — Mesa... legal.

— Tchau, Nat. — Lincoln acenou para que ela desse o fora.

— Lembre-se de que essas paredes são finas — cantarolou quando saiu em direção ao bar.

— Na verdade, mandei fazer essa sala à prova de som. — Lincoln colocou a lista sobre a mesa e voltou para onde eu estava, segurando meu rosto. — Mas não quero mais correr o risco de sofrer nenhuma interrupção.

Seus olhos azuis flamejaram com a implicação de suas palavras. Lincoln já havia criado a desculpa perfeita para dizer por que os olhos já não eram mais castanhos. Ele alegou que estava testando usar lentes de contato coloridas. Miguel e Julie caíram direitinho, mas Nat era muito mais esperta. Sua sobrancelha arqueou como se dissesse: *"sim, claro"*; no entanto, não questionou mais nada. Sabia que ela nunca diria nada a ninguém. E ela também sabia quando deixar as coisas quietas.

Lincoln segurou minha mão, puxando-me da mesa.

— Sei de um lugar bem pertinho daqui para onde podemos ir. Para terminar o que começamos.

— Ahh, jura? Pertinho, é?

— Muito perto.

— É melhor não... Tenho que trabalhar, e meu chefe é um idiota total quando não chego na hora certa.

— Parece que ele está precisando transar para relaxar. — Ele sorriu de lado, levando-me pelo escritório.

— Você acha que isso o ajudaria? Não sei... Acho que ele é só um cuzão.

Lincoln bufou uma risada, me guiando para o lado de fora e para as escadas que davam para o *loft*.

— Acho que vamos ter que fazer o teste, não é? — Destrancou a porta de correr, me empurrando para dentro e a trancou em seguida antes de me encarar com olhos faminto.

Ele veio na minha direção, seu olhar já me devorando, meu coração retumbando contra o meu peito. Pressionou o corpo contra o meu, me dando o prazer de sentir cada pedacinho dele.

— Você não vai simplesmente se atrasar para o trabalho.

— Ah, é?

— As coisas que planejei fazer... Acho que será necessário ligar e dizer que está doente. Talvez você vá amanhã. Não sei se será capaz de se mover por um tempinho...

— Meu chefe vai ficar muito bravo — ofeguei.

— Acho que ele vai entender. — Inclinou-se, as palavras descendo pelo meu pescoço enquanto sussurrava no meu ouvido: — Vou desfrutar um bom tempo ao seu lado. Provar cada centímetro do seu corpo antes de te foder com tanta força que você não será capaz de andar por uma semana.

Perdi o fôlego, meu corpo reagindo ao seu apelo.

— E se o seu chefe tiver um problema com isso... — Ele me guiou até a cama, retirando minha camiseta e jeans. Caí para trás quando meus joelhos tocaram o colchão, seu corpo rastejando sobre o meu. — Então acho que você vai ter que transar com ele de novo, até que ele cale a boca. — Seus lábios tocaram os meus, abrindo minha boca com um beijo tão profundo e intenso, que acho que precisaria acelerar o andamento das coisas.

Eu o queria neste instante. Arranquei sua camiseta, puxando sua calça desesperadamente.

MÁ SORTE

— Não, Sardentinha. — Ele segurou meus braços e os ergueu acima da minha cabeça quando sua boca começou a se mover pelo meu corpo, lambendo o caminho entre meus seios. — Vou te pressionar, até você ceder. Vou torturar você. — Abriu o fecho do meu sutiã e o jogou no chão, os lábios se enrolando ao redor do meu mamilo.

— Caramba... — Suspirei agudamente, arqueando as costas ante o toque de sua língua cálida. Gemi quando ele deu atenção ao outro seio, e depois começou a descer em uma trilha de beijos pela minha barriga, puxando a calcinha à medida que tocava minhas pernas.

Mas se antes achava que ele estava apenas brincando a respeito de me torturar, agora era claro que havia me enganado. *Terrivelmente.* Amarrando minhas mãos à cabeceira da cama, ele me provocou e brincou comigo, mantendo-me sempre à beira de um orgasmo, nunca me deixando chegar ao clímax. Mordendo, lambendo e chupando até que já não conseguia enxergar direito, porém retrocedendo.

— Lincoln, eu juro por... — sibilei, sem completar, esfregando-me; meu corpo inteiro estremecendo com o desejo. — O troco que vou te dar será dez vezes pior.

— É uma retaliação pela qual estarei ansioso. — Piscou e afastou os dedos do meu centro quando engatinhou entre minhas pernas. — Parece que você está começando a ficar rabugenta.

— Babaca — resmunguei e enlacei sua cintura com as pernas, roçando, precisando senti-lo dentro de mim. — Por favor...

Eu imploraria sem problema nenhum.

— Diga... — Seu polegar circulou meu clitóris, um sorrisinho dançando em seus lábios quando um prazer absurdo espiralou pelo meu corpo. — Se você quer fazer sacanagens, você precisa pedir por isso.

Assim que deu um sorriso, lembrei-me de que ele disse quase a mesma frase no dia em que nos conhecemos. Desde então, ele parecia se lembrar exatamente do que dizer para me fazer gemer sem controle.

Ele se esfregou para cima e para baixo sobre mim, criando um atrito pulsante que me fez choramingar.

— Se você quer viver a fantasia de estar com um *bad boy*, então me diga o que quer.

— Me foda — exigi, quase com raiva. — Agora. Me foda *com força*.

Ele riu e desamarrou minhas mãos. Assim que meus braços voltaram ao lugar, formigando por causa do aperto, ele se enfiou dentro de mim; abri a boca e gemi tão alto que minha garganta chegou a doer. O prazer que senti me fez perder o fôlego.

Seus dentes mordiscaram a pele do meu ombro, ambos congelados como se aquilo fosse demais para nossos corpos suportarem. Duas semanas de espera foram obviamente longas demais.

— Porra... — Ele começou a remexer os quadris devagar, movendo-se acima de mim e mordendo seu lábio inferior. — Minha nossa, Sardentinha... Você é inacreditavelmente gostosa.

Ele acelerou o ritmo, meu desejo compatibilizando com o dele, com uma ânsia maior ainda. Ruídos e palavras sem o menor sentido se derramavam da minha boca entre minhas exigências por mais. Mais dele. Mais de tudo.

Calor incandescente tomou conta do meu ventre, cada terminação nervosa formigando. Não queria que essa sensação acabasse nunca, mas não podia deixar de perseguir o orgasmo quase ao meu alcance.

A cama se chocava contra a parede, nossos corpos frenéticos à medida que os gemidos preenchiam o silêncio do quarto. Suor umedecia a minha pele, meus olhos se fechando enquanto sentia meus músculos internos apertando ao redor dele.

— Abra seus olhos, Sardentinha. Lembre-se que prefiro que eles estejam focados em mim.

Obedeci ao seu comando quando ele agarrou a minha perna, elevando-a mais alto, arremetendo mais ainda e atingindo meu ponto G. Explodi ao seu redor.

Estremeci, e ele rosnou quando meu corpo ganancioso tomou mais dele. Estocou dentro de mim com tanta força, derramando-se em seguida. Outro espasmo atravessou meu corpo, quase me fazendo flutuar. Êxtase. Tão intenso, que era como se eu não mais existisse, onde nada mais poderia me tocar a não ser puro prazer.

Devagar, a realidade começou a me cercar e, mesmo ofegante, sorri ao sentir meu coração martelando no peito. Lincoln também respirava com dificuldade. Seu corpo ainda cobrindo o meu. Ainda dentro do meu. Um sorriso inebriado em seu rosto.

— Caramba, Sardentinha. — Ele se inclinou para me beijar, a voz rouca. — Acho que apaguei por um momento. — Seus lábios tocaram os meus novamente. — Isto foi... — Balançou a cabeça, confuso.

Eu também não tinha palavras. Nenhuma delas era digna do que havia acabado de acontecer. Se antes achava que já era intenso e avassalador... agora via que ficaria mais poderoso a cada dia entre nós.

Erguendo um pouco o corpo, minha boca capturou a dele, reivindicando-a com todo o meu sentimento. Instantaneamente, eu o senti endurecer dentro de mim, sua boca exigente, os dedos se enfiando no meu cabelo.

— Eu te avisei. — Ele mordeu meu lábio inferior, enviando uma onda de desejo pela minha coluna. — Você não vai conseguir trabalhar hoje à noite, e acho que amanhã também vai ficar de cama. — Ele afastou os quadris,

MÁ SORTE

nos puxando ainda unidos, e eu o enlacei pela cintura. — E ai de você, se me transmitir seja lá que gripe é essa que você tem.

— Você acha que o meu chefe vai ficar bem com isso? — Meus quadris se lançaram para os dele, fazendo com que desse um gemido. — Pode ser que ele me demita.

— Se ele tiver noção de como você é gostosa... de como é delicioso te sentir ao redor do pau dele? — Sua voz soava áspera com o desejo. Lincoln apoiou os braços ao lado da minha cabeça, nós dois sem pressa alguma, e se isso fosse possível, se enfiou cada vez mais fundo. — Ele exigiria que ficasse exatamente onde você está.

— Olha só para isso, meu chefe fica todo animadinho depois que transa.

Lincoln começou a rir, enviando a vibração através de mim, que se transformou lentamente em um calor crescente. À medida que sua boca consumia a minha, eu sabia que nada mais nesse mundo importava. Mortes e perdas te forçavam a realmente entender o que era importante na vida. Em que se agarrar. A vida sempre nos daria altos e baixos. Mas, neste momento, só em estar com ele, podendo compartilhar uma vida inteira de possibilidades, já fazia com que meu coração parecesse estar livre. Feliz.

Acaso. Destino. Seja lá o que o fez entrar naquele banheiro, naquele dia horrível, eu já não me importava mais. Em um dos momentos mais sombrios da minha vida, quando estava me afogando, uma força me trouxe de volta à superfície. Uma única luz em meio à escuridão.

Eu ainda tinha um longo caminho para seguir, mas foi a primeira vez em que realmente senti esperança. Uma vida que era minha. Um futuro para descobrir. E um homem para amar com todo o meu coração. E era o que eu planejava fazer. E muito.

Eu era uma garota de sorte.

EPÍLOGO

||||| ||||| |||||

Quinze meses depois...

Nuvens brancas encobriam o sol que estava se pondo, um arrepio correndo por minha espinha. Sombras obscureciam as lápides alinhadas à minha frente, meus dedos tirando a poeira acumulada das letras entalhadas.

ALYSSA ANN THORPE

— Feliz aniversário, mãe. — Agachei, colocando um ramalhete de tulipas – sua flor favorita – em seu túmulo. Lágrimas surgiram em meus olhos, a emoção me fazendo engasgar com as palavras. — Desculpe, já tem um tempo desde que vim te ver. — Pigarreei, piscando para o céu que escurecia. — Mas duvido que você esteja aqui, de qualquer modo. — Eu acreditava piamente na opinião do Cacique Lee de que meus pais estavam juntos em algum lugar, voando como águias, pedaços de suas almas se encontrando.

Amelia, Mia e eu tínhamos visitado seu túmulo algumas vezes depois que ela faleceu, mas minha rotina estava uma loucura ultimamente, e nossas visitas se tornaram mais raras. Amelia não se importava; ela odiava cemitérios. *"Mamãe nem está aqui realmente"*, ela alegava.

Sem pensar, vim para cá hoje, precisando falar com a minha mãe. Mesmo que não estivesse lá de fato, queria estar perto dela. Contar as novidades. Em alguns dias, a dor de sua ausência era tão grande que eu mal conseguia respirar. Tanto minha mãe quanto meu pai deveriam estar aqui. Papai, principalmente, estaria orgulhoso.

— Tanta coisa mudou. — Sequei os olhos, sentando-me de pernas cruzadas no chão. — Amelia está se saindo muito bem. Ela e Mia estão morando em um pequeno apartamento perto do salão; é bonito e seguro. Ela é uma das cabeleireiras mais populares do salão agora, e está, de fato, namorando um cara que eu gosto. Ele a trata bem, mas não passa a mão em sua cabeça, que é exatamente o que ela precisa. Ele adora a Mia, o que

MÁ SORTE

245

é bom, porque Zak, aquele imbecil inútil, se recusa a ajudar. Amelia entrou com o pedido de custódia total. Ele nem questionou. Mia pode querer entrar em contato com ele um dia, mas, por agora, ele está fora de sua vida. Nossa garotinha cresceu tanto. É a aluna mais inteligente da segunda série. Teimosa e extremamente curiosa. E se parece muito com o papai, principalmente quando fica com raiva. — Eu ri da lembrança; Amelia e eu morrendo de rir quando o rosto de Mia ficou idêntico ao do papai. — Ela tem vários amigos, e, espantosamente, um namorado ou dois. Isso ela puxou da mãe.

Fechei meu casaco neste dia especialmente frio.

— Você ficaria tão feliz em saber que Lucy foi morar com tio Gavin. Ele continua sendo tio Gav, e calado a cerca de seus sentimentos, mas nunca o vi tão sorridente. Está *realmente* feliz, e Lucy é a melhor coisa que já aconteceu com ele. Depois de Lisa, nós sabemos o quanto ele merece isso. — Meu tio me contou no Natal, quando veio nos visitar, que Lucy havia oficialmente se mudado para a casa dele, junto com Max, mesmo que tenha estado lá desde o verão. Vê-los juntos, os olhos transbordando de amor por ela, fazia meu coração explodir de felicidade. E, como imaginava, ninguém na delegacia se importou que fossem um casal. E eu... — Um sorriso escapou de meus lábios. Tanta coisa na minha vida havia mudado.

Eu tinha carimbos da América do Sul em meu passaporte e já estava planejando colocar alguns da Europa também, no final do verão. Mas a faculdade e a academia de polícia já estavam tomando completamente o meu tempo. Morei em um apartamento com outros estudantes durante o verão, tendo aulas, indo para algumas festas, conhecendo pessoas novas, mas não demorou muito tempo para que percebesse que aquilo não era para mim. Nunca fui uma garota festeira, mas a sensação de não ter que se preocupar com as contas de outras pessoas era revigorante. Minha colega de quarto não achava que eu realmente "morasse" ali, já que, na maioria das noites, estava deitada na cama de outra pessoa, do outro lado da cidade. Quando conheceu Lincoln, ela me disse: *Garota, se eu te vir aqui, ficarei desapontada com você. Eu nunca sairia da cama desse homem.* Às vezes, era uma ideia tentadora.

— Nunca pensei que estaria aqui, mas agora que estou... não consigo me imaginar fazendo outra coisa. — Balancei a cabeça, em afirmação. — Sei que vai ser muito trabalhoso, pensei em desistir várias vezes, mas cheguei tão longe. Sobrevivi à academia. Primeira da minha turma. — Minha voz suavizou. — Acho que você e papai ficariam orgulhosos.

Foram vinte e um dias de puro inferno na academia de polícia. Cada músculo e ossos doíam o tempo todo, chorei mais vezes do que queria admitir e adquiri tantas "cicatrizes de guerra", que tive que tomar banhos de gelo. Era brutal e impiedoso. Do tipo que esgotava física e mentalmente.

Mas mantive a imagem de meu pai na cabeça, ouvindo suas palavras incentivadoras, me fazendo avançar, sabendo que tinha a força e a teimosia para passar por isso. E isso era fácil, comparado ao que vinha pela frente.

— Eu começo no campo de treinamento amanhã.

Engoli em seco, meus nervos se remexendo em meu estômago, lembrando-me de histórias que meu pai e tio Gavin contavam sobre como um Oficial do campo de treinamento poderia ser duro e exigente com um novato. Hoje conheci o capitão e o resto do pessoal da delegacia. Ganhei um presente do meu supervisor de treinamento, e teria que usar todos os dias por duas semanas, não importava o tempo. Que comecem os trotes...

— Dá para acreditar? Eu sou uma policial novata.

Tio Gavin foi de grande ajuda, respondendo todas as minhas dúvidas. Ele falou bem de mim na delegacia de Albuquerque, onde começarei a trabalhar amanhã. Seria um trabalho pesado, mas todo mundo precisava começar por baixo e ir fazendo sua carreira. Eventualmente, eu queria ser detetive, mas seriam anos à frente.

Meu celular vibrou em meu casaco e, quando o tirei do bolso, um sorriso se espalhou em meus lábios.

> **Estou te esperando em casa agora, Sardentinha**

A mensagem de Lincoln iluminou a tela.

> **Tenho planos para você antes do trabalho.**

Calor rapidamente tomou conta do meu corpo. Ficando de pé, limpei a sujeira da minha calça.

Casa.

Depois do verão, fui morar com Lincoln. Ele disse que isso me ajudaria a economizar dinheiro, já que tive de parar de trabalhar no bar, focando na faculdade e na academia, mas nós dois sabíamos a verdade. Além de estar lá o tempo todo, nós não nos cansávamos um do outro. No fim do dia, eu queria voltar para a cama com ele. Nosso tempo era escasso recentemente, e nenhum de nós queria perdê-lo com joguinhos. Bem, não esse tipo de jogo. Se há algo que aprendi com a doença da minha mãe e a morte do meu pai, era ir atrás do que desejo. A vida poderia tomar tudo de você em um instante. Não queria viver com medo de ter Alzheimer ou de levar um tiro no trabalho, e não aproveitar o tempo que eu tinha. A vida era impiedosa e cruel, então quando ela te dá algo maravilhoso, você deve agarrar.

MÁ SORTE

— Feliz aniversário, mãe. Voltarei logo. Eu te amo. Diga para o papai que eu amo e que sinto muito a falta dele. — Toquei em sua lápide e fui para a caminhonete de Lincoln, que ele havia me emprestado. Sentei-me no banco e fui para casa, para o homem que eu amava.

Ao subir correndo as escadas para o *loft*, foi audível o chacoalhar das algemas no meu uniforme. Uma luz estava acesa na sala de estar, deixando o quarto em uma penumbra.

— Lincoln? — Tirei a jaqueta, pendurando-a no cano que usávamos como cabideiro.

— Oficial Thorpe... — Sua voz grave me encontrou do outro lado da sala. Virei-me para o banheiro. Ele se encostou no batente da porta, água escorrendo por seu corpo envolto em uma toalha, exibindo cada músculo. — Simplesmente invadindo aqui? Espero que você tenha um mandado. — Esfregou a barba, elevando uma sobrancelha.

Minha língua deslizou em meu lábio, desejo queimando cada nervo.

— Não tenho. Mas será sua palavra contra a minha. Em quem você acha que eles vão acreditar? Em uma policial ou em um ex-criminoso?

— Uau. — Desencostou-se da parede, andando na minha direção, seu olhar faminto vagueando por meu corpo. — Vejo que estou lidando com uma tira safada. Quem sabe eu possa oferecer algo então. Um suborno, talvez?

Desejo percorreu meu corpo. A percepção sutil da realidade, da corda-bamba por onde andávamos e da verdade que se infiltrava em nossa brincadeira embaralhou as linhas da ficção por baixo de nosso joguinho e fez meu sangue fervilhar.

— Não sou esse tipo de policial.

— Ah, eu acho que você é. — Veio na minha direção, com o cheiro refrescante do banho recém-tomado. Seus dedos deslizaram pela parte inferior da minha regata, os olhos me varrendo de cima a baixo, contemplando o presente que ganhei na delegacia – uma camiseta. Acima do meu coração estava gravado: Departamento de Polícia de Albuquerque. E em letras gigantes e em negrito nas costas: **Novata**. Todos nós, recém-formados, estávamos vestindo hoje, e não tinha dúvida nenhuma de que a usaríamos até que provássemos nosso valor.

— É só uma novata e já jogando *tão sujo*. — Ele se inclinou tão perto, que seu hálito soprou sobre minha pele. — O que posso fazer para que você faça vista grossa, policial? — Sua boca deslizou para meu pescoço, fazendo desejo percorrer meu corpo.

Peguei as algemas penduradas em meu cinto, brincando com o metal.

— Você sabe que posso prendê-lo por subornar uma policial.

— Eu nem cheguei na parte boa ainda... mas isso certamente fará parte. — Apontou para as algemas, deu um puxão na toalha e a deixou cair no chão.

Com a sensação de sua pele nua, sua ereção pulsando em meu quadril, não pude mais pensar, ânsia tomando conta de mim.

Usando uma manobra que aprendi na academia, agarrei seus braços, posicionando-me entre suas pernas, e nos rodopiei. Com um empurrão, ele caiu de costas na cama, fogo surgindo em seus olhos azuis enquanto eu o montava.

— Porra. Isso foi sexy. — Suas mãos se prenderam em meus cabelos, me puxando para baixo, a fim de que nossas bocas se chocassem. Meu uniforme azul da polícia coçava contra a pele. Desabotoei a calça, tirando-a, juntamente com as botas e meias, e então arranquei minha camiseta. Ele pressionou as mãos em meus quadris, puxando-me para baixo, o fino material da minha calcinha servindo como a única barreira que o impedia de me penetrar.

— Posso não ser uma policial boazinha, mas não sou tão facilmente subornada. — Peguei as algemas da minha calça, aproximando-me dele. — E tenho um fraco por tortura.

A sobrancelha de Lincoln se arqueou.

— Faço o que precisar para deixar minha ficha limpa, policial. — Ele sorriu.

— Ah, isso vai levar décadas. — Segurei seus pulsos e, sem pestanejar, algemei-o à cabeceira da cama. — Então é melhor começarmos logo... Nós ficaremos aqui por um tempo.

Ele se agitou e se remexeu abaixo de mim, as pupilas dilatadas com o seu desejo apenas intensificando o meu. Estava planejando ser excepcionalmente implacável.

— Você lembra quando te disse que o troco seria dez vezes pior? — Um sorrisinho curvou minha boca assim que abri o fecho do sutiã, deixando-o cair, ciente de que ele não podia me tocar. — Vou te pressionar, até você ceder. Vou torturar você.

Ele gemeu quando deslizei minha língua pelo seu corpo. Provavelmente, eu me renderia antes dele, mas, por enquanto, estava disposta a atormentá-lo até não poder mais. Era mais do que justo.

Não fazia a menor ideia do que esperava por nós, quais obstáculos teríamos pela frente, mas agora, achava isso mais do que excitante. Contanto que Lincoln estivesse ao meu lado, superaríamos qualquer coisa.

A policial e o ex-condenado.

Às vezes, a vida tinha um jeito engraçado de te desmontar em pedaços e colar tudo de novo. Entregando para você algo que nunca desejou, e que acabou se tornando exatamente aquilo que mais precisava.

Tornando o infortúnio em uma maré de sorte.

E, naquele instante, estávamos prestes a nos *dar* bem...

MÁ SORTE

AGRADECIMENTOS

Eu realmente me apaixonei por esses personagens, e sabia que queria continuar com a história deles, mas não tinha certeza se os leitores sentiriam o mesmo. Fico muito feliz que vocês sentiram!

Não poderia fazer isto sozinha. Um enorme obrigada para:

Mãe – Cada livro existe por causa da sua ajuda. Obrigada.

Kiki, da Next P.R – Obrigada por todo o esforço! https://thenextsteppr.org/

Colleen – Obrigada por me apoiar e ajudar com tudo! Você é incrível.

Jordan – Cada livro é melhor por sua causa. Sua voz está constantemente em minha cabeça enquanto escrevo. http://jordanrosenfeld.net/

Hollie, "a revisora" – Sempre maravilhosa, solidária e um sonho de trabalhar ao seu lado. http://www.hollietheeditor.com/

Hang Le Designs – Por ser tão gentil e fazer uma capa tão linda! http://www.byhangle.com/

Para Judi http://www.formatting4u.com/: Obrigada!

Para todos os leitores que me apoiaram: minha gratidão é por tudo o que fazem e pelo quanto ajudam autores independentes, simplesmente pelo amor à leitura.

Para todos os autores independentes que estão por aí inspirando, desafiando, apoiando e me impulsionando a fazer melhor: eu amo vocês!

E para qualquer pessoa que escolheu um livro independente e deu uma chance a um autor desconhecido. OBRIGADA!

STACEY MARIE BROWN

SOBRE A AUTORA

Stacey Marie Brown ama os romances de ficção entre *bad boys* e mocinhas sarcásticas e poderosas. Ela também adora livros, viajar, programas de TV, escalada, escrever, design e arquearia. Stacey jura que uma parte sua é meio cigana, e já teve a sorte de viajar e morar em vários lugares do mundo.

Ela cresceu no nordeste da Califórnia, onde corria leve e solta pelos pastos da família, criando animais, cavalgando, brincando de esconder e transformando fardos de feno em fortes bem legais.

Quando não está escrevendo, está fazendo caminhadas e escalando por aí, divertindo-se com os amigos e viajando. Ela também é voluntária em resgates de animais e é totalmente ecológica. Além de achar que todos os animais, seres humanos e o meio-ambiente devem ser tratados com gentileza.

Para saber mais sobre seus livros, acesse:
Facebook Author page: www.facebook.com/SMBauthorpage
Pinterest: www.pinterest.com/s.mariebrown
Twitter: @S_MarieBrown
Instagram: www.instagram.com/staceymariebrown/
Twitter: https://twitter.com/S_MarieBrown
Bookbub: www.bookbub.com/authors/stacey-marie-brown

A The Gift Box é uma editora brasileira, com publicações de autores nacionais e estrangeiros, que surgiu no mercado em janeiro de 2018. Nossos livros estão sempre entre os mais vendidos da Amazon e já receberam diversos destaques em blogs literários e na própria Amazon.

Somos uma empresa jovem, cheia de energia e paixão pela literatura de romance e queremos incentivar cada vez mais a leitura e o crescimento de nossos autores e parceiros.

Acompanhe a The Gift Box nas redes sociais para ficar por dentro de todas as novidades.

 www.thegiftboxbr.com

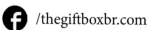 /thegiftboxbr.com

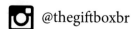 @thegiftboxbr

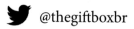 @thegiftboxbr

Impressão e acabamento